新华好读

肖复兴　要力石　主编
新华好读小说系列⑬

GONG ZI ZHAI

李应该　著

新　华　出　版　社

图书在版编目（CIP）数据

公字寨．第2部/李应该著
北京：新华出版社，2015.8
ISBN 978－7－5166－1985－8
Ⅰ.①公… Ⅱ.①李… Ⅲ.①长篇小说—中国—当代 Ⅳ.①I247.5
中国版本图书馆CIP数据核字（2015）第197007号

公字寨（第二部）
作　　者： 李应该

出 版 人： 张百新　　**封面设计：** 李尘工作室
责任编辑： 张　程　张　谦　　**责任印制：** 廖成华

出版发行： 新华出版社
地　　址： 北京石景山区京原路8号　**邮　　编：** 100040
网　　址： http：//www.xinhuapub.com　http：//press.xinhuanet.com
经　　销： 新华书店
购书热线： 010－63077122　**中国新闻书店购书热线：** 010－63072012

照　　排： 新华出版社照排中心
印　　刷： 北京竹曦印务有限公司

成品尺寸： 160mm×240mm
印　　张： 20.25　**字　　数：** 250千字
版　　次： 2015年10月第一版　**印　　次：** 2015年10月第一次印刷

书　　号： ISBN 978－7－5166－1985－8
定　　价： 45.00元

目　录

第一章　偷盐贼回来了

一

“又来买木头？屋里坐坐吧。你咋不坐啊？害怕我们的粗木凳子硌了你的万岁腚吗？”

小米子望着根原远远走过来，隔着一道门就高声呼叫起来，一对大眼睛忽闪忽闪冒着火，把根原烤得脸红脖子粗浑身不自在。

根原懵懵懂懂进了屋，把“万岁腚”轻轻搁在凳子上，也不管偏不偏正不正得劲不得劲儿，一搁下就决了一个定，再也没敢挪动挪动有点失衡不大自在的僵身子。

小米子越来越洋派了，虽说已经不是十八二十三的年龄了，嫩得还像个水甜瓜，细皮嫩肉的桃花腮，一拍打准能拍出甜水来。人家这个嫩可不是装嫩，实实在在的嫩，馋死人的嫩。天生的，馋也馋不来。

小米子就是个万人熟，见了谁都是嘻嘻哈哈有说有笑，就是见了初次来买木头的外地顾客也一样熟成个九月柿子。她一热乎，倒把顾客热懵了，拍拍脑门子使劲想使劲想，咦？好像是熟人，在哪里见过呢？一直把脑门子拍红了拍疼了拍木了，也没拍明白。不明白也不好意思问，最后，揣着个稀里糊涂再了个亲亲热热的见。

舜城一带，小米子是活在人们嘴上的名人。男人嚼巴，女人也嚼巴，好像越嚼越有味。比五香瓜子还有味。

别看小米子没上几天学，脑瓜子忒有灵气劲儿，一看就懂一戳就透过目不忘记忆惊人。尤其是认人的能力，没人不佩服。只要见过一次面，九百九十九年再相遇，家住哪里姓字名谁一口就能说得出。物资供应站虽说单位不大，每天来看木头买木头的人就像破麻袋漏豆子，沥沥拉拉不断线。凡是来买过木头或者看过木头的人，无论是本地人还是外地人还是美国法国联合国，若是第二次再来买木头，开票时绝对不用问姓名。甚至然，几年前的几月几号你买了多少木头花了多少钱都能给你摆出来，把客户摆得一愣一愣的。再就是她那个口算账，那才真叫口算账呢。明明亮亮的钢卷尺一甩嗒，水水灵灵的大眼珠子一闪晃，多少方木头多少钱，一口就能喊出来。你敢不服？

女人们不服，个顶个不服，显然揣着嫉妒心，嫉妒那张水甜瓜脸，嫉妒那对冒火眼，当然也嫉妒口算账。

“干啥会啥，不干就不会，有啥了不起的？比比缝缝补补做饭烙煎饼，她行吗？”

“干啥活儿咱也不怕她，就是浑身骚气咱们比不了。”

“人家那骚气是天生的，学不来。”

“怎么学不来？不就是不要脸不要腚吗？一学就会。”

“哟！小三嫂也打算骚一骚？”

“骚一骚就骚一骚，不比那骚货差多少。”

“哈哈哈……”

……

男人们却说，小米子生不逢时，屈了才，如果多读几年书，保准就是第二个居里夫人。

一听男人们夸说她生不逢时屈了才，小米子就会哈哈大笑。

“我这一辈子谁也不怨，就怨俺娘。早不生，晚不生，偏偏把俺延宕在‘文化大革命’。”

“恁娘怨谁？”

“俺娘怨俺爹，早不鼓捣晚不鼓捣，偏偏那个时候胡鼓捣。”

物资供应站满院子都是笑。哈哈大笑。

物资供应站紧靠着绣锦河老掉了三颗门牙的老码头。红砖墙好像特意为保护小草而围成很大很大的大院落，满院子小草密密麻麻欢窜欢蹦活得很滋润。几堆无遮无盖的白碴子木头淹没在草丛里，就像荒原上老弱病残的动物们抛下的一堆堆朽烂骸骨，空旷的大院子越发显得凄凄清清。拉木头的汽车或者拖拉机偶尔跑过，草地上就会留下被车轮碾压的一道道印痕。没几天，那一道道印痕就被小草气哼哼地迅速抹平了。

院子北面有一排红瓦房，每间房的门框上都横插着一块一拃多长的木板小牌子，上面用大红漆写着：站长办公室、副站长办公室、财务办公室、工会办公室、民兵连办公室……一个个像模像样的办公室经年不见开一开门，锈迹斑斑的大铁锁被灰尘包裹成一个个灰糊糊的铁疙瘩。

这么多像模像样的办公室，只有小米子一个人办公。这么一处空空旷旷的大院子，只有小米子一个人守护着。有人问她怕不怕？小米子嘻嘻哈哈地说：“女人们一个个假惺惺的都说害怕男人，老娘偏偏不怕男人。只要不怕男人，还有什么可怕的？”

供应站除了几堆木头，没有什么物资。说是物资供应站，其实叫木材供应站比较准确。诸如钢筋水泥柴油汽油等紧缺物资是到不了基层物资供应站的，那些好东西都在物资局的大仓库里锁着，必须拿着物资局局长亲自签名或者局长亲自指示业务科长签发的批条才能买得到，基层乡镇物资供应站的权力也就是一堆杂乱木头。

你可别小瞧了这几堆不起眼的杂乱木头，那都是从中央到地方一级一级批下来的，大红印章一个一个又一个，一个部门一个部门盖上那一堆大红印章多么不容易。林场山场一草一木统统都是公家的，木材由国家统一收购统一分配，个人不仅没有，也不准投机倒把黑市交易，物资供应站的木头就成了皇帝他姥姥的拐杖—— 一股子皇亲富贵气。要想买到这些木头，首先要得到掌握着这些木头命运的管理者的批条，没有领导签发的批条，就是有钱也买不到木头。批条是啥？批条就是说了算的领导摸过一张白纸写下一个数字然后吧嗒盖上一个大红印章的纸条子。凡是能在物资供应站买到木头的都不是凡人，都是有头有脸有权有势的爷。别说普通老百姓，就是普通以上的老百姓也休想买到这些沾染着皇亲富贵气的木头。

物资供应站的木头虽说不多，却分成好几堆存放着。别看是同一时间同一地点同一群人砍伐同一辆车皮运回来的木头，却不是一样的性质一样的价格。这一堆叫“计划内”，那一堆就叫了“计划外”。

计划内的物资是上级部门按照计划指标划拨的，这样的物资是国家牌价，一方木头也就是五六十块钱。虽然便宜，但是最难买到，没有相当的关系休想惦记计划内。

除了计划内，还有一部分计划外指标。计划外是各地区各部门为了多吃口碗外饭，在完成了国家下达的计划任务之后额外采伐的木头。虽说每方木头比计划内价格高出二三十块钱，总比黑市便宜得多。有的投机倒把分子在物资部门搞到计划外木材然后在黑市出手，一方木头能赚四五十块钱，足足能顶一个乡镇干部一个月的工资。黑市，真黑。全国上下同仇敌忾一齐斗私一齐打资本一茬茬割资本主义的尾巴，总有不怕批斗不怕游街不要脸皮满肚子都是杂念的私心人。

凭着一堆木头，小米子在舜城镇建立起了广泛的关系网。手中有木头，腰杆子就硬，硬得就像一根根红松檩子。

根原把那个万岁腚小小心心放到凳子上，借着小米子的问话赶紧说明了来意。

“我不是来买木头的，我想求你帮帮忙。”

“帮啥忙？”

“我会做家具，可是……没活干，不知道谁家做家具。我想，凡是做家具的都会到你这里来买木头，麻烦你给打听点儿消息。如果谁家做家具，你给承揽个活儿好吗？我会感谢你的。”

“行，小麻雀来例假，这算多大点事？”小米子很爽快，一口答应了。

小米子村村寨寨旮旮旯旯满地是熟人，谁家娶媳妇，谁家嫁闺女，谁家打家具，谁家打墙盖屋，她都摸得一清二楚三明白。

小米子悄悄对根原说：“我们这里卖木头，每个季度涨方都很大，拉出去一方两方的根本就看不出来。你找辆拖拉机，看看办公室没人就开进来。给我做一件大衣橱，剩余的木头就归你了。”

根原看看小米子，怯怯地问：“这……能行？”

小米子满不在乎：“站长也是这么干，老娘咋就不行？过几天站长出差不在家，你就来。”

根原愣愣的，好像还没从怯怯中爬出来。

“你愣啥？看看你那个熊样，打小就敢贩卖布票，就敢偷盐，和我搿伙弄点儿木头就怵了？没出息。”

小米子说话很尖刻，但是一句一句都带着笑。就像早春的风，虽说冷飕飕的，但是冻皮不冻心。她朝着根原眯眼笑笑，说：“你这个偷盐贼，可靠，换个人，我还不敢和他搿伙偷木头呢！今天我有事，不留你吃饭了，你去准备准备，后天来。”

二

根原从小米子那里出来，一路走，一路满脑子“偷木头”。

“你这个偷盐贼，可靠，换个人，我还不敢和他搿伙偷木头呢！”

小米子这句话在心头轰响着。很响。他反复琢磨着这句话，越琢磨心里越窝囊。一想到“偷”，根原的心里就像扔进一块冒火的炭，直烧得心尖疼。

我是贼？我怎么会是贼呢？

哦！我是贼，偷盐贼。

根原抬头望望天，通红的大太阳就像如来的金钵当头罩着。一顶贼帽子就像头上的天，硬硬地扣在头上无法驱除。贼又怎么样？谁不是贼？自己仅仅偷了几把盐，看看人家，偷木头还得动用拖拉机。天下到

处都是贼，不只自己一个偷盐贼。他娘的，贼就贼吧，偷，不偷白不偷。

这么多木头放在哪里呢？拉回公字寨？不行，公字寨人人长着阶级斗争眼，那么多阶级斗争眼盯着，三看两看就会看出问题来。想来想去，根原合计在镇上租几间房子住下来。凭着一拖拉机木头，凭着给大地瓜做家具挣的一百多块钱，完全可以在舜城镇立下脚根。这里的人比公字寨的人多，木工活儿肯定要比公字寨多。说什么也不能再回公字寨，说什么也不能再回那块折磨心的山沟沟。

根原在舜城街上转悠，到处打听出租的闲房子。

舜城大街他太熟悉了，这里的每一家门市部，他在上中学的时候几乎都逛遍了。门市部的货物大多数都要凭票购买，根原没有供应票，也没有钱买，他逛门市部只为看看那支笛子，也不知看过多少次了可他还是愿意看。买不起摸一摸也好，反正摸摸也不要钱。他装作要买的样子，叫售货员拿给他看看。他把笛子横在嘴上吹一吹，嗦嗦咪嗦啦哆……好笛子，低音浑厚，高音清亮，脆脆生生，真是一支好笛子。根原拿在手上抚摸着，翻过来看看，翻过去看看，不舍得放下。后来，售货员都认识他了，都知道他是公字寨的人，都知道他是个中学生，都知道他会吹笛子，明知买不起，但是都愿意拿给他吹吹试一试。几个售货员一齐围过来听根原吹笛子，嗦嗦咪嗦啦哆……咪咪嗦唻啦哆……好听，太好听了。

舜城供销社门市部坐落在中心大街口，一溜十八间明柱出檐大瓦房，宽敞明亮很是气派。可以说，在舜城镇，除了赵家庄园和舜城大礼堂，这也是最为耀眼的建筑物了。门市部不仅是购物的场所，也是舜城人的重要耍场。尤其雨天雪天，贫下中农们不能下地干活，好凑热闹的全都围到门市部来了，一咕嘟一堆，有的说，有的笑，有的摆开擂台下放牛棋。开始，售货员不许人们在门市部下棋。供销社惠经理批评售货员缺乏阶级感情，他对售货员说，要把门市部作为联系贫下中农的桥梁和纽带，把党的温暖送到广大贫下中农的心坎儿里。贫下中农们喜欢到门市部来，说明我们建立了深厚的无产阶级革命感情，一定要笑脸相

迎，笑脸相送。

门市部虽说很宽敞，但是里面的货物却少得可怜，一大排货架子都空着，就像贫下中农饥肠辘辘勒紧腰带的饿肚子。惠经理刚到供销社上任时，就对空空荡荡提出了尖锐的批评，货架子都空着像个啥？社会主义的货架子怎么能空着呢？这不仅仅是业务问题，而是重要的政治问题，要把整顿店容店貌当作高举毛泽东思想伟大红旗的头等大事来抓。

北古墩是全省双学先进单位，是全省商业战线连续八年红旗不倒的先进典型，阳城市吕剧团排演的《红旗门市部》就是根据他们全心全意为人民服务的模范事迹创作的。马经理和惠经理是非常要好的老朋友，两个人都是全省“双学”的老模范。惠经理给马经理打了电话，决定带领售货员分批分期到北古墩商店参观学习先进经验。

从北古墩参观学习回来，门市部的店容店貌发生了翻天覆地的变化。脸盆子不再摞着存放了，而是一个一个单摆在货架上。搪瓷脸盆子的盆底印着大红牡丹花，一走进门市部，迎面一堵墙红花烂漫好看极了，再也不是原来空空荡荡的饿肚子穷相了。这些洗脸盆也是凭票供应的紧缺货物，青年男女结婚凭着结婚登记证才可以购买脸盆一个。如果不是新婚青年，就需要找供销社领导写批条。一般人哪能要到批条？所以，搪瓷大红牡丹脸盆几乎常年摆在货架上展览着，成了门市部最为靓丽的装饰品。

门市部对面，是山海县新华书店舜城分店。书架上摆着马、恩、列、斯、毛的著作和一些供机关单位学习的诸如无产阶级专政理论或者斗私批修的小册子，还有几本《艳阳天》，大多书架都空着。他们也学习了供销社门市部的经验，把大红塑料皮的毛泽东选集摆满了书架。一走进书店，满屋都是红宝书，红彤彤一片，灿若朝阳鲜艳夺目。

书店隔壁是邮电局子，根原从来没有进去过，也没有打过电话。他感觉邮电局子是个非常神圣的地方，不是一般人可以进的。自己是社会渣滓，哪能进那种地方？

再朝前走就是东风车马店。车马店的屋子很小，院子却很大。平日里空空荡荡冷冷清清，每逢大集的头天晚上才开始热闹起来。舜城逢二排七是大集，车马店每逢一、六就开始热闹，满院子都是毛驴车、地排车、小推车……人欢驴叫。大叫驴闻闻母驴的骚屁股立刻就兴奋起来，高昂起驴头嗷嗷嚎叫，主人打几鞭子也不肯住声，孩子们围着看热闹。热闹一天一夜，接着就掉到冷冷清清的冰窟窿去了。热闹一天冷清五天，就像大海的一潮一汐极有规律。

这个车马店很有些年头了，在早叫“大顺车马店”。据说，从清朝咸丰年间就有这个车马店。新中国成立后，开始公私合营，后来就没收归了公，“大顺车马店”改名叫东风车马店。想当年根原的爷爷二驴子就是因为不舍得在这个店里住一宿而搭上了一条命。根原每次走过车马店都会快步离去，他不愿联想起可怜又可恨的乇古爷爷。根原不知道爷爷长得什么模样，但是，单从爷爷只为省几个住店钱饿着肚子冒雪赶路结果冻死在雪坑里的乇古劲儿，就能想象出那副可怜相。

根原不愿想爷爷，爷爷的影子却偏偏喜欢在他的面前闪晃。每次走过车马店大门口，就好像看到爷爷牵着毛驴饿着肚子颤颤巍巍从车马店里走出来，还哭丧着脸朝根原亲亲热热地龇牙笑着。

根原在舜城街上转悠了大半天也没打听到房子。舜城街很多人都认识他，没有人愿意把房子租给一个蹲过大狱的人，人们害怕一不小心会被这个偷盐贼偷去什么东西。

一直到了下午，好歹打听到一处房子，五间堂屋，三间东屋，独门独院，门前就是宽阔的大街。房主闯关东多年没回来，房子由堂兄弟小咕噜照管着。

小咕噜五十几岁年纪，灰眉土脸瘪瘪嘟嘟，就像还没顾得长足身子就遭到霜打的一个瘪嘟子瓜。人长得本来不算高，脊背又驼，站到面前，总给人一种突然从地里钻出来的惊讶感。因为个子矮，小咕噜习惯了仰脸看人。他盯住根原的脸，说：“房租一个月十五块，一年一百八十块，用一年算一年，一把缴齐，不拖不欠。”

别看小咕噜就像立秋的瘪嘟子瓜，说起话来嘎巴琉璃脆，就像小榔头砸钉子，一锤一个响，而且态度坚决不容置疑。

根原手上没有那么多钱，把口袋全部掏干净也不够缴房租，根原好

说歹说要求拖欠几个月，小咕噜磕巴磕巴眼皮，说："这么样吧，我打算给儿子做一个大衣柜，再做一个饭橱，木料我自己备。你缴十个月房租，剩余两个月的房租顶工钱，你看咋样？"

做一个大衣柜一个饭橱，工钱一般是三十五块钱，两个月房租才三十块钱，小咕噜一下子又赚了根原五块钱便宜。力气是外财，使了再来，自己不就是费点儿力气嘛，只要不掏现钱就行。

根原不由自主地把手伸进裤袋捏住了钱，心里在数着：十二张十块的，还有三张一块的……数完了，总共十五张钱，一百二十三块。这十五张钱，他不知数过多少遍了，每数一次，总盼望能够生出几张来，可无论数过多少次，十五张还是十五张，半张也没多出来。这些钱还是给大地瓜做家具挣下的，买工具、买肉、买糖……总共花掉了三十多块，唉！如果那些钱不花该多好。

一百二十三块……两个月房租三十块……房租总共一百八，还有二十七块钱的缺口。再有三十块钱就好了，只需三十块。钱啊，钱啊，再生出几张来该有多好啊。

根原应下小咕噜苛刻的条件，还保证把家具做得好好的，只是再三要求拖欠三十块钱，两个月以内一定还清。

小咕噜两眼盯着根原，摇摇头，坚决不允许拖欠。根原还想解释解释，小咕噜一转身吱溜缩进门，咣当就把大门关上了。

根原眼望着关闭的大门长长叹口气，好不容易找到房子，看来，如果不能一把交齐房租，任你哀告天爷爷地奶奶也是没有什么作用了。可恶的小咕噜，咋就不让拖欠几个月呢？只要有一个人打家具，我就可以立马把钱如数还给你。该死的小咕噜，咋就这么不好说话呢？

咒天咒地是没有用的，天地不在乎谁死谁活当然也不会在乎谁的诅咒。根原在小咕噜门前呆呆站了大半天，几次伸手打算拍拍门，结果，手掌子没有拍到大门上，吧嗒吧嗒全部拍在了自己的脑门儿上。他知道已经没有商量的余地了，两扇大门一咣当，彻底关闭了一条活泛路。如今只剩下一条路，借钱。

根原在舜城镇有好多同学，但是没有朋友，更没有能够借给自己三

人长得本来不算高，脊背又驼，站到面前，总给人一种突然从地里钻出来的惊讶感

十块钱的好朋友，这一点，他心中还是有数的。自己是什么人？老中农，黑五类，谁敢和黑五类交朋友？谁愿意把钱借给一个刚刚从大狱里放出来的人？再说了，即使有人愿意帮忙，也没有多少人轻易会拿出三十块钱。三十块钱不是个小数目，舜城镇的一般政府干部，一个月的工

资也不过就是这么个数。至于老百姓，能够积攒出这么多钱更不容易了。生产队秋里分红，没有多少人家能够分到三十块钱。家家户户靠卖鸡蛋换咸盐，谁能掏出这么多钱？对了，找赵安祥去，他有钱。上次碰见还非常客气，也许他能帮帮忙。

赵安祥见了根原又让座又让茶，还是那么客气。根原不好意思把借钱的事直接说出来，害怕被拒绝弄个大红脸。他拐了个弯儿，不敲鼓心敲鼓边儿，只和赵安祥闲谈创业的打算，捎带着发几句褒贬小咕噜不好说话的闲话，憋死也没提“借钱”两个字，只盼着赵安祥慷慨解囊能够伸手帮帮忙。

赵安祥是啥人？精怪着呐，根原的尾巴一撅，他就明白朝哪飞。不待根原把话说完，赵安祥立马接了话茬。

“老同学，创业可不是容易事儿。你看我，起五更，睡半夜，跑西庄，窜东庄，不知道的还以为你赚了一大把钱。大水冲了龙王庙，一家人不知道一家人。忙忙活活两三年，就赚了这么一堆烂木头。做买卖就是这样，拆了东墙补西墙，拆了西墙补东墙，拆来拆去，剩下一堆烂货底子就是你的利润。前几天你嫂子要买双皮鞋，六块七毛钱我就掏不出来，把你嫂子委屈的，唉！眼泪都流出来了，硬说我对她太薄情，不舍得给她买双鞋，好几天不搭理我。女人家，不懂做买卖的事理，做买卖哪有攒下钱的？攒几个钱就赶紧进点儿货，攒几个钱就赶紧进点儿货，你想想，手头哪能存住钱？你刚刚起步创业，我非常理解，不容易，不容易啊！说起来咱是老同学老朋友，我要是有钱，先给你一麻袋花花，支持支持你。可是我……唉！大水冲了龙王庙，一家人不知道一家人。创业艰难，创业艰难啊！”

赵安祥的话根原已经听明白了，这么明白的话，谁还听不出个高低音来？他从赵安祥家出来，脊背冰凉，心口冰凉，手心里却渗出一层不凉不热的汗。他暗暗庆幸，庆幸没把“借钱”二字说出口。

根原打小最愁着向人家借东西，爹每次叫他到邻居家借勾担或者借什么东西，他都是硬着头不去，宁肯挨上两耳刮子也不去。他不愿求人。小时候生病，五六天没进点食，他曾经求告娘煮个鸡蛋吃，结果娘没答应；求告爹买一支竹笛，爹到死也没舍得花那两毛八分钱。求娘，娘没答应，求爹，爹没答应，爹娘都难求，还能求告谁？只能，自己求自己。今天，也不知哪里来的勇气，竟然大了胆子走进赵安祥的家，虽然没把借钱二字说出口，能够走进人家门槛已经非常不易了，他为自己有了如此的胆气而惊讶。都说狗急了跳墙，看来真的急了。实指望老同学赵安祥能够帮帮忙，没想到碰了个热情洋溢的甜钉子。

不求告人怎么办？怎么能够凑足房租呢？他想不出好办法。对，求求小米子，小米子是个直爽人，是个热心人，也许她能帮帮忙。

一定要在舜城镇开一个木工铺，一定要闯出个名堂。坚决要租房子，坚决了。

三

根原在心里念念叨叨叨叨念念自问自答自答自问，猛一抬头，一只脚已经踏进小米子的屋里去了。从赵安祥家到这里要走很长一段路，他不知自己是怎么走到这里来的。他觉得自己太冒失，也没敲敲门，怎么就一步闯到女人屋里来了呢？冒失，太冒失了。

小米子好像没在屋里，根原庆幸没被发现。当他急忙转身准备离开时，小米子一闪身从里间门走出来了。她好像刚刚洗了头，一条湿湿的红黄相间的条花手巾缠绕在头顶，一对活蹦乱跳的人眼睛在红红润润的脸盘上显得特别精怪明亮，一忽闪一忽闪就像电焊的弧光。那弧光有着一种神神秘秘的穿心力量，多么坚硬的铁汉子钢汉子也会被穿心的弧光焊接在女人打算焊接的位置上去。刚刚入秋，天气还残留着夏的燥热。小米子穿了一件薄薄的浅粉色丝织短袖衫，短袖衫的里面没有穿乳罩或者什么内衣，一对说大不大说小不小的馒头奶子在薄薄的浅粉色丝织衫里摇头晃脑活蹦乱跳。根原低着头，呆呆地站在门口，不敢抬头对视那道弧光，更不敢抬头面对那一对摇头晃脑活蹦乱跳的奶子。

“你又来干啥？是不是着急拉木头？告诉你过个三两天，你咋就等不及了？你这个偷盐贼，真是个急性子。”

根原实在张不开口，他害怕再碰个热情洋溢的甜钉子。小米子一

问，倒是给根原一个方便开口的肩膀头，顺嘴就把租用房子和借钱的事说出来了。

“三十块就够了？”小米子问。

根原点点头。

“行！借给你三十块钱。”

没想到小米子这么痛快，根原很感激，他说了一串谢谢之后，又向人家保了个证，只要有活干，一个月就可以还清。最多两个月。

“不用着急还，我临时用不着。三十块不够用的话，你再说。”

“嗯！”根原应了一声就呆立在门口，等着小米子取钱。谁知小米子不紧不慢地解下头上的毛巾，不紧不慢地走到镜子前，不紧不慢地摸起了梳子，不紧不慢地梳理起头发，一下一下又一下，把将干未干的头发梳理得光光滑滑，好像把站在门口的一个大活男人给忘了。根原耐住心性等待着，等待着……一等两等加三等，小米子一直也没有放下梳子的意思。他有点着急，抬头望望小米子，一偏身子一歪头，猛然看见镜子反射出一束弧光正在上下左右扫射着自己，吓得赶紧低下头。小米子噗嗤一声笑，放下手中的梳子转身走过来。

“你还等着拿钱是吧？今天不行了，银行下班了。明天上午九点，不耽误你用吧？”

“不耽误，不耽误。谢谢你，我走了。”

“你上哪？”

“回家。”

“回家？回哪个家？”

“公字寨。”

“回公字寨要走十几里黑咕隆咚的大山沟，你看，天都黑下来了，别走了，就在这里住一宿，明天上午去取钱。你先坐坐，我去拾掇饭。”

根原的脑袋嗡嗡响，好像一下子空了壳，他没有来得及想或者说还没有做好想的准备，对小米子发出的指令不知如何应对。

“坐下吧！”小米子拽了一下根原的胳膊，就势将根原按在椅子上。落座的位置不是很正，半边身子好像斜挂在椅子腿上，根原极力扭曲肋

骨以支撑有点儿歪斜的半边身子。

小米子转身走了出去，根原听见院子的大铁门关闭上锁的声音，紧接着一阵轻盈的脚步，小米子走进屋来。

“好了，吃饭吧。”小米子变戏法一般，转眼间把热气腾腾的饭菜从夹壁墙后端了上来。一盘子萝卜丝炒猪肉，一盘子韭菜炒鸡蛋，一盘子炒花生米，一盘子虾皮拌黄瓜，一盘子白白的大馒头，还有已被开启不知什么人喝剩的多半瓶子兰陵大曲酒。

这么好的饭菜，根原的眼睛一下子瞪大了。他忽然想起，清晨早早来到舜城镇，为租房子转了一天，中午还没吃饭，饿了，实在饿了。他的眼睛盯住了韭菜炒鸡蛋，盯住了那瓶兰陵大曲酒。韭菜炒鸡蛋吃过，在八九年前准备推大车时吃过，是娘为自己加保养炒的。为那盘子韭菜炒鸡蛋，自己还被梭猴子戏弄过，“韭菜炒鸡蛋，女人吃了乱打转，男人吃了满街窜”。兰陵大曲酒根原见过，却没有喝过。原先家里也有一瓶子兰陵大曲酒，那是爹存下的家宝，是给姐姐找婆家用的。为了开证明信，自己偷偷从炕洞里摸出来送给老簸箕，不料被老簸箕一扬手扔到大街上摔碎了。表舅陈酒鬼为了那瓶酒跑细了腿，但是他没喝着，谁也没喝着，被老簸箕一扬手扔到大街上去了。真可惜。那瓶酒真香，十多年过去了，酒香味好像还粘在鼻子上。

小米子给根原端上来一碗大米稀饭，说：“先喝点儿稀饭，吃点儿菜，空腹喝酒伤胃。”

根原饿了，摸起筷子就吃起来。

小米子在根原的对面坐下，慢慢斟满了两杯酒，将其中一杯推到根原面前，说：“喝酒吧，别光顾吃。”

根原长这么大只喝过一次酒，是在平反昭雪要离开黄泥岗劳改队的时候和师傅喝的。那天，他喝了不少酒。师傅倒一杯他喝一杯，倒一杯他喝一杯，一连喝了七八杯，一瓶子白酒一会儿就喝光了，头也没晕，眼也没花，如同喝了一碗山泉子水，师傅夸他好酒量。今天，小米子给倒酒，他也不客气，也不推让，小米子倒一杯他就喝一杯，倒一杯他就喝一杯，一连喝了四五杯。

“慢慢喝，没有人和你抢。来，我陪你喝一杯。”小米子自己斟满一杯酒，高高举起，说：“打你出狱还没有像模像样的请你吃顿饭，今天就算是为你接风，来，为了我们多年的友情，干杯!”

多年的友情？根原一愣，夹住韭菜的筷子举在半空一直没送到嘴里去。

“你愣啥？吃菜吃菜。”

小米子扑哧一笑，说：“我说多年的友情难道还错了吗？我们是老邻居，一起挖过菜，一起拾过草，还在公字寨宣传队一起表演过节目。你在台上吹笛子，我使劲为你拍巴掌。你被打成破坏共产主义的坏分子，我还为你偷偷流过泪。你贩卖布票被张子传打得破头烂腚的，我还冲上去护过你。我挨了张子传一巴掌，跌坐在地哇哇哭喊，当时你是怎么想的？你没想抱抱我吗？没想亲亲我吗？你别这样看我。我知道，你这人防范心太强，是不会透露深藏心底隐秘的，你不打算叫人家了解你。”

“你……护过我？”

“怎么？你忘了？忘恩负义。哦，不是忘恩负义，你被张子传打得半死不活的，根本就顾不得看看我。”

“我……”

小米子抿住嘴含住了满肚子笑，为自己的壮举感到骄傲。她慢悠悠亮出兰花指，就像戏中的白娘子指责许仙那样轻轻点了点根原的额头，说话还京腔京调的。

“你这忘恩负义的贼子哟!”

面对着小米子火辣辣的大眼，根原一直低着头不敢抬起来。

“把头抬起来，看看你那熊样。”

小米子夹起一块肉放在根原的碗里。

“我没上中学，所以，对中学生特别羡慕。其实，我上小学的时候学习成绩非常好。“文化大革命”提倡交白卷，俺爹俺娘说，交白卷上那个学干啥？别上了。结果，六年级还没读完就叫我下地干活了。你是公字寨出产的第一个中学生，真叫人羡慕。你真英俊，大鼻子大眼，棱角分明，真有男人气，那时候我就可怜你，心里偷偷爱着你，真想抱着你困觉。可你是黑五类子女，我不敢抱。吃菜吃菜！别用这样的眼光看我。”

小米子乜斜乜斜根原，扑哧一笑。

“其实，我对咱们村的人一点儿也看不顺眼。你看看领导公字寨人民改天换地的几个头面人物们，一个个都感觉自己是个人物，其实他们哪像个人？老簸箕叫喊着站在家门口放眼全世界，他知道全世界是个啥？站在家门口抬头四面山，一辈子没走出巴掌大的圈，还要放眼全世界，可笑之极。愚昧无知，还一手遮天，大嘴一吧嗒说打谁就打谁，和地痞土匪啥两样？看我们家富了就红眼，生生把我们家缝纫机抬走了。大桂桂就是个大傻瓜，一点儿也不冤枉她。稀里糊涂鼓捣出个无人管理门市部，倒成了模范人物了，成了人模人样的大干部，真是奇奇怪怪的。大锅也是傻帽一个，么也不懂的二百货，他能领导公字寨人民闹革命？还有大碾台，偷菜还成了积极分子，到处作报告，自己还感觉很光荣很荣耀，真叫人恶心。损上一个奶子入了个党，就觉得了不起，口口声声要为解放全人类而奋斗。一个庄户女人，穷得叮当响，楦了一肚子糠菜地瓜秧，吃了上一顿，下一顿还不知怎么凑合，破衣烂衫窟窿滔天，连大奶子都遮不严实还要解放全人类。你知道全人类是个啥？你以为全人类是个落水的大母鸡啊？你以为把落水的全人类大母鸡一把就能薅出来啊？整天说先解放全人类然后解放自己，真可笑。咱们村的人，一个个奇奇怪怪的。”

“不！不仅咱们村，到处都奇奇怪怪的。”

“对，到处都奇奇怪怪的。咱们村的人，最叫我佩服的就是你。你这人，有骨头，是个有情有义的人，我了解你。你了解我吗？”

“哦……”根原轻轻哦了一声，也没表示明白到底了解还是不了解。

“你不可能对我一点儿都不了解，不可能。你就没听外人说我是个股份×吗？”

在这么坦诚直率的女人面前，根原没有力量说谎话，他轻轻点点头，表示听说过。

“谁爱说啥就说啥，不影响我自己偷着乐。人家的追求是解放全人类，我的追求就是想男人。喝酒喝酒，你别这样看我。”小米子端起酒杯，一仰头，咕咚喝下去了。一杯酒少不得一两多，看来，小米子是有些酒量的。

“人啊，个顶个拼命向别人证明自己是个正经人，去他娘的吧！白天看看人模人样的，太阳一落山还不如狗，一个一个假正经，还不如我这个股份×干净。我不怕人家说什么。实话说，你在台上吹笛子的时候我就想抱着你困觉。女人真正爱上一个男人，就是想抱着困觉。只不过，大多数只在心里想想，没有勇气抱一抱。干嘛这样看我？你耻笑我了，你不用摇头，你的嘴角一紧绷，显然心里在耻笑我了，你耻笑我那么小就想和男人困觉。你不了解女人。实话对你说，一个女人只要爱上一个男人，心里首先想的就是和他困觉。其实，你们男人也一样，只要爱上一个女人，也是总想和她困觉。说实话，你爱过女人没有？你想不想和二桂桂困觉？看着我的眼睛，你说，说实话。”

根原不敢看小米子的眼睛，他害怕自己的心思被小米子看透。说实话，他真想抱着二桂桂困觉。他不敢和小米子说实话，他没有这个勇气。本来，他确实有些看不起小米子的放荡。听了小米子一席话，他有点儿佩服小米子的勇气，一股子面对非议满不在乎的勇气。这股子满不在乎的勇气就是死猪不怕开水烫的愤懑气，根原能够理解。

“我不逼你了，男人的心思最害怕被女人看透。你这号人啊，满肚子仇恨，对任何人都怀疑着警惕着，所以不会有爱，只有恨。我是贫下中农，所以满眼都是红旗飘飘鲜花烂漫，走路一蹦一跳，所以忒喜欢爱，爱山爱水爱花爱草什么都爱。爱一个男人真幸福，白天看看，晚上想想，一有机会就抱抱，幸福极了。我也偷偷爱过你，只因为你是黑五类，我不敢抱。你吹笛子真好听，的溜的溜……的溜的溜……就像鸟儿叫。你们中学的毛泽东思想宣传队经常到舜城大集演出，每次演出我都去，就为了看你。你一化妆，真英俊。我一做梦就会梦见你，梦见你从天上飘下来，飘啊飘啊……漂到我面前。你吹笛子给我听，给我一个人听。听着听着我就抱住了你，紧紧抱在怀里，越抱越紧，一直把你紧进我的肚子里去了。我在炕上打滚，骨碌过来骨碌过去，浑身大汗淋漓，好像真的抱住你一般。我不敢睁眼，一睁眼你就飘走了。公社毛泽东思想宣传队本来选中了你，只因为你是黑五类子女，后来选了我。多年来，我的心里一直愧愧的。后来你被逮捕，被打成破坏共产主义的坏分子，我非常难过，一个人躲进大山沟里放声大哭，一直哭到太阳落了山，一直哭到大黑了天。我害怕哭声被狼听见，擦巴擦巴眼泪就回家了。我爱你，从小爱到现在。那种想抱着你困觉的愿望就像在心中栽下的小苗，根，扎在肉里，扎在骨头里，随着我一起生长，一辈子扔不下。你信不信？信不信？”

在小米子的追问下，根原好像是点了点头。

“其实，一个人会爱着许多人。尽管你爱这个爱那个，但是未必能够抱一抱亲一亲。人都说婚姻是一种缘分，是老天爷安排就的。其实，抱一抱亲一亲也是一种缘分，这种缘分也是老天爷安排就的，你信不信？信不信？”

小米子叹口气，呐呐述说着藏在心底的隐秘。

小米子的男人吴团长早已下海了，经营舞台灯光和舞台音响发了财。手里的钱多了，身边的女人也多了。吴团长跑到南方一年多没回来，音信全无。吴团长已经向法院提出离婚要求，小米子很苦闷，她不愿意离婚。分居两年，法院就可以判决自动离婚。看来，无论小米子情愿不情愿，离婚是早一天晚一天的事了。

“人心都在苦水里泡着，无论谁。小时候不知道苦，泡着泡着就知道苦了，知道苦了也就长大了，知道苦了也就变老了。人啊，苦一辈子。我不想苦一辈子。不想。女人啊，最苦莫过于被你爱的人抛弃了。女人丢了男人就等于丢了魂，丢了脊梁骨。我不但丢了魂丢了脊梁骨，连娘家也丢了。我爹娘我姐姐都骂我是不要脸的东西，都不叫我进门。我姐姐和姐夫就在舜城街头摆摊，但是，从来不进我的门。有时候，我从街头走过，姐姐故意低低头装作没看见。我知道姐姐气恨我。我主动走过去喊一声姐姐，姐姐拿白眼看看我，不吭声。不吭声就不吭声吧，权当我没有姐姐，也没有爹娘，石头缝里蹦出来的。我没有家，没有亲

人，没有，什么也没有。别看嘴上嘻嘻哈哈，其实满肚子都是泪。我很佩服你，你从大狱里出来还是这么硬硬站着，是个真爷们儿，是条汉子。男人就该这样，无论遇到什么苦什么难，都要硬硬站着。女人摔倒是需要别人搀扶的，男人摔倒需要自己爬起来。你恋着二桂桂，那么真诚，那么坚定。二桂桂真有福，我真羡慕二桂桂。一个女人能叫一个男人死死活活的爱着，真有福啊。”

听着小米子的述说，根原感觉心里一阵发冷，一阵发热，一阵一阵像是要冒汗，还一阵一阵气得牙根疼。难怪吴团长只去过一次公字寨，此后就没见过那个只活在小米子嘴上的男人。

小米子说，她的身边有很多男人，那些男人只是顶着一张男人皮，不敢相信他们是个人。越是在场面上混得像个人样的越龌龊，越不敢相信。

小米子倾吐着满腹的苦水，没有哀伤，也没有眼泪，平平静静。根原感觉，小米子好像在讲一个很远很远的故事，如果不是一个村的人，真叫人怀疑小米子所讲的是不是自己的故事。

大半瓶子白酒一会儿也就喝光了。

“还喝吗？”小米子问。

“不喝了。”

“喝足了？”

根原应着，“嗯！”

小米子说：“你没喝足。你呀，好酒量。我不是不舍得给你喝酒，你看，桌子底下还有好几瓶，是怕你喝醉酒误了大事，完不成组织交给你的光荣任务。”

“光荣任务？啥任务？”

根原感激着小米子，巴不得能给人家帮点儿忙。

“吃个馒头吧，吃饱。”小米子没有回答啥任务，她把馒头递到根原手上，说：“告诉你，这饭菜不是为你准备的，是为我那个站长儿子准备的，那小子有事来不了，叫你这个小子赶上了，算你小子有口福。”

小米子一边说着，一边给根原递馒头，递一个，根原三口两口就吃一个，递一个，根原三口两口就吃一个，一连吃了四五个。盘子里已经空了。小米子看看空盘子，又看看根原，笑笑。

“怎么样？吃饱了？”

根原抹抹嘴，轻轻点点头。

小米子嘻嘻笑着，却不正眼看根原那张脸，不是不好意思看，而是害怕把根原看羞了。她一边收拾饭桌，一边说：“你呀，好酒量，也好饭量。能吃就能干，你呀，一定很能——干。”

她的话里暗含着一种东西，担心根原听不明白，故意把嘴角深深一抿，紧接着，一双大眼飞出一道勾魂摄魄的弧光。

根原从那个弧光中窥到了一点儿啥，可他好像没了主意。本来求告人家借钱的，人家一口答应着，还管酒管饭一片热心。一个独身女人对男人的热情后边会发生什么，他心中已经明白了。

早就听赵安祥说过小米子不少的坏话，原先以为同行是冤家，而今他信了。赵安祥说小米子是个能女人，可惜能耐没用到正地方，全部用到床上去了。若不然，她能进了公社毛泽东思想宣传队？能进了物资供应站？

物资供应站是山海县物资局直接管辖的国营单位，能够到物资部门工作，那可真是小母牛翻跟头。也不知小米子是怎么进了物资部门的。有人说，她的公爹是老革命，干部不小。赵安祥却说，她根本就没有老革命公爹，那个吴团长的爹就是个副处级干部，老土改，早就退休了，没有什么实力。再说，吴团长已经提出离婚，怎能为小米子的工作安排操心？小米子就凭着股份×的破本事进了物资供应站的，保准的。

供应站总共才有三个人，两个男人是正副站长，只有小米子一个群众。两个站长的家都在县城，他们大多数时间不是在外地忙采购，就是窝在家里帮着老婆忙家务，隔三差五也来供应站接接货。无论正的副的站长一来，小米子就忙活接待，吃啊喝啊住啊一条龙服务到底。如果两位站长不来单位过夜，小米子的身边就会围上其他男人。总而言之，有小米子坐镇，物资供应站的男人气很旺。

物资供应站的两个站长在“文化大革命”中不是一个派别的，一个

"东楼"，一个"西楼"，结怨很深，针尖对麦芒。这倒不是为了一个女人争风吃醋，而是革命造反结下的阶级仇民族恨。虽说"西楼"的造反派早被打垮了，但是他们相当不服气，一股被压抑的暗流在城镇乡间旮旮旯旯暗暗涌动，虽说不敢冲天冒大火，头疼脑热的发发烧是经常不断的事情。因此，"东楼"的掌权派们在各级会议上总要反复强调安定团结，严防有人煽风点火暗地串联制造动乱。

副站长就是"西楼"的，是登记在册的"震派"人物。他仰仗着东北林业局和铁路局有掌握着大权的亲戚关系，总能把比较紧缺的木材拉回来。因此，不光物资局的局长高高抬将着，各乡镇的物资供应站也都仔细捧着，指望多给自己弄点儿计划外的木头。有了这么一手拿把戏，他根本不把正站长放在眼里，走碰了头也不答话。正站长经常要求把"西楼"的小子调走，一年一年又一年，物资局局长不但不给调走，反而给"西楼"的小子安上个副站长，加强了对抗力量。

其实，局长也愿意下面各站存在点儿矛盾，利用矛盾解决矛盾，铁板一块容易出问题。有一个乡镇的物资供应站就因为铁板一块，出现了集体私分木材的恶劣事件。

"西楼"的小子受"东楼"的小子欺压多年，没想到局领导还这么看重自己，"副站长"职务一公布，越发撅起了尾巴棍子，看见正站长更是一哼一哼的。正站长干瞪眼，实在也没办法整治他，整天盼着再来一次"文化大革命"，借运动好好整整"西楼"小子。等了一年又一年，不但没等来运动机会，反而等来了"改革开放"责任承包。"西楼"小子的嘴巴子越撅越高，眼看着撅到鼻梁骨上去了。两个站长见面就扭头，好像谁也不认识谁。

撅嘴归撅嘴，工作还是要干的。正站长有什么打算就和小米子说说，小米子再和副站长传传话。副站长有什么打算也和小米子说说，小米子再和正站长传传话。两杆枪尿不到一处时，小米子从中说和说和传换传换，三个人的工作就在以小米子为轴心的说和传换中进行着。小米子就像个变压器，把高压变成低压，把低压变成高压，时间长了，也没感觉工作有什么别扭，而且还感觉非常正常，非常和谐，非常有味道。

哪一个站长制造麻烦冒大了火，小米子就会嘻嘻哈哈骂一顿给他浇浇火。

“恁娘怎么抖擞出你这么一个熊蛋渣滓，你给老娘把嘴闭紧了，你再叨叨，老娘回你的炉！”

挨了小米子嘻嘻哈哈的一顿臭骂，一切也就万事大吉天下太平了。

小米子说嘛是个大头兵，其实领导了两个站长，外人就给小米子送了个外号——站长娘。小米子走在大街上，老熟男人们碰了面都会嘻嘻哈哈高声叫喊“站长娘”，小米子也嘻嘻哈哈高声答应着。不守着站长答应得声音还小，守着站长答应得越发响亮。两个站长也嘻嘻哈哈开几句玩笑：

“不是站长娘，是站长娘子。”

小米子也高声对骂着：“老娘是站长娘子的干婆婆。什么干儿，和干娘也没个人样，没大没小的。再不成器，老娘回你的炉。”

工作，在嘻嘻哈哈的咒骂中有滋有味地进行着。

听赵安祥说，小米子见了男人就像蚊子见了血，硬扑硬上。根原不便冷慢了小米子的热心，但也害怕小米子的硬扑硬上。他不敢做出不规矩的举动，借了人家的钱，吃了人家的酒饭，没规没矩咋对得起人？他不敢多想，也不愿多想，他不知道接下来会发生什么。根原是有些酒量的，喝下大半瓶子酒，虽说脚底下有些轻轻飘飘，但是不至于醉倒了。和师傅在监狱里一口气喝下一斤半高度老白干啥事都没有，今天六七两酒难道就醉了？不会醉，不会。但是，他觉得脑袋越涨越大，脚下也越来越没有根基。他的头飘飘荡荡，心飘飘荡荡，身子也飘飘荡荡，不知是因为酒，还是因为有心事。走，快走，不能醉倒了丢人现眼。根原摇晃着身子站起来。

“你要干啥？”

“走。”

“哪里走？”

“回家。”

“这么晚了，你要回家？十几里黑咕隆咚的大山沟，你要回家？看

你，喝了那么多酒，歪歪扭扭的怎么回家？小心恶狼吃了你。”

“我……我到同学家过宿……”

“同学家？哪个同学家？”

“赵……安祥……”

“赵安祥？他是你同学？你怎和那么个欻狗牙的同了学？那个人是狐狸培训班毕业的尖子生，你和这样的人交朋友可是靠不住。鬼子来了，合满舜城镇第一个当汉奸的保准是他。你在他家过宿，小心脏了身子。得了，就在我这儿睡吧，我这儿比他干净多了。你耻笑我了，一定是耻笑我了，你的嘴角一绷紧就是耻笑我了。你甭耻笑我，告诉你，股份×总比当汉奸光荣，你说是不是？是不是？不说废话了，早点休息吧。”

“在你这里……不方便，我……不能……不能坏了名声。”

“名声？哈哈哈……”

小米子放声大笑着。说是笑，倒不如说是被蔑视而激怒的屈辱呼号，瘆得根原起了一身鸡皮疙瘩。

“你还要名声？你还有名声？你是什么名声？”

“人家不拿咱当人待，自己不能不拿自己当人待。”根原咕哝了一句，声音很小，少气无力的。

“当人待？你还是个人？你觉得你是个人？你是个什么人？偷盐贼，反革命，黑五类！这就是你的名声，刚刚从大狱里放出来的坏分子就是你的名声。要脸要腚要名声的君子人我见得多了，一个个假惺惺，一个个下三烂，一张人皮包着一堆猪下水。人人都说要做个人，人是个啥？你活得像个人吗？你走吧，走吧，保住你偷盐贼的好名声去吧！”

小米子好像是一只被惹怒的母狼，很凶，一棵嫩嫩的小白菜突然变成了浑身是刺的狼牙棒，劈头盖脸横扫一切。她大步走出去，哗啦打开大门，声音很低但是非常有力地对根原说：“走吧，快走，别坏了你这个偷盐贼的好名声。”

四

根原踉踉跄跄出了大门，只听见身后咣啷一声响，大门随即关上了。

随着大门咣啷一响，根原心头咯噔一震，仿佛猛然间从梦中醒了过来。

这是怎么回事？他感觉脑袋空了，就像一个被掏空的葫芦壳，没有籽，没有肉，没有，什么也没有，只剩下一个空空的壳。他晃晃空空荡荡昏昏乎乎的空壳脑袋，翻检着一点点记忆碎片……

哦！我向小米子借钱来了，还吃了人家的饭，喝了人家的酒，还……

根原不愿想下去，他的脑袋嗡嗡响着，身子歪歪扭扭晃着，茫然地朝前走去。走……去哪儿？不知道。自己对小米子说要到赵安祥那里过宿不过是个托词，赵安祥那里他是不会去的，那是个只顾自己而不会为朋友承担半两责任的人。但是，那个人利己，却不是祸害人的坏人，根原了解他。

前面就是舜城东风车马店，今天不是大集，车马店黑灯瞎火悄没声息。对，到车马店住一宿。

根原一边朝车马店走着，一只手不自觉地伸进了口袋。他的手捏住了钱，总共十五张：十元的有十二张，还有三张一元的……他知道，在车马店住一宿要花六毛钱，睡的是大通铺，那些大通铺就和监狱里的大通铺没有什么两样，就和睡在街头上没有什么两样。不能花这个冤枉钱，决不。

对了，车马店大门的背风处就很好。

根原选了个墙角旮旯蹲下来，冷风吹不到这个地方，好地方，就在这里眯瞪眯瞪，一会儿也就天明了。

天明了干啥？小米子说了，明天九点去取钱。明天还能进得去那个门吗？自己是被那个女人赶出来的，那道门再也进不去了。完了，一切都完了。小米子就是自己的救命活菩萨，没有她的支持，不但没钱租房

老天爷好像故意和根原过不去，
一阵一阵的冷风打着趔趄直往根原的怀里吹，
根原一个寒战连着一个寒战，
浑身哆嗦成一把筛。

子，也买不起木头，啥也干不了。完了，一切都完了。

根原望望天，黑洞洞的，没有星星，没有月亮，一点儿光亮也看不到，心头掠过走投无路的一阵悲凉。这种悲凉好像比被逮捕被打成破坏共产主义的反革命分子还凉。那是死猪不怕开水烫，那是抱定了一死的打算，对于一个死了心的人是无所谓什么凉热的。而今，根原已经不是死了心的人了，不是死猪了，不但要在舜城这片土地上创业，还要在舜城这片土地上站起来。只要心中有了光亮，就特别惧怕黑暗。只要心不死，也就害怕开水烫了。他盼望在舜城镇留下来，害怕再回公字寨被人瞧不起。害怕。他后悔不该那样对待小米子，说出那样的话不是明摆着羞辱人吗？

夏末早秋的天气是脾汗天，当午热死人，夜里又冻死人。今天，老天爷好像故意和根原过不去，一阵一阵的冷风打着踅踅直往根原的怀里吹，根原一个寒战连着一个寒战，浑身哆嗦成一把筛。

还不到半夜，挨到天明还早着呢。根原突然有一种恐惧感，这种恐惧来自于难捱的寒冷的暗夜，来自于租不起房子的愁苦压力，来自于走投无路的一丝悲凉。他感觉自己没有力量对抗寒冷的夜了，在暗夜面前，在寒冷面前，他渐渐开始溃败了，他败给了寒冷的夜。

根原抬头看看黑咕隆咚的车马店，又动了住店的心思。不就是六毛钱吗？车马店虽说是硬硬的大通铺，毕竟还有些铺盖，钻进被窝里毕竟不用打哆嗦。

根原下定住店决心的同时，又把手不自觉地伸进了口袋，他的手捏住了钱，总共十五张：十二张十元的，还有三张一元的……租房子需要钱，买木工材料需要钱，这些钱是不能乱花的，不能花，一分钱也不能花。在那个大通铺上睡，和在大街上有什么两样？现在已经半夜了，在被窝里睡不了几个小时，一个小时就会睡掉一毛钱。破破烂烂的车马店，一个小时睡掉一毛钱未免太狠了。他把钱往口袋最深处掖了掖，狠狠地朝车马店瞪了一眼。根原在心里暗暗叫骂着，他娘的，一个小时要花一毛钱，杀爷爷过年，狠孙。

一骂杀爷爷过年，根原猛然想起了爷爷。想当年，爷爷就是因为不舍得在这个店里住一宿搭上了一条命。爷爷，没出息的爷爷，住一宿不就是六毛钱吗？一条命就不值六毛钱？住宿，不过了。根原哆哆嗦嗦站起身，哆哆嗦嗦走到车马店门前，伸手正要敲门，突然感觉风停了，天也暖和了许多。六毛钱能买一条好锯条，有一条好锯条就能解好多的木

板，能做好多的家具，六毛钱就可以变成六块钱变成六十块钱变成六百块钱……不能花，六毛钱，一条好锯条。不就是身上冷一点吗？走动走动就不冷了，说什么也不能花这个冤枉钱。

根原不愿意看见这个车马店，站在车马店大门前不禁就会想起爷爷，而且老想走进去。他赶紧离开了车马店，沿着舜城的小街来回跑动起来。不冷了，不冷了，浑身热起来了，再也不用打哆嗦了。

身上不冷了，肚子又开始冒火，肚子一冒火，就把舌头烤焦了。他感觉口渴，渴得舌头干涩僵硬，就像一条半干的咸鱼。根原被逮捕揪上批判台时也曾这么口渴过，渴得两眼冒蓝火。二桂桂双手捧着一个大梧桐叶子突然走上批判台，那个梧桐叶子包着一包水，二桂桂将梧桐叶子送到根原的嘴上……

忘不了，一辈子忘不了，死也忘不了。根原舔舔干裂的嘴唇，心里轻轻呼喊着，二桂桂啊，你如果再捧着梧桐叶子出现在我的身边该有多好啊！

根原紧三步离开车马店，转身朝村头走去。

车马店不远处有个大水塘，人称珍珠塘，足有三四十亩水面。水塘里好几个大泉眼，从大石头缝里咕嘟咕嘟冒水花，就像一串串珍珠。水塘岸边的垂柳低垂着枝干，一条条柳丝都要扫着水面了。柳丝映在池水里，随着水波慢悠悠漂来荡去，一副闲散优雅的绅士风度。

根原上中学的时候经常路过珍珠塘，每次路过，都会凑近塘边的大泉眼看一会儿冒水花。无论渴不渴，总要捧几捧新鲜水送到嘴里。然后，就和小伙伴们打水漂。一群小伙伴攥紧着小石头站在水塘边，一边用力甩着胳膊，一边喊叫着：东西排，南北站，稀里哗啦一大串……随后用力将小石头投向水面。小石头在水面上跳跃着，碰出一串串水花。

根原打水漂最巧妙，不用挑拣瓦片或者石片，也不用喊叫，随便摸起一块没角没棱不三不四的小石头就能打出一大串很漂亮的水漂，小伙伴儿们纷纷拍手叫好。

根原来到大水塘，刚刚蹲下身子捧起一捧水，突然听到黑洞洞的夜空里发出嗤嗤的几声嘲笑。根原一愣，猛一抬头，小米子就站在自己的身后。

“你要喝尿啊?”小米子不冷不热不紧不慢的话语里透着强烈的讥笑。她慢慢走近根原，还是以不冷不热不紧不慢的话语对根原说：“千家万户的脏滥臭水都朝这个大水塘排泄，千家万户都在这个大水塘里洗衣服涮尿罐，你尝尝，味道美极了。”

星光黯淡，根原看不清小米子的面庞，但是，他会感觉到这个女人嘲笑自己的神态。小米子不凉不热不紧不慢的几句话，弄得根原手足无措，一捧水举在胸前，再也没有力量送到嘴里去了。

突然，小米子一把打掉根原双手捧起的池水，拉起根原的胳膊就走。小米子真有劲儿，拖拖拉拉一直将根原拉回物资供应站。她把根原推进屋，端过一盆水让根原洗了手，然后把早已准备好的茶水端到根原的面前。茶水不凉不热，根原咕咚咕咚一连喝下四五杯。渴了，实在渴了。

就在根原喝水的当儿，小米子非常麻利地收拾好了床铺。

根原刚刚放下茶杯，小米子就问：“不喝了?”

根原没吭声，轻轻点点头应着。

“上床吧。”

不容根原犹豫，小米子一把将根原推倒在床上。

“你不是要把自己当人待吗?你不是要闯个人吗?这就是人，实实在在的人。”

小米子脱下了根原的鞋袜，慢慢解开根原的衣扣。根原穿了一件只剩下三颗扣子的褪旧白衬衫，三颗扣子一解，红红的储满着力量的胸膛就裸露在电灯的光亮之下。

根原紧闭着眼，他不敢睁开眼，不敢看一眼面前的女人。虽说紧闭着眼睛，但是能够感觉到电灯的光亮。

一双细软的手慢慢抚摸过储满着力量的胸膛，然后慢慢伸向根原的腰带。当那双细软的手抓住根原的腰带时，根原猛地坐起身来，他睁大了眼，看了看站在床前的一丝不挂的女人。他没有慌乱，显得非常平静，他对小米子说：“把电灯关上吧。”根原一伸手，吧嗒将电灯关

上了。

“不能关灯！黑灯瞎火的有啥意思？我就是要清清楚楚看着你的肉，看着你的骨头。”小米子伸手又把电灯开关拉开了。

“我还没碰到过你这号的男人，一横一横的。那些臭男人就是一群苍蝇，你不是苍蝇，你是一头狮子，我喜欢你这头狮子。”

小米子迅速解开根原的腰带，拽住裤腿，嗖地将裤子脱了下来，顺手扔在当地上。

“十多年了，我经常在梦中抱着你困觉，今天终于抱着活的了。”

小米子没有扑上去抱住根原，她木木地站在床前，泪水吧嗒吧嗒默默落下来。她哭了，哭得很伤心，一滴一滴泪，全部砸在根原无遮无盖的胸脯子上。

五

根原缴上十个月的房租，从小咕噜手里接过钥匙就马不停蹄筹备开工。他需要抓紧干活儿，抓紧挣钱。他连夜赶回公字寨搬来木匠工具，连夜拾掇房子，连夜整理小咕噜送来的木头。

房子多年没人居住，成了老鼠和蜘蛛们的天下。院子里的杂草长得非常茂盛，一棵棵驴尾巴草眼看着冒过墙头，都要长成檩条了。拉拉藤满院子纠缠，插脚的一寸闲空也不给留下。墙根下和屋旮旯冒出一个一个土堆，那是老鼠们各自霸占的地盘。蜘蛛们抢占了屋子的空间，把所有能够利用的空间都作了安排，上搭下挂密密麻麻。重重叠叠的蛛网好像不是为了网住蚊虫的，而是专门截获尘土的。本来是细如毫发的蛛丝，被尘土一粘裹，结成了一根根粗粗的土绳子，横捆竖绑满屋子缠绕。有些灰绳由于忍受不了生拉死拽的压力，一嘟噜一嘟噜从半空中落下来，地面被厚厚的一层灰绳覆盖着，鼓鼓胀胀，叫人不敢轻易落脚。根原一天一夜没住手，好歹把房子拾掇出个大概的眉目来。他把驴尾巴草晾晒晾晒，一捆一捆摆到屋子的东墙角，上面盖了件蓑衣就成了床铺。他没钱买床，也不想花钱买床，自己会做，过些日子有了木头就可以利用下脚料做一张床。吃饭简单，娘给烙上的煎饼，扎扎实实包上了一大包袱，尽够吃上六七天。娘还用四系小罐儿装了满满一罐子豆酱，根原饿了就会摸出煎饼抹上豆酱卷上大葱，把头一歪吭哧吭哧吃起来，一顿吃上五六个。打小就吃煎饼卷大葱，好吃。小时候，娘每次给自己卷煎饼都会说上几句顺口溜。

“卷上葱，抹上酱，强似一千样。”

后来长大了，不用娘再给自己卷煎饼了，但是，根原每次卷煎饼，都会在心里默默念叨这句顺口溜：“卷上葱，抹上酱，强似一千样。”

根原在院子里挖了一个小水井，渴了，就把水提出来，咕咚咕咚喝个饱。

舜城真是个好地方，无论啥地方，也不管平地坡地偏偏地，只要挖个两三米深的坑，就会有旺旺的泉水冒出来，天天喝也喝不完。舜城的水甜，喝一口，满肚子甜。

根原安顿下来，很满意。现在唯一让他挠头的是对付那帮老鼠。老鼠洞被根原砸满了玻璃岔子，但是老鼠们并不善罢甘休，又拼命从一旁打出新洞，一堆一堆鲜鲜的土，挤满了旮旮旯旯。一到晚上，老鼠们就大了胆子，大摇大摆从根原的头上跳过，有的还敢凑过来闻闻根原的鼻子，好像在寻找报复机会，根原时常半夜三更被老鼠们闹醒。老鼠们好像不敢明目张胆与根原直接对抗，但是它们偷偷摸摸和根原抢夺煎饼。根原捎了一个星期的食粮被老鼠们偷去了一大半。根原用一根铁丝挂住煎饼包袱，将包袱吊在半空，急得老鼠天天晚上咬牙切齿吱吱叫骂。

根原把屋子收拾停当，立马就抡起了斧头。老鼠们听不得没白没黑很可怕的吭吭哐哐，逐渐退出了战场，也不知它们搬到哪里去了。

小咕噜本来是做个一般的大衣柜，根原却格外上了些心。这是进了舜城干的第一个活儿，叫小咕噜赚个便宜也不能脏了自己的手艺。

眼看大衣柜就要做成了，突然来了两个人，说是舜城工商所的。其中一个根原认识，就是工商所的副所长张子传。

张子传一步跨进屋，一双大贼眼满屋搜？着，好像在寻找窝藏的逃犯。看屋芭，看房梁，看了木头看斧头，最后把目光聚焦在根原的脸上，态度不冷也不热，声调不低也不高地问：“谁叫你在这里开木工

铺的？”

根原盯住张子传不言语，只觉得满头冒火花，他恨着张子传。

根原上中学的时候，偷偷卖布票被张子传逮住过，不但没收了布票，挨了张子传一顿打，还被游了街示了众。

那时候，国家按人头发放布票，无论大人小孩，每人每年三尺三寸，个头儿大的还做不了一条裤子。即令如此，很多人家还是能够节省下布票，一是不舍得穿，二是没钱穿，干脆就把布票卖了换几个打油买盐钱。一尺布票能卖一毛多钱，三尺三寸也能卖四五毛。根原家四口人，一年能发一丈三尺二寸布票。根原爹娘过日子，攒下三十二尺七寸布票。根原馋着买笛子，哄怂着爹拿出了布票，谁料想，刚上大集就被张子传逮住了。布票被没收，根原疼得浑身打哆嗦。姐姐没有一件囫囵衣服，时常从破布缝里露出白白的肉。三十二尺七寸布票全部被没收，给姐姐留一件褂子也好。姐姐，可怜的姐姐。根原一想起姐姐，泪水就泡透了满身的肉。

上级指示不许倒卖布票、粮票等一切票证，论说，人家张子传也是执行上级指示，但是根原把仇恨记在张子传身上。什么混蛋上级指示？自己家的布票为啥不叫卖？

仇人相见，分外眼红，根原恶狠狠盯住张子传，嘴唇紧绷着，一句话也不说。

张子传看看根原，胸脯子一挺，一派居高临下教训属民的气势：“现如今虽说允许干个体户了，但是，也不允许私自搞地下经营。”张子传一边说着，一边从手提包里掏出了一个红塑料皮的小本子，随手翻开，将小本子伸到根原的眼皮子底下，说：“你看看，看仔细了，看仔细了。这是国家工商行政管理局的文件，是经过党中央国务院批准的，你听着。”张子传接着就开始读起来，一字一句，读得很认真。

“各地可以根据当地市场需要，在取得有关业务主管部门同意后，批准一些有正式户口的闲散劳动力从事修理、服务和手工业等个体劳动，但不准雇工。”

张子传收起小本子，对根原说：“这是国家工商行政管理局的文件，红头文件，是经过党中央国务院批准的，你听明白没有？红头文件。限你三天时间，抓紧回村里写证明信，然后找我，办一个合法的营业执照，要不然就关门，这是规定，听明白没有？中央的规定，红头文件。”

张子传撂下这么一句话，转身就走了。根原望着张子传远去的背影，犯起了难为。人家手里攥着红头文件，说关门就会关门的。红头文件就是天，自己没有力量和天对抗。

一说回家写证明信，根原头皮就发麻。老簸箕最仇视自私自利的人，最仇视个体户，自己开办木工铺他能同意吗？能给写证明信吗？无论能写不能写，反正得回去试一试。

果不出所料，老簸箕不但不给写，还给根原扎扎实实上了一顿政治课。

“个体户算什么狗东西？不三不四的人才干个体户，好人哪有干个体户的？青年人要学好，不能王小放牛不往好草里赶，不能凭着社会主义的光明大道不走走资本主义的邪道。你刚刚从大狱里放出来，毛主席给你一次重新做人的机会，你不能再做对不起毛主席的事了。要斗私批修，牢固树立大公无私的革命思想，一心一意为集体，一心一意为人民，不能满头脑私字作怪。大河里有水小河里满，大河里无水小河里干。不能解放全人类，怎么能解放自己？你没看《龙江颂》？不能叫巴掌山挡住了双眼，要抬起头来朝远处看。回来吧，只要你回来我就叫你进大队木工铺，吃大队工。在大队木工铺里干多光堂？比干个体户强多了。你看怎么样？”

老簸箕把根原训了一个没脸没腚，到了也没答应给写证明信。当然，根原也没答应回那个大队木工铺。

三天很快过去了，张子传带着几个青年又来了，不仅给锁了门，还在大门上贴了三道封条。

根原被关在门外，眼望着门上长长的封条，又气又急还无可奈何，不由得泪水涌满了眼眶。自己已经交上了一百多块钱的房租，一百多块啊，耽误一天就是一天的钱，大门一锁不让干活怎么办？他害怕泪水落下来，使劲把泪水挤压到肉里去。

张子传恶狠狠地警告根原，封条就是法，哪个胆敢撕毁了封条就是犯了法，犯了法就坚决不客气。

“哟！杀爷爷过年，是谁家这么狠的孙子啊？和谁不客气啊？”

小米子不知从哪里突然冒出来。她伸手指着张子传的鼻子大声叫骂着：“张子传，你是个什么狗东西？当年人家卖自己家的布票，你把人家打得破头烂腚的。如今什么年代了？都改革开放了你还放不下极‘左’路线。”

“看你说的。上级有指示，红头文件，咱得执行是吧？”

张子传说着说着就开始掏小本儿。这是他的习惯动作，时不时就会给你念上几句指示。

“你甭给我掏小本儿！县长都说大力支持个体户发展，你倒好，给人家贴封条。你是哪个上级的指示？日本鬼子指示你的？我看你是和党中央对着干，和县长对着干。有什么问题解决什么问题，你给人家贴封条算个什么熊事？党中央叫你贴封条了？毛主席叫你贴封条了？你拿出党中央毛主席叫张子传来给根原贴封条的文件我看看，拿出来！”

“看你说的……毛主席已经死了多年了，叫我到哪里拿文件？”

“你拿不出来啊？拿不出来就不要胡乱贴封条。人家的吃食都在屋里，你不叫人家吃饭了？你管饭？你打算管饭就说明白，中午咱们都到你家吃饭。”

小米子一边说，一边走到门前，顺手就把封条撕掉了。

“老娘犯法了，怎么着？我跟你到所里去？你头前走着，告诉你们所长，泡杯好茶等着老娘。”

“你……”张子传气得直瞪眼，却拿着这个站长娘没有办法。他镇着脸对小米子说：“没有工商登记，就是非法的。再宽限半个月。”

“半个月？你说半个月就半个月了？你是万岁皇帝爷啊？我看你就是个极‘左’路线，极‘左’惯了，你是极‘左’难改！”

就在小米子责骂张子传的当儿，那几个跟随张子传一起来的年轻人早就偷偷笑着溜走了。有一个还没走远，躲在墙角看热闹。

张子传在所里一直是排名最后的副所长，虽说馋那个一把手馋了二十年，一直也没坐到一把手的位上去。张子传虽说工作积极认真负责，但不是一把手的材料，不仅上级领导心里明白，下级群众心里也清楚。他不怕得罪人，六亲不认。他的亲舅舅在村里开了个小门头卖一点儿酒水香烟什么的，张子传本来是去看望舅舅的，一进门看到舅舅无证经营，竟然毫不客气给舅舅贴了封条，把舅舅气得一蹦三尺高，摸起扁担将这个不识数的外甥赶出了门。

凭着秉公办事的精神气，凡是得罪人的差事，所长都是支派他这个副所长披挂上阵。他也特别喜欢冲在前线，动不动就咋呼几个青年跟在身后到处贴封条，有意显摆自己副所长的权威。因为他习惯掏小本儿念规定，人们给他送了个外号：龟腚。说嘛，他是个副所长，无论是上级还是下级，没人把他当个正儿八经的所长看待。只要你在前面加上几句听起来像表扬像歌功颂德或者像很亲近的热乎话，然后就可以大声喊出那一大堆外号。

“张所长这人……嘿！工作积极，照章办事，名副其实的王八腚。”

“张所长真是大好人，工作认真负责，王八腚，名副其实，名副其实。”

对于人们半开玩笑半认真的麦芒子话，张子传也不是听不出话外之音来，而是不大在乎。不过，偶尔在乎起来也叫人难以收场，大有红刀子进去白刀子出来的阵势。张子传这个副所长已经伴过八任所长了，所以，人们绕了个大弯，称呼“老八”，躲避着红刀子进去白刀子出来。人们称呼“老八”倒叫张子传没了辙，几次在乎几次吃了败仗。

“怎么了？你是不是熬过八任所长了？看看你那个熊样，你不是老八还成了老大了？一句玩笑话就当成掀恁爹的坟供桌，什么东西。”

张子传生了一张硬邦邦的规定脸，对谁说话都是规定腔，没有一点儿人滋味，单位里人人厌恶他。说来也怪，他在历任所长手里却是大红人一个，都会得到很好的重用。重用自有重用的道理，叫他向东不向西，叫他打狗不撵鸡，而且认认真真兢兢业业，执行领导的指示不走样，这样的“王八腚”任谁当家都会喜欢用。大会上，所长经常表扬张子传是最叫领导放心的人。领导一表扬，把张子传表扬得浑身发热满头

放光，如今快到退休年龄了，更加积极得没边没沿了。

张子传在外边给人家贴封条，所长在背后卖个人情再派人去给揭了去。张子传贴封条为了显摆自己副所长的权威，所长派人揭了去是为了卖个人情，两厢情愿。这好像是工商所里常态性的重要工作内容。

张子传被小米子骂了一顿，气哼哼转身就走了。根原呆呆地站在大门口，一直没有缓过神来。

“你还愣着干什么？你不是求我揽活儿干吗？中学里有活儿，修理桌椅条凳，你快去找徐白校长，现在就去。”

小米子说完转身就走了。头也没回。根原望着小米子的背影，一直呆愣着。

六

舜城中心中学的在校学生两千七八百人，再加上老师，将近三千口子人，是山海县最大的中学，县里一中的在校生也达不到这个数。

中心中学就在赵家庄园，徐校长的办公室就是想当年大地主赵慧仁的大账房，画栋雕梁，富丽堂皇，好气派。无论哪个领导来视察工作，都会给予这样的评价：舜城中学，不仅是全县最阔的校园，就是全省全国或者全世界，恐怕也是第一阔。

徐校长抓教育很有经验，大学入学率在全县每年排名第一，每年都有学生考入北大、清华等名牌高校，成为全省的示范学校。因此，周围几个县的学生都想方设法朝这道门里挤。徐白校长成了远近闻名的教育家，县里省里的领导经常来视察。他的弟子非常有出息，好多省部级干部，市长县长一堆一堆的，科级干部得用箩筐装，一筐一筐数都数不清。

根原走进赵家庄园，直奔着徐白校长的办公室走去。

“看你往哪里跑！看你往哪里跑！”

一阵一阵呼喊声从徐校长的办公室里传出来。听声音，好像是在打架。

根原一愣，以为老师出了事。他紧三步闯进办公室，原来，徐校长手握苍蝇拍正在追赶一只苍蝇。

徐校长见根原走进来，点点头，说："你先坐一会儿，等我把这场战斗打赢了再喝茶。若不然，制空权掌握在敌人手里，时不时骚扰骚扰你，咱们不仅家国不安宁，喝茶也喝不出味道来。你先坐着。"

徐校长满以为很快就会结束战斗，结果，好一阵忙活也没消灭掉一只苍蝇。徐校长一边追，一边说："现如今，苍蝇都把毛泽东的游击战术研究透了，它不和你正面对抗，而是和你玩游击战。你要打它，它就躲起来。当你刚刚坐下，它就出来捣乱，而且故意在你的头顶上飞来飞去，好像故意向你挑战。敌进我退，敌驻我扰，敌疲我打，敌退我追的十六字诀它是研究透了。只要学会了游击战，弱小就会变得非常强大，一只苍蝇就能把你搅得不得安宁。"

徐校长追了一阵子，苍蝇又不知躲到哪里去了，徐校长到处找，根原也帮着找，打天摸地也没找到那只苍蝇。

"不找了，喝茶。"徐校长给根原倒了一杯茶，将茶杯递到根原手上。

根原满肚子乱草，房子被贴了封条，张子传还逼着开证明信，吃饭都咽不下去，哪里有心喝茶？

徐白校长一脸的轻松，乐呵呵地说："慢慢喝，别着急。不就是贴了封条吗？还能怎么样？"徐校长举起手中的苍蝇拍对根原说："苍蝇拍拍死的是苍蝇，拍不死老虎。"

徐校长话音刚落，那只小苍蝇不知又从什么地方飞出来了，而且专门朝着徐校长的脸上撞，好像非常不服气，故意向徐校长挑战。徐校长又是好一阵忙活，那只研究透了游击战的苍蝇又不知藏到哪里去了。

徐校长放下苍蝇拍，对根原说："学学苍蝇，打游击战。西边堵了堤，东边淌出河。世上本来就没有死胡同，是死脑筋的人自己给自己制造出死胡同。我这里好多房子闲置着，你如果愿意，搬过来好了。一边给学校修理修理瘸胳膊断腿的桌椅条凳，一边承揽一点儿其他的活儿。慢慢来，不用着急。"

看看老校长乐呵呵的脸，根原的心情也开始敞亮起来。

苍蝇拍拍死的是苍蝇，
拍不死老虎。

“你先喝杯茶，我把这幅画完成，墨干了就没法处理了。”

徐校长走到桌前，提起毛笔继续画画，根原也凑近画桌看热闹，只见满纸黑乎乎，弄不明白校长画的是什么。

徐校长一边画，一边说：“徐渭的诗文书画样样精绝，真是旷世奇才。他的画在神不在形，很难学。他画葡萄不画圆圈，点一个墨点就说是葡萄，你看看，这像葡萄吗?”

根原看看老师，笑笑，说：“俺不懂画，不敢说。”

“凭着你的感觉，大胆说。审美，就是一种感觉。”

“俺……不敢说。”

“你啊，受了那么多的苦难，也许养成了局促心理，这也难怪。以后一定要落落大方，改变拘拘谨谨的做派。也不挨打也不受罚，怕啥?大胆说。”

有了老师这句话，根原一下子壮起了胆，他眯眯眼看看满纸墨团，非常认真地说：“乍猛一看不像葡萄，细细琢磨琢磨就是葡萄了。有些画，乍猛一看很像葡萄，细细琢磨琢磨好像不是葡萄，而是一个个玻璃球。”

徐校长哈哈大笑，笑声里好像透着满意的称许。

老校长画完画，用舌头舔舔纸角，一边将那幅不像葡萄的葡萄顺手贴在白墙上，一边说：“没有创造就没有意义。有句美在自然的名言，我一直怀疑它的准确性。这个自然如果是指自然世界或者自然现象，首先就盲视了人的存在。花儿无论如何美丽，猴子是不会关心的。如果是指自然心境，虽然关注到人，但是也不能揭示艺术的本质意义。美，应该在创造，在于人的自由的意志表达。你说呢?”

根原听不懂老校长所说的意思，不知道如何回答，他看看老校长，憨憨笑笑，一边轻轻摇摇头，一边说：“俺不懂，不敢说。”

“咱们是闲聊，要大胆说出自己的见解，不要养成瞻前顾后的畏缩个性。你说是吧?”

“我……我虽然不能理解老师的话，但是相信老师的见解是正确的。”

徐校长又是一阵哈哈大笑。

“当老师多么可怕，他的见解必须是正确的。因为，学生永远认为老师是正确的。”

徐校长是“文革”前北大毕业的高材生，是这一片土地上出产的第一个北大学生。毕业后在北京一个什么研究院工作，只因为父母故土难

离，徐校长为了照顾父母要求调回老家，若不然，早就大了家伙了。他学识渊博才华横溢，曾经发表过教育研究的学术专著。尤其对中学生教育的研究，在全国也是有一定影响的教育家。徐白老师虽然当着校长工作很忙，还一直兼着语文课，学校的教案教材都是他亲自编写。徐校长上课从来不对学生强调纪律，甚至根本不看学生，两眼望着房梁只顾自己的滔滔不绝，但是学生们都紧紧跟着他的滔滔不绝上天入地漂洋过海云里雾里东奔西突，谁也不舍得落伍。徐校长对书画也有很深的造诣，他是学生们崇拜的偶像。

徐校长贴好画，后退了三步，又细细看看那幅画，虽然没有说什么，但是看得出，心里还是比较满意的。他转身对根原说："来吧，喝茶。你品品，公字寨的茶，还是你当技术员的时候栽种的茶。这茶品质很好，色香味与庐山云雾茶极为相近，但是要比庐山云雾茶耐冲泡。你写的种茶四字经我读过，很有意思。"

徐校长喝口茶，眼皮一眨，顺嘴背诵起来："以粮为纲，全面发展，主席教导，牢记心间。'文化革命'，红旗招展，南茶北引，创立新篇。还有什么……茶树栽培，意义深远，反帝反修，出口外援。祖国大地，茶花开遍，共产主义，早日实现……忘了，都十几年了，只是匆匆掠过一眼，记不清了。"

早就听说徐老师博闻强记，过目不忘。几十年前读过的书，随便从书架上摸出一本，只要是他用红笔划过的重点段落，你提起个头，他就能接着朗声背诵。那本种茶四字经，自己写的都记不得了，徐老师只是粗粗看过，还能一段段背诵，真是过目不忘，名不虚传。

"公有制度的大实验，使人民饱受苦难。一切归集体所有，人的尊严和基本权利被剥夺。你们村还创造出一个无人管理门市部，号称天下第一共产主义村，当年我也曾带领着全校的学生去参观学习，如今想想很可笑。狂热，愚蠢的狂热。你上学的时候就敢贩卖布票，回头看，那是一种挑战，向极'左'制度挑战。那时候我的极'左'思想也很严重，所以逼着你写检讨书，你还记得吧？"

"哪能不记得？你逼着我写检讨，我一口气写了八张纸，一辈子忘不了。”

“不错，是八张。我一生气，说，你给我写八张纸！那是一句气话，你果然就写了八张纸，一张也没少。哈哈……”

徐校长豁达敞亮的哈哈大笑就像一缕阳光，把根原阴沉沉的心一下子照亮了。根原也抿嘴笑起来。

“你知道我是怎么开始喜欢你的吗？”

“你喜欢我？你能喜欢我？”根原感到很愕然。

“对！我喜欢你，从心底里喜欢你。看了你写的检讨书，我就开始注意了你，喜欢了你。你那检讨书写得很有水平，你说你怎么怎么喜欢笛子，怎么怎么想得到笛子，怎么怎么瞒哄父亲掏出了布票，怎么怎么被张子传全部没收了，怎么怎么对不住姐姐……我被你的检讨书感动了，一边读，还流下了酸心的泪水。多好的检讨书啊！我们的学校整天闹革命，作文课没有了，学生经年不写作文了，我是个老师，我是把你的检讨书当作文来看的。行文流畅，态度真诚，感情饱满，语言朴素，很感人。真诚，不仅是生活的态度，也是写作的态度。当今许多作家的作品没有真诚，没有感情，胡编乱造，自欺欺人，还不如你那篇检讨书写得好。看到你把检讨书写得那么有光彩，真高兴。我在心里喜欢你，同情你。卖掉自家的布票有什么错？想得到一支笛子有什么错？是我逼着你写检讨，我不该逼着你写检讨。不！幸亏逼着你写检讨，我才读到了那么好的作文。从那以后，你给我留下了深刻的印象。老师最能记住两种学生，一种是学习很好表现很好的，再一种就是调皮捣蛋制造麻烦的。你啊，这两条都占。学习你是出类拔萃的，还会吹笛子，学校里搞文艺宣传还有你的笛子独奏。你吹笛子很有灵性，舞台形象也很有派，不慌不忙落落大方。你很怪，台下拘拘谨谨，一上台大大方方。我有成千上万的学生，我记不住多少名字，根原这个名字给我留下了深刻的印象。你虽说吃了不少苦，可也是一笔财富，一生的财富。苦，对于青年人来说是磨刀石，对于上了年纪的人来说是回忆的宝贵资源。享福的日子没有多少价值，苦难才是成就人的重要条件。创大业者必有大苦难，创小业者必有小苦难，相对来说，碌碌无为者所受的苦难就会少一些，

或者说没有什么苦难。人的成长不能缺少苦难，杰出与平庸的区别就在于承受苦难的忍受力。豪杰会在苦难中成长起来，平庸会在苦难中倒下去。我希望你在苦难中成长起来，用光光堂堂的事业和光光堂堂的人格证明你不是贼，证明你不是鼠狗之辈，而是一个堂堂正正的人物。”

老校长的一席话，给了根原无穷的力量。没有人这么高看他，也没有人和他说过这么入耳的暖心话，他只觉得血在奔涌泪在奔涌，他很想哭，也许只有哭才是最好的情绪宣泄方式。根原向老校长坚定地点了点头，一句感谢话也没说，噙着泪花出了校门。

从学校里出来，根原沿着绣锦河大堤溜达着。

西坠的太阳就像烧过了力的大木炭，边边沿沿已经现出黑乎乎的死灰。根原抬头望望太阳，不禁发一声感叹，光芒万丈的大太阳也有乏力的时候啊。

南去不远就是舜城集市，集市设在绣锦河的沙滩上，自南向北足有三四里路长。沙滩上错错落落长满了白毛杨，每逢盛夏，赶集的人们一堆一堆地围在树荫下谈货论价说买唱卖。争不到树荫的，就只好忍受着烈日的灼烤，擦巴着一咕嘟一咕嘟汗水，企盼着顾客光顾。舜城是山海县最大的集市，县城大集也比不了。根原走在沙滩上，心里难以平静。在这片沙滩上，他曾因贩卖布票被批斗过，也曾经因为偷盐被五花大绑游街示众过。想不到而今平了反昭了雪，想不到还能活着回来看看绣锦河沙滩，更想不到还要在这游街示众的地方创业。想不到，真是想不到。

每个人的人生路虽然是自己双脚走出来的，但是，你的双脚不一定属于自己。路，也不是你家的，不会任你选择。社会好像是一双巨手，掐住你的脖子，硬硬塞进昏暗恐怖的巷道。没有光亮，没有退路，走，也得走；不走，也得走。如果巷道短些，你可以及早见到光亮。如果巷道很长，一走几十年，等你见到光亮也老了，这一辈子就算玩完了。还有人没有看见光亮就死了，从昏暗的巷道走进昏暗的地狱。生，活在昏暗里，死了，还在昏暗中爬行。到公字寨劳动改造的右派马姓地质学家和姓范青年右派就没有走出来，舜城供销社惠经理、“臭老九”余三修没有走出来，爹也没有走出来。他们都没有看见光亮，在昏暗恐怖的巷道里死了。

根原庆幸见到了光亮，庆幸没老，他反复咀嚼着老校长的鼓励：苍蝇拍拍死的是苍蝇，拍不死老虎。

根原暗暗下定决心，哪里跌倒哪里爬起来。爬起来，一定要爬起来，一定要混出个人样子来。人，是为站着而活的。人，不是狗，不能趴在地下活着。只要记住自己不是狗，就不会趴下。站起来，一定要站起来。他真想对着沙滩大声喊叫：布票贩子回来了，反革命分子回来了，回来了！回来了！当他在心里正要再喊“偷盐贼”回来时，心底不觉咯噔一沉。他把“偷盐贼”用牙狠狠咬住，没让这三个字蹦出嘴唇。

“你这个偷盐贼，可靠，换个人，我还不敢和你搿伙偷木头呢！”

小米子这句话就像一只癞蛤蟆蹦噔跳进根原的心，根原感觉恶心，感觉小米子的话是对自己人格的极大侮辱。不要这些不花钱的木头。人，毕竟不是狗，人是知道要脸的，不知道要脸还算是人吗？自己偷过盐，那是因为仇恨，但绝不是贼。

第二章　不敢看信

一

自打搬到中学来，根原的小木工铺一天比一天旺火，仅仅三个月，根原立马成了舜城街上有名的木匠。如今已经不愁没活儿干了，也不愁没饭吃了，排着队的活儿，除了给学校修理修理瘸腿断胳膊的桌椅条凳，就给老师们做家具，白天晚上干不完。根原收了两个徒弟打下手，一个是梭猴子的儿子小梭猴，一个是陈酒鬼舅舅介绍来的刘二小。刘二小很干瘦，人们都叫他二瘦子。

根原租用了学校的东厢房，这是一排仓库，足有八九间。前些年搞阶级教育展览的泥巴塑像全部堆在这里，手握算盘得意洋洋的胖地主和扛着麻袋痛苦不堪的瘦贫下中农们胡乱地堆在一起，无论是地主还是贫下中农，一个个断胳膊折腿没个囫囵的。泥巴像占了四五间屋的地方，根原能利用的还有四五间，学校每月只收两间的钱，这也算是徐白校长对根原的照顾。

原先租了小咕噜的房子，根原要求退回十个月的房租费，大衣柜白

给做，可小咕噜死活不答应。

“人要讲个信用，说句话就要算句话，君子一言，驷马难追。协议一签就是板上钉钉，不能退，坚决坚决的。”

这套房子本来就是常年空闲着，退了房子还是个闲，小咕噜傻啊？他认准了一个理，说别的可以，哪怕是说几句不好听的也可以，要说退房子，坚决不答应。

世上没有死胡同，这么大的舜城，难道就没有租房的？想当初自己还为租不到房子发愁呢。根原写了几张出租房子的小纸条贴在大街口，没几天，转手租给了一个外地来的成衣铺，每月房租二十五元，从中赚了不少的便宜。小咕噜和根原的租房协议一签三年，小咕噜后悔极了，整天望着房子翻白眼，白眼里还不断冒死火。他找了根原七八趟，说是同意退房。根原把小咕噜的话原封不动还回去。小咕噜干气干鼓，整天望着成衣铺冒死火。

根原的好手艺传得快，张子传的腿脚也跑得快，没几天紧跟着找上门来。他不找根原，直接奔向徐白的办公室。徐白叫张子传进办公室坐坐喝杯茶，张子传说不渴，站在办公室门口就开始掏文件。

“徐校长，国务院发布的《关于城镇非农业个体经济的若干政策规定》明确规定，个体经营必须经过工商行政管理部门审查批准，不能非法经营。你作为一个校长，是个知书达理的人，是个明白政策的人，怎么能支持非法经营呢？希望你叫根原抓紧回村里写个证明信，补办手续，希望你支持我们的工作。”

徐校长深知老簸箕对待根原的态度，顺口问了一句：“村里不给出证明怎么办？”

“那……我们也没有别的办法。上级有规定，咱就得按照规定办。”张子传转身走去的时候又扔给徐白一句话：“最好抓紧回去开证明信，限十天时间，若不然就关门。”

徐校长看看根原不喜不笑的阴天脸，说：“怎么了？犯愁了？张子传是个很认真的好人，一是一二是二，照章办事，这样的好人很难得。虽说他没收过你的布票，虽说也逼着你开证明办手续，你都不要气根

他，他也是履行社会分给他的职责。人啊，一定要宽容，一定要培养起宽容的大胸怀。鸡肠狗肚的人只会做鸡肠狗肚的事，有大胸怀的人才会做大事。抽空我去找找他们的所长。你干你的活儿，你放心，关不了门。先修理那些瘸胳膊断腿的桌子，新来的学生马上就到了，急用。”

徐白校长第二天就去找了工商所的孔所长，孔所长对徐白校长很客气，话说得也很实在，他低声对徐白说：“老校长，关于个体户，近些日子可不比前些日子，政策有些变化。这几天县局接二连三召开了几次会，我实话告诉你，工商管理部门有个内部传达精神，个体户的审批，既要解放思想，还要区别对待从严把握，不能引起社会的不满，影响安定团结。个体户是啥？资本主义。我们要一心为集体，一心为人民，个体户不顾集体不顾人民只顾自己发财，你说，我们怎么能支持这些人自己发财呢？个体户都是些什么人？刁钻鬼、尖头怪、地富反坏走资派，还有监狱里放出来的社会渣滓。给这些人开绿灯，支持这些人自己发财，贫下中农怎么能答应呢？老校长，根原刚刚从大狱里放出来，在舜城，千万只眼睛都盯着，若给他办理合法经营手续，我担心影响不好。既然您出面说话，我心中有数，以后看看形势再说好吗？能办，我尽力给办，希望你能理解我们，支持我们的工作。你能不能劝说劝说根原，叫他回公字寨干，别再给我们添乱了。”

徐校长满以为不成问题，谁料想不成问题的问题却成了重大的政治问题。他告诉根原，先干着，再想想办法。西边堵了堤，东边淌出河，没有死胡同。

就在第十天上，张子传没来，孔所长亲自找徐校长来了，徐校长心中难免乱打鼓。孔所长亲自来，莫非要赶走根原？岂料孔所长只字未提赶走根原的话，还对徐校长说，根原的个体户手续最好不要办，若是给他办理合法经营手续恐怕会引起不良的社会影响。临时先这么稀里糊涂干着，外人问，你就说根原是打工的，是给学校专门修理桌椅条凳的，不是开木工铺的，更不是个体户，省得别人攀比惹麻烦。根原收的两个徒弟，对外千万不要说雇工，就说学校找的人。

对孔所长亲自登门传话还给找了个既省心又省力的理由，徐校长感激不尽。徐校长哪里知道，这不是他的面子，是人家小米子的面子。

公字寨广大贫下中农对根原只顾自己发财的剥削行为愤愤不平，尤其老簸箕，气得浑身冒黑烟。老中农又开始剥削了，又开始雇长工了，这是什么路线？党中央为什么不管管？舜城镇领导为什么不管管？吹吹对老簸箕说，他们不管，公字寨不能不管，砸他的摊子。

老簸箕割破肚子元气大伤，已经没有原先的精神头了，只靠着一根拐杖支撑一口怒气。他指派大锅到镇上去告状，要求派出所把剥削贫下中农的根原立马抓起来。大锅接了老簸箕的指示，当天就去了派出所。一个青年警察忍受不住大锅不清不楚没完没了的嘟哝，不待大锅说完就爆炸了，他对大锅吼着："老簸箕的指示？他算个什么熊指示？他叫我们抓谁我们就抓谁啊？他是谁？是公安局长啊？走走走！可笑。"

大锅被赶出门外，刚走到大门口正碰上大虎。大虎一听告根原，表现出很强的积极性，他叫大锅到工商所反映情况。

大锅从派出所出来，接着就到了工商所。

公字寨有人来告状，孔所长很犯难。县里刚刚开了"对个体户严加管理"的会议，万一公字寨贫下中农来砸摊子，闹闹哄哄岂不惹麻烦？孔所长刚刚去学校亲口对徐白校长许了一顿愿，实在不便转脸改口赶人。孔所长指派张子传去干这种得罪人的活儿，先叫根原歇歇业，避避风头。

张子传不怕得罪人，好像忒喜欢干这种活儿。他接二连三来找徐校长。

徐校长依仗着孔所长的交底话，哪能理会张子传的瞎咕咕？该上课上课，该开会开会，远远躲着张子传。

张子传找不到徐校长，转身再去找根原。根原更不愿与张子传搭腔，望见张子传来了，吱溜钻进泥巴贫下中农堆里躲起来。他嘱咐徒弟，就说没在家。张子传来了几趟几趟扑了空。找不着根原，张子传逮住根原的徒弟不算完，他给小梭猴和二瘦子念文件，扎扎实实上了一顿政治课。张子传一走，根原就从泥巴地主堆里钻出来，师徒三个偷偷笑笑接着干活。

第二天，张子传又来了，这一次他不但给小梭猴和二瘦子念文件，还向小梭猴要了笔，找了半截破纸片儿，抄录了一段文件，临走嘱咐小梭猴，千万把抄录的文件保存好，务必给根原学习学习。

张子传前脚一走，根原紧接着就从泥巴地主后边钻出来，他接过那张破纸片儿看了看，上面恭恭敬敬地写着：

“党中央、国务院108号文件，《关于城镇非农业个体经济的若干政策规定》明确规定：个体经济一般是个人经营或家庭经营；必要时，经过工商行政管理部门批准，可以请一至两个帮手；技术性较强或者有特殊技艺的可以带三个最多不超过五个学徒。根原没有经过工商行政管理部门批准，私自带了两个徒弟，是不符合文件精神的，抓紧补办手续。”

根原看完破纸片儿，对两个徒弟说：“他规他的定，咱干咱的活，甭管他。”

根原有钱了，富足了。每当收起一把钱的时候都会想起小米子。在自己最窘迫的当儿，小米子不但借给钱，还给联系了中学的活儿。有了小米子的帮助，才走到这一步。根原深深感激着小米子，但是也有意躲避着那个女人，他不愿女人添麻烦。如今手里有钱了，借了人家的钱早该还了，可他迟迟没有踏进那个地界，他不愿把脚伸进那块容易惹麻烦的地界。

“你这个偷盐贼，可靠，换个人，我还不敢和你搿伙偷木头呢！”

小米子这句话时常蹦进根原的心，他说不清楚是一种什么滋味，只觉得心里肮脏。肮脏透了。

根原不愿和小米子见面，他鄙视“股份×”这个臭名。一个女人，成了谁爱上谁上的大破车，说什么也不是光彩事。根原不愿见到小米子，托人捎过去又怕人家问三问四，根原想不出好办法。今天拖，明天拖，一拖拖了好几个月。自从收了两个徒弟，根原不仅有了做工的帮手，也有了跑跑颠颠的小跑腿。小米子曾经要求做一个大衣橱，根原亲自下料做了一个非常漂亮的雕花大衣橱。在这个大衣橱上根原特别加心，把所学的雕花手艺尽数用上去了。他感激着小米子，也算表示一点儿感激之心吧。他吩咐徒弟去物资供应站买木头顺便把大衣橱送去。他掏出三十块钱对二瘦子说，这是剩余的三十块，你捎给她。

二瘦子和小梭猴把大衣橱和三十块钱送给小米子，并把师傅嘱咐的话原封不动说了说，小米子收下大衣橱，也收了钱。她对二瘦子和小梭猴说，做得很不错，和你师傅说，我谢谢他。

后来，徒弟每次去买木头回来，总会捎来小米子不明不白的问话。

……恁师傅怎么不来买木头？他在忙啥？

……问问恁师傅，我送他两瓶酒行不行？

……

小米子阴阴阳阳的问话，徒弟猜不透到底啥意思，根原一听就明白。

小梭猴每次把问候捎给师傅时，眼睛里都会闪烁着不明不白的光，根原看见徒弟眼睛里闪动那种光心里就发毛。有一次，小梭猴偷偷对根原说："师傅，小米子那人不地道，她的名声很臭，比你的名声还臭，可不能叫她惦记上。"

说实话，根原对小米子是非常感激的。一个刚刚从大狱里走出来的人，谁敢借给钱？小米子敢，而且很慷慨。小米子是个敢爱敢恨敢作敢当的女人，可惜名声不好。根原打算混出个人样来，不打算叫那种女人毁了名声。徒弟每次带了小米子的问候，根原心里就烦透了，没完没了的问啥？不要脸。如今不用求小米子揽活儿了，还是离那种人远些好，免得惹是生非。他很想和徒弟解释解释，可又没法解释，怎么解释？说自己和小米子曾经合计偷木头？能合计偷木头还有什么不能合计的？能解释清楚吗？他只能看着徒弟的眼里冒不明不白的光，只能暗暗骂几声臭女人不要脸，没事找事问道啥？

两个徒弟跟着根原学手艺，按本地的收徒规矩，两年内只管吃住不发工钱。虽说没工钱，根原隔三差五给他们发的零花钱也不比工钱少。徒弟回家看看爹娘，根原都给他们买上好吃的，大包小提溜，把徒弟打发得欢天喜地。根原上无哥哥下无弟弟，两个徒弟就像他的亲兄弟一般。

二瘦子的娘胃穿孔住院手术，根原晚上帮着陪床。一把椅子安放在

病床前，根原紧紧依在二瘦子娘的身边。夜，真静。二瘦子娘摸摸根原的手，说："孩子，你干了一天的活儿，累了，快趴在床沿上睡一会儿吧。"根原点点头应着，"大娘，我困觉很死，打雷都听不见。有什么事，你晃晃我，可不能不好意思叫我。"二瘦子娘长长叹口气，"唉！我把你当做亲儿子看的，哪还有什么不好意思的？孩子，睡吧，有什么事我会叫你的。"

根原趴在病床沿上，把头偎在二瘦子娘的身旁，只觉得心里热乎乎的。打小生活在一圈冷脸子里，生活在严冬里，心里的冰霜结了一层又一层，很凉。二瘦子娘的手轻轻抚摩着根原的头，说着一些感激话，根原心底一层一层冰霜就会慢慢融化，冻结的血就会在周身奔涌翻腾，心，也就开始热乎起来。累点儿苦点儿他不在乎，他喜欢这种热乎乎，留恋这种热乎乎。这种热乎乎，好像只有趴在大娘的病床前才会生出来。

二瘦子娘在医院里一住住了半个多月，根原和二瘦子轮流在医院陪伴着。白天挥凿子抡斧头汗流浃背，晚上偎在病床前迷瞪一会儿，二瘦子比以前更瘦了，根原的眼睛也没有先前的光亮了。

二瘦子娘的病好了，根原亲自把老人送回家。住院花的钱都是根原结算的，二瘦子两年不吃不喝也挣不下那么多工钱。二瘦子娘眼含热泪对儿子说："遇上好人了，遇上贵人了，遇上大救星了，三辈子也报答不了这个恩。"

二瘦子娘是个苦命人，男人在"文化大革命"的中过世了。男人死了，女人也不想活了。二瘦子娘喝过卤，也上过吊，几次寻短都被救过来了。二瘦子趴在娘的身上哭，他说，娘如果再寻短见，自己就跟着娘一起去死。打那以后，二瘦子娘就不敢再寻死了，娘儿俩相依为命过生活。二瘦子家里很穷，吃了上顿没下顿。三间破草房还是爷爷那辈儿留下的财产，小檩条就像细麻秆，乱石头插巴起来的墙体东斜西歪，鼓着屁都不敢使劲儿放，生怕把朽朽的房梁震断了。

二瘦子和陈酒鬼是邻居，二瘦子娘哀求陈酒鬼教给儿子杀猪手艺。祖传的手艺传男不传女哪会轻易传给外人？陈酒鬼也是可怜这个穷邻居，就把二瘦子蹔送给根原，没想到一下子把二瘦子推进福囤子去了。陈酒鬼每次来赶舜城集，都会偏偏腿跑到根原的木工铺坐一坐。一来看看外甥，二来看看二瘦子，三来也为了找顿饭吃。陈酒鬼是根原和二瘦子两家的恩人，他一来，渴了有茶，饿了有饭，哪顿饭也少不了二两酒。陈酒鬼一边吸溜着酒，一边朝着根原卖弄功劳。

“外甥，看看你姐姐那日子过的，不缺吃不缺喝，透肥。二瘦子，要不是我，你哪有这福？嘿他娘，什么人什么人命，屎壳郎滚进茅屎坑，你算是掉进福囤子去了。”

根原不愿意听陈酒鬼说姐姐，一说姐姐，根原心里就发酸。可陈酒鬼特喜欢说姐姐，那是他保的大媒，生怕人家忘了他的功劳。

二瘦子对陈酒鬼从心里到心外全部是感激，一点儿杂质也没有。陈酒鬼一来，二瘦子赶紧泡茶，赶紧递烟，递上烟还得赶紧点火。陈酒鬼一边吸溜烟，一边教训着二瘦子。

“二瘦子，我外甥可是大好人，从小是我看着长大的。不是我这当舅的出面说话，任谁也不会收你这么个瘦徒弟。你小子可要好好干，可不能给我丢了脸。”

二瘦子点头答应着，眼里闪着泪花花。

二瘦子感着根原的大恩，他没有什么可报答的，只有好好干，拼命干，从早到晚汗流不断。二瘦子一身瘦骨头，哪能受得了这么折腾？根原大声呵斥着收工，他才肯放下斧头坐坐歇歇。

自从二瘦子娘治病住院，小梭猴心里好像少了个砣，一下子失去了平衡。二瘦子娘住院花了那么多钱，根原自己没心疼，小梭猴在一边倒是心疼起来了。那么多钱，尽够盖起五间大瓦房，还能娶上个好媳妇。每看到二瘦子满头大汗拼命干活时，小梭猴心里更加不舒服。二瘦子满头大汗，自己一个汗珠子不掉多难看？不舒服只能搁在心里，话，是说不出口的。他知道，能跟着根原学手艺，那也是照顾，怎么能胡思乱想呢？

根原干活干累了，最喜欢坐在泥巴地主面前默默吸烟。他喜欢手握着算盘儿眯着笑眼和贫下中农算账的泥巴地主。泥巴地主握着算盘儿的

手被那些痛苦不堪的贫下中农挤压断了，根原把泥巴地主从贫下中农堆里拉出来，用胶把泥巴地主的断胳膊和算盘子又黏合在一起。根原不知道铁算盘子赵惠仁长得什么样子，他感觉这个泥巴地主就是铁算盘子。根原多次听爹偷偷和自己说过铁算盘子的故事，六岁就能双手打算盘，十岁就帮爹处理账房事务，十四岁独自一人闯上海，十七岁就当家，那么大的家业，大事小事处理得有板有眼。主家二十年，赵家年年财源滚滚，岁岁生气勃勃，上上下下老老少少男男女女没一个不佩服的。那是个能人，少见的能人。爹每次说起铁算盘子，眼里就闪动着很崇拜的神秘光亮。显然，爹是铁算盘子的铁杆儿粉丝，爹无时无刻不在做着成为铁算盘子第二的美梦。爹很能干，只可惜生不逢时。根原也很迷信铁算盘子，羡慕铁算盘子，他时常在泥巴地主前呆坐着，一坐就是大半夜。铁算盘子咋就那么能？咋就那么富？根原羡慕铁算盘子的能耐，更羡慕铁算盘子的财富。听爹说，铁算盘子家的钱用麻袋装，一麻袋一麻袋的。怎样才能够赚到那么多钱呢？根原和泥巴地主对着脸抽烟，一支接一支，一晚上一堆烟头儿，好像要在泥巴地主的泥巴嘴里得到答案。他望着泥巴地主，默默想着钱。想一阵子，根原就把烟头儿一扔，说一句“干活”，然后挽起袖子摸斧子。

二

根原骑上雅马哈摩托车，一溜烟出了门。舜城一村的书记赵加封昨天答应给个房场，房场就在村后靠近绣锦河不远处的小树林边，环境非常好，根原要把这个好消息赶紧告诉姐姐，叫姐姐高兴高兴。根原打算给姐姐盖一座好房子，打算把姐姐搬到舜城来，打算叫小外甥到舜城上学，打算把那个老废物扔在那几间破屋里。

这辆铮铮亮的雅马哈摩托车是日本原装进口的，为看姐姐，根原刚刚从商店里推出来。骑上这么漂亮这么昂贵的摩托车，在舜城镇还是第一人。

雅马哈车腚上捆着一只大纸箱，大纸箱鼓鼓囊囊满满当当。根原给姐姐买了一条羊肘子，还有猪肉牛肉，还买了好多小外甥爱吃的甜点心，还给姐姐和小外甥买了几件衣服，杂七杂八，装了满满一纸箱。根原要叫姐姐看看，弟弟有钱了，弟弟又站起来了，大瓦屋家又站起来了。

刚刚拐过赵家庄园南门口，远远看见了锢漏子彭。

锢漏子彭也到舜城镇创业来了，他已经不再打扁担箍子了，而今没有人再打扁担箍子了。他主要是修锁配钥匙，另外还干点儿打白铁补锅底等杂活。他配钥匙也现代化了，一台配钥匙机代替了锤敲锯锉的老传统工艺。他工具箱的木板上用大红油漆歪歪斜斜地写着“祖传电子配钥匙”几个大字。这几个大字倒是吸引了不少人的眼球，人们偷偷嘻笑着，多嘴的青年小伙子还经常逗逗锢漏子彭。

“你这电子配钥匙也是祖传的？”

锢漏子彭没感觉到这种问话哪里不妥，非常认真地回答着：“对！对！我们老彭家，祖祖辈辈修锁配钥匙，不信你到我们村打听打听。”

大米子在摊子前守候着，锢漏子彭若是忙着给人家补锅底，大米子就给人家配钥匙，或者是收收钱。小两口手忙脚不乱，配合很默契。到中午饭时，大米子就会解开煎饼包袱，把卷得滑滑溜溜的煎饼递到锢漏子彭的手上。煎饼是大米子烙的，煎饼里包的煎鸡蛋也是大米子煎的。一把大红塑料壳暖水瓶被一根尼龙细绳五花大绑，牢牢固定在箱架上。大米子解开尼龙绳，摘下暖水瓶的大红盖儿，把热气腾腾的水倒进暖水瓶盖里。小两口儿捧着大红暖水瓶盖，你递给我，我递给你，你喝一口，我喝一口，真甜蜜，真叫人羡慕。

根原每次走到锢漏子彭的摊子前，都要停下脚步跟他们打个招呼：“生意好吧？”

锢漏子彭手里捏着刚刚做成的白铁小壶盖子，一边用烂稻草摩挲着，一边回答着根原的问话。

“现如今没人打扁担箍子了，白铁壶也少有人打了，钢精壶又好又便宜，谁还用白铁壶？生意不好干了。要手艺吃饭，好干也得干，不好干也得干，祖辈传下来的手艺，不能丢了。”

锢漏子彭嘴里说着，手里忙着，铁灰色的小壶盖子一会儿变得铮明

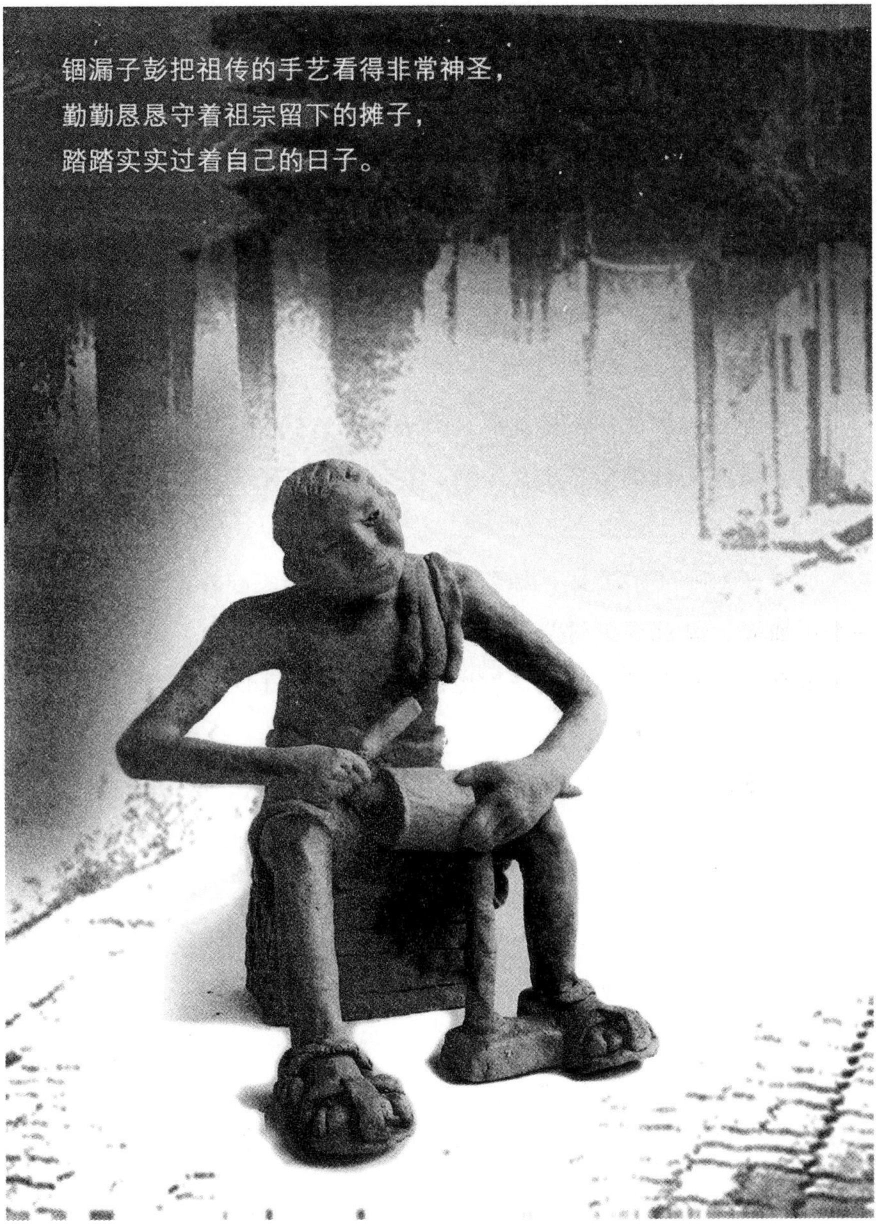

锢漏子彭把祖传的手艺看得非常神圣，
勤勤恳恳守着祖宗留下的摊子，
踏踏实实过着自己的日子。

瓦亮。根原对锢漏子彭说，他到外地看见人家打戒指，很赚钱。他建议锢漏子彭也打戒指。

锢漏子彭笑笑，说："祖辈没传下那个手艺，咱吃不了那口碗外饭。"

根原多次邀请锢漏子彭和大米子到厂里吃顿饭，锢漏子彭说啥也不去，他说要手艺只靠着赶饭时，饭时不能离摊子。

锢漏子彭把祖传的手艺看得非常神圣，勤勤恳恳守着祖宗留下的摊子，兢兢业业创着自己的家业，踏踏实实过着自己的日子。锢漏子彭不求大富大贵，只求老婆孩子热炕头的自足自乐的殷实日子，根原喜欢这种实在人勤恳人。锢漏子彭有手艺，人也好，就因为出身是中农，姐姐不愿嫁给他。姐姐，可怜的姐姐，没福啊。不，不是姐姐没福，是老天爷造孽啊。

根原每次和锢漏子彭说话时，大米子都是低着头一言不发，显得很不自在。大米子和锢漏子彭成了亲，总觉得抢了囤子的男人似的，心里愧愧的。

大米子和囤子最要好，如今虽说少见面，却关心着囤子生活中的每一个小细节。锢漏子彭每当下乡打听到有关囤子的消息，就会立马对大米子报个告。锢漏子彭在被子里压住大米子的身子时，也没忘了说说囤子的事。

“囤子抱着那个瘸腿老头儿是啥滋味？你抱着我是啥滋味？”

锢漏子彭说起囤子，免不了带着被辱过的报复心，而大米子不是，她同情着囤子，可怜着囤子，总感觉囤子受的罪是自己的责任。若不是自己主动出击闪电进攻，说不定囤子犹豫一阵子之后还能答应锢漏子彭的亲事。大米子出嫁前碰见过囤子，她清清楚楚看见囤子和自己搭讪时眼眶里闪动着被用力阻截住的泪花。

大米子和囤子同年伴岁，打小一块儿挖菜拾草形影不离。她想念囤子，很想找囤子说说话，没想到为了一个锢漏子彭弄得两人不好见面。锢漏子彭时常对大米子说，是人家不要我，让你捡着了，又不是你抢了她的，你亏什么心？

说归说，大米子总觉得对不住囤子。如若囤子嫁个好人家，大米子也许不会成天吊耷个心。囤子偏偏嫁给个瘸腿老头儿，还整天挨打受骂，这使大米子难以忍受。每听到囤子挨打的消息，大米子心里就好大一阵子不自在，有时还偷偷擦一把眼泪。锢漏子彭每次出门回来总能划

拉半挑子有关陈愣子的故事，不待把挑子放平稳，就开始报告，什么“陈愣子喝醉酒，一枪差点儿把囤子打死”啦；什么“囤子和女儿半夜跪在大门外，陈愣子不让进门”啦……大米子不愿再听锢漏子彭报告囤子的消息，她扔下“别说了”三个字，就泪眼闪闪地转身进屋拾掇饭菜去了。小两口一边吃饭，大米子又开始追问起丈夫打听来的消息，那些消息她听到难受，可听不到更难受。

根原每次看见锢漏子彭和大米子，不禁就会想起姐姐，一想起姐姐心里就是一堆泪。

陈愣子如今没有那么大的神气打人了，瘸腿越来越瘸了，拄着拐杖也不能行走了，只靠着姐姐半扶半背地从炕上挪动到院子，从院子挪动到炕上。陈愣子虽说没有那么大的神气折磨姐姐了，但是残了身子没残了嘴，骂起人来还是那么有力气。一旦犯了邪，抓起盘子抓起碗，狠命朝着姐姐砸，还时常摸起枪要打死姐姐。唉！姐姐啊姐姐，哪辈子造下的孽啊。

大虎二虎沾了瘸腿爹的光，一个招工进了舜城镇派出所，一个招工进了山海县水产公司，都成了国家人，吃上了大馒头。

囤子盼着女儿长大了也沾瘸子的光，进城里去工作，吃大馒头。囤子每次给女儿梳小辫子时都会说：“花虎花虎你快长，长大了也进城里去干工，吃国库粮，吃大馒头。”

囤子的全部希望都在女儿身上，女儿是贫农的女儿，是老革命的女儿，囤子已经不在乎自己受屈受罪了，她只有一个盼头，盼着女儿长大成人跟着瘸子爹沾点光。

根原一进东山村村头，远远就看见姐姐正在菜园里挑水浇园。姐姐打着赤脚，高挽着裤子，一担沉重的大木筲压在姐姐的肩上。姐姐一步一步朝前挪，走过沟，迈过坎儿……每前行一步都是那么艰难。可怜的姐姐，她很累，身子累着，心更累着，累了一辈子。姐姐挑得哪儿是水？一桶一桶都是泪。

姐姐种了好大的一片菜园，白菜萝卜菠菜韭菜把菜园子挤得满满当当，除了留出的上水沟子，几乎就没个插脚的地方。

姐姐挑得哪儿是水？一桶一桶都是泪。

根原不忍姐姐受累，他劝说姐姐不要种那么多菜了，要给姐姐买上一大车菜送过来。姐姐却说，庄户人自己不种菜指靠买菜吃，不叫人家笑话？

唉！苦命的姐姐。

姐姐看见根原了，也看见崭新的大红摩托车了，姐姐慢慢放下了担子。

根原想把姐姐搬到舜城镇，也把花虎接到舜城镇小学读书，还准备在舜城给姐姐盖一套好房子。根原说完了想法，等待着姐姐的回答，但是姐姐没有言语，根原清清楚楚看见姐姐摇晃了一下身子，倏地孤蹲在地，两手用力抱住面颊，泪水从指缝里悄无声息地涌出来。

根原正想搀扶姐姐，谁知姐姐摆摆手对根原说："你走吧，你的摩托车红得晃眼睛，菜园子放不住。走吧，你走吧。"

根原本以为姐姐会为自己有钱了而高兴，本以为一辆崭新的雅马哈摩托车会带给姐姐一个舒心的笑，岂料想，姐姐一句赞赏的话也没有，一咕嘟一咕嘟泪水从紧紧捂住面颊的指缝里默默涌出来。实在说，这个大红摩托车就是为了看姐姐才急三火四买来的，就是为了让姐姐看着高兴的。可姐姐不喜欢看到大红摩托车，不喜欢富。姐姐只求平平常常的日子，一碗能够填饱肚子的粗饭，一张能够暖身的土炕，一个和睦安乐的家……可是，这些最为平常的东西却成为姐姐无法实现的梦想。苦命的姐姐，她被"富"害苦了。她仇恨"富"。恨一辈子。

根原难以找出一句合适的话劝慰姐姐。本来，他打算把姐姐和小外甥接到舜城镇，把娘也接过来，叫花虎在舜城小学读书，把那个可恶的陈愣子扔在那间破屋里。看见姐姐满眼泪，他再也没有劝说姐姐的勇气了，他知道姐姐不会答应。

根原毫无意义地望着天，天啊！那么高，那么远……都说天上有老天爷，都说老天爷最公平，老天爷啊，你为什么不给姐姐一个公平啊！

姐姐慢慢起了身，把已经拨满的两筲水慢慢推倒，担起两个空筲往家走去。她不要根原买的礼物，也没和根原再说一句话。

姐姐仇恨富，她恨爷爷富，恨爹娘富，当然也会恨弟弟富。富，害了姐姐一辈子，害了大瓦屋家两代人。

根原望着姐姐的背影，酸楚的泪水再也忍不住了，哗啦哗啦一起浇在姐姐的菜地里。

三

听说根原的木工铺干得很红火，挣了好多好多钱，一包一包的。吹吹不但不服气，好像还不相信。钱就那么好赚？什么能耐赚了那么多钱？晚上睡不着的时候，吹吹经常在心里偷偷犯嘀咕。趁着赶大集的当儿，吹吹偷偷来瞄过，看看根原到底弄了个什么样的木工铺。吹吹来看木工铺并不仅仅看看真假，还有一层藏在心底的目的，想偷偷学个门道，也想开个木工铺挣钱发大财。

吹吹看过根原的木工铺，眼睛红得就像炼铁炉，他明白，那样的木工铺他开不了，自己没有那么好的木匠手艺。

回到公字寨，吹吹一头钻进老簸箕的地屋子，报了一个添油加醋咬牙切齿的恶告。本来，吹吹是大老远偷偷瞄瞄的，根本就没和根原打照面，他却对老簸箕说："大叔啊，根原搞资本，还雇了贫下中农当长工。这家伙，为国家为集体不肯出力，为自己，那是拉屎鼓掉了帽子，干劲冲天。大叔啊，这家伙，有俩臭钱就爹煞，连你都不搁在眼里。他说啥？老簸箕算个什么鸡巴玩意儿？不给写证明信老子一样挣钱。根原就是这么说的，咱不会诌，谁诌谁是龟孙。"

老簸箕不听报告就是憋嘟脸，一听报告更是气青了盖。他大骂舜城中学的徐校长，大骂舜城镇的大干部，骂他们不讲原则，没有证明信怎么就不管呢？更让老簸箕生气的是，根原挣了那么多钱，竟然一分钱也不向生产队里缴，全部揣进自己的腰包。资本，简直就是资本。还雇了两个贫下中农当长工，地主，太地主资本了！生气归生气，也没有很好的办法治治人家。在前，还有扣工分或者秋后不给分口粮等拿捏人的把手，还有接二连三的政治运动，还有批斗游街戴帽子等治人的手段。而今，人家一不要工分，二不要口粮，也不搞运动了，也不准批斗了，也不准游街了，也不准戴纸帽子了，老簸箕感觉自己的权威受到了极大的挑战极大的削弱。原来他感觉手里攥着许多法宝，一个个法宝都那么受用，无论哪个不听话，就可以随时抓起来批斗批斗，老簸箕感觉浑身有一种呼风唤雨的神力。不仅能与人斗，还敢与天斗与地斗，还能其乐无

穷。现如今，这些法宝好像突然间都失效了，失灵了。不搞政治运动还有什么治人的本事？也只能发发大火骂骂大街咬咬牙根子。老簸箕仰天长叹，完了，社会完了。

老簸箕发火骂大街，根原是从小梭猴嘴里听到的。小梭猴每听到公字寨的消息都会及时向根原报告。小梭猴还告诉根原，大锅张罗着要娶媳妇，二桂桂已经答应嫁给大锅了。

二桂桂答应嫁给大锅并不是心甘情愿的。当初，根原深更半夜翻墙跳到二桂桂家里，本打算约二桂桂偷偷私奔，不料被民兵逮住打了个半死。老簸箕指使民兵把根原绑在村头的大树上，打算天一亮就押送派出所。老簸箕发了狠话，非把根原再送进大狱不可，叫根原一辈子蹲在大狱里，死在大狱里，休想再出来作孽害人。二桂桂一急，哀告娘出面说情，她向娘发誓，只要放了根原她就答应嫁给大锅。那是一时说的急话，心里根本就没有嫁给大锅的打算，二桂桂怎么会看上大锅呢？

本来，娘是答应把大桂桂许给大锅的，后来，大桂桂当了国家大干部，桂桂娘心里一阵一阵冒出悔亲的念头。她觉得，亲事就得讲个门当户对，大锅一个庄户老土，没法和当着大干部的大桂桂并肩并膀走在一起。

大桂桂和大锅的亲事是娘应下的，娘虽说心里涌出悔亲的念想，但是又怕落下“说话放屁”的闲话。桂桂娘一辈子不会说句空话，吐口唾沫砸个窝，她坚守着说句话就算句话的信条，因此，娘就打起了二桂桂的主意，打算把二桂桂嫁给大锅，虽说闺女换了换，答应下的亲事可是没有悔了。

桂桂娘对大锅很是看好的，她觉得大锅是个好孩子，又老实，又能干，她坚决反对二桂桂和根原恋爱，希望二桂桂能够嫁给大锅。

二桂桂看不起大锅，她曾经对娘说，宁肯嫁给一头猪也不会嫁给大锅。

二桂桂答应嫁给大锅是为了救根原，桂桂娘心里很明白。既然二桂桂放了话，桂桂娘不敢放松，赶紧找人查日子，赶紧张罗着给二桂桂办喜事，趁热打铁，不敢耽搁。

根原从老簸箕的手心里逃出来一直挂念着二桂桂，他知道二桂桂是为了救自己才答应嫁给大锅的，他知道二桂桂是不会心甘情愿嫁给大锅的。他求小梭猴给二桂桂偷偷捎个信，小梭猴说，二桂桂她娘天明天黑关着门，把二桂桂看得很紧，外人根本进不去那道门。小梭猴给根原出了个主意，他说三桂桂就在这里上中学，最好叫三桂桂给送信。

根原知道三桂桂在这里上中学，已经是高中生了，根原走在学校门前经常碰到她。

根原选了个时机找到三桂桂，谁知三桂桂嘴巴一撅一口拒绝了。

"我又不是邮电局子给你送什么信？万一被俺娘逮着咋办？找打啊？你还是从邮电局子寄吧。"

三桂桂不答应，根原急了眼，他对三桂桂说："只要你给送信，我就给你买辆凤凰自行车。"

看来，凤凰自行车很诱人，三桂桂的大眼睛一亮，说："你这个反革命，说话能算数？"

根原也不答话，转身就走了。

根原紧三步来到农机厂，他想找王师傅帮忙挑一辆自行车。王师傅对自行车非常在行，一听声音就能判断出孬好来。

"文化大革命"时期开门办学，学生们不读书，分到工厂或者农村学工学农。根原被分到农机厂，曾经跟着王师傅学习修理自行车。那时候，全镇也没有几辆自行车，好几天不见个修车的，王师傅很清闲。偶尔有个补车胎的，王师傅都是支派根原下手干，他在一旁哼呀哼呀唱京剧。王师傅不喜生行喜旦行，而且忒喜欢演唱《龙江颂》，忒喜欢剧中人物江水英。王师傅从捏扁的喉管里将江水英生生挤压出来，把个江水英折磨得死去活来痛不欲生。

"……你再往前看，再往前看！巴掌山挡住了你的双眼……吧嗒，仓！格儿楞，格儿楞……里格儿，楞格儿，里格儿，楞格儿，里格儿，楞格儿……手捧宝书……满心暖……一轮红日照心间……毫不利己破私念……专门利人公在先……有私念……近在咫尺人隔远……立公字……遥距天涯心相连……"

王师傅用改锥敲打着破铁片，天明到天黑挤压江水英，没有个心烦的时候。

如今，王师傅已经退休了。他在农机厂不远处租了三间小平房，开了一家自行车修理铺。王师傅三天修不了一辆自行车，有充裕的时间挤压“江水英”。他的自行车修理铺打扫得干干净净，沿墙根摆着十几个马扎子，墙角里有锣鼓家器，墙上还挂着好几把京胡、京二胡、二胡等。一群老头子还有几个老娘们儿吃了饭就朝这里凑，文场武场一应具备，锣鼓一响有板有眼，生旦净丑像模像样。他们还聘请小米子担任艺术指导，自行车修理铺成了舜城镇京剧票友的俱乐部。

吕官村的吕师傅也加入到这支队伍来了。舜城镇毛泽东思想宣传队早就解散了，比较优秀的人员到了县里或者市里的剧团，吕师傅被辞退回了家。他扔不下那支笛子，每天跑十几里山路到这里凑热闹。

王师傅曾经率领着这支队伍参加过县里的京剧票友演唱大赛，还得过一块团体奖牌。那块奖牌就挂在自行车修理铺的迎面墙壁上，一进门就能看得见。

根原走进王师傅的自行车修理铺，正碰上小米子在指导王师傅演唱“江水英”。小米子不愧是专业出身，一举手一抬足那么妥帖舒服，真像个“江水英”。

小米子一边比划着，一边给一群老头子和几个老娘们儿讲着道理：“京剧的身段，要有太极拳的劲儿，但不是太极拳的形，使起身段来是大圈儿套小圈儿，身段有圈儿才好看。要想身段好，重在锻炼腰。比如出手，不能这么直接伸出去，而是由腰来带动。心意想，奔于腰，归于肋，行于肩，跟于臂，头顶虚空，两肩放松……”

小米子一边比比划划在头里走，一群老头子和几个老娘们儿紧跟在后比比划划地学，一扭一扭忒投入。

……你再往前看，再往前看！巴掌山挡住了你的双眼。

吧嗒，仓！

格儿楞，格儿楞……

里格儿，楞格儿，里格儿，楞格儿，里格儿，楞格儿……

手捧宝书……满心暖……一轮红日照心间……毫不利己破私念……专门利人公在先……有私念……近在咫尺人隔远……立公字……遥距天涯心相连……

……

一转眼十年过去了，听起来，王师傅伸长脖颈挤压出的细腔细调好像顺溜了许多，没有先前的歇斯底里痛不欲生了。只不过，王师傅磕磕碜碜满是皱褶的一张火镰老脸，还有各自为政不是很谐和的五官，再加满头白发，越是认认真真扭扭捏捏装扮女儿相，越叫人感觉别扭。

根原躲在门外，不好意思朝前凑，生怕搅了局扫了一群老头子的兴致。再说，他不愿看见小米子。

小米子眉毛一扬，突然发现了躲在门外的根原，接着高声叫喊起来："过来过来，来吹笛子。"

根原躲不过去了，只好走进屋说明了来意。

王师傅还没顾得开口，小米子抢先发了话："挑车不忙，先来一段再走。吕师傅今天没来，正好你来吹笛子。"

"对对对，来一段再走不迟。"王师傅显然还没过足戏瘾，赶紧随声附和着。根原无法推辞，只好凑付来一段。

小米子支派几个"江水英"跟在自己的身后，喊了一声开始，文场武场叮叮当当就开始了。

……你再往前看，再往前看！巴掌山挡住了你的双眼。

吧嗒，仓！

格儿楞，格儿楞……

里格儿，楞格儿，里格儿，楞格儿，里格儿，楞格儿……

手捧宝书……满心暖……一轮红日照心间……

……

一段"手捧宝书"演唱完，小米子对王师傅挥挥手说："走吧！"王师傅好像得了将令，跟着根原出了门。

如今，门市部的自行车已经不用凭票供应了。但是，即使不用凭票供应，也没有多少人能够买得起。供销社进了五辆凤凰自行车，半拉年

好歹卖了两辆，还有三辆一直摆在门市部的大厅里展览着。

王师傅不愧是王师傅，他围着自行车看了看，又转了转车轮子，转过头对根原说："你听，吵吵吵……声正，就要这一辆吧。"

四

三桂桂推着自行车在学校的操场上转圈圈，同学们纷纷围上来，一个一个问这问那。

"谁的自行车？"

"俺姐夫给我买的。"三桂桂笑么嘻嘻高声回答着。

全学校几千名学生谁有自行车？连老师也没几人有，三桂桂很骄傲。

星期天，三桂桂回家拿煎饼，虽说那辆凤凰自行车她还不会骑，可她宁肯推着爬山坡。从舜城到公字寨一路上坡，三桂桂累得满头大汗，和凤凰自行车一路搏斗着，好歹别别拉拉把凤凰自行车押解到家。

三桂桂把自行车往院子里一插，趁着娘下地还没回来，赶紧把信塞给姐姐。

姐姐接过信，还没看一眼就哭起来了，三桂桂很纳闷儿，还没拆开信看一看，又不知信上说的啥，咋就哭了？二桂桂一边哭一边说，不敢看信。三桂桂看看姐姐，怯怯地问："咋不敢看？信有什么可怕的？"二桂桂说："你还小，小孩子不怕看信，长大了就害怕看信了。"三桂桂好像更糊涂了，姐姐为什么害怕看信？为什么不赶紧拆开看看？她瞪着大眼看姐姐。她看见，姐姐紧紧捏着那封信，一直紧紧地捏着，也不拆，也不看，只顾默默流泪。

门外响起脚步声，咯噔咯噔……又有力量又坚定，就像镢头砸地面，一听就知道娘来了。姐姐赶紧擦擦泪，将那封可怕的信迅速藏到口袋里。二桂桂悄悄告诉妹妹，不要说自行车是根原买的，就说借人家的。更不要说根原捎信来，免得娘发火。三桂桂不信羊角是个弯弯的，她说就要明明白白告诉娘，就要和娘理论理论。二桂桂想，叫三桂桂理论理论也好，如今根原已经有钱了，是个大能人，说不准娘还能回心转

意呢。

娘肩扛着镢头一步迈进门，立马就被那辆崭新的自行车咣当镇住了，愣在大门口好一阵子没有缓过神来。

三桂桂从屋里嘻笑欢声地走出门，娘凑近三桂桂低声问："学校领导来了?"三桂桂说没有。娘问："谁的自行车?"三桂桂说："我的，根原给我买的。"娘一下子愣住了，正准备放下的镢头又牢牢攥在了手里，好像路遇强盗随时准备举起镢头和人家拼命似的。娘把声音提高了不少："他为啥给你买自行车?"三桂桂说："他有钱。"

三桂桂那么简单的毫不当回事的回答显然与娘的问号还有很远的距离，三桂桂看见娘憋个大红脸开始鼓气，好半天没说话。

三桂桂接下娘攥紧的镢头，一边把镢头倚到墙上，一边和娘夸起了根原，她把根原如何如何能干，如何如何有钱，如何如何是好人，一口气向娘介绍了个锅底朝天。

娘一向偏爱三桂桂，任三桂桂的小嘴啪啦啪啦说半天，娘也没发火。娘和这个考试每年拿第一，还当着大班长的宝贝闺女说："咱不馋那个钱，有钱不是福，是罪。根原有那么多钱，来路也不可能明白，不是偷来的，就是骗来的。听说还雇了贫下中农打长工，这分明是地主剥削。别看现在又抖擞起来了，早晚还是个蹲大狱的料。"娘再三劝说三桂桂把自行车赶紧还给人家，免得根原犯下事受牵连。三桂桂和娘说不了多少道理，也不可能做通娘的思想工作，她一甩脸子扔给娘一个"顽固"，把一包煎饼绑上车腚，推上凤凰车就走了。

就在三桂桂和娘对话的当儿，二桂桂躲在屋里，从门缝偷偷窥着院里发生的一切。娘一开始并没发火，二桂桂心里乐极了。她猜想着，也许妹妹的一番话能够使娘回心转意，不料想，娘还是那个认定根原是反革命的娘，二桂桂一颗温热的心吧嗒又掉进冰窟窿去了。

三桂桂回到舜城镇，立马就和根原细说了二姐姐的境况，根原点点头，眼里闪着泪花。根原叫三桂桂再给二桂桂捎信，一封接一封地捎。谁知娘早已心中有数，三桂桂刚进家门，信就被娘搜走了。娘狠狠地打了三桂桂一巴掌，又摸起石头块子砸凤凰自行车，娘一边砸一边骂：

“你这个不通人性的东西，你就不听听外人说啥？人家说那个反革命偷布票偷盐还偷了咱家的女人，好听啊？人要脸树要皮，你怎么就不知道好歹啊!”

桂桂娘抡起石头块子敲打得自行车叮当作响，三桂桂的泪水随着叮当作响一咕嘟一咕嘟哗啦哗啦流下来。突然，三桂桂大叫一声趴在自行车上，她哭咧咧地对娘说：“娘啊，你别砸了，我给那个反革命送去，我不要反革命的自行车了，再也不给姐姐捎信了。”

一辆崭新的凤凰车，被娘砸得少皮无毛，就像战场上抬下来的伤病员。

过了几天，三桂桂给根原捎来一封信，是二桂桂的信。信是从三羊的算术作业本上撕下一张纸写成的。信上写着：

根原，感谢你还挂着我，我的心里也是挂着你的，我多么想见你一面啊，可我娘监视着我，很紧。我姐姐两眼天天盯着我，我整天跟着生产队干活，一天工也不能耽误了，一步也离不开公字寨。这几天队里安排锄地，我天天都在狗嘴巴子锄地。山上的泉水流下来，我好像又听到你的笛子声，就像山泉流，就像石头滚，的溜的溜真好听。我多么盼望见到你啊，多么盼望再听到你的笛子声啊，可是我听不到了，我没有福气听到那么美妙的声音。咱俩没有缘分，天老爷没作这种安排，我只能远远地望着你，远远地听着飘在半天空的笛子声……

根原不待看完信，泪水已经挂满了腮。

第三章　彻底资了本了

一

孙义宁带着几个办事人员急促促闯进徐白校长的办公室，徐校长一见镇领导来了，赶紧起身让座。孙义宁一边忙不迭摆手，一边急三火燎地说："没工夫坐，没工夫坐。"他告诉徐校长，良维伯书记下午两点要来学校视察，赶紧收拾接待室，准备好接待工作。

徐校长漫不经心地应着，转身嘱咐办公室的人员准备准备。

对徐校长的漫不经心以及嘱咐工作人员的轻松语气，孙义宁感觉到徐校长的重视程度明显不够，他要亲自去看看接待场所。

学校的接待室很简陋，围着一张脱漆掉毛的大会议桌摆放了一圈七老五伤的退休椅子，说是接待室，其实是个小型会议室，学校里平时召开领导班子或者骨干教师会议就在这间会议室。

孙义宁对这样的接待室显然不是很满意，他要求徐校长把大桌子和椅子统统撤出去，要换沙发，要换茶桌，还要换窗帘……总而言之，一切都要崭新崭新的，还要组织起不少于百名学生的欢迎队伍。

徐校长眉头一皱，心里不觉暗暗嘀咕，不就是一个良维伯嘛，不就是一个镇委书记嘛，不就是到学校走一走嘛，何必呢？

徐白校长的眉头一皱被孙义宁立马察觉到了，现在已经是上午十一点过了杠，满打满算还有两个多小时，没有多少准备时间，他显然有些着急，眉毛一横，脸上的麻点也开始涨紫起来，他火急火燎地喊起来，声调一下子提高了不少。

“良维伯书记在全镇干部会议上再三强调，建设新舜城，首先要有新精神新面貌。改革开放，解放思想，就是彻底破除因循守旧的老一套。在改革大潮的洗礼中脱胎换骨，以焕然一新的精神面貌全面落实建设新舜城的宏伟蓝图。陈旧的面目，反映的是陈旧的思想。不打破盆盆罐罐就不会创造出新气象。舜城镇已经升格为副处级单位了，不是原来的乡镇了，今天的舜城不是昨天的舜城，今天的镇领导也不是往日的镇领导。良书记第一次来学校视察，这么一间破烂不堪的接待室，这么几把破椅子，像什么话？你以为接待公字寨的老簸箕啊。这不仅是对良书记不尊重的问题，反映的是陈旧思想在作怪。”

徐白校长见孙义宁有点急，也不好说什么，换就换吧。徐校长吩咐人员赶紧行动，何时安排好了再吃午饭。

对徐白校长的执行力，孙义宁显然放心不下，他没有走，指手画脚坐镇指挥，眼看着一切都布置好了，觉得比较满意了才急匆匆饿着肚子返回镇党委。他是来打前站的，下午两点以前还要赶回镇党委迎接良维伯。

下午两点许，一辆伏尔加小轿车向学校驶来，一群各部门各单位大大小小的干部们笑容满面等候在学校门前，数百名中学生手摇着红绸分列两排，一派热烈的喜庆气氛。

欢迎，欢迎，热烈欢迎！

欢迎，欢迎，热烈欢迎！

……

小汽车还没到学校大门口，良维伯一挥手叫司机来了个紧急刹车，他要下车。

还没进学校为何停了车？领导叫停就停，随从们是不敢多问的。

孙义宁第一个走下车，一转身顺手给良维伯拉开车门，一只手遮掩着车门上槛以防良维伯碰了头，另一只手搀扶着良维伯下了车。良维伯一脸的肃穆，他抬眼看看远处的欢迎人群，随意向欢迎的人群挥了一下手，一扭脸朝学校院墙外走去。

那么多人还等着迎接呢，还有上百名学生列队等候着呢，良书记为啥半路下了车？为啥朝学校院墙外走去了？莫非孙义宁打了小报告？莫非良书记不满意？徐白怎么也没想明白，心里一直犯着嘀咕。

其实，良维伯虽说喜欢人们抬将着，但是，一到学校大门口他突然想起了徐校长。

徐校长虽说是个教书先生，但是不可小觑。从北京到南京，他的学生真可谓桃李满天下，随意拔出一个萝卜都不比自己的个头小。在舜城镇的任何单位良维伯都敢放肆，唯独在徐校长面前不敢放肆。说不准在什么时间什么地点徐白的嘴巴子一歪就会扯出一根绊马索，还是小心谨慎为好。

一股白白的热气纠缠翻转着从学校墙根下朝天乱窜，良维伯顺势下了车，说是要看看哪儿来的热气，也借此破一破太过庄严的热烈气氛。

孙义宁一边搀扶着良维伯小心翼翼地拐过墙根的乱土堆，一边挥手示意等候迎接的人群向良书记靠拢过来。

赵家庄园的门前立起国家重点文物保护单位的石碑，山海县的领导和市里的领导们一齐关注起这个小镇来了，大干部小干部都来考考察，看看这个全国规模最大、保存最完整的封建地主庄园到底是个啥样子。

西汉末年的王莽新政时期，舜城曾经设过县，如今的山海县城还属于舜城属下的一个小镇子。后来，县令被农民起义军斩杀，县治也就取消了。本地百姓有句谚语：灭了舜城县，立了山海城。舜城是两省三市的交汇点，三纵两横的国道穿镇而过，绣锦河的跨河大桥更是通往两省

三市的必经之地。绣锦河就是个海湾汊子，东去十几里地就是滔滔黄海，虽说大海里的大货轮进不了绣锦河，但是小型船只完全可以驶进舜城镇。过去，舜城镇的绣锦河岸就有两个码头。据老人传讲，舜城码头热闹着呢。日出千杆旗，日落万盏灯。本地区发往上海、青岛等沿海地区的货物都是走舜城码头。这里是天然的避风良港。绣锦河在入海口拐了个扭鼻子弯，形成了一个天然的泻湖。据本地人吹呼，这是亚洲最大的天然泻湖，全世界排名第二。无论什么风什么浪，一过扭鼻子弯进入泻湖就会风平浪静，渔民称呼这个泻湖为万平口。如果海上起了风，南来北往的渔船都会驶进万平口避避风浪。

赵家先祖在明代晚期任过山海县知县，去任之时置下这片风水宝地开始兴建这幢庄园。据说，赵家先祖当时请了个有名的南仙，走遍舜城的山山水水，最后落脚这个山坡。此山坡名曰热炕头，是因一块青石板的石缝里终年喷涌温热的泉水而得名。热炕头背依郁郁葱葱的青山，左有蜿蜒如带的绣锦河，右有南去北来的三省通衢官道，南去是一马平川的大平原，青龙白虎各在位，朱雀玄武应心生。大院坐落在慢坡地，背风向阳，视野开阔，真是独占富贵英豪地，尽踞金足牛马福。赵家庄园规模恢宏，古朴壮观，整个庄园沿南北中轴线依次建有六进大院，形成了一套完整的齐鲁民居建筑特色的古建筑群落，集建筑文化和民俗文化于一体，记录了一个封建家族兴起、发展和衰败的历史轨迹，具有珍贵的史料研究价值。

赵家庄园拥有房产五千多间，横看条条通道相间，纵观重重四合院相叠，层次清晰，主次分明。院内建筑多属二层或者三层楼房，明柱花窗，雕梁画栋，绿树掩映，泉水叮咚。朴实无华华自显，看似寻常非寻常。从占据半个山坡的赵家庄园的建筑风格看，专家们说，大有东夷遗风。东夷民族崇拜太阳，尊大舜为太阳神。赵家庄园的所有砖刻石雕多为远古太阳神的传说故事，带有浓厚的太阳崇拜的信仰色彩，也呈现着曙光普照的吉祥寓意，这在中国建筑史上可谓独树一帜，也不知赵家老爷爷为什么这么设计。据赵姓后人传说，此地虽说是风水宝地，但是占着火地，日头公公曾经在这里睡过觉，一睡就睡了七七四十九天，要么

这里的石缝里有一股热水往外窜？听听也有道理。据方志记载，远在商周时代就有舜城的地名。绣锦河岸发掘出土了五千年历史的大陶罐，大罐上还有刻制的陶文。据专家考证，陶文是我国迄今发现的最早的文字，比甲骨文要早一千多年。陶文的发现震惊全国考古界，大报小报发了不少的考据文章。据专家说，舜不但在此睡过觉，还在此地建过城，若不然，为啥就叫舜城？根据灰坑和制陶的窑址分布数量考证，四千多年前，舜城不仅是中国最大的城市，也是亚洲最大的城市。

赵家大院最负盛名的就是阳春福池。一进大门，院子中央有一个水池。一股温热的泉水从石缝中喷涌而出，无论天寒地冻或骄阳似火，泉水不冻不沸温热如常，无论大旱三年或大涝三年，泉水四季喷涌不增不减。

赵家世代为官，从明代中期到光绪三十一年废除科举，总共出过三名状元、三十三名进士、五十九名举人、贡生秀才一筐一筐的不计其数，尤其是一门父子兄弟三状元成为赵家最为荣耀的佳话。从天子脚下到州府县衙，赵家官员结成了一张庞大的关系网。在四百多年的风雨中，赵家涉及农耕、酿酒、林木、榨油、药店、当铺、钱庄等十多个行业，买卖越做越大，到民国年间，赵家拥有土地八万多亩，山场十几万亩，佃户村二百余个，周边几个县的好山好水，几乎全归赵家所有。赵家成为当时中国最大的地主之一，庄园建筑面积号称为江北之首。

有人说，是官商造就了赵氏家族的兴盛，这话半点也不假。女人靠男人撑着，商人靠权人撑着。背后没有土地爷撑腰还想发财？发霉吧。

有人说，是贪官造就了赵氏家族的兴盛，这话也不是没有根据。据说，赵家六世祖曾任清江浦河库道，告老还乡时，三船生金两船银，从运河、淮河再进绣锦河，一直运到家门口。贪了那么多银子，不盖房子干啥？

还有人说，是能人造就了赵家的兴盛，这话也有道理。赵家辈辈出能人，你就说铁算盘子吧，四五岁的时候就能双手打算盘，大人也没他打得快，天生就是个会算账的财主料。

赵家的兴盛也不是一帆风顺的，在四百多年的发展过程中，垮了好

几垮，起了好几起。社会动乱便垮，社会安定再起。赵家再能，也挡不住战火。明朝中期，赵家兴盛了一阵子。明朝末年战火不断，赵家庄园被乱军一把大火烧去一大半，金银财宝一劫而空。一直到了清代乾隆年间，赵家又兴盛起来。自日本侵华战火燃起，赵家又现衰败气象。打土豪分田地，就把赵家彻底摧垮了，赵家一百多口子男女老少，死的死亡的亡，能跑的几乎都跑到海外去了。

都说富不过三代，可老赵家富贵了一代一代又一代，还是梆梆富。虽说是风风雨雨几起几落，打倒了总能爬起来。现如今，铁算盘子在海外还是个大富翁。算上铁算盘子的儿子孙子，赵家已经富贵了几十代人了。

如今福池不见了，被徐白校长填平了。只因为时常有学生掉进水池或者爬上假山摔伤腿，徐白吩咐建筑队，一消一长就把假山和水池解决了，逼得温泉水沿着狭窄的地沟子从校园钻出校外，躲在墙旮旯吹胡子瞪眼吐白雾。也不管春暖花开秋风吹，也不管三九严寒雪花飞，咕嘟咕嘟的热气翻转着朝天窜。

过去福池是一景，现如今气雾蒸腾成了又一种景观。学生们一下课，都喜欢跑到校园墙外看白雾。一团一团的气雾被风一揉搓，一会儿变成一群大白羊，一会儿又变成一只灰骆驼，一会儿又会变成狮子、老虎、大黄狗什么的。若是迎着太阳慢慢调整视线，那些大白羊和大黄狗们就会变色，不同的视角就有不同的颜色，五彩斑斓奇妙极了。所以，孩子们一下课整天来看大白羊变色，看也看不够。三桂桂的语文老师曾经写过一首小诗，曾经在班里读给学生们听过，还曾经在学校自办的小报《春芽》上登载过，全学校的同学们大多都能背得过：一群大白羊/悠悠飘过/湛蓝湛蓝的天/铺满碧绿碧绿的草/天河里的水/一定是甜甜的/没有牧羊人的鞭影/也没有牧犬的狂吠/任凭羊群/自由飞翔/我多想/发辫变成犄角/追上羊群……

赵家庄园被国务院公布为全国重点保护单位，山海县委、县政府立马研究决定，将舜城镇升格为副处级单位，列为改革开放试点镇，选派良维伯担任舜城镇党委书记。将一个乡镇升格为副处级单位，这在全市也是极为罕见的案例，可见上级领导对舜城镇的重视程度。县委、县政府领导明确指示，要借鉴深圳改革开放的经验，以解放思想、开拓进取的精神，把舜城镇打造成北方的改革开放试验田。试验田就是要有试验精神，不怕犯错误。极左思想流毒太深，一定要解放思想，闯出一条改革开放的新路，然后向全县推广，向全市推广。

舜城镇一升格，首先活跃起来的就是洗头房和练歌房。一群群油光水滑描眉点唇的小姑娘，也不知是从哪里冒出来的，使这里突然间有了一股子鲜活气。这块古老的土地，随着那些水灵灵鲜亮亮的小姑娘的摇摇摆摆，一下子活泛了，生动了。这群小姑娘就像跳进一潭死水的鱼儿，搅得浪花飞溅满天飞彩霞。舜城镇升格的鲜活气，也可以这么说，是那些洗头房练歌房首先搅和起来的。一个挨一个的洗头房练歌房，成了最抢眼的风景线，为舜城添了别样的“开放”气息。太阳掉进大山沟，这里就成了最热闹的去处。对这种黑夜娱乐现象的存在，良维伯指示，打击口号可以喊得响亮些，出击行动可以迟缓些。只许洗头练歌，不许卖淫嫖娼。外地也是这样子，咱们管严了，谁来投资创业？

良维伯是刘德甫政治集团的马前卒，深得刘德甫信任。刘德甫是市委常委、山海县县委书记，他代表县委代表市委，专门设家宴为良维伯送行。

刘德甫是高密人，五年前从省直文化部门空降到山海县担任代县长，受到土生土长的原县委白书记的强烈抵制。在准备去掉“代”字的人代会召开之前，省委组织部就和白书记打了招呼，一定要保证刘德甫当选，如果出现不该出现的麻烦，由白书记负责。

尽管上边已经打了招呼，刘德甫还是差一点被白派掀到沟里去。幸亏良维伯调动了一帮受压制的反对白派的本土帮为刘德甫拉票撑腰，若不然，票数绝对不过半。

刘德甫去掉了那个“代”字，没几年就取代了白书记成为山海县的县委书记，去年又补了个市委常委，一路高唱凯歌扬。

白书记调任市政协人口资源环境委员会主任，虽说没升没降是平调，实际上被贬了。他后悔太狂妄，总以为山海县是铁打的。

白书记一走，“白派”们所号称的“铁板一块”就像扔进大跃进的炼铁炉，稀里哗啦散了架。难怪说，世人如同宿林鸟，大难临头各自飞。原先白书记的那些刚刚硬的腿们，无论情愿不情愿，一个一个都在刘德甫的脚面子上跪下了。白书记手下有三个丁姓得力干将，圆丁、方丁和洋丁，号称“三鼎（丁）足”。本来，白书记打算把常务副县长丁圆推到县长座位上，没料到，空降下一个“代县长”打乱了他的人事布局。更没料到，“代县长”不但代了县长还代了他的书记。更更没有料到，他的“三鼎足”竟然盼望再成为刘德甫的“三鼎足”。更更更更没料到，刘德甫不需要这个“三鼎足”，一个一个成了交流干部，先后调出了山海县。一朝天子一朝臣，狼肉贴不到狗身上。白书记是个老牌子土改干部，当了一辈子干部玩了一辈子政治，直到自己摔了跟头才明白，在政治家面前，只有黑白，没有是非。

在这场斗争中，良维伯是最大的赢家，也是最大的受益者，他成了刘德甫的贴身小棉袄。刘德甫跟良维伯谈话，没有官话套话桌面子话，一句一句都是关上门说的人话。

“我不会扎根山海县的，如果不出意外的话，年底我就会出任阳城市代市长。舜城镇很重要，我计划把舜城划为市直开发区。舜城是个重灾区，叫你去，就是救灾的。有你在，我就放心了。不过，你的年龄偏大，抓紧到户籍处改一改年龄。初中学历也跟不上发展需要了，搞一个第二学历，在读研究生或者在读博士都行。”

良维伯连连点头，连连应着是是是。

“到了舜城，要稳住神，不要着急，任何一次社会大变革都会矛盾重重。解放思想要有度，改革开放要有数。邓老人家都说摸着石头过河，何况咱们呢？既要跑，还要稳，不能只朝前看，还要上下左右都看看。塔尖上的风铃也不是一个节奏一个音，下边的情况更复杂。改革开放是好政策，好政策必须要有好策略作保证。走快了难免摔跤，走慢了又会掉队，所以，一切必须从实际出发，不能急。宽阔的大路踩油门，拐弯的小路踩刹车，要想不翻车关键在于把握度。“极左”思想灌输这么多年，拐弯拐急了很容易出事故。试验田自有试验田的难处，你自己好好把握吧。”

良维伯感激着刘书记的关怀，一脚踏进舜城镇，他既要拿出一点叫上级领导满意的成果，还要稳稳妥妥，这是对他的政治智慧的考验。他打算首先在赵家庄园抓点政绩，那里最容易引起人们的关注。

上任之前，他曾经拜访过有关的地质专家。据专家说，地热埋藏深度一般在1600米以上，而像舜城地热埋藏深度仅在1000～1400米之间的情况实属罕见。温泉的水质含有丰富的锂、碘、溴、锶、铁、锰、锌、偏硼酸、偏硅酸等矿物质和微量元素，矿化度为5～10g/L，属医疗型地热温泉，对人体有极高的医疗和保健作用。石缝出水温度是56～62摄氏度，可广泛应用于医疗、保健、洗浴、采暖，是理想的天然热水资源，极具开发利用价值。

良维伯看了一会儿腾腾的热气，转身走向欢迎队伍，他热情地和徐白校长握手问好，然后弯下腰与走在前面的中学生们一一握手问好，对站立在风口迎候自己的学生们再三表示感谢。他对徐校长说，叫学生们赶紧进教室学习，可不能耽误了孩子们学习，以后不许搞什么列队欢迎。

本来，徐白校长对讲究排场的官僚作风极为反感，当他看到良维伯再三感谢站立在风口迎候的学生时，不免生出些许敬意，列队欢迎原来不是良维伯的本意，而是下边的舔腚官有意讨好上峰。

徐白校长陪着良维伯仔仔细细认认真真看了看赵家庄园，一边走，一边交谈。良维伯的爱人先前曾在舜城供销社工作过，两个儿子都曾经在这里上过学，良维伯对舜城很熟悉，对徐白校长也很熟悉。

良维伯向徐白校长传达了上级的有关指示精神，了解了学校的有关情况，然后探讨了学校搬迁的问题。学校搬迁可不是一件容易的事，说一千道一万，根本就在于一个字：钱。县委书记刘德甫为良维伯送行时就明确说，山海县没有钱，只靠贷款发工资。舜城镇要自我发展，开拓进取，县里只给政策不给钱。临走把我的伏尔加带上，就算我陪送的嫁妆。

良维伯担任计委副主任括号里标注正科级已经七八年了，他不是

“白派”的嫡系亲兵，所以一直在那个副主任的位子上挣扎，一直去不掉那个括号。而今，没想到漫过“括号”一下子升到副处级，虽说心中早有准备但是总有一种惊喜感。从政生活经验使他懂得了一个道理，不怕不是人，就怕跟错人。说你行你就行不行也行，说你不行你就不行行也不行。若不是跳到刘德甫的战壕里，八辈子也轮不到自己来舜城发光发热为人民服个大务。

在仕途道路上，良维伯本来已经是坐下来观光景的看客了，他明白，越朝高处爬越艰难。他曾经默默勾画过一幅官员升迁图：只要好好“为人民服务”别出差错，按规定 3 年就可以从科员升至副科级，再 3 年到正科级，但是，那是基本规律，没有多少人能够享受到那种一步不落的好规律。一般说，没有十年八年很难升到副科级干部，从副科级升到正科级，照旧少不了十年八年的艰苦岁月，大部分人爬过雪山走过草地也就到此为止了，一辈子熬到科级干部也就不错了。从科级升到处级干部更加艰难，这不是你“为人民服务”努力不努力的问题，而是更多的“为人民服务”之外的复杂因素，背后没有大树你还想升迁？做梦吧。坐镇舜城镇，不知有多少人梦寐以求，不知有多少人暗暗用力，真可谓你抢我夺明火执仗。别说科级干部，就是已经公布的副处级还没有个实落座位一直站着排队的也有好几个。自己学历低，年龄大，熬到计委正科级副主任已经算是到头了。立了秋的蚂蚱，蹦跶不了几蹦跶了。没想到立了秋的蚂蚱又迎来了一个春光明媚的三月天。刘德甫一句话就给了一个三月天，比给一瓶高粱老烧都简单。

舜城镇升半格，经市委研究批复，决定配备两名副处级干部。也就是说，镇委书记和镇长可以升为副处级。也还就是说，良维伯占了一个副处级名额，另一个自然就是镇长王文革的了。

王文革是“白派”的人，漫说刘德甫不情愿给他活路，就是良维伯也不情愿王文革朝前挪动半步。

在前，良维伯的爱人在舜城镇供销社工作，为了老婆的工作调动，良维伯曾经拜望过时任舜城镇革命委员会主持工作的副主任王文革。“文化大革命”时期，良维伯和王文革是一个派别的，他本以为一个山头的革命造反战友，怎么也会帮帮忙。岂料王文革根本没把翻砂工人良维伯放在眼里，没打算和这个翻砂工人交朋友，也没收留好酒好烟，给了良维伯一个大无脸。王文革依仗着老子爹是老红军战士，一派盛气凌人的霸道气，良维伯极为不快，心里默默刻下一层仇视。

良维伯熟知王文革的秉性，虽说骨头里冒傲气，但是皮肉很有弹性，很会耍油条，颇有点能屈能伸的大丈夫气概。傲慢起来像卧虎，如果耍起油条来，任你无论怎么拧，也不会轻易拧出个褶皱来，简直就是个万向轮。王文革打小在舜城镇长大，整天和蹲街头的老百姓厮混，很会和老百姓打哈哈。所以，老百姓从来不认为王文革傲慢，反而说他很朴实没有官架子。王文革在舜城镇经营了多年，再加上又是坐地虎地头蛇，基层的干部大多都是他的亲信，自己单枪匹马杀进舜城镇，恐怕难有个顺风顺流加顺心。良维伯要求把王文革调走，却受到刘德甫的批评。

“调走？往哪里走？一走出你难以控制的地界人家就会呼风唤雨，想一切办法贬低你淹没你，你喜欢看到人家呼风唤雨淹没你吗？你啊，不要图省心，在斗争中打拼最能锻炼人。王文革已经成了瘸腿老鼠了，给你放在那里，逗一逗，玩一玩，锻炼锻炼捕获猎物的本领和喜悦。毛主席教导我们说，与天斗其乐无穷，与地斗其乐无穷，与人斗其乐无穷。没有斗争，生活就是一碗白开水，无色无味，一点儿意思也没有。政治家是干啥的？两个字：斗争。不过，斗争是残酷的。与人斗其乐无穷怎么解读？首先你必须是赢家，否则你还能其乐无穷吗？所以说，与人斗只有赢家才会其乐无穷，败家是没有其乐无穷可言的。如果被人家踩在脚下还能其乐无穷，那只能说，这人精神有问题。”

有文化就是厉害，一分析就分析到老根头，良维伯打心底里佩服。人都说，聪明人的眼睛后边还有一双眼睛。良维伯感到，刘德甫的眼睛后边不仅仅是还有一双眼睛，而是有一串眼睛。站在刘德甫面前，你的前胸后背都被一串眼睛包围着，躲都躲不开。刘德甫，少见的聪明人。

良维伯又向刘德甫提了个建议，把大桂桂调回舜城镇担任人大常委会主任。大桂桂是县人大副主任，是副处级干部，只要把大桂桂调到舜

城镇，两个副处级名额也就填满了。刘德甫点点头对良维伯说："很好。大桂桂是难找难寻的好配角，不会给你添麻烦。"

良维伯还提出，将县文化局副局长孙义宁调回舜城镇担任副书记兼人大常务副主任，从副科级升为正科级。孙义宁原先在舜城镇工作过，对那里的情况比较熟悉。刘德甫赞同良维伯的意见，舜城镇的人事安排就这样敲定了。

舜城发展靠旅游，但是，最具旅游价值资源的赵家庄园被学校占据着，学校不搬迁，赵家庄园就没有条件开发。从某个意义上说，良维伯来当这个书记，第一要务就是把学校从赵家庄园搬出来。搬迁这么一所学校谈何容易，钱从哪里来？良维伯做着一个设计，如果能叫铁算盘子投资开发赵家庄园，一步死棋就全都盘活了。

良维伯在徐校长的陪同下绕着学校转了一圈，没进接待室就走了。他说先来看看徐校长，抽时间专门开会研究学校搬迁的问题，并向徐校长发出邀请，晚上请徐校长吃饭。

在一群人的簇拥下，良维伯出了学校大门。刚拐过墙角，根原满头锯末子怀抱着几根木条子迎头撞了过来。良维伯一眼就认出根原，但是他倏地扭过头和身边的孙义宁说起话来。

根原本想喊一声良叔的，干张了一下嘴巴又赶紧闭上了。他知道良维伯已经看见自己了，四目一对碰出的弧光能把一切深藏内心的秘密释射到对方的肉里去。对方释射的弧光告诉他，良维伯不想认识自己，起码在这样的场合下不愿认识。

磕磕绊绊的沿河小路行不得伏尔加，良维伯被一群人包裹在中央朝赵惠双家徒步走去。

绣锦河淤积严重，河道生出一片一片傲慢无理的蒲草，将河道挤压成一根瘦羊肠。一条软绵绵的细水就像大病了三年，少气无力举步维艰，再也看不到"日出千杆旗，日落万盏灯"的景象了。河岸上，一座由巨大的黑石块垛成的码头好像很不歇气，趾高气扬兀立滩头显摆着昔日的威风。鱼贩子的小舢板偶尔也会在码头出现，但，只是偶尔。鱼贩子撑船的长竹篙就像瞎子手中的竹马子，摸摸索索试探着前进，一不留

神就会搁浅。如今的公路平平展展四通八达，走水路还不如走旱路省力，因此，绣锦河里的小舢板越来越少见了。

良维伯走在绣锦河岸上，只觉得热血沸腾，他要改天换地，他要叫绣锦河重现“日出千杆旗，日落万盏灯”的繁荣景象。过去，他经常在绣锦河边走，从来没有热血沸腾过，河里有没有千杆旗万盏灯不是自己的责任。而今，自己有了这份责任，他不仅要教绣锦河重现“日出千杆旗，日落万盏灯”的美好景象，还要教舜城重现昔日的辉煌。良维伯一边走，一边指指点点做着指示。他就像一颗具有强大磁性的灿烂恒星，属下大大小小的官员，一个个小小心心紧密围拢在他的身旁，谁都惧怕甩出轨道远离了中心。

“不怕政策变，就怕头头换”，这是舜城镇的小干部们私下流传的一句心得体会。政策有变好接受，上边喊左咱就左，上边喊右咱就右，文件怎么写，咱就怎么念。更换一把手可就麻烦了，等于重新洗牌，以前用的功全废了。鞍前马后几多年，辛辛苦苦几多泪，多心疼。在前，人们紧靠着王文革，如今，人们不得不重新调整姿态，谁都担心被甩出轨道，谁都担心以前的功全部作了废。

窄窄巴巴脏脏兮兮的农家小院呼啦涌进这么一群大干部，赵惠双一家人成了炸窝的兔子。这个小院里曾经踩下的脚印，最大的干部就是村长，猛然间涌进来这么一群大干部，把赵惠双一家人吓得不轻，女人和孩子们躲躲闪闪溜进里屋，从门缝里偷窥着这一群大干部的一举一动。赵慧双虽说是见过世面的人，一时也懵成一个死面饼子。

赵惠双不愧是淋过大雨听过惊雷的人，对付这种突发事件，他的拿手好戏就是装死鳖。“百祸口中出”，小时候，老爹时常拿这句话教导他。这句话伴着他度过了大半生，成为他一生中做人处世的座右铭。只要闭紧嘴巴就不会被人抓住话柄，只要闭紧嘴巴就能避免犯错。凭着这句座右铭，他安全过了土改那道沟，又安全过了“文化大革命”那座桥，好不容易全毛全翅熬到改革开放。

这么一群大干部涌进来到底要干啥？他不知道是福还是祸，静静观察着对方的表现，暗暗作着自己的判断。当良维伯问起赵惠仁的情况

时，赵惠双长眼皮一耷拉，光摇头，不说话。根据他的观察判断，这一群大干部是为调查了解老财主赵惠仁而来的。他们为什么调查了解老财主？莫非还要搞批斗？莫非试探自己的态度？他猜不透这一群大干部到底要干啥。有一条底线他是有数的，坚决和老财主划清阶级界限，决不能说出那封信。

当良维伯说很想与赵惠仁先生取得联系欢迎赵先生回家看看时，赵惠双的眼睛立时瞪大了，好像一下子逮住了说话的理由，他紧紧盯住良维伯的脸，大声吼叫着："你说欢迎地主资产阶级？你还敢欢迎地主资产阶级？这可是你说的，你自己说的，大家都听见了，你自己说的。"

赵安祥在一旁眨巴着小眼睛闷声看门道儿，他与爹得出了完全不同的判断。他感觉到，领导说的"欢迎"是诚心诚意的。如今搞改革开放，各地都在努力吸引外资。在过去，谁家有海外关系那是罪孽。现如今，谁家有海外关系那是荣耀。

"你别胡叨叨！"赵安祥抢白了爹一句，顺手把爹藏在枕头底下的信摸了出来，笑眯眯递给良书记。"这是我大爷寄来的信，领导们看看。俺爹老了，不懂事，良书记你别介意。"

良维伯接过信，一边看一边说："完全可以理解。搞运动搞怕了，一朝被蛇咬，十年怕井绳。如今不用怕了，我们欢迎海外侨胞回来投资创业，我们还针对吸引外资制定了一系列优惠政策和奖励政策。"

"还有奖励政策？"赵安祥的小眼睛冒着热乎乎的火苗。

良维伯吩咐孙义宁把吸引外资优惠政策的有关文件给赵安祥留下一份。

良维伯看过赵慧仁来的信，细细琢磨着信中所表达的意思和感情。信虽然写得很简短，总共也就是七八行字，但是从头到尾一连串几乎都是问号，把舜城的山山水水问了个锅底朝天。从那么多的问号中，良维伯明确感觉到赵惠仁对家乡的深深眷恋。良维伯看完信，问赵安祥："你们回信了吗？"

不待赵安祥答话，赵惠双抢先把话茬接过去，他连连摆手。

"没没，我早就说过，我没有那个地主资产阶级堂兄弟。我一辈子

受尽了他的压迫剥削，我早就和地主老财一刀两断了。”

良维伯叫孙义宁记下了铁算盘子的通讯地址就走了。临走，又问赵惠双生活有没有困难，还说，有什么困难你找我。

良维伯前脚刚刚跨出赵惠双的家门，赵家爷儿俩就吵起来了。爹抱怨儿子太冒失，不该抢头下马摸出那封信。

自从赵惠双接到堂哥的来信，吓得一直睡不安稳，如若被外人得知扣上里通外国的罪名那还了得？

赵安祥曾经给爹解释过多次，任儿子说上一百遍一千遍“改革、开放、现在、过去”的道理，当爹的认准一个理，儿子嫩了，懂点儿事还早着哪。今天，儿子当着那么一群大干部揭了自己的老底，可把老头子揭火了，他骂咧咧地指着儿子吼，大骂儿子爹爹煞煞不成器。爹火，儿子更火，两把火凑到一起，都要把房子烧焦了。

赵安祥也没把爹当爹待，训爹就像训孙子。

“你懂啥？瞎活这么大年纪，除了知道吃，啥也不懂。我大爷很有钱，一麻袋一麻袋的。他要是能回来，给咱一麻袋，够咱一辈子花的。你怕啥的？是他们欢迎我大爷来的，又不是咱叫他回来的。你看看，政府还有奖励政策，引资一百万，政府奖励两万。我大爷回来投资，咱不立马就成双万元户了？”

爹已经败下阵来，被儿子熊得光吧嗒眼皮不吧嗒嘴。但是他的心里在暗暗哀叹，唉！儿子还没谢花就愣充老黄瓜种，早晚吃了亏，就明白黑铁烙人红铁不烙人了。

二

根原正光着膀子汗流浃背埋头锯木头，一点儿也没注意到赵安祥就站在自己的身后。待根原锯断木头，赵安祥轻轻拍拍根原的脊背，朝根原挤挤眼，示意根原离开徒弟的视线到门外说话。

走到屋门外，赵安祥趴在根原的半边脸上叽咕了好大一阵子。

镇里要召开大会表彰万元户，要求各村各疃抓紧上报名单。王文革号召大力扶持万元户，村村寨寨都要培养万元户，哪个村出了万元户，

证明村干部领导有方也要同时受表彰。

东山村一下子冒出三个万元户，成了全镇瞩目的致富冒尖村。

本来，锢漏子彭没有那么多钱，韩大胡子积极上门做工作，锢漏子彭的岳父大地瓜也盼着女婿能成万元户撑撑门头出口气，所以也亲自上门打帮腔。七算八算带九算，就把锢漏子彭算成了万元户。

大碾台娘家弟弟三咧咧买了一辆褪旧解放牌大卡车贩运苹果，跑南京赚了几个钱，七凑八凑也凑成个万元户。

韩大胡子他爹瞎愣怔搞了个建筑队，一年挣了好几万，是个名副其实的万元户。韩大胡子是村干部，担心人家说三道四，所以就叫愣怔爹出头露面当经理。凭着瞎愣怔那点儿本事能建什么筑？还不是只靠韩大胡子背后张罗着？

论说，赵安祥才是真真正正的万元户，可他不敢当万元户，村领导赵加封多次上门做工作，他都是阴沉着报丧脸哭穷。

“我哪儿有那么多钱？贩木头赚的那点儿钱也就是混个吃喝，费用大，利润薄，一辈子也成不了万元户，可别听他们胡说八道。可怜，大水冲了龙王庙，一家人不知道一家人。”

赵安祥是个小鬼头儿，一根头发能捆八个鬼。别看他心眼儿多，可是胆子特别小，掉下个树叶儿都怕打着头。

“文化大革命”那会儿，他的小鬼头加小胆子成了衡量派别对抗势力强弱的风向标。他靠上哪一派，证明哪一派一定是强大起来了。

舜城镇十几个红卫兵组织，他几乎哪一帮都加入过。加入归加入，哪一帮也没把他当个好鸟看待。因为他投靠的山头多，了解的情况也就多，所以，虽然哪一帮也看不起他，但是哪一帮也喜欢接纳他，只为了讨获他掌握的那点儿情报。被出卖的逮着他骂个皮开肉绽，赵安祥长眼皮一拉耷，也不争，也不辩，也不气，也不怒，嘻笑欢声接受着。

“文化大革命”结束之后，刚刚开始说改革，赵安祥就做起了倒卖木头的生意来。一开始偷偷摸摸玩儿空手道，看看谁家盖房子，他就悄悄跑上门，以帮忙的姿态主动给人家买檩子。这边接了钱，那边搬木头，从中赚个三块五块十块八块的。跑跑腿，动动嘴，也不用本钱，一本万利，他尝到了改革的甜头。随着形势发展，他从地下慢慢转入了地上，租房租地摆起了摊子。在舜城，赵安祥成了最富有的大户。家里有黄金，邻居有戥盘。外界给他掐算过，估计最少也得攒下三万两万的。

赵安祥最怕人家说他富。为了不露富，他把钱存了十几家银行。为存钱，他都跑几百里路到外县外省去。存单的名字也不敢写赵安祥一个人，老爹老娘老婆孩子只要能使用的全部用了个遍。

这次镇里表彰万元户，各村的头头都指望自己村里多出几个万元户，都想争个致富模范村。良维伯新来当书记，谁不想在新书记面前露个脸儿？舜城一村就在镇政府的眼皮底下，眼皮底下出不了万元户，怎么向良维伯交代？

从目前上报的情况看，全镇五十多个自然村，除了舜城一村和公字寨，村村都有万元户。赵加封也是个要脸要面的人，不甘心和老簸箕坐在一条板凳上。老簸箕算个球？和他坐在一条板凳上忒丢人现眼了。

这几天，赵加封很气愤，肚子一鼓一鼓的。中央都发指示了，鼓励一部分人先富起来，你赵安祥还有什么可怕的？赵加封几乎天天在赵安祥家泡着，好听的话也说，不好听的话也说，但是，任赵加封怎么说，赵安祥宁死不承认自己是万元户。赵加封火了，要找工商所、税务所给赵安祥查账，看看到底够不够万元户，把赵安祥吓得吃不香睡不安。看来，赵加封不把赵安祥整出个万元户来决不肯善罢甘休。三十六计走为上计，赵安祥决定出去躲一躲，他嘱咐根原照看照看木头，打算连夜出逃。

根原看不起赵安祥。他对赵安祥说："有钱怕啥？自己挣的。"赵安祥说："你啊！就是属鸡的，记吃不记打。你爷爷怎么死的？你爹怎么死的？你还没受够罪啊？整风反右运动，开始就是鼓励你提意见，欢迎你提意见，高价收买你的宝贵意见，一翻脸转身就说你是右派言论，接着就扣上一顶右派帽子。你等着看，这次不是上报万元户吗？下一步说不定怎么收拾你，说不定还得来个二次土改打你的恶霸地主。我把这句话搁在这儿，不信等着看。"

赵安祥害怕当万元户，根原却盼着当万元户。他不但不怕露富，而

赵安祥是个小鬼头儿，
一根头发能捆八个鬼。

且盼着人们能够看见他的富。随着腰包的鼓胀，根原觉得有一口气顶在胸口上，胸脯子也开始鼓胀起来。每次走在大街上，路边的人们都会朝着自己指指点点挤眼弄鼻子。人们说的啥他听不见，但是从人们的脸上可以感觉到，那些指点里有诅咒有嫉妒也有称许和钦佩。镇里要表彰万

元户号召大力支持个体经济发展，根原心里头那个舒坦哟，他看到了春天的消息，看到了希望，看到了出路。从黄泥岗劳改大队走出来，虽说宣布无罪释放，但是人们的白眼很清楚地传递着一个信息，无罪释放就是好人了？那是政府宽大你。根原没办法阻止人们翻白眼，也没办法叫人们承认自己是好人，但是，他想成为人们心目中的能人，他想叫人们眼馋他的钱。要说万元户，自己才是舜城镇名副其实的第一万元户。

良维伯视察学校之后，徐白校长就和根原吹了风，叫他做好搬家的准备，说不就什么时候连学校也得搬家。

其实，根原早就想搬出去了。短短半年时间，根原的木工铺火得开了锅，学校的三四间房子已经不够用了，成品家具、半成品家具、长木头短木头早就和那些泥巴地主泥巴贫下中农们激烈地争夺空间了，即令徐校长不说搬家的话，他也打算搬家了。根原很想选个宽阔的地方大干一场，选来选去就和赵安祥搿了伙，把木工铺搬到造纸厂里来了。

造纸厂足有十八九亩地，院子里有两排厂房，每排有二十多间。前面一排厂房大半空间安装着外国人淘汰的旧机器，剩余空间赵安祥囤放着木头。后面一排是没有竣工的半拉子工程，门窗没安，也没有抹墙皮打地面，屋顶用石棉瓦稀里糊涂扣了扣。石棉瓦的质量看来不是太好，大多数已经断裂坠落了，每逢刮风下雨，屋里屋外没啥区别。

这里原是公社的社办企业造纸厂，鞭炮声中热热闹闹刚上马，接着就在叫骂之中下了马。只因污水污染了绣锦河，下游几个村没法吃水，几百号人怒气冲冲涌进造纸厂，一顿镢头把门窗和旧机器砸了个稀巴烂，把造纸厂彻底造了纸。

舜城镇造纸厂是全县第一家造纸厂，这是王文革亲自拍板定案亲自到国外考察亲自购买机器亲自开工剪彩的一大政绩，报纸电台都跟着稀里轰隆报道过，没想到啊没想到，花了二百多万元就买了个上马下马剪彩照相一阵子鞭炮响，一张擦腚纸也没造出来，挨了一顿镢头接着下课放了学。那一顿镢头就像砸在王文革的脊背上，很窝心。造纸厂下马不下马倒是无所谓，不花自己的钱，不心疼。作为这片土地上的主宰，他输不起一张干部脸。下游十几个村庄不属于舜城地界，王文革的权势作

用不到他们头上去。造纸厂是王文革支持上马的新项目，本以为在全县创造个奇迹，可他万万没想到，一个小小的造纸厂还能排放出那么大一股臭水。他还万万没想到，本想争一份政绩的工业项目竟然成了自己难以治愈的伤口，任何一个在自己这儿得不到满足的人都可以随时随地往伤口上撒把盐。

“外行头，那是个外行头。”

“土老帽干部也要玩工业，老母猪打提溜，愣充猴子王。”

“二百多万啊，买了一阵子鞭炮响，好贵的鞭炮响。”

“反正是国家的钱，谁逮着谁花。国家的钱就像抱养的私生子，不是自己身上的肉，不心疼。”

……

这些闲话叫他无法忍受还得忍受着。但是，他的心里并不服气。不就是二百万吗？造纸厂就在绣锦河边上，这里原是赵家的老林，阴气抱阳，龙头巳向，元武垂头，朱雀翔舞，青龙蜿蜒，白虎驯矾，真是积福纳荫的宝地。过去老林里到处都是石碑石羊石马石骆驼，老柏树老松树老槐树足有两抱粗。一九五八年大炼钢铁，唐朝宋朝还有明朝清朝的老柏树老松树老槐树全部被杀掉炼了焦炭。“文化大革命”破四旧，石碑石羊石马石骆驼又被砸碎垒了大寨田的地堰子，赵家的祖坟茔盘一家伙被推平，一家伙变成了大寨田。

赵安祥胆子小，从来不敢一个人在造纸厂过夜。“文化大革命”破四旧，他跟着“井冈山战斗队”扒过老财主的坟子，那个老财主是他本族的老爷爷。老爷爷是清代道光年间的拔贡，是当时著名的地方画家。坟墓是用石灰拌豆浆还有猪血等浇灌成的，又坚硬又有韧性，一镢头吭腾劈下去，吭腾一个白点点。一群人围着折腾了五六天，好歹把坟子扒开了。墓穴四壁，画满了四季花鸟，画面上裰满了大颗大颗亮晶晶的水珠。水珠在画面不同色彩的映衬下闪动着斑斓的五彩亮光，好像裰满了颗颗宝珠。坟子里面有一口香柏棺材。棺材被打开，老地主面若敷粉，平静安详，就像沉睡入梦一般，一身青布长袍随风飘动。红卫兵用铁抓钩将老地主从棺材里钩出来，满脸皮肉钩没了，露出两排恶狠狠的牙

齿，很瘆人。香柏棺材里有一块素面紫端砚台，上面还刻着几行小字。另外还有做工精良的青花笔洗、水盂、笔搁、镇纸、玉制雕花笔筒等，都是文房四宝之类的物件，看来都是死者生前用过的心爱之物。除了这些器物之外，没有金银财宝。老财主厚厚的香柏棺材连同这些文房四宝，被红卫兵一顿镢头砸了个稀巴烂。

造纸厂就坐落在赵家大林的坟地上，赵安祥堆放木头的那几间房子好像就是拔贡财主的墓地。太阳一落山，赵安祥就赶紧锁了门，紧三步跑出造纸厂，他不敢回头看木头，越看越像拔贡老爷爷的尸体，木头横断面白白的断碴子就像拔贡老爷爷恶狠狠的牙齿。可怕，真可怕。当年他曾经参加过扒坟，他害怕深更半夜拔贡老爷爷的鬼魂出来找这个不肖子孙算账。白天人来人往倒还没什么，太阳一落山，他撒腿就跑了，叫眼神不咋样腿脚也不怎么利落的老爹磕磕绊绊晚上守门看木头。

赵安祥租用造纸厂一分钱也不用缴，来给看这个乱摊子，不要看门的工钱就不错了。租金虽说不缴，每年少不了在赵加封身上花点钱答谢答谢。根原和赵安祥商量，打算把木工铺搬过来，每年的打点费全部由根原承担。赵安祥眨巴眨巴小眼儿，非常爽快地答应了。一是有做伴的不用害怕了，也不用老爹来看木头了，再者毕竟也省下不少的一份人情费。

根原搬家时，把那个泥巴地主偷偷装到车上拉走了。他喜欢那个泥巴地主，他觉得那就是铁算盘子，是他心中暗暗崇拜的神人。根原干活干累了就喜欢坐在泥巴地主面前默默吸烟，一支接一支。他问赵安祥，这个泥巴地主像不像你大爷？赵安祥说不像，听爹说，俺大爷是瘦高个。他偷偷告诉根原，大爷就在深圳，准备在中国开办工厂。

“你大爷就在深圳？”根原突然睁大了眼睛，好像很惊喜。

“对，在深圳。”

“你怎么不去看看啊？”

“你知道深圳有多远？坐汽车要走好几天呐！”

赵安祥出逃后，赵加封接二连三跑了好几趟造纸厂，向根原打听赵安祥的去向。赵安祥临走和根原交代过，无论谁问，就说欠了进货的木

头钱无力偿还，临时出去躲躲债。赵加封来问一次，根原就按照赵安祥的嘱咐复述一遍，每一遍都像是一个模子里刻出来的泥坯子，几乎是一字不差。

“躲债？活见鬼！”赵加封笑笑，轻轻摇晃着脑袋走出造纸厂。

三

镇里要召开表彰万元户大会，听说镇领导要亲自给万元户披红戴花，还要把大照片贴到镇政府大门外的宣传橱窗里。根原不馋别的，就馋着自己披红戴花的大照片能够贴到镇政府大门外的宣传橱窗里。如果自己在大会上光光堂堂受到政府表彰，如果自己的大照片也能挂到镇政府门前的宣传栏里，黑乎乎的身子一下子就会变得红光闪闪了，就可以挺直身子走进公字寨，就可以挺直身子走进二桂桂家求亲了。有了这些荣誉，桂桂娘也就不会说自己是坏人了，就会同意二桂桂和自己的婚事了。根原知道，二桂桂绝不会喜欢大锅的，她是为了解救自己才答应嫁给大锅的。不能叫她嫁给大锅，决不能。大锅算个屁？他怎能配得上二桂桂呢？一定要当万元户，一定要把自己披红戴花的大照片挂到镇政府大门外的宣传栏里去。

如果良维伯亲自给自己戴花该有多好啊。如今，良维伯是这一片土地的主宰，他说谁是好人谁就是好人，只要他说一句话，自己就是好人了，日子也就好过了。自己救过他的命，他不会忘记的。可是，上一次在赵家庄园门外碰了面，他为什么装作不认识？难道他真的不认识了？这怎么可能呢？是我冒死救过他一家人的命，难道他不记得了？也许他没有看见我。不对，良维伯分明看见我了，四目一对碰出的弧光能把彼此的心底照亮，能把尘封的记忆照亮。他看见我了，绝对看见了。良维伯被一群人簇拥着，在这样的场合下可能不方便和一个从大狱里放出来的人打招呼。自己是什么人？大狱里刚刚放出来的人。桂桂娘说得对，虽说是平反昭雪了也是大狱里出来的，好说不好听。良叔刚刚来到舜城，怎么能和一个刚刚从大狱里放出来的人亲近呢？不认识就不认识吧，不能给良叔抹了黑。一定要当万元户，一定要把自己披红戴花的大

照片挂到镇政府大门外的宣传栏里去，一定要活得像个人。

万元户需要村里推荐，一级一级往上报材料，没有村里的推荐材料是不能成为万元户的。自己是公字寨的人，根原料定老簸箕是不会同意推荐的。无论可能不可能，根原还是硬着头皮找到了老簸箕。当根原把来意说明后，老簸箕一直没说一句话，他把额头上的一摞肉皮子狠劲提了提，两道冷冷的黑光直刺根原的心脏。老簸箕不会容忍根原的大照片贴在镇政府大门口，公字寨广大贫下中农们不会容忍根原的大照片贴在镇政府大门口。根原在老簸箕家里站了大半天，老簸箕的大嘴巴紧绷绷地咬合着，始终没吐一个字，没说同意，也没说不同意，肉缝里射出两道黑黑的冷光聚焦在根原的脸上一动不动，根原在两道黑光里看不到一丝希望。

根原灰溜溜走出老簸箕的家门，灰溜溜走出公字寨。沿途路口上，人们嘻嘻哈哈指指点点，一阵嘲笑连着一阵嘲笑。

“嘿！嗑瓜子嗑出个虱子来，什么人（仁）也有。”

“也不尿泡尿自己照一照，万元户什么人都可以当的？反革命分子也能当万元户？”

“万元户也不是什么好东西，一个个鬼头蛤蟆眼的，只顾自己发财，也不顾解放全人类，没有好东西。”

……

根原走了，在两道黑黑的冷光的逼视下走了。走远了。

当老簸箕两道黑黑的冷光再也照不见根原的背影时，他长长叹了一口气，非常痛心地说了一句话：“没救了，这孩子没救了。彻底资了本了。彻底了。”

根原出了公字寨，一路上怒气未消，心里嘀咕嘴里也嘀咕，他诅咒着老簸箕，诅咒着公字寨，诅咒着公字寨的贫下中农们。

万元户不是自己能当的，好人不是自己能当的。老子不当万元户了，不当好人了，老子要当铁算盘子。

根原刚刚进入大峡谷，远远看见大桂桂迎面走来，根原立马停下脚步，好像有意等着大桂桂走过来。

当年，根原曾经深深爱着大桂桂。大桂桂出身好，还是村里的团支部书记，是根原心中的崇拜偶像。大桂桂也喜欢根原，根原是公字寨惟一的中学生，还会吹笛子，是村里毛泽东思想宣传队的骨干成员，大桂桂好像被根原的一支竹笛迷了心，居然和根原生下一个孩子。人都说不巧不成书，这个孩子正巧就被大桂桂的爹老闷儿捡着了。老闷儿只有三个闺女，没有儿。村头小路捡回个儿子，高兴得屁颠屁颠忘了姓啥了。爹的儿子，当然就成了大桂桂的弟弟。好在大桂桂的脑袋是个装不进复杂问题的人，弟弟就弟弟，一样亲。

只因为根原偷了无人管理门市部的盐，大桂桂把根原出卖了，根原因此被打成反革命分子，蹲了八年大狱。

在监狱里，根原曾经默默发过誓，但等走出监狱一定要杀死老簸箕杀死大桂桂然后自杀。但是，一旦走出监狱，根原再也没有杀死老簸箕杀死大桂桂然后自杀的念头了。人之初并无性善性恶之分，人的善念或恶念，都是在特定情境下生成的。一个非常善良的人，只要给他一定的恶劣条件，也可能拍案而起成为杀人恶魔。而今根原富裕了，那些掠过心头的恶念就变成了一时气恨。根原虽说不想杀人也不想自杀了，但是，一股仇恨的火苗依然在心头燃烧。

老簸箕不同意根原当万元户，不给写证明信，根原窝了一肚子火气没处撒，而今遇见大桂桂，满肚子火气一齐撒向了她。

大桂桂原是山海县人大副主任，而今调到舜城来了，担任舜城镇人大常委会主任，还是副处级。舜城离家近，可以经常回家，大桂桂很高兴。

大桂桂没有发现根原，只顾埋头走着，时不时还把路上碍脚的石头弯腰捡起扔到路边去，以防石头绊了人。

“站住!”

根原不高不低的一声吼，把大桂桂吓得一激灵。大桂桂发现根原挡在路中央，立马停住了脚步。突然，根原一步窜上去抱住了大桂桂，他想把大桂桂摔倒在地或者推到路边的沟里去，一解心头仇恨郁结。但是，大桂桂的力气太大了，根原摔了三摔，大桂桂依然直挺挺站立着。

难怪说恼羞则成怒，根原没有摔倒大桂桂的恼羞就变成了怒。

根原知道自己摔不倒大桂桂，他涨红着脸，手指路边的青石板对大桂桂吼着：“躺下！”

大桂桂的大眼睛眨巴眨巴细细看看根原，不明白为什么要躺下。

“快躺下！”根原对大桂桂高声吼着。

大桂桂低头看了看青石板，又看看根原，然后躺倒在青石板上。

“把裤子脱下来！”

大桂桂的大眼睛眨巴眨巴细细看看根原，不明白为什么要把裤子脱下来。

“脱下来！”

大桂桂很听话，遵从着根原发出的指令乖乖地脱下了裤子，根原抓起裤子嗖的扔到山沟里去了。

“呸！”根原朝着大桂桂的光屁股啐了一口，转身走了。根原感觉很解恨，他对老簸箕的仇恨对大桂桂的仇恨以及所有的仇恨好像一口吐尽了。

大桂桂望着远去的根原，一脸茫然，这是怎么了？

四

根原是在青岛机场乘坐的飞机，这是他第一次坐飞机，很新鲜。他做梦也没想到这辈子还能坐飞机。

小时候，每当飞机飞过头顶，他就会停下手中的活计抬头仰望，眼皮子一眨不眨，直到看不见飞机的踪影听不见飞机的轰鸣声才会留恋不舍收回目光。

有一次学校上体育课，老师带领着学生在草场上跑步，一架飞机轰响着从头顶飞过。飞机飞得很低，能够看得见飞机翅膀上的大红五角星。根原仰头看着飞机，两只脚下意识跟着队伍奔跑着，三跑两跑跑斜了线，稀里糊涂撞到一个女生身上。女生被撞倒在地，根原也一个趔趄趴到女生身上去了，全场学生哄堂大笑。根原不仅被老师罚了站，而且成为全校学生们多年的谈笑话资。同学们都说他是故意的，都说他是要

流氓。后来根原被抓进监狱，人们更加相信他是故意的了。

“那个家伙从小就会耍流氓，故意撞倒女生，趴到人家身上，光天化日之下，我们都亲眼看见的。”

“不错，我们都是亲眼看见的，谁瞎诌谁是龟孙。”

……

能够在天上飞一飞该有多么好啊！根原手握小石子，一扬手，小石子嗖地飞到天上去了。根原很羡慕手中的小石子，盼望自己成为一块小石子，无论抓在何人手上，只要他舍得扔出去，随便扔到什么地方都行，只要自己能够在天上飞一飞，是死是活都无所谓的。

今天，自己没变成小石子就飞到天上来了，做梦也没敢想过。

根原庆幸自己的座位靠近舷窗，一歪头，大地山川就在眼皮子底下。大楼变小了，大山变小了。白云就像一堆一堆的棉花垛，暄腾腾的，如果一纵身跳到棉花垛上开开心心打一个滚儿，然后骑在棉花垛上，就像神仙脚踩祥云可以去往任何想去的地方该有多美啊。

漂浮在上不着天下不着地的白云间，根原突然感觉自己就是神仙。登高才觉天地小，可怜的大地山川，那么微不足道。他藐视大地，藐视公字寨，藐视人群，藐视老簸箕。老簸箕有什么了不起？他可以不给写证明信，但是决不能阻挡自己飞上天。老簸箕啊老簸箕，你能飞上天吗？

根原从老簸箕两道黑光里走出来，虽然朝着大桂桂撒了一肚子蜷脖子气，但是依然气恨不休。他走出公字寨十里大峡谷，回头朝着公字寨的方向又狠狠地骂了一顿。迎面跑来一辆大客车，根原不假思索，随即招招手把客车拦下了。售票员探头问：“到哪？”根原反问了一句：“这车……到哪？”售票员回答说去青岛机场。根原非常坚定地说：“到青岛机场。”

根原不想回厂房，不想看见徒弟，他害怕徒弟问这问那问得心中冒血浆。他也不想回家，不想看见娘，他害怕一看见娘就会露出孩子的委屈像，甚至然会流泪。突然间，他特别想见到一个人——铁算盘子。他感觉，铁算盘子就是自己的亲人，许多的心里话委屈话想对亲人说。

听爹说，祖上本来是姓赵，论说起来，和大财主铁算盘子是一个祖根的。只因为根原的老爷爷娶了个已有身孕的老寡妇，生下了根原的爷爷，老赵家族长不许这个无名杂种上谱。老爷爷说，上谱姓赵，不上谱还姓赵，不上谱也耽不了喝水吃饭困觉养孩子。

老爷爷对姓啥不在乎，根原却对姓啥很在乎，他曾经偷偷打听过那个已有身孕的老寡妇的根底，原来，那个老寡妇的前夫也姓赵。如此说来，爷爷不是无名杂种，爷爷也是老赵家的根脉。姓赵，自己本来就姓赵。铁算盘子就是自己的亲人。

听赵安祥说铁算盘子就在深圳。

去深圳……去深圳……

根原还没看够白云青山，空姐就喊叫着到达深圳了，怎这么快？

乘客们都忙活着整理行李，根原却一直没动，他还没从上不着天下不着地的漂浮中缓过神来，还没从老簸箕两道冷冷的黑光里缓过神来。

出了机场，挤压在高楼的阴影里，根原愣住了，他突然有一种从天上被甩到地狱的惊恐感。看到人们急匆匆朝各自家门奔去的身影，更生出一种被抛弃的悲凉。一个被群体抛弃的人是多么孤独多么悲哀。

到哪里去找铁算盘子？只听赵安祥说铁算盘子在深圳，具体地点却没问明白，也难说铁算盘子现如今到底在不在深圳。根原看看往来穿梭的车辆，看看密密麻麻的人群，看看一幢一幢大高楼，心里偷偷一笑，深圳不是舜城镇，根原啊根原，你到哪里去找铁算盘子？既然来了，就打听打听吧。不打听倒还罢了，一打听，招惹得人们哈哈大笑。人们认为根原是个傻子，或者说，不是傻子也是个半傻子，不是半傻子也是个缺心眼儿的二五货，或者是脑子进水了。开天辟地还没见过这样来找人的，拿着门牌号码都很费劲，更何况一问三不知。

根原忍受不了公字寨人的嘻嘻窃笑，也同样忍受不了深圳人的哈哈大笑。

本来他想，既然已经来到深圳了就住上几天，看看深圳到底是个什么样子，可现在他再也没有住上几天的兴趣了。他不想打听铁算盘子了，他知道不是深圳人哈哈大笑的错，都是自己的错，自己的举动行为

任谁也会哈哈大笑，甚至连自己也会偷偷一笑。莽撞，太莽撞了。

急急匆匆出了机场，急急匆匆来到大街上，根原憋了一泡尿，眼前最要紧的是赶紧找到厕所。他向一位老大爷打听厕所所在，老大爷指指画画说了大半天，根原一句也没听明白。老大爷莫非是外国人？莫非说的外语？一句也没听明白。根原实在憋不住了，也顾不得听老大爷说外语了，跑到背静墙角急匆匆解开了裤腰带。还没来得及尿，一位胳膊上戴着管理员红袖章的中年男子快步赶过来，劈头盖脸朝着根原吼起来："你怎么在这儿尿尿啊？怎这么不文明啊？"

根原很气愤，也朝着中年男人吼起来：

"你说谁不文明？谁尿尿了？"

"没尿尿你咋解裤腰带？"

"我解裤腰带怎么了？自己身上的东西还不叫看一看吗？"

"看一看？怎么能在这儿看呢？"

"在这儿还不叫看吗？中央有规定吗？"

"你……你这青年哪里来的？是不是不熟悉这儿的情况？拐过这个墙角就是厕所，不到一百米。走，我送你过去。"

中年男人很热情，不待根原应声，自己头前带路朝着厕所走去。根原感觉很不好意思，紧跟着中年男人快步跑起来。

从厕所出来，根原突然感觉想家，甚至然想公字寨，想老簸箕那两道冷冷的黑光。站立在这个陌生的地界，他想起娘说过的一句话：当地蝼蛄当地爬。自己是公字寨的蝼蛄，不是深圳的蝼蛄，这儿不是自己的家。

根原又突然想起，给人家定做的几件大立柜已经到期了，说好明天下午来拉的，人家是结婚用的，时间耽误不得。本来打算今天晚上刷最后一道漆，明天下午就可以交货，自己一愣怔跑到深圳来了，这可怎么办？徒弟刷漆还不是很出色，他们一定会等着师傅亲自刷漆。

"货卖一张皮，无论你的做工怎么样漂亮，最后刷漆刷不好，这个活儿就算干砸了。"

这是乔师傅经常对自己说的一句话，这句话经常响在根原的耳边。

乔师傅对刷漆非常讲究，他做的家具一般都要刷六七遍漆，而且每一遍都有每一遍的讲究。

“漆调的淡薄浓稠，都要根据木质密度木材纹路作出判断。刷第一遍漆，如果是硬木家具，漆可以调稀一点，软木家具就要调得黏稠一点。刷漆时，应顺着木材的纹理均匀涂刷，千万记住，宁薄勿厚。完全干燥后再打磨，一直打磨到什么程度呢？你的手摸到木板上，就像摸到大姑娘的脸蛋蛋，这叫啥？叫润如肌肤。用潮湿的软布擦拭几遍，最后擦干，这第一遍漆就叫刷到家了。第二遍漆要调的稀一些，盖住第一遍漆为准，然后用500目以上的水砂纸顺着刷漆方向，轻轻打磨均匀。刷第三遍漆，打磨使用的水砂纸要更细，而且要蘸水打磨，力度应该均匀，千万千万不要用力太猛。最后一遍漆是无需打磨的，上一层家具保护蜡就行了。”

乔大鼻子对根原要求非常严格，有一次根原打磨用错了砂纸，被乔大鼻子啪啪扇了两个耳光。师傅打人真狠，根原的腮帮子热火辣辣疼了好几天。

都说严师出高徒，这话真有道理。根原不仅木匠活做得好，刷漆也是一顶一的高手。乔大鼻子笑眯眯地对根原说：“在两省连界十八县，只有你，能和我乔大鼻子一比高下。”

人都说“紧铁匠，慢木匠”，都说木匠好拖沓，干活不如吊线多。吊线多滋润？眯眯眼，吊线吊，这边看了那边看，也不用抡斧淌大汗。总而言之，木匠活儿方便磨工要滑头。乔师傅是个急性子，不但自己不会磨洋工，也气恨人家磨洋工。收了根原这个徒弟，乔师傅很满意，满意的首要一条就是：肯出力，不会磨洋工。

“误了自家过大年，也不能误了人家坐板凳。”这也是乔师傅经常教训根原的一句话。活儿紧自己多砍几斧头，万万不能拖拉人家的活儿。

根原有点儿急，他不知道离开自己的日子徒弟们会怎么做。他们能不能今天晚上刷漆？能不能刷得好？如果耽误了人家的活儿这该怎么办？根原越想越着急，转身走向售票处，他想立即赶回去。

今天的机票已经买不到了，只能买明天的票了。根原对售票员说，

越早越好。

根原买好了机票，明晨五点十分，距离登机时间还有十几个小时。既然来到深圳，总得给家里人买一点东西。

根原出了机场，立即被一群卖 BB 机的女人们包围了。在县城，一个 BB 机要价一千多块钱，死砍活砍也得七八百。在这个叫深圳的地方，张口要价三百块，死砍活砍，最终一个一百八。便宜，太便宜了，根原一下子买了七八个。幸亏有了几个 BB 机做伴，根原在候机室里好歹熬过十几个小时。

根原一脚踏进舜城造纸厂，二瘦子迎面就跑过来了。

“师傅，你到哪里去了？可把人急死了。”

“你急，谁不急？那套嫁妆刷漆了么？”

“刷了，昨天晚上等你刷漆，三等两等，等到下半夜也不见人，我怕耽误了人家用，半夜里和猴哥刷了刷，不知满意不满意。”

根原也不答话，径直朝刷漆房走去。他看了看家具，没说好，也没说不好，看样子好像还满意。

“师傅，你到底上哪里去了？可把人急死了。”

“我到深圳去了。”

“你到深圳去了？”二瘦子显然将信将疑，师傅的事情徒弟不便多问，反正二瘦子有点不太相信。

“赵加封来了好几趟，说是找你有急事，你快去看看吧。”

“有急事？什么急事？”

“他没和我说，说是必须见了你再说。”

“哦！”根原应着，顺手打开手提包，摸出一个火柴盒大小的黑盒子。

二瘦子问：“师傅，这是啥？”

“BB 机。”

“BB 机？”二瘦子立即瞪大了眼。在舜城镇，还没有几个人拥有这么稀罕的东西，除了良维伯等几个政府主要官员配备了这个会唧唧叫的东西，一般小干部还没有资格拥有。二瘦子看见旅行包里还有许多个

BB 机，直到现在他才相信师傅到过深圳的真实性。

根原把手提包递给二瘦子，转身就朝赵加封家奔去。赵加封有啥急事？根原一边走一边猜，猜也猜不透。

各村各疃都把万元户的名单报上去了，唯独舜城一村和公字寨至今还是白纸一张。舜城镇驻地总共有六个自然村，顶数一村人口多，九百多户人家，三千多口人，一个村几乎顶其他两个村。这么一个大村子，一个万元户都没有实在不好看。赵加封灵机一动，打起根原的算盘。根原用了一村的厂房，在一村的土地上创业，得到了一村的大力支持，这个万元户是一村培养起来的，就该算在一村的户头上。

根原一听赵加封的用意，心里偷偷一乐。难怪说，有福之人不用忙，无福之人瞎慌慌。

“你说得对，我用了一村的厂房，在一村的土地上创业，我虽说户口不在你们一村，却是你们培养起来的万元户，不是公字寨培养起来的。老簸箕不但不支持，还故意扯后腿。”

“老簸箕算个屁？给我提尿壶也不用他。他那个熊样子能培养出你这样的青年企业家？改革开放都好几年了，他还是极“左”不改，坚决不分田。你是我老赵培养起来的。我明天就去找镇领导，你就该算到我们村的户头上。”

“那是当然。”

赵加封非常高兴，他对根原说：“你才是真正的万元户，一个顶得过一大群万元户。”

根原临走，从口袋里掏出那个 BB 机送给赵加封。赵加封死活不敢要，他说：“镇政府的小干部都没配上这个么，我一个小小的村干部怎么敢用?”

根原也不说话，将 BB 机塞到赵加封的手里转身就走了。

第四章　万元户

一

万元户表彰大会开得非常隆重，全镇总共表彰了 57 名万元户，在全县的乡镇中遥遥领先。全县 21 个乡镇，总共一百三十几个万元户，有的乡镇只有仨俩五个的万元户，舜城镇一下子涌现出这么多，几乎占全县的一半。良维伯是个不会笑的人，一脸冷肉，好像在冰箱里冰冻过。许是冷冻得太久，所以，从那一坨冷肉上很难看到喜怒哀乐的瞬间变换。在万元户表彰大会上，他的嘴角竟然也会时不时翘一翘。外人一定会理解为：良书记非常高兴，遥遥领先能不高兴？遥遥领先才是试验

田所具有的实验成果。

良维伯笑不笑，天知道，地知道，良维伯自己知道，王文革也知道。良维伯嘴角一翘一翘好像是微笑的微笑，也许只有王文革能够明白其中的含义。

这一次表彰万元户，具体工作是由王文革分工负责的。王文革召开各村各疃村干部会议，要求每个村至少要上报一个名额，不能空缺。就王文革的心思来说，他希望多出些万元户。良维伯来到舜城镇刚刚几个月，在前的工作成就不是他良维伯的功劳，而是王文革的功劳。

各村的上报结果让王文革很是满意，一下子冒出了五十多个万元户，这也是对自己多年来工作成就的总结和肯定。舜城镇这片土地的开发建设，自己付出了多少汗水取得了什么样的成绩无须解释什么，五十多个万元户就是最好的解释最好的明证。

舜城镇升格，按理说王文革这个正科级乡镇干部被推到副处级的位置上去是顺理成章的事情，县里的一位老领导也曾经和他透过底儿，谁知半路杀出个程咬金，王文革上升的机会白白失去了。而今虽说还是镇长，但是头上压着一个党委书记良维伯和一个齐鲁第一大傻×，叫王文革无论如何也咽不下这口气。

在舜城这块地皮上，王文革过惯了土皇帝的日子。十几年的说一不二的土皇帝生活，习惯了。突然间成了良维伯的殿前太监，他就像装了满肚子刷锅水加胡椒面，百味俱全还说不出什么滋味。有道是，十个副的顶不了一个正的。其实，一百一千一万一万万个副的也顶不了一个正的。副的算个屁？一把手说用你就用你，说不用你就会束之高阁，在一把手面前，副手就是个大太监。

在前，全镇的人事财政大权都攥在王文革手里，他说叫谁靠边站谁就得靠边站，谁敢不看他的脸色行事？而今可倒好，他的话不仅不是最高指示了，都有点臭屁味了。当了那么多年的一把手，前呼后拥的风光已经不在。一把手和二把手绝不是数字的简单排列，而像压在你头上的楼层，下一层楼无论铺多少砖，也是上一层的垫脚石。

良维伯有什么能耐？不就是靠上了刘德甫那棵大树吗？王文革从心

里朝外冒不服气。不服气归不服气，嘴上是不好说啥的，自己的骨头只能默默折磨自己的肉。良维伯的到来，截断了王文革的升迁大道，仇恨，是刻在骨头上的。

一下子冒出了五十多个万元户，叫王文革大为欢喜，却叫良维伯大为憋气。舜城镇虽说是全县最强的乡镇，怎么会有这么多万元户？当王文革将万元户名单呈报到良维伯的手上时，良维伯心底不觉一咯噔。这么多万元户的出现说明什么呢？不就是证明王文革在前的工作很有成就吗？良维伯不打算上报这么多万元户，一个一个细细审查着，当他提起笔要删除某个人名时，王文革立马就会摆出一大堆不容删除的理由来。王文革一边眼皮不眨紧紧盯着良维伯的笔尖，一边反复强调着，这个为啥不能删，那个为啥不能除，结果，最后一个也没删成。良维伯明白，无论删除哪一个，跳出来反对的可能就不是王文革一个人，还包括各村各疃的村干部，还包括盼望成为万元户的万元户们。删除一个人，很可能就会伸出一群棍子戳弄你。刚刚来到舜城镇，不便把问题搞复杂了，也只能顺水推舟表示赞同。但是，彼此的意志冲突就像哑巴打架，没有争吵没有咒骂，悄无声息的撕咬在无风无火的和谐气氛中暗暗开始了。

良维伯率领镇领导们上台给万元户披红戴花，把大红奖状一个一个发到万元户的手上。发完奖状，良维伯还带头鼓了掌。

根原的大红奖状是大桂桂颁发的。大桂桂将大红奖状递到根原手上，还和根原握了手。大桂桂笑呵呵地对根原说："根原，你真能，都成万元户了。你的大红奖状真好看。"大桂桂的大手真有劲，把根原满手骨头攥得咯吱咯吱响。

突然间，根原心里涌出一股黑血，这股黑血直冲到头顶。这股黑血有着很高的热度，烧得眼前一片黑，过去发生的一切都在这片黑幕里出现了。

自己曾经爱过大桂桂……

自己曾经恨过大桂桂……

前几天还曾经把大桂桂当成出气筒……

而今，是大桂桂亲手将大红奖状发到自己手上……

根原理不清这些爱这些恨为什么会发生，甚至也理不清都是怎么发生的，他朝大桂桂点点头，突然感觉无法面对这个爱过恨过的人。他迅速低了头，假装看看大奖状。

根原怀抱着大桂桂亲手发给自己的大奖状，心头一阵一阵热。奖状上写着八个大字：劳动光荣，致富模范。

大红奖状啊，多么好的大红奖状啊！奖状上写着八个大字：劳动光荣，致富模范。八个大字，多么好的八个大字啊！根原心里默默地念叨着……劳动光荣……致富模范……一遍又一遍念叨。

根原需要这个大红奖状，他要叫二桂桂看看这个大红奖状，还要叫桂桂娘看看这个大红奖状，这是大桂桂亲手发给自己的大红奖状。这个大红奖状能够证明，自己不是坏人，是个好人，是个劳动光荣致富模范的万元户。

良维伯、大桂桂、王文革、孙义宁以及到会的其他领导与万元户们合影留念，大桂桂就坐在根原的前面。根原突然觉得大桂桂并不是坏人，是好人，她很傻，但是傻得可爱，也很可敬。本来，他故意和大桂桂拉开了一段距离，借着摄影师“靠近些靠近些”的几声吆喝，他将身子尽力贴近了大桂桂。他感觉，很暖和。

与镇领导合影后，摄影师还给每个万元户照了一张大照片。表彰会刚刚结束的第二天，大照片立马就贴到镇政府大门外的宣传栏里去了。宣传栏前立马涌满了人，人们指指戳戳议论纷纷。

根原不知道自己的大照片是个什么样子，也不知道贴在什么位置，他很想近前看一眼。怎奈，宣传栏被人群围得水泄不通，根原只得远远躲开。他知道，自己一定是被议论的焦点。

大地瓜也围在宣传栏前看热闹，从清晨到傍晚一直没离窝。一碰上熟人或者半生不熟的人或者根本就不认识的人，只要能够搭上腔，就赶紧指着大橱窗说道说道万元户女婿锢漏子彭，从女婿说到“缝纫机”，从“缝纫机”说到可恶的老簸箕。解气，真解气。

二

接连几天，根原一有点儿闲空就往公字寨跑，说是给娘送点好吃的，其实还有一个藏在心里的秘密：一心想见二桂桂，一心想着和二桂桂商量商量怎么给桂桂娘看看大红奖状，怎么向二桂桂求婚。

这几天，二桂桂就在狗嘴巴子锄地。狗嘴巴子是公字寨村南的一片山坡地，那里虽说乱石成堆但是土层很厚，也很肥，石头空子长出的树丛杂草非常肥壮。农业学大寨期间，老簸箕带领着广大贫下中农把狗嘴巴子的树丛杂草清理掉，劈出一片大寨田。一道一道地堰，都是用小石头摞起来的，随着大山的走势形成了一层层梯田。远远望去，一层层梯田就像错错落落的燕子窝，很好看。

根原每次来公字寨，总是急急忙忙把好吃的给娘放下，急急忙忙走出门，然后围着村南狗嘴巴子慢悠悠转一转。

根原恨着公字寨，也恋着公字寨。公字寨的草根扎在他的心里，公字寨的山泉水流淌在他的心里，他无法与这块土地决绝，虽然这片土地的蒺藜曾经扎过他的脚，但是他永远无法忘掉这片土地。从大水库转到元宝石，从狗嘴巴子转到东南崖……

东南崖，是根原第一次推起大车爬过的最艰难的一道坎。十年前推车爬过东南崖的情景历历在目，“鳖爬瓷缸”自己曾经体会过，双脚蹬过的每一块石头子都是嵌在脑壳上的，至今还记得清清楚楚。

和大锅爹比赛扬场的场院还在，两个大碌碡挨着身子静静地偎依在场边的大槐树下。根原真想在那个场院里跑上几圈。村里的社员们都在茶园里忙着挖沟子培地堰，当年亲手种下的茶种子，而今都长成齐腰高的成年茶树了。一群人见了根原头不抬眼不睁，不仅装作没看见，还歪嘴斜眼吐唾沫。

梭猴子也在挖地沟子，还是那副傻相，看见谁都是胡乱龇牙笑。他挖地沟子也不顾深浅也不顾宽窄也不顾方向，只知道举起镢头狠劲儿刨。吹吹大呼小叫地呵斥着梭猴子，明着斥骂梭猴子，其实是指鸡骂狗咒骂根原，根原一听就明白。

"你看明白，看明白，眼睛到哪儿去了？咹？到哪去了？大姑娘尿尿湿了花鞋，斜了眼子了？不知道深浅好歹的东西，你是缺了教训，早晚还是蹲大狱的货。"

梭猴子冲吹吹傻笑笑，不住地点着头，非常虔诚地听从着吹吹的训诫。

根原并不计较吹吹的咒骂，看看梭猴子的傻相，倒是可怜起梭猴子。唉！可怜的梭猴子，多么好的一个活宝，多么好的一个好人。当年，这个活宝走到哪里哪里就有了笑声和欢乐。他的嘴没有个闲时候，一张嘴就是一片笑声，公字寨人都愿意和他在一起干活，人们都说，和梭猴子在一起干活不仅不累，还能多活好几年。而今，他的嘴只会傻笑，公字寨再也没有那么开心的欢笑了。满公字寨的人们都拿着梭猴子开涮，没有怜悯，没有同情，没有，什么也没有。自己若是早早承认偷盐，梭猴子何至如此？都是自己的罪过，害了一个好人，害了一个好人啊。梭猴子老婆死了，扔下一群七大八小的光腚孩子，能够活过来，真不容易。梭猴子和孩子们整天吃生食，地瓜萝卜白菜逮着啥吃啥。生产队分的一瓢黄豆、两瓢麦子，也是嚼巴嚼巴生吃了。多么可怜的梭猴子，根原感觉很愧疚。许多人要求跟着根原学木工，都被根原拒绝了，唯独把小梭猴收下了。人们非常不理解，都说根原邪，凭着身强力壮的好青年不要，却要了干干巴巴没有力气屁松屁松的小梭猴。其实，人们根本没有猜透根原收留小梭猴的原因。自己偷了无人管理门市部的盐，梭猴子跟着倒了霉，每次看到梭猴子朝着人们龇牙笑，根原心里就难过，他觉得是自己害了好人。收留小梭猴，能够解决梭猴子一家人的生活困难，也补补愧心。

根原多次围着狗嘴巴子转悠，却一直也没见到二桂桂的身影，他爬上元宝石，想看看二桂桂究竟是不是在家里。坐在元宝石上，院子的小草垛、墙角的小柿子树、土墙上挂着的红辣椒……全部摆在眼皮子底下，根原不紧不慢地看了个遍。他盼着二桂桂从屋里走出来，等了许久许久也没看见二桂桂的身影。

天空渐渐暗下来，黑幽幽的大山变得软软绵绵胖胖乎乎的，再也看

不到坚韧挺拔的雄强气概了。胖乎乎的大山疯长，越长越高越长越胖，渐渐把天空塞了个满登登，把公字寨塞了个满登登，也把二桂桂家的小院子塞了个满登登，小草垛、柿子树以及土墙上挂着的红辣椒迅速模糊起来。

所有的公字寨人，根原一个一个几乎都见到了，唯独不见二桂桂。他想二桂桂，很想。他多么盼望能和二桂桂见个面，多么盼望能和二桂桂说说话，哪怕见面说一句话也好。根原忘不了二桂桂双手捧着一个梧桐叶子突然出现在批判台上，忘不了二桂桂把梧桐叶子包住的一点儿水送到自己干裂的唇边，忘不了，一辈子忘不了，死也忘不了。如今自己是万元户了，有钱了，好多好多的钱，他多么盼望和二桂桂一起创业，一起打拼，一起数钱啊。

桂桂娘有着很强的警惕性，自打根原朝着狗嘴巴子用心，桂桂娘立马采取了果断措施，立马就不叫二桂桂出门干活了。大锅也立马召集民兵开了个紧急会议，号召大家提高革命警惕性，密切注意阶级斗争新动向。

根原没有看到二桂桂，他料定二桂桂又被看管起来了，他决定去敲二桂桂的家门，决定见见桂桂娘，决定上门求亲。

根原来到二桂桂家，大门紧关着，他壮大胆子伸手敲响了门。许久，没有人应答，也没有人开门。根原直挺挺站在门前，他的心狂跳不止。

根原害怕桂桂娘，不知怎的，一看见桂桂娘心里就打怵，感觉脖子也会立马短了一截。

不能怵，不能怵……根原不断给自己提着醒，做好了应对的准备，并在心里一遍一遍背诵着早已编好的对话。

"大娘，我是万元户了，这是奖状。这张大红奖状是镇政府发给我的，是大桂桂亲手发给我的，上面还有红红的大印，不信你问问大桂桂。大娘你看，奖状上写着劳动光荣致富模范。我是模范了，是好人了。我一定会对二桂桂好，求求你老人家成全我们吧……"

根原把这几句话背了一遍又一遍，生怕万一见到桂桂娘说不出口。

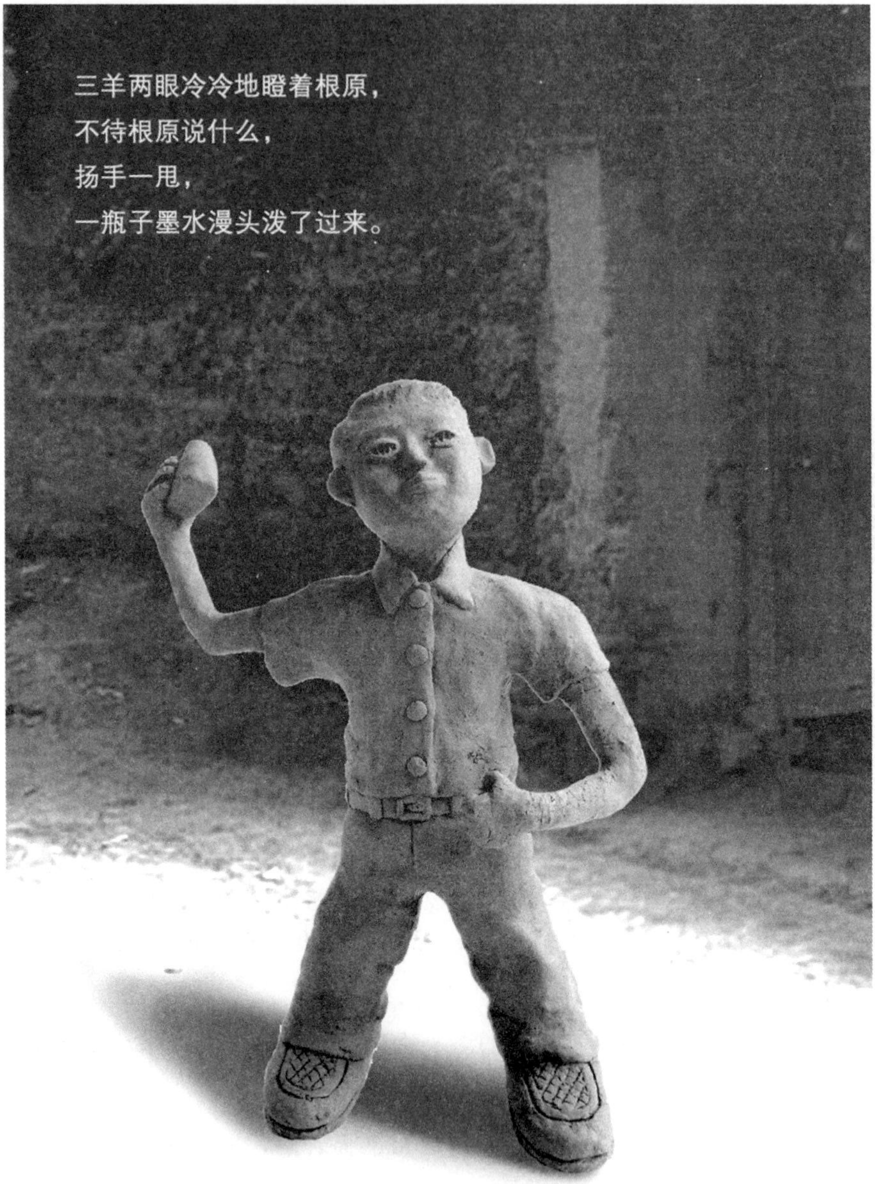

三羊两眼冷冷地瞪着根原，
不待根原说什么，
扬手一甩，
一瓶子墨水漫头泼了过来。

突然，大门哗啦推开了，把根原吓了一大跳。出现在面前的不是桂桂娘，而是三羊。

根原喜欢三羊，三羊甜甜地喊叫“姐夫”的声音经常响在耳边，经常响在睡梦里。

根原满心欢喜正想和三羊说说话，岂料三羊两眼冷冷地瞪着根原，不待根原说什么，扬手一甩，一瓶子墨水漫头泼了过来。根原猝不及防，墨水泼了一脸泼了一身，白白的衬衫立时变成了花母猪。三羊咬牙切齿瞪着根原，恶狠狠地说：“你再惦记俺姐姐，我就宰了你！”那个“宰”字就像一支冰冷的利箭，从非常坚硬的石缝里硬硬挤出来直穿根原的心胸。根原只觉得心头打颤，他没有想到，那个亲亲热热高声喊叫“姐夫”的三羊竟然如此仇恨自己。

根原的眼睛被墨水迷住了，大门随即咣当关闭了。

三羊不是小孩子了，他已经是四年级的小学生了。二姐姐撕了自己的作业本给根原写信三羊是知道的，只是没有说。娘气呼呼地砸坏了自行车，三羊也都看在眼里，外人咒骂姐姐的话早就传进他的耳朵。尤其是大碾台，只要在路上碰到三羊就会当头拦住，阴阳怪气地问这问那。

“三羊，根原来了，你没看见？没去喊姐夫？”

“根原又给你小姐姐买自行车了？为啥不给你买？你可要注意着点儿，小心根原把你姐姐一个个都资了本。”

……

三羊无法忍受大碾台满嘴鱼刺的嘻嘻哈哈，他翻翻白眼气哼哼迅速走开。

三羊气恨大碾台的阴阳怪气，也气恨姐姐。当然，最气恨的还是根原。

小时候自己不懂事，二姐姐让喊姐夫自己就喊姐夫。此后，自己在街上玩耍时碰上任何一个男人都会拦住叫他喊姐夫，他识不透男人们心里的诡秘，总会乐呵呵高声喊几句姐夫。而今他懂得了“姐夫”的内容，深为自己小时候的行为感到羞耻。

根原接连几天朝着狗嘴巴子用心，立马把公字寨用得心惊肉跳了，广大贫下中农们议论纷纷。

“看见没？根原来了，老是惦记狗嘴巴子，好像有心事，他惦记啥？”

“你说惦记啥？”

“反正不是惦记你这个粗皮赖肉的老娘们。”

“粗皮赖肉的老娘们还有啥惦记头？人家是惦记细皮嫩肉一掐冒嫩水的黄花大闺女。”

“不怕贼守着，就怕贼惦记。”

……

三羊在班里当着班长，每次上操或者是课外活动都是他喊队。本来，他站在一群小学生队伍面前总会把胸脯挺得很直，高喊一声“立正”，自己也感觉特别有精神。这几天，他总觉得同学们用别样的眼神看着自己，在队伍面前一站，不禁一阵一阵脸红，他感觉高喊的那一声“立正”就像喊的是“姐夫”。

今天，三羊把一腔愤恨一下子泼出去了，泼到根原身上去了。解气，真解气。

根原呆呆站在二桂桂家门口，好大一会儿没有缓过神来。

一群人呼啦围过来，七嘴八舌笑声不绝。大碾台笑得前仰后合，那种尖尖的酸酸的笑声特别刺耳，一边笑一边高声喊叫着：“快来看哟！快来看哟！嘿嘿，包大人陈州放粮回来了！”

“不是包大人，是包二奶。”

“包二奶？人有臭钱就厥杠，三厥杠两厥杠，一下子又焉成个咸茄子。”

……

根原呆了，傻了，一瓶子墨水把珍藏心底的一点儿自尊彻底浇尽了。他呆立在二桂桂家的大门外，许久，许久……他让公字寨的广大贫下中农们尽情地参观尽情地评判，他感觉自己全身的衣服都被剥光了，赤条条挂在杆头上，任凭千箭射万箭穿。他没有办法阻止人们参观评判，唯一能够做的是，泪水合着墨水默默流淌。他茫然地挪动着脚步，穿过树丛，一步步走到小溪边，酸楚的泪水一滴滴落满了大红奖状。根原两手慢慢撕着大红奖状，一片，一片……大红奖状的碎片就像一点点血，纷纷扬扬落进了小河沟，随着河水向远处漂荡。

根原的心就像这纸片，碎了，粉粉碎了。

三

天刚蒙蒙亮，老簸箕率领着公字寨男男女女老老少少几十口子人，杀气腾腾出了村。他们有的扛着镢头，有的扛着铁锨，有的握着木棍，还有的攥着镰刀，一个个铁青着脸，做着流尽最后一滴血的拼命准备。

老簸箕平日里靠着一根拐棍支撑一个破肚子，今天不知哪里来的力气，雄赳赳气昂昂走在队伍最前头。他紧闭着一张大簸箕嘴，也不回头看看队伍，只顾撅嗒撅嗒朝前走。看那气势，即令队伍半路全部偷偷溜走只剩他一个人，也会勇往直前决不退缩。

根原成为万元户，忒把公字寨广大贫下中农的心伤透了。一个刚刚从大狱里放出来的破坏共产主义的坏分子，身披大红花的大照片居然贴在了镇政府的宣传栏里，成了致富模范。私自开办木工铺，一分钱也不交给集体，满肚子资本也叫模范？坏分子成了劳动模范，贫下中农成了啥？镇领导站到什么阶级立场上去了？胡闹，简直是胡闹。

还有大桂桂，也没有个阶级立场，你怎么能亲手给坏分子发奖状呢？上级领导们不知道根原是个啥东西，你大桂桂难道不知道根原是破坏共产主义的坏分子吗？

昨天晚上，老簸箕号召广大贫下中农今天早起身，早吃饭，一定要和镇领导理论理论，一定要捍卫毛主席的无产阶级革命路线。

老簸箕一声令下，全村男女老少一齐要求上战场。老簸箕叫老弱病残留在村里坚守革命阵地，青壮年基干民兵全体出动。

大锅是民兵连长，集合队伍由他负责。几十人的队伍在大瓦屋门前一摆，雄赳赳气昂昂。老簸箕挥挥手说声走，队伍呼呼啦啦出了村。

大锅紧紧跟在老簸箕身后，不时回头看看队伍，不时吼上一嗓子：“跟上！跟上！”

梭猴子瘸着一条腿，走起路来一蹦一跳，远远落在了队伍的后边，大锅叫喊“跟上跟上”好像就是针对梭猴子呼喊的。

梭猴子手里攥着一根翻地瓜秧棍，既然腿脚不灵便拄着棍子多得劲？可他不但不拄着，而是一路舞动着，嘴里还念念有词，也不知咕哝

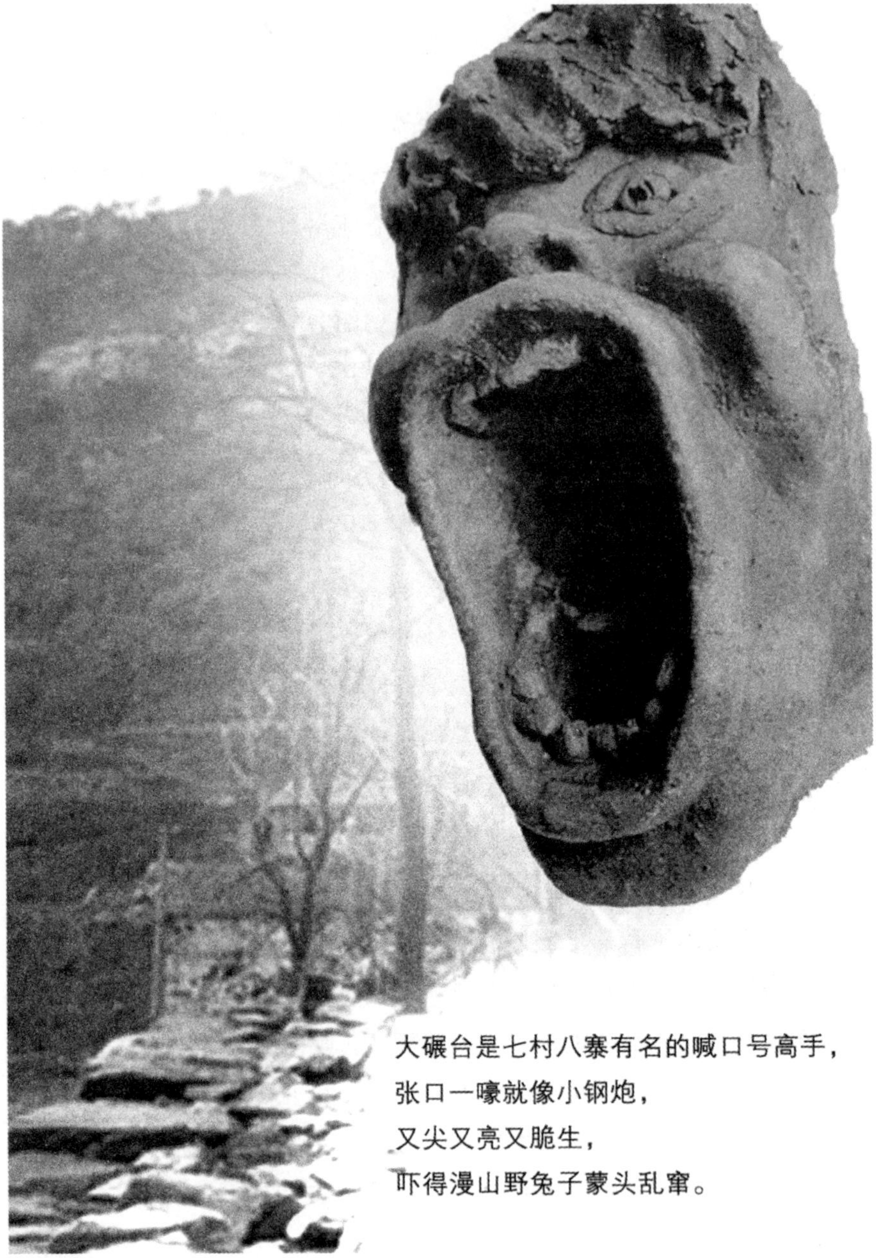

大碾台是七村八寨有名的喊口号高手，
张口一嚎就像小钢炮，
又尖又亮又脆生，
吓得漫山野兔子蒙头乱窜。

的啥咒语。

公字寨的队伍来到镇政府大门前，太阳才有一竿子高。还不到上班时间，三三两两的工作人员慢慢悠悠正朝镇政府晃过来。

老簸箕叫人们站好队，前后两排哗啦摆在镇政府大门口，老簸箕把

手一挥，一群人齐刷刷伸长了脖颈张大了嘴巴吼起了歌：

我们是毛主席的红卫兵

大风浪里炼红心

毛泽东思想来武装

横扫一切害人虫

……

每当有人走过来，大碾台就带领着喊口号。

大碾台是七村八寨有名的喊口号高手，张口一嚎就像小钢炮，又尖又亮又脆生，吓得漫山野兔子蒙头乱窜。

打倒资本！

打倒万元户！

敌人不投降，就叫他灭亡！

……

人们不知道公字寨的人要干啥，纷纷围过来看热闹。

良维伯和孙义宁肩并着肩远远走过来，一边走一边比比划划说着什么。刚刚走近政府大院门口，只听老簸箕喊一声“砸”，广大贫下中农举起镢头铁锨把宣传橱窗稀里哗啦砸了个稀巴烂。围观的人群看来也对万元户没有什么好印象，趁势朝着宣传橱窗扔石头。大锅把根原的大照片撕下来，顺手扔到了大街上。

良维伯正要和老簸箕说句话，冷不防被梭猴子搂头就是一闷棍，幸亏孙义宁举手一招挡了挡，棍子漫过良维伯的头皮砸在孙义宁的胳膊上，若不然后果难以预料，说不就一棍敲出个植物人来。

面对着突如其来的打砸事件，良维伯不用问，心里已经明白了。他知道，公字寨的人是冲着根原这个万元户来的。

良维伯虽说被那一闷棍吓得心惊肉跳，但是，心惊肉跳过后满肚子得意。党委会决定由王文革负责评选万元户工作，王文革好大喜功弄虚作假，各村各疃分指标，一下子制造出五十多个万元户。万元户怎么能分指标呢？看看吧，人民的眼睛是雪亮的，人民不答应了。良维伯在心里偷偷感激着老簸箕砸烂宣传橱窗，偷偷感激那一闷棍。

多年来，良维伯在工作中积累出经验，最难对付的莫过于一无所求和一无所有之人，这两种人无牵无挂视死如归不计后果，得罪不得。良维伯无论在哪个单位做官，时时注意着这两种人。他对这两种人的态度是，亲亲的尊着高高的捧着，尊归尊，可就是不往重要地方放。老簸箕就是这样的人。对公字寨的人，良维伯非常了解，那是一群朴实简单一心向太阳的人。这种朴实简单也可以用愚昧无知来解释。愚昧无知最容易被聪明绝顶所利用，只要聪明绝顶登高一呼，一群稀里糊涂的牤牛呼啦就会冲出阵去。愚昧无知其实很恐怖，一旦不能被自己利用而被他人利用，就会变成非常可怕的洪水猛兽。这股洪水猛兽不仅能够砸碎宣传橱窗，甚至能够砸碎舜城镇政府。从某个意义上说，对付明白人易，对付糊涂人难，杀鸡给猴看是对付猴子的好办法，杀鸡给猪看大概不会起什么作用的。对明白人要讲明白道理，对糊涂人要讲糊涂道理，对狗宣讲不该在大庭广众之下做爱的处世道理是毫无意义的。良维伯明白，对付老簸箕就得使用老簸箕的道理。他轻轻拍拍老簸箕的肩膀，非常客气地说："老大哥，你是老党员了，是党的老干部了，老党员老干部要有组织原则，有什么问题及时向组织汇报，怎么不汇报就把宣传橱窗打碎了？这都是国家财产，一块玻璃十几块，打碎了多可惜？有什么意见跟我说不好吗？"

良维伯几句话就把老簸箕说服了，是啊，自己是老党员老干部，有问题为何不向组织汇报呢？为何稀里糊涂就打碎了玻璃呢？一块玻璃十几块，可惜，是可惜。这么明明亮亮滑滑溜溜的玻璃，可惜了。自己是老党员老干部，违背了组织原则，错误，是错误。

老簸箕正在愣神，或者说正在忏悔，大虎带着十几个民警呼啦冲了过来。大虎直奔梭猴子面前，照准那张笑呵呵的瘦脸嗵的就是一拳，梭猴子一趔趄，差一点儿跌一个狗趴窝。

大虎打人是有讲究的，这一拳叫做封眼拳。梭猴子眉骨立马鼓出一个紫疙瘩，一只黑眼圈儿，一只白眼圈儿，还咧着大嘴朝着大虎呵呵大笑。大虎朝着那张笑呵呵的大嘴巴啪啪就是三巴掌，紧接着一个扫堂腿打在梭猴子的瘸腿上，梭猴子咕噜跌坐在地，大虎迅即给梭猴子戴上了

手铐。

当大虎窜上去要给老簸箕戴上手铐时，公字寨的村民们呼啦涌上来，将老簸箕团团护在中央，一个个就像被激怒的野猪，高举起镢头铁锨与民警对峙起来。大虎命令民警冲上去，公字寨几十口子男女毫不示弱，与派出所民警叮叮当当抓挠在一起。

本来，良维伯几句话已经平息了波澜，不料民警冲出来又掀起狂涛，良维伯很生气，喝令派出所的民警滚出去，又责令大虎给梭猴子打开手铐。

大虎本以为抓住了立功机会，没想到挨了一顿没脸。他乖乖地给梭猴子打开手铐，毕恭毕敬立在一旁，不知是不是真的滚出去。因为，良维伯一生气经常说"滚出去"这个词，但未必是真的叫你滚出去，只不过宣示领导的威风罢了。只有在怒喝一声"滚出去"之后，然后挥挥手说声"去去去"的时候，才是真的叫你滚出去。良维伯只喊了一声"滚出去"，并没有再说"去去去"，显然不是真的叫人滚出去。

良维伯扶起梭猴子，给他拍打拍打身上的土，转身对老簸箕说："来来来，大家都到接待室坐坐，喝杯茶，有什么话咱们慢慢说。"

良维伯拉起老簸箕就走，公字寨村民们紧跟在后，呼啦啦进了接待室，剑拔弩张阴云密布的紧张气氛顷刻烟消云散风平浪静了。

良维伯安顿下老簸箕，转身从接待室走出来，对一排挺身而立的公安干警们说："你们也辛苦了，都来喝杯茶吧！"

大虎心头的疑云顿时散尽，喜滋滋率领着一排干警进了接待室。大虎满脸笑容，带头为公字寨的贫下中农们倒水递茶，热热闹闹成了一家人。大虎的脸皮子就像川剧的变脸术，一眨眼就能变，刚刚从冰箱里拽出来，转眼就会给你一个五黄六月热辣辣。

从心里说，良维伯是不盼烟消云散的，他巴不得越闹越大，但是自己就在现场，决不能叫事态失控闹大，那样只能证明领导处理问题不力。见好就收，这是他要把握的基本尺度。无须再把问题闹大，打碎了宣传橱窗已经足够给王文革扣上虚报浮夸惹起民愤的帽子了。

良维伯亲自把一杯杯热气腾腾的茶水递到老簸箕手上递到公字寨贫

下中农们的手上，所有在场的公字寨人都非常感动。良维伯一边安顿公字寨人喝茶，一边指派工作人员赶紧去找王文革。这个混乱局面自己需要应对一阵子，但是，决不能全盘负责到底，后半场需要王文革接棒。孩儿哭抱给娘。

梭猴子眉骨立马鼓出一个紫疙瘩，
一只黑眼圈儿，一只白眼圈儿，
还裂着大嘴朝着大虎呵呵大笑。

王文革一到场，良维伯立马就开始撤退了，他说要去县里办事，指派王文革照顾好公字寨来的村民们，他叫王文革以及所有的工作人员都要虚心听取公字寨村民们反映的意见。他指派食堂多做几个好菜，中午不要叫村民们走了，自己争取中午赶回来陪着村民们一起吃饭。临走，他紧握着老簸箕的手说："我们的党为什么能够战胜一切困难？就是因为尊重群众的意见，倾听人民的呼声。你是我们党的老干部，是老积极老模范，我们一定要虚心听取你老人家的意见。"

良维伯和公字寨的村民们一一握手，公字寨的村民们一个一个握住良书记的手舍不得松开。良书记那么大的干部，那么多国家大事需要干，忙人啊。公字寨的村民们恋恋不舍把良书记送到大门口，良书记上了车还从车窗里不停地向公字寨人挥手。

"嘿！看看人家良书记，真是人民的贴心人！"公字寨的村民们纷纷议论着。

大碾台把胳膊突然一举，尖声喊起了口号：

"良书记是人民的贴心人！"

"向良书记学习！"

"向良书记致敬！"

"打倒偷盐贼万元户！"

"打倒资本！"

"坚决了！"

……

良维伯走了，王文革明白他去县城会做什么，其他的事情且不说，公字寨人砸烂宣传橱窗的事一定会向有关领导反映的。王文革抬头看看公字寨一群不三不四的人们，只气得眼蛋子发蓝嘴唇青。无论怎么样发蓝发青，还得陪伴着好吃好喝虚心听取群众意见。

快到吃中午饭的时候，良维伯的秘书给王文革打来电话，说良书记有事回不去，叫王文革代表良书记给公字寨人敬一杯酒。良维伯还要老簸箕接电话，他和老簸箕说了啥王文革不知道，只见老簸箕满脸的皱褶里塞满了得意洋洋。

第五章　苦命人啊

一

舜城镇委、镇政府大大小小的干部们好忙活儿，忙着打扮地主婆五哑巴。

铁算盘子赵惠仁就要回来了，良维伯显得异常兴奋。是他，亲自跑到深圳拜见了赵惠仁先生；是他，亲自邀请赵先生回家乡看看；是他，亲自恳请赵先生为家乡的开发建设贡献力量。如今，赵惠仁就要回来了，这是惊官动府的大事件，是最为耀眼的政绩，良维伯怎能不兴奋？

良维伯见过的地主都是低眉弯腰缩头缩脑，随便拉出去就可以批斗的黑五类分子，从没见过赵慧仁这么有气派的地主。他甚至然不敢相

信，天下还有这样的地主，两分斯文一分霸，四分礼让三分威。没见过。面对着这个精灵神气的老地主，良维伯不免心生三分怯。在这个气气派派斯斯文文的老地主面前，良维伯再也没有坐镇舜城的土皇帝威风了。他感觉就像面对着决定自己命运的顶头上司，谨谨慎慎战战兢兢，每说一句话每伸一次手都经过了细心计算，生怕哪句话或者哪个动作有什么差错把领导触怒了断了前程。

赵惠仁好像没有良惟伯感觉得那么复杂，一个八十多岁的老人好像没有那么多的时间和精力与世人兜圈子，说一句话，就是一句话，而且眼巴巴期盼着每一句话都会得到落实。赵惠仁对赵家庄园旅游资源的开发规划非常关心，尤其对重建赵家大林的设想，表现出非常强烈的积极性。老赵家几十代祖宗的灵魂都在那片大寨田里，重建赵家大林，让祖宗们的魂灵得到安宁，这是赵慧仁有生之年最大的愿望，是赵慧仁对祖宗最大的孝敬。关于重建赵家大林的图纸，赵惠仁要亲自绘制。他说，赵家大林有御赐有功名有记录的墓碑就有三百九十三座，只有他能够说得清摆得明，可能不会有第二个人能够说清楚了。他说，虽说是赵家大林，但是，那不仅仅是老赵家一家一族的事情，而是我们舜城发展史的一部分，是中华民族发展史的一部分，值得好好珍惜。

赵惠仁已经口头表达了同意投资的意向，催促着良维伯抓紧拿出整体规划方案。良维伯也向赵慧仁表了态，回去就立马整理土地收集断碑残石做好前期的准备工作。赵慧仁很高兴，答应立马拨付部分资金以便于前期准备工作的顺利开展。

重建赵家大林你知道需要投资多少钱吗？那是论麻袋装的，良维伯能不兴奋吗？良维伯向县领导汇报的同时也向市领导作了汇报。刘德甫听了这个消息非常高兴，专门设宴招待良维伯，直夸良维伯很能干。他对良维伯说：“当初启用你是有很大阻力的，能把赵慧仁请到舜城来，能叫赵慧仁回乡投资，一切闲言碎语不攻自破。证明我的用人态度是公平的，是任人唯贤，没有派系思想。”

这么露脸的工作，良维伯不会给任何人留下表现机会。他立马组成了“舜城镇旅游开发建设指挥部”，良维伯亲自担任总指挥。大桂桂是

人大常委会主任，也是舜城镇第二个副处级干部，所以担任副总指挥，其他诸如王文革等辈都是成员之一，无论什么镇长副镇长，统统成了任良维伯任意摆布的卒子。在重要项目或者重要工作中，良维伯喜欢成立一个撇开政府职能的临时指挥部，这是从刘德甫书记那里学到的经验。刘德甫喜欢讲雍正的军机处，时常和良维伯说起雍正撇开绊脚石内阁的高超智慧。良维伯虽说文化程度不高，但是脑袋瓜子很好用，雍正经验立马活学活用。在所有的搭档中，大桂桂是良维伯最为满意的好搭档。启用大桂桂，这也是从刘德甫那里学的经验。把庸人摆在前台，把能人放在幕后，这一法则很受用，不会产生不顺从的碍眼对手。

自从良维伯主宰了舜城这片天，对王文革采取的策略一直是限制使用。王文革胆大心细敢做敢当，雄霸舜城十几年，结成了牢固的关系网。靠着这层关系网，王文革感觉腰杆儿很硬，在他分管范围内的一些大事小事，不向良维伯汇报就敢决定处理了，良维伯感受到了地头蛇的力量。逼人的力量。

良维伯利用党委会决定，把王文革的权限越削越小，最后只安排分管办公室。办公室从主任到办事员都是良维伯的亲信，无论大事小事，都听良维伯直接指挥，王文革管谁？调个车也调不动。

良维伯对王文革冷着，自然就把更多的热情分给孙义宁。舜城镇除了良维伯和大桂桂两个副处级干部之外，还有王文革和孙义宁两个正科级干部。孙义宁本来是排在王文革之后的第四把手，而今大桂桂不顶用，王文革不重用，他就成了名副其实的二把手了。孙义宁大事小事都注意汇报，决不自作主张，时时刻刻都会给顶头上司留出座位来。虽说良维伯看不起孙义宁刻意逢迎的奴才相，但是看见孙义宁低头哈腰总比看见王文革昂首挺胸心里舒服。他需要人们的低头哈腰。良维伯就像一个驯兽员，他手中的权力就是一把豆子，谁个表现得好，他就把几颗豆子塞到谁的嘴里。王文革眼睁睁看着良维伯把豆子塞进孙义宁的嘴里，心灵受着极大的折磨，虽说脸上极力表现出平静如水，却无力控制嘴唇青又青。看见王文革的嘴唇青又青，良维伯的心里红又红。与天斗其乐无穷，与地斗其乐无穷，与人斗其乐无穷。王文革受煎熬，良维伯就找

到了其乐无穷的快感。他乐滋滋地对老婆说，他不是能吗？能，咱就束之高阁嘛。

良维伯也有良维伯的过人之处，尤其是雷厉风行的工作作风，恰是王文革无法比拟的。良维伯提前上班从不迟到，一进办公室就自己动手抹桌子扫地，这好像是多年形成的生活习惯，可这种习惯里又好像有几分故意做给下属看的示范表演成分。无论是生活习惯还是添加着示范表演成分，酷暑严寒一年到头，他的这种习惯能够始终如一实属不易。王文革恰恰相反，独霸舜城多年，养成了说一不二的土皇帝作风，要求属下按时上下班，自己的工作时间却是自由的。良维伯抓住王文革这一软肋反复折腾，不断发起进攻，首先整顿机关作风，强化机关干部工作纪律，要求所有的干部都要按时上下班不得拖拖拉拉迟到早退。

“作为一名党的领导干部，要求下属做到的，自己首先要做到。火车跑得快，全靠车头带。领导不带头，必然成挡头。”良维伯凭着多年养成的生活习惯，在整顿机关干部作风会议上的讲话很有底气。

王文革已经习惯了晚上不睡早上不起自由散漫由着性子来的生活习惯，乍猛改变这种习惯非常痛苦，借着血压偏一点点高的理由，时常不参加会议，时常不执行会议决定，以沉默消极态度与良维伯展开了无言对抗。

装病是个好办法，官不差病人。

对王文革的消极对抗，良维伯也没有什么好招数。人家有病，你说啥？

良维伯不便说，孙义宁可以说，大会上继续向王文革发起攻击。

“有的领导干部工作态度不正确，党委决定不执行，无视组织纪律，干工作挑肥拣瘦，和党讲价钱，顺心干的就干干，不顺心干的就装病。共产党员就是砖，哪里需要哪里搬，垒到粪坑也心甘。身为领导干部，还没垒到粪坑就发牢骚，哪像个共产党员？工作不积极，思想有问题。大会不发言，小会不发言，就是前列腺发炎。学历不高，职务不高，就是血压高。我们一定要团结在以良书记为核心的镇党委周围，坚决贯彻执行镇党委决定，抓住机遇，加快发展，打造新舜城，争创全国第一镇。对阻挠破坏改革开放加快发展的右倾机会主义思想坚决打击不客气。”

孙义宁虽然是不点名其实等于点了名。

王文革真能沉住气，不但不反驳反而主动检讨错误，上下班立马及时了，一上班就扫地抹桌子，收拾报纸，把办事员以及服务员们的活儿全干了，一边干一边和群众乐乐呵呵开玩笑，还在乐乐呵呵的玩笑中好像不经意地把医院里开的病历给办事员们看了。哦！血压确实高，收缩压 180，舒张压 110，达到了 3 级重度高血压。本来，某些人对王文革强人恕己的工作作风有那么一点点不平心，一看病历全都变成同情心了。私下里，又悄悄冒出另一种声音：

“领导扫地抹桌子，服务人员干啥？还不得下岗？”

“领导就是领导，主要是考虑大事的，不是扫地抹桌子的。”

“人人都有癖好，好酒好烟好女人不稀罕见，没见过领导喜好扫地抹桌子。稀奇，真稀奇。”

……

良维伯保持了半辈子的好作风突然变成了“癖好”，本来是刺向王文革的利剑却成了下锅的粉条。软的不可怕，硬的也不可怕，就怕这种熟铁夹钢没角没楞的滑溜球。对付这种滑溜球需要耐心，既不能刀砍斧剁来硬的，也不能甜言蜜语来软的，而是需要温水煮鳖慢慢熬。本来，良维伯把王文革看成是瘸腿老鼠，没料到王文革并不是瘸腿老鼠而是一只瘸腿老虎。对王文革的这副姿态，良维伯越发感觉到对手的厉害。良维伯不敢急于除掉王文革，他打算把熟铁夹钢没角没楞的滑溜球放到盐水里慢慢浸泡叫他自己生锈，然后一点一点烂掉。

良维伯从深圳回来，立马拉开了舜城大开发大建设的大幕。重建赵家大林、修缮赵家庄园、学校搬迁、五纵五横的街道规划和舜城镇办公大楼的建筑规划蓝图全部上了宣传栏。在党委会上，良维伯安排王文革分管赵家大林重建的前期准备工作。作出这样的安排，良维伯是费了心机的。

赵家大林有着四五百年的历史，历朝历代名人辈出，半边山坡到处

都是石像石羊石马石人和石碑，有永乐、万历、康熙、乾隆等许多皇帝的御笔题词，还有祝允明、文徵明、张居正、董其昌、翁方纲、刘墉、何绍基和他爹何凌汉等历代达官显贵以及文人墨客的题颂。满陵园的碑石，一排排一片片不计其数。“文化大革命”破四旧立四新，那些石像石羊石马石人和大书什么勒什么敕的一幢幢雕龙镌花大石碑都被大铁锤击断垒到大寨田地堰里去了。经过一个冬季的学大寨会战，赵家大林变成了层层大寨田。当年会战的总指挥就是王文革。良维伯安排王文革负责收集断碑残石，真可谓用心良苦。

当年万人会战赵家大林，红旗招展，歌声嘹亮，何等热闹。省、市、县各级领导亲临视察，都夸王文革是坚定的无产阶级革命战士，大报小报接二连三报道会战盛况。向赵家大林这个“封资修”的宣战，是当年王文革的赫赫政绩。一转眼十几年过去了，想不到自己又来羞辱自己显著的政绩，王文革也品不透讽刺意味是个什么意味。他也暗暗诅咒着良维伯，这家伙真绝，有意叫自己举着“政绩”牌给舜城的人民看，给上级领导看，拿着自己开涮。王文革很不自在，如同右手的锤子砸在自己的左手上，一阵阵心疼还无法抱怨谁个。他在忍受疼痛的同时，也喟叹世事沧桑的无情变化。王文革不情愿负责收集断碑残石，但是，这是党委会决定的，党委会一决定，就不会允许你不愉快。良维伯很会使用“决定”，王文革也知道“决定”的份量，那是高天惊雷的份量，只要是会议决了定，你就只剩下一条过桥路，走也得走，不走也得走。

二

为接待赵惠仁，良维伯召开了专题会议，会议开得很热闹，大家七嘴八舌高招迭出，但是始终也没设计出一个最佳方案。

舜城镇没有像样的旅馆，有几家小旅馆和车马店只能接待来赶大集的远路小商客，别说亿万富翁的赵惠仁没法住，就是老簸箕住进去也会感觉掉了多半个身价。王文革建议到山海县城住，孙义宁却提出了反对意见。孙义宁分析说，赵惠仁为什么能回到舜城来？就是因为恋着他的庄园。赵家几代人的血汗几代人的努力几代人的情几代人的爱几代人的

骨头都在这里，他能扔得下吗？故土难舍，庄园难舍。他回来一趟，能在庄园里住上一夜，也许才是他最大的心愿。五哑巴是他的小老婆，还没来得及圆房就跑了。这次回来，就在赵家庄园给他们把房圆起来不是很好吗？

孙义宁不愧是北京放下来的人，主意就是高人一筹。良维伯非常赞同孙义宁的意见，会议决定，把赵惠仁曾经住过的赵家庄园的上房赶紧拾掇出来，把五哑巴从公字寨赶紧接过来，赵惠仁回来就吃住在庄园，就在庄园里给他们圆房。

办公室宋主任接了良维伯的指示，负责到公字寨接回五哑巴。

小轿车在五哑巴门口一停，呼啦围上来一群人。当人们得知小轿车来接地主婆五哑巴时，迅速报告了老簸箕。

“谁叫他们接五哑巴的？谁批准的？”老簸箕黑脸一沉，直朝着五哑巴的屋子走去。

地富反坏右接二连三被平反昭雪，接二连三被接走，老簸箕实在无法忍受。贫下中农越来越贫下了，地富反坏右反而越来越贫上了，这还叫毛主席的无产阶级革命路线吗？还叫无产阶级专政吗？这些坏人都被老簸箕整治过，每昭雪一个，老簸箕就感觉在自己脸上抽了一顿巴掌。而今五哑巴又要被接走，还要和铁算盘子圆房，老簸箕无法忍受。这是怎么了？他们剥削穷人难道没罪了？他们反对毛主席革命路线难道没罪了？他们偷盐破坏共产主义难道没罪了？如果说孟瞎子被接走老簸箕感觉像一顿巴掌抽在背上，那么根原被昭雪和五哑巴被接走，他感觉一顿巴掌是抽在脸上疼在心上。

看见老簸箕远远走过来，宋主任赶紧迎上去打招呼。老簸箕黑着脸，也不和宋主任答话，直接奔着五哑巴走过去。老簸箕走到五哑巴面前，手指着五哑巴大嚎一声：“只许你老老实实，不许你乱说乱动。剥削还有理了？不许上车！”

老簸箕不许五哑巴上车，五哑巴就不敢上车。多少年来，五哑巴已经听习惯了老簸箕的声音，从那张大簸箕嘴里发出的呵斥声，就是五哑巴的一切行动号令。那个声音不让她上车，她怎么敢上车呢？宋主任和

司机无论说什么，无论怎么拉怎么拽，五哑巴坐在地上打滚，死活不起来。

老簸箕对宋主任说："叫良维伯亲自来接，若不然，谁也甭想接走地主婆。"

"打倒地主坏分子！"大碾台一挥胳膊喊起口号，几十口子公字寨人一齐跟着呼喊起来。

"打倒地主坏分子！"

"打倒修正！"

"小轿车滚出去！"

"和地主婆……坚决了！"

……

宋主任本以为来接五哑巴是个轻松差事，没曾想遭到公字寨广大贫下中农的坚决阻拦。面对着拦住车头视死如归的一双双冒火的眼睛，宋主任束手无策无可奈何，只好掉转车头返回舜城镇向良维伯汇报。

良维伯听说老簸箕阻挠五哑巴上车，脸皮子一紧，眉心里涌上一丝愠色。良维伯没有言语，他跳上车，对司机挥挥手，扭头回了公字寨。

孙义宁见良维伯脸色不大好看，也赶紧调来一辆吉普车，紧跟着进了公字寨。良维伯刚刚在大瓦屋前的大院里停下，孙义宁也就赶到了。孙义宁叫良维伯在车里先坐一坐等一等，自己先去做做老簸箕的工作。

不一会儿，孙义宁就和老簸箕一起走过来。孙义宁一边走，一边向老簸箕解释着接走五哑巴的重要意义。老簸箕也不答话，他哆嗦着手，从怀里摸出一张皱皱巴巴的纸递给良维伯。良维伯展开皱皱巴巴的纸看了看，原来是几年前王文革亲自签发的舜城人民公社革命委员会的通知书。通知书的天头油印着毛主席语录：

专政是群众的专政。千万不要忘记阶级斗争。

"通知"两个字很大，但是线条很细，显然是钢板刻印的。

下面是手写的通知内容：

公字寨大队革命委员会：你大队对四类分子评审工作的结果，公社革命委员会已研究通过，县公安机关军管会已批准备案。对你大队戴着

帽子的黑五类分子，要求大队建立监督改造小组对其进行监督改造。现将你大队黑五类分子及嫌疑坏分子分别对待决定公布如下，希见通知后，立即按照名单进行控制监管。

在所附名单表格中，列了一大排人名，有坏分子上中农筐头子，有流氓贪污分子大地瓜，有坏分子梭猴子，还有北京来的右派孟瞎子。在孟瞎子的名字底下，良维伯看到了根原的名字，在根原的“类别”栏里写着“破坏共产主义坏分子”，“对待”栏里写着“继续控制”，备注栏里还写着“内部控制，不在大会上公布”。根原从黄泥岗劳改大队走出来就已经把帽子摘掉了，所以通知的备注栏里有了“内部控制，不在大会上公布”的特别注明。紧接着根原的名字底下，就是五哑巴的名字。“类别”栏里写着“地主分子”，“对待”栏里写着“继续监督改造”。

良维伯粗粗地看过这个通知，他数了数，竟有二三十人上了名单，备注栏里大多是“政治危险分子”、“落后分子”、“内部控制”等字样。公字寨总共也就是百十口人，咋会有这么多反动坏分子？良维伯把这张皱皱巴巴的纸顺手递给了孙义宁，他对孙义宁说：“都什么时候了，现场办公，现场处理。”

孙义宁点头应一声，就代表镇党委，当场决定给五哑巴摘掉坏分子帽子，当场宣布五哑巴是公民了。宣布完毕，孙义宁亲手把五哑巴搀扶进小车，喇叭一嘟嘟，小汽车一溜烟出了山沟沟。

老簸箕站立在尚未消尽的小汽车扬起的飞尘里，用拐棍儿咚咚杵着地，痛心疾首，泪流满面。他哽咽着，哭喊着：“毛主席啊，你睁眼看看吧，地富反坏牛鬼蛇神都爬出来了，五哑巴这个地主婆也上了小轿车了，铁算盘子也要反攻大陆了。还有这么一群随风倒的干部，那些年他们叫喊坚决跟着您老人家干革命，您老人家一死，他们立马就修了正。毛主席啊，你睁眼看看吧，资本了……彻底资了本……了……”

突然，老簸箕口吐鲜血仰面跌倒在地，他的牙关紧咬着，本来就黑的皱巴脸一下子变成了青石头蛋。吹吹爹赶紧蹲下身，使劲掐老簸箕的人中。任吹吹爹无论使多大劲掐，眼看着都要把上嘴唇掐破了掐透了，但是，那块青石头蛋一点反应也没有。

吹吹爹站起身，连声说："完了完了，这一回算是彻底革命了。"

吹吹爹和几个老人围过来，扯腿的扯腿，拽胳膊的拽胳膊，拖拖拉拉将老簸箕抬回屋子。

三

整整三天三夜，老簸箕一直也没醒过来，也不吃，也不喝，也不死，也不活，眼睛紧闭着，半天喘一口长长的窝憋气，任你怎么呼喊也没有应答。老茶壶对众人说："看来，这一次再也熬不过去了，毛主席召唤俺儿到那边干革命，快给他穿上送老衣裳等着吧。"

吹吹爹给老簸箕穿上送老衣裳，吩咐老闷儿抱几抱麦穰铺在地上，又吩咐大锅爹从炕上撤下一领芦席铺在麦穰上面。吹吹爹说："临死的人，一不能睡炕，二不能睡床，上不着天下不着地，死了之后魂灵飘荡着，没依靠。放到地上接地气，魂灵有大地托着，有依靠。"

老簸箕从炕上转移到地下，又过了四五天还是不死。几个老年人在老簸箕身旁守了七八天，一个个熬的红眼巴巴满嘴起泡。

吹吹爹对着老簸箕说："老哥哥，你打算把我们一起熬煞？一起到那边跟着毛主席干革命啊？"

老茶壶说："断了这口气还不知啥时候，你们不要跟着熬了，各人忙各人的吧，我陪陪就行了。啥时候断了那口呼嗒气，你们再来帮帮忙。"

几个老人应着，陆陆续续出了屋子。

公字寨的夜晚真安静，没有人喊，也没有狗叫，只听见山风掠过树梢的啾啾声。

平日里，老簸箕从来不点灯，点灯烧的是花生油，烧了多可惜，吃到肚子多划算。天黑上炕睡觉，点灯干啥？摸黑摸习惯了，脚底板子长着眼。

老茶壶拖着那条烂腿，摸黑爬到老簸箕身旁，对着儿子的嘴巴说："儿啊！你死了我怎么活啊，你死了，谁伺候我啊，要死咱爷儿俩一起死了吧。"

老茶壶紧靠着老簸箕躺下了，他与老簸箕头挨着头，脸对着脸，紧紧闭上了眼睛。

老茶壶自从游行摔折了腿，好多年不能下地干活了，凭着两根槐树棍子支撑着，只能在院子里挪动挪动。他的断腿腐烂了，天天脓血流不完。苍蝇从锅沿上飞到他的断腿上，从他的断腿上飞到锅沿上，他挪动到哪里，哪里就是苍蝇的一片嗡嗡声。老茶壶对苍蝇们很有感情，他对儿子说："这是我的警卫连，我走到哪里，他们就跟到哪里，忠实着呢。"

过去，老茶壶习惯在院子喝茶，习惯把快壶支在当院里，只要有人路过，他就招呼人们过来喝茶，顺嘴谝一谝那把铜快壶。

"看看我这把大快壶，黄铜的。赵家老财主五老虎用过的。呵！这玩意儿，不待两块小柴火头烧透，水就能开……"

现如今，再也没人过来喝茶了。一个警卫连的苍蝇满头乱飞，从脓血腿上飞到茶碗上，谁能喝下那碗水？老茶壶一个人躺在炕上，一躺躺了好多年，很无聊，没有人和他说话，所以，苍蝇就成了唯一能够说说话的好伙伴。

老茶壶躺在儿子身旁大半夜，一点儿睡意也没有，看来，想死也不是那么容易的。儿子已经七八天没有醒过来，大半天喘一口气，也不吃也不喝至今还没死，自己刚刚躺下哪能就死了？死不了也睡不着，他骨碌翻了半个身，嘴对着嘴和儿子说话。

"儿啊，恁爹这一辈子最佩服你啊，你为爹争脸了，争气了。上区上县的老模范，给恁爹争脸了。不光恁爹佩服你，满公字寨的贫下中农们都佩服你啊，我的大公无私的好儿啊，我的一心为革命一心为毛主席的好儿啊。唉，说起来恁爹对不起你，对不起毛主席啊，那一年我捡了钱没交给警察叔叔，我私心杂念，斗私批修我也没敢说，今天，我坦白交代了吧，都是一死的人了，再不坦白就没有时间了。再不坦白，到了阴曹地府阎王爷就会开我的批斗大会啊，毛主席也不会饶了我啊。"

多年前，老茶壶赶集曾经捡到过两毛钱。本来，他打算把钱交给警察，可当他走到老汤锅前怎么也挪不动脚了。一碗羊肉面正好两毛钱，

他眼巴巴看着热气腾腾的羊肉面，哆哆嗦嗦从口袋里摸出两毛钱，急三慌忙把羊肉面扒拉进肚子，慌慌张张离开了老汤锅。他美滋滋地下了集，美滋滋地往家走去。一路走，一路吧嗒嘴。太鲜了，太香了，呵呵，过了个好年，过年啊！老茶壶抹抹嘴，一嘴的香，一路的香。

刚刚走进大峡谷，晴天大白日突然打了一个闪电，那个闪电就像小鞭子，照准老茶壶的小腿肚子恶狠狠抽了一鞭。老茶壶双腿一麻，两眼一黑，扑通跌坐在路当央。老茶壶被抽懵了，半晌工夫没弄明白怎么跌倒的，只觉得眼前一阵亮光，是闪电？好像不是，也没听到打雷的声音。等他的眼皮会眨巴，就看见正东方漫上来一团遮天蔽日的黑云，看上去很像是毛主席的巨幅画像。毛主席伸出一只长长的手，直朝着老茶壶当头压下来。老茶壶吓得面无血色，扑通跪在地上，朝着那片黑云磕了一串响头，口里还一个劲地呼叫着："毛主席啊，老天爷啊，我再也不敢私心杂念了，饶了我吧！"

老茶壶回到家，死死地咬住嘴唇，生怕被儿子闻出羊肉味。一看见儿子的黑风脸，老茶壶心里就打怵。若是被儿子知道了，那碗香喷喷的羊肉面非被儿子一顿皮锤捶出来不可。老茶壶把这个私字一直藏在心里，狠斗私字一闪念也没敢漏失，直到今天就要准备死了才和已经半死的儿子吐了实情。

突然，老茶壶感觉好像挨了一巴掌，他摸摸腮，好像很疼，也很麻。这是怎么回事？他又仔仔细细摸摸腮，热辣辣的又疼又麻，准准确确分明是挨了打，啪的一声还很响，他听得清清楚楚。谁打我？他揉揉眼睛，黑咕隆咚什么也看不见。他伸手摸摸儿子，不觉大吃一惊。原来，儿子已经坐起来了，一准是挨了儿子的打。老茶壶正想对儿子说句检讨话，不料想儿子一下子扑过来，实际际压到身上来。老茶壶感觉儿子真有劲，两只大手死死卡住自己的脖子，憋得心口闷闷的，鲜血直往头上涌，两眼呼哒呼哒冒火花。老茶壶蹬了几下断腿，紧接着就直挺挺伸展开来一动不动了。儿子好像也累了，咕噜滚下来平躺在老茶壶身旁。儿子刚才浑身是劲，如今又成了一摊泥。儿子和爹头对着头，嘴对着嘴，有气无力地说："爹啊……你是……私心……杂念不改，和毛主

席……也敢……要心眼子，我……我叫你怎么吃进去，怎么……吐出来。”

老茶壶大半天才缓过一口气，他断断续续对儿子说：“都……过去……多年了，吐……吐不出来了……我……对不起毛主席，对不起……你这个好儿子，我深刻……检讨，斗私……批修……”

眼看着要天明了，老簸箕说有点饿。七八天连口凉水都没喝，也该饿了。

老簸箕颤巍巍爬起身，舀了两瓢水倒进大铁锅，又舀了两勺子头瓜干面子磕在锅里搅和几搅和，朝锅底扔了几把草，点着火，然后又躺在爹的身旁。他对爹说：“快开锅了，起来吃饭吧。”

老茶壶说：“起不来了……我……要死了……刚才……我做了个梦，梦见……毛主席……接见我了。毛主席……问我，你愿意跟着我干革命吗？我说……愿意……毛主席来叫我了，我要跟着……毛主席，干……革命……去了……”

老簸箕说：“爹，你有福啊，你是个福人啊。打从记事起，我天天做梦，也没梦见毛主席接见我啊。你有福，有福啊！”

老簸箕爬起身，咕咚咕咚灌下两瓢糊嘟汤。两瓢糊嘟汤撑直了肠子，老簸箕的小眼睛立马开始放黑光。

老簸箕出了门，咣当咣当拍响了吹吹爹的门。天刚蒙蒙亮，吹吹爹揉搓着眼睛起了身。天不明谁来叫门的？哦，可能是大锅爹叫门，可能是老簸箕已经咽气了。

吹吹爹一边披衣服一边朝大门走去，刚刚把门拉开一条缝，就看见老簸箕穿了一身送老衣裳直挺挺站在大门口，不禁吓得一哆嗦。吹吹爹愣愣地看着老簸箕，嘴唇打着哆嗦问：“是……是你拍门？”

老簸箕嗯了一声应着。

“你……你没死？”老簸箕点点头，他对吹吹爹说：“俺爹要死了，你喊喊人，给他拾掇拾掇准备准备吧。”

老簸箕说完，一转身，撅嗒撅嗒就走了。

吹吹爹一直愣在大门前，大半天也没缓过神来。是不是老簸箕的鬼魂？据传说，鬼魂是不会说话的。不是鬼魂，不是，老簸箕确实是没死。

眼看着东方就要放明了，吹吹爹急急忙忙约了大锅爹，又约了老闷儿和几个老人一起来到老簸箕家，是死是活总归要看个究竟。

几个老人一进门，一个一个全傻了，只见老茶壶直挺挺躺在地下的芦席上，老簸箕站在锅台前端着大瓢咕咚咕咚喝糊嘟汤。几个老人纳闷着，老簸箕没死，老茶壶怎么就死了？

吹吹爹叫老簸箕脱下送老衣裳，将就这身衣裳再给老茶壶穿上。吹吹爹对老簸箕说："你也没死，还穿着这么好的衣裳干啥？这是你爹有福啊，给你准备的送老衣裳，这个老东西享用了。多好的送老衣裳啊，一挂新。有福之人不用忙，无福之人瞎惶惶。你爹这个老东西有福啊。"

吹吹爹正准备给老茶壶穿上送老衣裳，老茶壶突然睁开了眼，他对吹吹爹说："穿裤子小心着，别碰着伤腿，疼啊。"

吹吹爹答应着，小小心心给老茶壶穿好了送老衣裳。看来没碰着伤腿，看来老茶壶的伤腿没疼。老茶壶说饿，想吃个白面馍。老簸箕很犯难为，哪里去鼓捣白面馍？老簸箕对着爹的耳朵说："爹！咱的家底你还不知道吗？没有麦子哪里会有白面馍？大桂桂给烙的地瓜煎饼，你吃个煎饼行不？"老茶壶有气无力地说："行！"

老簸箕从盆里摸出一个地瓜煎饼，抹上点大酱，撕上几个葱叶子，卷巴成一根棍，塞在老茶壶嘴里。老茶壶睁开眼，张大嘴含住了煎饼，但是一口也没有咬下来，紧接着又把眼合上了。

吹吹爹说："撕块煎饼塞在嘴里，嘴里有食，就不是饿死鬼。"

大锅爹赶紧点头应和着："是是，说的是。宁当饱死鬼，万万不能当饿死鬼。饿死鬼不仅这辈子挨饿，到阎王爷那里还得挨饿。人有百样死，最惨的就是饿死。唉！多塞些，赚个饱死鬼。"

吹吹爹支起一张桌子，点起一盏长明灯，不待老茶壶合上嘴，就拿了一张草纸蒙到老茶壶的脸上。脸上蒙张草纸，不只是遮遮难看骇人的死相，也是一种宣示，以此证明：人，已经死了。

大锅爹对老簸箕说："给你挖的坟圹子给你爹用了吧，等你死的时候再挖。”

老簸箕点点头应着。

吹吹爹说：“你爹这个老东西有福啊，多好的送老衣裳，从里到表一挂新，享受的是干部待遇啊，跟着儿子沾光了。”

大锅爹说：“可不是咋的？咱死的时候能够穿上这么一身三表新的送老衣裳也就知足了。”

几个老人喳咕喳咕，说是过午之后，指指路送送汤，然后下葬埋人。

老簸箕说，自己是革命干部，不搞封建迷信，一不用指路，二不用送汤，挖坑埋人就行了。

老茶壶好像已经断了那口呼嗒气，没有参加讨论怎么样下葬埋人的问题。

那边山上刚刚拾掇好坟圹子准备埋人，谁知这边老茶壶又突然还了阳。老茶壶自己抬手撕下蒙在脸上的草纸，骨碌翻了半个身。老茶壶做着抬起头来的努力，但是终归也没把头抬起来。几个守灵的小伙子吓得哇哇乱叫，呼呼啦啦跑出门。

吹吹爹问大锅爹：“这个老东西怎么会还阳呢？你是不是没压铲头犁子？”

吹吹爹一问，大锅爹猛然想起来了，忘了压铲头犁子。

将死之人，但凡断了呼嗒气，需要赶紧把耕地犁杖的铲头犁子压在胸口上，以防还了阳。吹吹爹嘱咐大锅爹去拿铲头犁子，岂料，大锅爹只顾打盹迷迷糊糊给忘了。

“你就是个打盹神，就是个迷糊，一辈子没有睡醒的时候。赶紧去拿铲头犁子。”

大锅爹赚了埋怨，颠颠地赶紧跑出门，不一会，手提着铲头犁子回来了。一看，老茶壶不但没有死，正和老簸箕说着话呢。

老簸箕趴在老茶壶的脸上大声喊着：“爹，你怎么又活了？不愿意死你就别死了，咱爷俩一起活着吧。”

老茶壶说：“够了，活够了……”

老茶壶紧紧攥着儿子的手，眼泪咕噜咕噜涌出来，有气无力断断续续地和儿子说，他已经见到毛主席了。毛主席批评他私心杂念，如果不还了欠债就不叫他紧跟干革命了。老茶壶嘱咐儿子，一定要替自己还了欠债，别忘了把那两毛钱交给警察叔叔，还嘱咐儿子一定要狠斗私字一闪念，坚决跟着毛主席干革命，坚决了。

老簸箕趴在爹的脸上大声喊着："爹，你就放心吧，坚决了！"

老茶壶又对老簸箕说："咱要跟着毛主席姓毛。"老簸箕点点头说："好，就姓毛。"

老茶壶又对老簸箕说："你不叫兆丰年了，叫毛丰年。"老簸箕点点头说："好，就叫毛丰年。"

老茶壶轻轻点点下颌，好像很满意。

老簸箕对着爹的耳朵根子大声喊着："你见了毛主席，一定要汇报，现如今地富反坏牛鬼蛇神一个个全抖起来了，臭老九也不臭了，都成香香汤了，复辟了，资本了，一个个都资了本了……"

老簸箕哽咽着，老泪纵横。

老茶壶嘴角动了动，接着就闭上了眼，眼角好像有泪，但是没有流出来。大锅爹赶紧将铲头犁子压在老茶壶的胸口上。

四

五哑巴被送进美容美发店，蓬蓬乱乱的毛发一整理，完全变成了另一个人。

五哑巴生就一副娃娃像，眼是眼，眉是眉，嘴是嘴，唇是唇，角角楞楞分分明明，就像用雕刻刀子精心刻出来一般。再穿上粉底儿衬牡丹红丝绸对襟褂儿，藏蓝暗花格的迪卡裤和一双铮明瓦亮的黑色小皮鞋，把个五哑巴包装成了俊俊俏俏白白嫩嫩的小媳妇，任你怎么也不会看出是年过半百的人。难怪赵惠双当年给铁算盘子买了这么个俊媳妇。

五哑巴任凭美容师摆弄过来摆弄过去，脸上没有一点表情，木木的。她不知道人家是在干什么，也不知道自己是在干什么。良维伯宣布给她摘了帽子，还用小轿车接到舜城镇，她好像也没弄明白这是为个

啥。她就像一铁锨挖出来的一件上古木俑，不知有汉，不知魏晋，更不知眼前发生的一切到底是怎么一回事。

美容师给五哑巴拾掇完毕，孙义宁亲自把她送到赵家大院。一路上，孙义宁再三叮嘱五哑巴要服从领导，听从指挥。五哑巴眨巴眨巴眼看看孙义宁，好像是听明白了，又好像什么也没听明白。

她就像一铁锨挖出来的一件上古木俑，
不知有汉，不知魏晋，
更不知眼前发生的一切到底是怎么一回事。

上房里一切安排停当，正面摆放着一件老红木雕花八仙桌，桌上有一个大香炉，香炉两边是两只镂空喜鹊登枝铜雕镀金蜡烛台，上面插着油光光的印有金色双喜的红蜡烛。桌子两边摆放着两把紫檀太师椅，椅子上还蒙了红垫子。东面是金丝楠木花格影壁墙，从影壁墙的房门走进去，就是赵惠仁青少年时候的卧室，卧室里最抢眼的就是那张黄花梨拔步架子床。这张大床和这些家具，在打土豪分田地的时候全部分给了贫下中农，为了迎接赵惠仁，都是从贫下中农手里收购回来的。卧室里的全部摆设，都是遵照着赵惠双的记忆，依照原来的样子精心安排的。赵慧双已经明白政府的意图了，再也不说与赵慧仁一刀两断的话了，再也不说儿子愣充老黄瓜种了，领导说啥就干啥，很积极。

孙义宁领着五哑巴在赵家大院里转了转，最后就把五哑巴领进了卧室。孙义宁对五哑巴说："你就在这里住下吧，赵惠仁先生就要回来了。"

五哑巴用舌头舔了舔嘴唇，没言语。她看着孙义宁走出房门，看着一群人紧跟着也走出房门。

屋里静下来了，五哑巴弯着腰，站在床前一动不动。孙义宁领她进屋时站在啥地方，她就一直站在啥地方。她弯腰垂手在等待着……等待着……等待啥？她不知道，好像等待着一阵口号响起来，等待着一只大手把她揪到台上去，等待着高一声低一声的呵斥。她习惯了听呵斥，没有了呵斥，她就没有了主意，没有了呵斥，她甚至不知道怎么活。

在美容美发店里，店老板给五哑巴捧上一杯茶，然后非常恭敬地说："请喝茶。"五哑巴听从了这个命令，吸溜吸溜一会儿就喝光了。当五哑巴把空杯刚刚放下的时候，店老伴又赶紧把水倒满了，五哑巴又听从着"请喝茶"的命令，吸溜吸溜一会儿又喝光了。店老板倒，五哑巴喝，一连喝了五六杯。现在，那五六杯茶水开始发作，汹涌澎湃直撞得下腹隐隐作痛。她想报告撒尿，可是没有人进来听她的报告。她看见有道房门半掩着，很想出去找找厕所，但是，没有呵斥声她不敢出去。

五哑巴多么盼望着听到老簸箕的呵斥声啊，她再也抗不住汹涌澎湃的狂涛撞击了，一泡热尿浇透了崭新的藏蓝暗花格的迪卡裤和一双铮明瓦亮的小皮鞋，小皮鞋的虚空部分被填充饱满之后又悄没声摸摸索索朝着地皮爬去，地皮平平展展没有阻拦，不一会儿就被骚尿浸湿了半边房间。

五哑巴感觉舒服极了，幸福，真幸福。过去，五哑巴站在台上被批斗的时候经常这么幸福过，她习惯。

大约在吃晚饭的时候，一个小姑娘走进来。小姑娘的双手端着一个盘子，盘子里盛着热气腾腾的饭菜。

小姑娘一跨门槛，小小的鼻翅子就开始忽闪起来。当她伸头看了看满屋子骚尿，不禁“啊”了一声，端着盘子转身就出去了。不一会，小姑娘和几个女孩子抱着几件衣服又回来了。小姑娘叫五哑巴脱衣服，五哑巴就脱衣服，叫五哑巴穿衣服，五哑巴就穿衣服，五哑巴真听话，乖得就像一只小绵羊。小姑娘告诉五哑巴怎么样吃饭，怎么样喝水，怎么上厕所。五哑巴直愣愣地瞪着大眼，木木地看着小姑娘，好像不是用耳朵而是用眼睛听着小姑娘说话。

五

“老地主快要进村了！”

孙义宁急促促跑进徐白校长的办公室，报告着赵惠仁的行动足迹。良维伯亲自到青岛飞机场迎接赵惠仁，现在车队已经进了山海县地界，约莫半个小时就到舜城了。

赵家庄园的学生们刚刚下课，满院的孩子嘻嘻哈哈蒙头乱窜。孙义宁率领着一群警察跑前跑后忙着清场，咋呼小孩子们赶紧离开。小孩子哪会听从警察叔叔们摆布？他们从东边跑到西边，从西边跑到东边，嘻嘻呵呵跟警察叔叔玩起了捉迷藏。孙义宁急了，斥责孩子缺少教养。任凭孙义宁气得满脸的麻点紫成个酸葡萄，孩子们依旧乐乐哈哈满院子奔跑。这样的秩序如何得了？他责怪学校纪律太差，都说徐白是了不起的教育家，这算什么教育家？他有些气急败坏，支派徐白命令学生立马离校。

孩子们听说老地主来了，一个个赖着不走，蹦蹦跳跳围着学校打转转。

不只是孩子们打转转，大人们也一堆一群围过来，人们都想看看老地主是个啥样子，赵家庄园被泱泱的人群围了个水泄不通。

在舜城一带，赵慧仁是活在人们嘴上的神人，六岁就能双手打算盘，十岁就帮爹处理账房事务，十四岁独自一人闯上海，十七岁就当家，那么大的家业，十七岁当家，神人，真是神人。人们等待着翘望着，都想看看铁算盘子到底是个什么样的神人。

对欢迎赵慧仁还乡，有人感觉新鲜，有人感觉热闹，也有的气不休恨不休，站在路旁议论着咒骂着：

“如今地主资产阶级吃香了，什么世道。”

“舜城镇什么鸡巴干部，一个一个忙着为老地主鸣锣开道。都是地主资本家的龟孙子。”

“现如今什么阶级路线？资本路线，纯粹资本路线。”

“资本了，彻底资了本了。”

……

正在孙义宁和警察们忙着驱赶孩子驱赶围观人群的当儿，迎接赵惠仁的队伍已经过来了。大虎亲自率领着几辆警用摩托车摆了个犄角阵势闪晃着警灯鸣叫着警笛在前面开道，五六辆小轿车紧随其后。车队在赵家庄园大门口刚刚停下来，一群记者呼啦围上去忙活着录像拍照。赵惠仁下了车，在良维伯的陪伴下缓缓向庄园走去。阔别这所庄园四十多年了，赵惠仁眼望着庄园大门，不禁泪花闪闪。

赵惠仁已经是八十几岁的人了，看上去却像人在中年。他好像很注重形象，西装革履，线条分明，迈出的步子又稳又结实。与赵惠仁并肩走着一个年纪轻轻的外国女人，金黄色卷发忽闪忽闪放光芒，蓝宝石眼睛镶嵌在白白嫩嫩的瓜子脸盘里，如同皓月蓝天分外迷人。蓝眼睛女人很兴奋，一边走一边看，一边指指划划和赵惠仁说着鸟语。一群孩子刚刚被赶出学校大门，转了个圈又踅了回来，围着蓝眼睛女人听鸟语。大胆的学生还和蓝眼睛女人哈喽哈喽对答几句，蓝眼睛女人笑眯眯地向他们招招手，举起手中的小录像机，对着孩子对着赵家大院照个不停。赵惠仁看着孩子们乱窜乱蹦的顽皮相，乐得满脸红光闪闪。

赵惠仁的身后跟着个年轻漂亮的蓝眼睛女人，孙义宁大吃一惊。为赵惠仁和五哑巴圆房的主意是他出的，有这么个女人跟在屁股后面能同意赵惠仁圆房吗？孙义宁悄悄走近赵安祥，低声问："这个女人是赵先生的什么人？"赵安祥说是赵惠仁的秘书。孙义宁"哦"了一声，心中的一块石头吧嗒落了地。

根原也挤在围观的人群里，赵惠仁是他的崇拜偶像，在梦里经常梦见他。根原去过深圳，本打算拜望赵惠仁却没有见到。今天，赵惠仁就在面前，他很想看看是不是和梦中的赵惠仁一个模样。

黑压压的人群挤成个千层饼，根原用尽力气朝前拱，他想尽力靠近些，看得清楚些。

赵惠仁被一群主宰舜城命运的大干部们簇拥着，形成了众目仰望的发光体。人群就像山体滑坡，一点一点朝着发光体挤压过去。根原卷进人群，躯体随着人潮游动，左右摇摆不由自主，他突然有一种消失掉的感觉。他感觉身子消失了，意志消失了，自尊也消失了。对比着前呼后拥的发光体，自己好像跌进黑咕隆咚的万丈深渊。他哀叹自己的渺小。

好不容易挤到大门口，却被大虎拦头堵住了。大虎高声喊叫着："挤啥？挤啥？抢孝帽子啊？"

根原瞪了大虎一眼，继续朝前挤去。

大虎把根原恶狠狠推了一把，厉声呵斥着："滚开！你也想进去？你是谁？你是镇领导啊？不识数。"

根原挨了大虎的一顿骂，憋着一肚子气走开了。

根原盼望靠近发光体，可他知道，自己不是镇领导，没有资格靠近那个发光体。大虎的责骂虽说很叫人气愤，但是刺激起根原发奋图强的强烈激情。他不甘心在暗淡无光的黑洞里生存，他羡慕发光体，向往发光体，发光，一定要发光。他对着渐渐远去的发光体暗暗发下誓愿，一定要成为赵惠仁那样的发光体，一定要像赵惠仁那样光芒万丈。

赵惠仁走进赵家大院，心情非常激动。赵家庄园风风雨雨几百年，经过了数代人的努力，才发展成这么一座庄园。从离开这座庄园的那一

天，他就没想到还会活着回来看看，没想到，真的没想到。老赵家几代人的血汗几代人的努力几代人的情几代人的爱几代人的骨头都在这里，虽然有遗憾有仇恨，但是，最难以抹去的还是情，还是爱。赵慧仁手摸着赵家庄园的墙，手摸着赵家庄园的地，泪珠一闪一闪，但是始终没有滚下来。

在良维伯的陪伴下，赵惠仁在赵家大院完完整整转了一圈。赵家大院保存很完好，赵惠仁非常满意。但是，一见福池被填死，他很是惋惜。他说这么好的温泉，天下都是少有的。良维伯向赵惠仁保了个证，立马回复原样。

借着赵惠仁热乎乎的愉快心情，良维伯就在晚宴开始之前谈起了五哑巴的话题来，赵惠仁一下子愣住了，连声说："竟有这样的事，竟有这样的事……"

接待赵惠仁的晚宴一共安排了七八桌，赵惠双和五哑巴就在隔壁。良维伯吩咐孙义宁把五哑巴领了过来。赵惠仁一见五哑巴，连声说："罪过，罪过。四十多年，四十多年啊！你在等我……等我……等老了，等老了，罪过，罪过啊！"

赵惠仁一脚踏进赵家庄园，泪珠一闪一闪却始终没有滚下来。一见五哑巴竟然老泪纵横，他紧紧抓住五哑巴的双手，号啕大哭。

五哑巴看着眼前这个哭哭啼啼的陌生男人，好像明白了什么，又好像什么也没弄明白。

良维伯和赵惠仁谈了给他们圆房的打算，不料被赵惠仁一口拒绝了。

赵惠仁早年的原配妻子病病歪歪，需要找个陪床丫头照料。赵惠双到南方收账，碰上讨饭的女人卖女儿。赵惠双一看小丫头长得很顺眼，顺便给堂兄买了个填房的小妾。这本是遵从了赵惠仁母亲的嘱咐买来的人，赵惠仁不知就里。时局突变，兵荒马乱，赵惠仁面对着一阵紧似一阵的枪炮声，忙着护家护财，哪里知道堂弟还鼓捣了这么一桩半截子亲事？时到如今，赵惠仁已经这把年纪，家有妻室，儿孙满堂，他除了连声的"罪过"之外，已经没有接纳这个苦命女人的时间和精力了。赵惠仁埋怨糊涂堂弟做下的糊涂事，苦苦害了人家一辈子。谁知赵惠双把筷子啪地往桌子上一摔发了大火。

“我糊涂？我看是你糊涂！当初买个陪床丫头是老祖宗的意思，说是能生下一男半女就纳下妾。我把人给你领来了，你为什么撒脚丫子跑了？事到如今，人家当了四十多年的地主婆儿，挨了四十多年的批斗，受的什么罪你知道吗？几个死几个活你知道吗？人家从十三岁等到你老，十三岁等到你老啊！你说不要就不要了？老五，我告诉你，这个人是我遵照老祖宗的话给你领来的，你不听祖宗的话就是不孝。你说我糊涂？大家说说，是我糊涂还是你糊涂？是我的罪过还是你的罪过？难道你敢把罪过推给老祖宗吗？”

好一个赵慧双，小理儿讲得巴巴的，一点儿毛病也没有。

赵惠仁被堂弟斥责了一通，泪流满面泣不成声。一个无辜的女童，受了这么多罪，到底是谁的罪责？赵惠仁显然不敢把罪责推给老祖宗，也不能把罪责推给赵慧双，都是自己的罪过，自己的罪过。面对着一个遭受了非人折磨的无辜女人，他的心灵受到极大震撼。突然，赵慧仁扑通跪在了五哑巴面前，他祈求上帝宽恕自己，宽恕人类制造的无边罪恶。蓝眼睛女人也跟着跪下了，一颗颗晶莹剔透的大珍珠从蓝盈盈的宝石眼眶里咕噜咕噜滚下来。

良惟伯赶紧把赵惠仁和蓝眼睛女人扶起来。为了不破坏谈话的愉快气氛，他指示服侍五哑巴的小姑娘把五哑巴赶紧领走了。

这个尴尬局面的出现，是良维伯始料不及的，他赶紧劝说赵惠仁不要难过，然后转身责备赵慧双：“你这个人啊，为什么不和政府说清楚？”赵惠双磕巴磕巴眼，说：“斗争得那么激烈，谁敢多说话？找死啊？”良维伯虽说还是责备的口气但是非常和气地说：“五哑巴受到不公对待，只有你是知情人，你如果及时和政府说明白，我想不会这个样子。”良维伯叹口气，看上去好像对五哑巴的不幸非常遗憾也非常同情，他对赵惠仁说，一切问题由政府出面解决，政府一定会处理好五哑巴的安置问题。

赵惠仁求告良维伯一定想法打听到这个可怜女人的亲人，使他们得

以团聚。赵惠仁说，认下五哑巴作个妹妹，希望政府给妹妹找到亲人。

赵惠仁在赵家庄园住了一宿，第二天7点整吃早饭，7点半又在赵家庄园转了转，8点整乘车参观了赵家大林施工现场捎带着看了看绣锦河老码头，12点吃午饭，饭后看了半个小时的书，然后午休1小时，下午两点整坐下开会研究问题，傍晚时分和他的几个助手以及金发碧眼的秘书乘车去青岛赶飞机，留下一个小瘦秘书具体落实研究确定的方案。赵慧仁说在深圳计划住一个星期，然后再去香港。赵惠仁还说，他以后会经常到深圳，也会再来舜城的。

赵惠仁临走，再三求告良维伯，一定要为哑巴妹妹找到亲人。

对于规划蓝图赵慧仁虽然还没有签字盖章形成具体协议，良维伯已经激动得睡不着觉了，他叫秘书立马起草汇报材料，立马上报县委县政府和市委市政府。又叫通讯员立马写出稿件，专程送给《山海日报》。“赵惠仁走进赵家大院”的消息很快就见报了，良维伯陪同赵惠仁走进赵家大院的大照片头版刊登非常显眼，良维伯很满意。

刚刚送走赵惠仁，良维伯就召开了“为五哑巴寻找亲人”的专门会议。会议决定，由孙义宁和办公室宋主任陪同赵慧双、五哑巴南下，一定要为五哑巴找到亲人，即令五哑巴没有亲人了，也要查明她的身世。

赵慧双脑瓜子真好使，别看那么大把年纪，记忆力好得叫人没法不佩服。四十多年前，他走的哪条街哪条巷哪家哪户哪个门，纵横交错拐弯抹角，竟然记得清清楚楚明明白白，卖女儿的那户人家没费多少力气就找到了。当赵慧双推开一间小破屋的破门时，一眼就认出了卖女儿的白毛老太婆。

白毛老太婆先是一愣，突然抱住了五哑巴哇的一声大哭起来。白毛老太婆一边哭一边哇啦哇啦叫唤，也不知叫唤的啥。四十年啊，娘想女儿，千言万语酸甜苦辣，也许都在哇啦哇啦的叫唤中喊出来了。

五哑巴愣愣地看着白毛老太婆，好像很害怕。

原来，五哑巴并不是哑巴，她是南方人，北方人听不懂她说的话。后来整天受批斗不许人家说话，时间一长，几近失语，成了一个准哑巴了。

当年五哑巴家里穷困潦倒，爹死了，娘没有力量养活她。闺女已经十三四，兵荒马乱的，不如赶快找个主。听赵慧双说给女儿找了个富裕人家，母亲很高兴，顺顺溜溜接了五块现大洋，就把女儿交给赵慧双带走了。赵慧双故意没和老太婆说明去向，生怕惹事添麻烦。

卖了女儿，老太婆凭借着几块银元，好歹活过灾荒年。如今她是个五保户，只靠村里养活着。

唉！真是个苦命人，苦命人啊。斗了人家几十年，却原来是个比贫下中农还贫下的贫下中农。

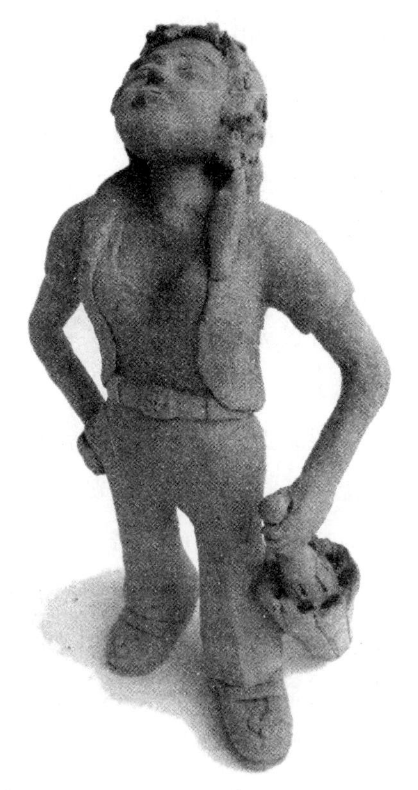

第六章　泪水在眼眶里打转转

一

赵安祥就是个信息库，在舜城地界，天上的白云以下，地下的温泉水以上，哪个部门哪个单位哪家哪户哪个人哪里疼哪里痒痒都揣在他的肚子里。人们都说他生了两条伢狗子腿，张家站站，李家坐坐，东家打听打听，西家打听打听，没有一霎停闲的时候。赵安祥喜欢打听小消息，但是不会轻易对外人传播消息，其目的主要是为了获得为自己所用的判断条件。凭着这些小消息，他虽然出身不怎么好却能在“文化大革命”的混乱中安全过关，不仅保住了自己，也保住了曾经给赵慧仁当过长工把头的老爹。

赵安祥既有信息量，又有鬼点子，眼皮子一眨巴，鬼点子就像福池石缝子的温泉水，咕嘟咕嘟朝外冒。只可惜，他的点子多胆子却小，什么事都能看个透，什么事也不敢轻易下个决断，到头来落个空想想空算算一事无成后悔不及。他曾多次对根原说，自己就是淮南袁术，瞻前顾后，有谋无断，猜猜算算算算猜猜，回头看看一阵风刮过去，什么事都耽误了。

根原上了台大带锯，就是赵安祥给他出的好主意。赵安祥说，木器厂上了一台大带锯，很赚钱，他建议根原也上大带锯。

眼看着根原的大带锯突噜突噜飞转，眼看着一张一张大团结随着飞转的锯片子哗啦哗啦落进根原的腰包，赵安祥后悔极了，心里一阵一阵酸。唉！这么赚钱的好买卖为何自己不做？为何给人家出主意叫人家做？大带锯转悠一天能顶自己忙活一个月，转悠一个月能顶自己忙活一年，转悠一年能转出好几个万元户。

舜城木器厂是社办集体企业，现有干部工人五十多名。其中三十一名是集体所有制工人，其余都是合同工或者临时工，只有厂长蛤蟆食一个人是干部。干部也不是真正的国家干部，而是以工代干的那种干部。

社办企业单位的工人虽说也是吃国库粮的正式工，但是和国营单位的工人有着很大的区别。平时好像看不出什么不同，你上班我也上班，你下班我也下班，每天工作八小时，星期日一样休息，工资待遇也都是国家统一规定的标准。但是，一到调动工作时，这种差别立时就会显现出来。集体所有制的工人只能往集体单位调，国营单位是进不去的。国营单位职工可以调入集体单位，可谁愿意扔下国营进集体？傻瓜才会同意呢。无论大姑娘还是小伙子找对象，对“国营”和“集体”都非常计较。一般情况下，“国营”找“国营”，“集体”找“集体”。除非小伙子非常优秀，若不然，“国营”单位的大姑娘决不会屈就下嫁给“集体”的。

“集体单位”也不是一般高，也要分个三六九等，“县办”比“社

办”好像又高了一头皮。这种高低，并不是从工种、工资等方面区分的，而是从管理的行政级别以及不同的地理位置所作的判断。俗话说，城里的狸猫大过乡里的狗。在北京长安大街打扫卫生，就会生出不比在县城当一个小县长矮几寸的庄重感。

在“集体单位”的级别排名中，乡镇一级社办大集体是最低一级的，虽说被“县办”和“国营”们看不起，但是，要想成为社办企业的工人也不是简单的事。能进社办企业工作，也是土地庙前长青草，背后有神撑着腰。若不是乡镇里哪个头头脑脑的老婆孩子小姨子小舅子或者村领导干部的孩子，要想进社办集体企业这道门，那也是老光棍儿做梦，空打儿子的谱。

木器厂三十多个正式工大多都是大姑娘小媳妇，真正出大力干活的只靠着十来个临时工。一个小伙子做家具，两个女人跟着刷漆。因此，外界给木器厂起了个别名：舜城三八刷漆厂。临时工小伙子每天的工资一块两毛五，一个月三十七块五。小媳妇们都是集体所有制工人，每月发四十多块钱。临时工小伙子虽说天天满头大汗，却没有一句怨言，只为着有朝一日临时工能够转为合同工，合同工再转为正式工，因此，咬紧牙关任劳任怨埋头苦干，一个汗珠子摔八瓣儿，就是为那个“正式工”而奋斗。蛤蟆食经常给临时工小伙子们上政治课：“千年的小沟淌成河，多年的媳妇熬成婆。好好干，好好熬，争取熬成正式工吃大馒头。”

自从改革开了放，木器厂就开始乱了套。临时工小伙子不再羡慕什么“正式工”了，不再为转成正式工而满头大汗了。蛤蟆食虽说许愿“秋后转正”，几个手艺好的小伙子还是不顾“集体”拍拍屁股走了人。上级鼓励发展个体户，谁肯在这个鬼地方干熬油？熬成个正式工又能怎么样？看看人家根原，票子一把一把往口袋里揣，谁不眼馋？

眼看着人们的思想越来越混乱越来越难管理，蛤蟆食很着急，他把政治学习抓得更紧了。本来活儿就不多，蛤蟆食安排半天工作半天学习。学习内容并不是学邓小平的讲话，而是学习毛主席著作，学习老三篇。蛤蟆食在会上不失时机地卖弄自己学毛著积极分子的光荣历史，号召青年人要树立无产阶级的革命思想，一心为“集体”，全心全意为人民服务。他大骂根原是坏分子，满脑子私心杂念，把舜城镇的好青年都拐带坏了。他要求青年人树立革命理想，不能掉进钱眼里认钱不认娘。

“口袋里有钱又怎么样？还是个体户。个体户怎么能和吃国家粮的正式工相比呢？个体户就是小商小贩，满大街叫买叫卖，就和个叫街的差不多。凭着国家粮不吃去吃百家饭？没出息。”

学习归学习，该走的还是都走了，只剩下几个正式工和一群只会刷漆的大闺女小媳妇。原来两个女人围着一个木工刷漆，现如今一群女人围着一个木工刷漆。小木匠们相互挤眼笑笑：“呵！妻妾成群。”

一个木工一天能做一张桌子，六七个女人围着一张桌子刷漆，这样的活儿怎么干？几个临时工一走，连拉大锯解木板的也没有了，蛤蟆食只得指派女人们拉锯解板。

女人拉锯成了舜城木器厂的一大风景。一堆女人一边拉着大锯，一边嘻嘻哈哈闹哄着，倒也热闹。拉大锯毕竟不是缝衣服，三拉两拉就走了线，三拉两拉就斜了缝，一堆女人没解出一片平正木板，倒是制造出一条地方谚语：木器厂的女人——斜了缝。

木器厂的日子不好过，不仅蛤蟆食着急，镇里分管社办企业的领导们更着急。自己的老婆或者小姨子或者表姐表妹拉大锯，能不着急吗？社办企业管理办公室的葛主任给蛤蟆食出了个主意，上一台大带锯解木板，别再叫那些女人出洋相了。

“大带锯？”

从蛤蟆食直愣愣的眼神里可以看得出，显然没见过。

“县里木器厂有一台，你打听打听，看看他们从哪里买的。”

蛤蟆食长吁短叹，不只一脸穷愁相，还有一脸败下阵来的沮丧气。

“木器厂已经没有先前的好日子过了，都被市场经济挤毁了。过去买张桌子还得写批条，现如今可倒好，个体户都把桌子摆在木器厂的大门口来了。手艺好的木工都跑了，什么熊政策。”

“你啊，精灵猴钻进竹竿筒，受困自找的。一张桌子不卖能耽误花钱了？没有资金就贷款，该花的就花。银行是国家的，大集体木器厂也

是国家的，肉烂在锅里。”

“咱不是为国家过日子嘛。不过了，不过了，不花白不花。”

……

木器厂的大带锯突噜突噜一转，蛤蟆食的黄泥巴眼蛋子也立时转动起来了，小日子又好过了，不仅保证了一群大闺女小媳妇安心学习唸报纸，也保证了蛤蟆食不断进出酒馆碰酒盅子。蛤蟆食很自豪。

木器厂的大带锯是舜城镇以及周边几个乡镇唯一的一台。从几个乡镇涌来解木板的马车驴车拖拉机一辆接着一辆。每逢大集，马车驴车拖拉机排队排到大门外，要想往前排一排，必须找厂长写批条。

过去，各村各疃的木匠不准干私活，不论是单位或者青年结婚买家具，木器厂是独此一家别无分店。蛤蟆食不用忙销售，整天忙着写批条。即令一个小板凳，没有厂长的批条也休想走出木器厂大门。写批条，真是好差事。一群人热热闹闹围着，一张一张笑脸迎着，一句一句赞美的好话说着……那种感觉，嘿他娘！大带锯一转，蛤蟆食又找到了那种感觉。

根原从赵安祥的嘴里摸透了木器厂的内部情况，盯上了大带锯这块肥肉。

要想上一台大带锯，掌锯师傅非常重要。满身长牙的大带锯片子呼隆呼隆飞转，一不留神就出事。听说临界大石头乡的木器厂也上了一台大带锯，开业没三天，掌锯师傅就被锯掉了三个手指头。直到现在，也没有人再敢碰碰那台大带锯。

木匠刘瞪眼拨弄大带锯是第一高手，木器厂派他专门出去学习过，学习回来专门负责锯木头。蛤蟆食在全体干部职工大会上庄严宣布：成立“舜城镇木器厂大带锯加工股”，任命刘瞪眼为舜城镇木器厂大带锯加工股股长。

刘瞪眼和二瘦子是一个村的，论家族还是没出五服的本族兄弟。根原指派二瘦子偷偷找过刘瞪眼，想把刘瞪眼从木器厂里挖出来。刘瞪眼舍不得那个“亦工亦农合同工”股长，在木器厂干了七八年，好不容易熬上了“亦工亦农合同工”，好不容易熬上股长。他对二瘦子说：“到年底有可能转成正式工，还有可能提拔当副厂长。眼看着媳妇就要熬成婆婆了，怎么舍得把铁饭碗丢了?”此后，根原亲自出马请刘瞪眼喝酒，喝酒归喝酒，刘瞪眼捏死也没答应根原的请求。还有一层意思刘瞪眼没有说出口，他这个“舜城镇木器厂大带锯加工股”的股长并没把根原这个个体户放在眼里。跟着蛤蟆食卖力，那叫为国家为集体，光荣。跟着从大狱里放出来的破坏共产主义的坏分子个体户干，那算个啥?

刘瞪眼家里很穷，一家人至今还住着爷爷留下的经历了将近一个世纪风雨的几间破屋。听爹说，这几间屋还是爷爷结婚时盖起来的，爹和刘瞪眼以及刘瞪眼的儿子都出生在这几间破屋里。凭着这么几间破屋和刘瞪眼土土鳖鳖的土坷垃相，哪能娶上媳妇?刘瞪眼的媳妇王加花明明白白对刘瞪眼说:“俺不是奔着你这几间清朝屋来的，也不是奔着你这个人来的，就是奔着合同工来的，有朝一日你熬成正式的国家人，俺也当一回国家太太尝尝滋味。”

自从王加花嫁进刘家门，就获得了一个响亮的称呼:国家太太。满村无论老的少的，都这么叫喊。王加花对“国家太太”这一称呼非常满意，嘴上说“不敢的”，心里却是美滋滋的。她没感觉到一丝一毫的风凉味，而是用心去享受“国家太太”的千般滋味。男人是国家人，自己就是国家太太。合满村祖祖辈辈都是刨土扒食吃的土包子，没有几个人能够吃上国家饭的，自己就是没有几个的几个之一，她感觉非常骄傲。男人丑一点倒是不重要，不就是一张面皮吗?脸面白点黑点有什么意义?眼睛大点小点有什么意义?灯一吹，还不是一样的?能够每月领工资的“亦工亦农”倒是顶顶重要的。刘家祖祖辈辈砸巴土坷垃，从明朝到清朝就没出过带“长”的一棵草，好歹熬出一个“亦工亦农”，好歹熬出一个“股长”，这不仅是刘家人的骄傲，也是刘瞪眼媳妇以及娘家人的骄傲。

刘瞪眼就是一头老黄牛，不仅浑身有使不完的力气，而且还听话，满肚子肠子一根一根就像推磨棍，一点儿弯弯也没有。当初蛤蟆食选送他去学习操作大带锯，就是相中了他的能干加听话。

刘瞪眼生了一块柞木板子脸，不仅木木的，还傻傻呆呆的。尤其眼

睛和嘴巴，就好像天生发育不全，一对黑眼蛋子塞满了眼眶，在没有眼白的衬托下，你感觉不到一对黑洞洞的窟窿里的黑眼球是否在转动。还有那个撅嘴巴，整天张哈着，从来没见闭合过。即令锯末子飞满了嘴，他的大嘴巴也照旧城门大开任凭锯末子随便往里窜。刘瞪眼一边锯木头一边不住地吐锯末子，锯末子吐得好，木头也会锯得好。这么一张嘴，让人不得不怀疑是不是具有闭合功能。外人都说刘瞪眼是猪心一个眼儿，是个二五货。还有人惦记，刘瞪眼娶个媳妇也不见得弄明白如何对付。其实，刘瞪眼并不傻，他是个懒得用心的人，什么事都不大在乎。只要一用心，还真能琢磨出个三四五六来。大带锯虽说没有什么神秘之处，但是，谁也不敢说能把每一块木板都锯得平平正正，只有刘瞪眼拍拍胸脯敢说这句大话。

在舜城一带，老百姓有一个习俗，只要生下孩子，不管儿子或者女儿，都会在自家的庭院或者房前屋后栽下几棵树，待儿女成人，只靠着那几棵树打家具娶儿媳妇或者嫁闺女。说是习俗，其实是政策逼出来的没有办法的办法。上级不许搞资本主义，不许私字滋生，自家庭院也不许生长资本主义的树。为了应对上级规定，家家户户借着添儿添女赶快栽几棵树，这家栽，那家栽，三栽两栽栽出一个不成什么习俗的习俗。

与儿女一起长大的树，家家户户都有一种特殊的感情。这些树都是在批判声中长大的，经历了大批判运动的风风雨雨，好不容易成了材，容易吗？每一棵成材树都是百姓的儿女，都是百姓的肉。一锯下去偏了线，疼得浑身打哆嗦。虽然县城也有大带锯，人们宁肯多走几十里路来舜城镇找刘瞪眼，也决不忍受大带锯偏线割裂的心尖疼。

刘瞪眼虽说是业务大拿，每月工资和刷漆女人差不了几块钱。一家六七口子人，只靠着刘瞪眼那点儿工资闹翻身。

根原决意挖走刘瞪眼，可以说是一箭好几雕。一是得到一个技术骨干，二是削弱了木器厂的力量，还有一层目的根原是不会说出口的，那就是存心与蛤蟆食过不去，存心要拆蛤蟆食的台。根原厌恶蛤蟆食，从蛤蟆食在公字寨驻点时就厌恶，一直厌恶到现在。他曾经被蛤蟆食指着头皮教训过，侮辱过，这一口恶气憋了十多年，如今也到了吐一吐的时候了。过去他是坏分子，被贫下中农们随时随地拉出去批斗而无力反抗。如今，他感觉有了对抗力量，这力量来自鼓鼓涨涨的腰包。刘瞪眼名声在外，如果不把刘瞪眼挖到手，即令上一台大带锯也是一堆废铁。

刘瞪眼在单位里是最听话的老黄牛，蛤蟆食支派个啥，他就做个啥，从来不会说个不字。在家里也是最听话的黄牛老，老婆支派个啥，他就做个啥，风吹雨打不动摇。要想征服刘瞪眼，必须首先征服“国家太太”。根原知道，刘瞪眼和“国家太太”留恋那个空空洞洞的“亦工亦农”，留恋那个一文不值的“股长”，他们瞧不起根原这个只有钱没有好名声的坏分子，瞧不起根原手里的资本主义钱。根原容不得人们看不起他的钱，他赌了一口气，决定叫他们尝尝资本的厉害。

二瘦子的家就在刘瞪眼墙西，两家只隔一堵墙。刘瞪眼住着清朝屋，二瘦子家的老屋也年轻不到哪里去，据说也是民国时期盖起来的。有了民国屋作陪衬，刘瞪眼觉得清朝屋也没有什么很丢脸的。根原决定要给二瘦子盖上五间全村里谁也比不了的大瓦房，叫刘瞪眼瞪大危机眼。

根原要给二瘦子盖房子，不但二瘦子不接受，二瘦子娘更是坚决不同意。自己大病一场，是根原救了自己一命，大恩难报，怎么能再叫他花钱盖屋呢？根原好说歹说，二瘦子娘就是不答应。二瘦子明白师傅的用意，但是他不能对娘说得明明白白清清楚楚，他劝说娘，如果真心报答师傅的大恩，师傅说个啥咱就听个啥，师傅说盖新房子，那就答应盖吧。二瘦子娘发火了，她骂儿子没良心，诚心占师傅的便宜，还要打儿子。但是，当娘举起扫把时又扔下了，她舍不得打儿子。娘抱住儿子哭了，哭得很伤心。娘告诫儿子，做人一定要有良心，根原救了恁娘一条命，自己没有能力报答了，只靠着儿子报答，说什么也不能图人家的钱财，不能占人家的便宜。二瘦子无奈，只好把根原的心思和娘说明白，他告诉娘，师傅的用意对谁也不能说，打死也不能说。二瘦子对娘说，师傅的大恩哪能是一时半刻可以报得了的？自己一定会牢牢记着师傅的恩，今辈子报不完下辈子报。二瘦子娘明白了儿子的话，她不再哭泣，也不再教训儿子，盖屋的事就算答应下来了。

二瘦子要盖新瓦房，立马成为全村里重大的头条新闻。人们怀疑传言的真实性，二瘦子有什么能耐？抽了瘦肋巴骨当檩子？

刘瞪眼和国家太太更是不相信，国家太太对着男人的木板子脸说："二瘦子能盖五间大瓦屋？听他吹吧！"

几大车刚出窑的新砖在民国屋前的空地一码放，国家太太立马傻眼了，刘瞪眼也开始冒冷汗了。看来，二瘦子真的要盖大瓦屋。

难怪说有钱能使鬼推磨，二瘦子钻到清朝屋里与国家太太合计了合计，只要刘瞪眼跟着根原干，也立马把他的清朝屋掘了，一分钱不用他们掏。另外，每月工资要比木器厂还要多得多，为了对外名声好听，提拔刘瞪眼干大带锯加工科的科长。科长要比股长大多了，与蛤蟆食的厂长一个级别。国家太太满心欢喜，岂料刘瞪眼坚决不干，他说不稀罕大瓦屋，不稀罕工资多，也不稀罕个体户的科长。他对女人说："个体户有什么资格任命国家干部？那算什么狗屁科长？自己眼看着就要熬成国家人员了，不能半途而废。"国家太太劈头盖脸就是一顿臭骂："一点儿活缝儿也不闪。你就不看看形势？木器厂有什么干头？有本事的都跑了。凭着你那点点工资，一辈子也盖不起五间大瓦屋。跟着谁还不是一样干革命？我已经和二瘦子说了，坚决跟着根原干革命。谁给钱多咱就跟着谁干革命。明天一早你就离开木器厂，找根原报到。"

刘瞪眼挨了一顿臭骂，乖乖地离开了木器厂。

为欢迎刘瞪眼的到来，根原专门设宴招待了刘瞪眼。酒席桌上，根原有意将了刘瞪眼一军："你是社办企业的合同制工人，舍得扔掉铁饭碗？"刘瞪眼将一块大肉丸子吧嗒扔到嘴里，一边吞咽着肉丸子，一边说："什么……铁……饭碗？狗屁！我……干了六……七年……了，蛤蟆……食就是不……给转正。别人……舍不舍得这个……铁饭碗咱不知道，我……舍不舍得……自己知道。"刘瞪眼表示，坚决跟着根原干革命，并且答应把木器厂的骨干木工一勺子头挖过来。

二

根原的大带锯一上马，木器加工厂的大带锯接着就停了转。蛤蟆食

急了，火急火燎跑去找镇领导。王文革听了蛤蟆食的汇报，问：“你说怎么办？”蛤蟆食说：“木器厂是我的？是集体的，是社会主义的。他挖我们木器厂的人才，反过头来又和木器厂唱对台戏，妄想破坏集体企业，拆集体企业的台，发展他的资本主义。这个反革命分子气焰十分嚣张，坚决关他的门。”王文革说：“关门？别说你没有这个权力，我也没有这个权力。我们不但不能给人家关门，还必须大开城门欢迎来舜城创业的各路能人，无论中国人还是外国人，无论是国营民营还是个体户，我们都要热烈欢迎。唱对台戏有啥不好？只有竞争才能促进发展。下一步，社办企业马上就要改革，你啊，多想想木器厂改革发展的好措施，不要光寻思给人家关门。”

蛤蟆食耷拉着脑袋出了王文革的办公室，挨了一顿没脸，他咽不下这口窝囊气。竞争促进发展？哼！那咱就竞竞争。他一边走，心里一边嘀咕着，转身就去了供电站。舜城供电站的站长王常迪是他的本家叔伯兄弟，全镇的电把子就握在他的手里。

蛤蟆食刚刚从供电站的大门里走出来，根原的大带锯立马就停转了。蛤蟆食故意从根原的厂门前走过，故意停停脚步朝门里偷偷望望，很得意。

起初根原并不知停电的个中原委，他打电话询问情况，王站长答复说：“这条线路维修，难说啥时能修好。”

当天晚上，根原提上了几瓶好酒几条好烟去拜望王站长。王站长很客气，又泡茶，又递烟，嬉笑欢声地对根原说：“叫他们抢修，立马送电。”根原的厂房当天晚上就亮了灯，可不到天明，又断电了，根原气得咬碎牙根子。

都说吃人家的嘴短，拿人家的手短。可这个王站长你送他就拿，你请他就吃，拿归拿吃归吃，绝不会把事儿办利索。你说没电吧，他时不时地还给亮亮灯。你说有电吧，刚把木头抬上平台，大带锯突然又停转。

舜城镇供电站虽说才有三四个人，但是，个顶个的不寻常。手中握着电把子，整天吃香喝辣的。电老虎谁也得罪不起。供电站直属县上电

业局，舜城镇的大小官员管不到供电站的头上。镇委镇政府每年春节宴请在舜城镇工作的县直部门的头头脑脑，王站长都是高坐首席。他在外界里吹乎："论起来，老子和镇长是平级的。"因此，人们半开玩笑半认真地叫他王镇长。对"王镇长"这个称呼，他倒是很满意，小眼睛一眯眯，也是半开玩笑半认真地笑笑说："同级干部，同级干部。"

王站长有一套非常老道的"似断似连"的供电手段，所有用电单位，每半月十天轮流断电一次。全镇上百个用电单位，每天都会有人找上门来，每天都会有吃有喝，还有笑脸看着。王站长用毛主席的矛盾论作过总结："断就是连，连是断，没有断就没有连，没有连也就没有断，'断'就是为了更好的'连'，一断一连，紧紧关联。你不给他经常断断，谁还和你连？天天不断电，人家还以为没有供电站这个单位呢。"

根原不恨那些贪图点便宜也能给你办事的人，却最恨这种吃白食拉白屎的王站长。碰上这种人就像掉进泥浆里，想打架都摸不着硬石头。人家满脸笑眯眯，你打谁？根原恨得直咬牙却无计可施。

小米子听说根原的木器厂停了电，立马去找蛤蟆食，她知道蛤蟆食与供电站王站长的关系，知道断电的根子在哪里。

小米子是蛤蟆食家的常客，物资供应站卖木头，木器厂做家具需要木头，一买一卖就把两个单位扭在一起了。在前，木材按计划供应，小米子能到蛤蟆食家里坐一坐，那是给了蛤蟆食了不起的大面子。而今市场越来越开放，物资供应站已经没有多少优势了，蛤蟆食已经无需求告小米子写批条了，对小米子也没有那么多的热情了。

小米子向来瞧不起蛤蟆食。当年蛤蟆食在公字寨蹲点时，因为钻进䅟子地里拉屎被一只大蛤蟆一口咬住了命根子死死不肯松口，吓得哇哇叫，男女老少一齐跑过去看热闹。小米子恶心蛤蟆，也恶心蛤蟆食。

蛤蟆食名叫王之高，在舜城地界也是个有名有姓的人物。只因为那只不识好歹的大蛤蟆作祟，从此落了个蛤蟆食的诨号。

蛤蟆食要嘴弄巧一肚子小心眼，他那厂长当的，罢罢罢，真是个罢罢罢。别说小米子瞧不起，就是木器厂的工人们也都瞧不起。蛤蟆食好行小恩小惠，今天偷偷塞给这个工人一双鞋，明天偷偷塞给那个工人一双袜，还再三嘱咐着："千万千万不能叫外人知道了。"今天这个"千万千万"，明天那个"千万千万"，时间一长，谁也知道"千万千万"到底是咋回事。结果是，里里外外不赚人。蛤蟆食还好耍小聪明，自认为满腹经纶聪明过人，自夸满腹点子，成天要开办点子批发公司。蛤蟆食骑着自行车过小桥，曾经把一个小媳妇撞下水。时值深秋，小媳妇掉到河里浑身湿透了，冻得瑟瑟发抖。小媳妇的丈夫抓住蛤蟆食的衣领就要抡皮锤，蛤蟆食灵机一动装哑巴，小媳妇的丈夫气得脸色发青，指着他的鼻子说："要不是看你是个聋哑人，非把你扔进河里去不可。"

蛤蟆食装哑巴不知羞耻，反而荣耀得很，自比诸葛孔明，在很多场合卖弄小聪明："若不是老子心眼来得快，早被扔到河里去了。这就叫智慧。诸葛孔明为啥叫诸葛孔明？就是因为有智慧。"

都说小米子是个股份×，其实也没有那么简单，她看不上眼的绝对不会叫你入股的。蛤蟆食也曾？勾过小米子，但是小米子一直没有正眼看过他。

"怎么着？泡杯好茶你喝？"蛤蟆食半仰在沙发上，身子一动没动。

"不渴。我来找你是为根原那里断电的事。打了盘说盘，打了碗说碗，你给人家断电干啥？"

"看看你说的，断电不断电是供电站的事，与我啥关系？"

"甭给我装傻，断电不断电与你有直接关系。"

"根原断电你急个啥？和你有啥关系？"

"当然有关系，我们是一个村的老邻居，怎么没关系？"

"哦，对对对，你们都是公共人。"

"少和我耍贫嘴，抓紧给送电。如果木器厂是你个人的，我不会出面说这个话。木器厂是集体的，起了大火烧尽了，你也摊不上一块板子。就是赚个金山，也装不进你的口袋。你是集体，人家根原是个人，集体和个人较什么真？都在舜城街头混，抬头不见低头见，你又何必生这个闲气？"

蛤蟆食笑笑，说："我生什么气？这些年为了木器厂的发展，我操老了心，费老了力。那么个破乱摊子，叫谁去谁不去。咱一辈子就是听

党的话，党叫干啥就干啥。木器厂早垮台早好，大不了再回去干我的社办企业副主任，少操心少费力。”

“木器厂垮了台，你还能回到政府当干部，何必与人家过不去？快和你兄弟说声，赶紧供电。”

蛤蟆食连忙摆手作辩解：“你说这话就大差了，供电站是国家的，又不是我家的，我说停就停说供就供了？”

“供电站就是你王家开的，王站长是你堂弟，你和他说说，抓紧送电。”

“根原忒的把事做绝了，他给我挖墙脚你怎么不说说？”

“给你挖墙脚？你还有墙脚？木器厂是你的？”

“木器厂虽然不是我的，目前来说是我当家。”

“你要明白，木器厂一家独尊的时代已经过去了，舜城镇不可能只有一台大带锯，只要有市场需求，马上就会出现第三台第四台第五台，你一家一家都给人家断电不成？”

“对！一家一家都给他断电，我就是要和他们竞竞争。”

“竞争在于抓质量抓管理，不是抓断电。”

“断电就是抓管理。”

“听说企业要改革，南方都已经开始了，下一步，木器厂说不准是谁的，何必得罪人？”

“木器厂是谁的？是集体的，是国家的，难道还能成了他根原的不成？”

“说不准。”

“我和你打个赌，你敢吗？”

“赌啥？”

“如果国家的财产成了他根原的……”

“你叫我干娘。”

“中！如果……”

“我叫你干爹。”

蛤蟆食笑笑，说：“咱也不用干娘干爹的，干脆，如果你输了就陪我困觉。如果我输了就陪你困觉。”

“去恁娘的！别说些不中用的，抓紧送电。”

“其实，我和那个叔伯兄弟很少来往。看在你的面上，我去走一趟，叫他抓紧修修线路。”

小米子熟知蛤蟆食的德性，嘴上答应得怪溜，实际上并不会轻易兑现承诺。小米子也有对付这种人的办法。她用诅咒来对付，即令对方食言，也咒一顿开开心。她故意将了蛤蟆食一军：“你啥时叫他送电？”

“既然你说话了，我立马就去。”

“立马？”

“立马。”

“立马是多长时间？”

“一个小时，保证电灯亮。”

“好！咱们再加一个小时。两个小时不见电灯亮，合满舜城镇的男人都去×恁娘。”

小米子撂下这句话转身就走了。

“唉……唉……”蛤蟆食张大着嘴巴，望着小米子远去的背影，只觉得一只大蛤蟆蹦噔跳进肚子里，窝囊透了。

他娘的，这个女人咒人真绝。立马送电！

三

根原成了万元户受到镇政府的表彰，真正从心里为根原祝福的数不准有多少人，但是，小米子绝对算得其中一个。

表彰大会小米子去了，为的就是看看根原上台领奖。根原一上场，小米子使劲为他拍巴掌，两只白白嫩嫩的小手拍成了两朵桃花瓣。

根原的大照片贴到了镇政府的宣传橱窗里，小米子有事没事就喜欢朝宣传橱窗凑，一天不知要跑多少趟，两只大眼睛盯住根原披红戴花的大照片看也看不够。

老簸箕带领着村民打碎宣传橱窗，小米子就在不远处。她本想劝说

老簸箕不要打橱窗，一看公字寨的贫下中农们气势汹汹的那个阵势，悄悄躲进墙角。她知道公字寨的贫下中农们不但瞧不起根原，更瞧不起自己，他们不会听自己的劝告。宣传橱窗稀里哗啦被打碎，大锅一把将根原的大照片撕下来，狠狠地踩在脚下。小米子多么想捡起来偷偷珍藏啊，但是她不敢，她远远躲在墙角里，眼睁睁看着老簸箕打碎宣传橱窗的大玻璃，眼睁睁看着公字寨的贫下中农们把根原披着红绸抱着大奖状的大照片一脚一脚踏了个稀巴烂，小米子偷偷哭了，多么好看的大照片啊，可惜了，忒可惜了。

小米子偷偷爱着根原是从啥时开始的？她自己也说不清，或许是上小学的时候？或许是打水库演节目的时候？好像是，也好像不是，那时好像还不叫爱，仅仅是喜欢。心，开始疼的时候小米子记得很清楚，打从知道根原与二桂桂的爱恋之后心就开始疼了。根原心里装着二桂桂，那么纯粹那么坚定那么不可动摇，小米子非常感动非常羡慕，好像还有三分嫉妒心，但是没有恨。

作为女人，一步走进男人怀就等于把一生交给了男人，她们多么盼望男人一辈子珍惜着呵护着自己的一生啊。

女人的命不是自己的，而是男人的，是孩子的，是家的。所以，女人交出自己的一生是非常谨慎非常小心的。任何一个女人都不愿把一生交给一个毫不在乎毫不珍惜毫无呵护能力的男人。

根原珍惜二桂桂，很珍惜。作为一个被男人抛弃的女人，小米子多么羡慕那么纯粹那么坚定那么不可动摇的爱啊。

根原话语不多，但是有一股子不服输的倔强劲儿，有一股子不达目的不罢休的坚韧劲儿。他是个能人，是个聪明人，吹笛子，做家具，样样都行。小米子喜欢根原深邃坚韧还有一丝疑虑和警惕性的眼神，喜欢根原有棱有角始终咬紧着一种信念的嘴巴，喜欢根原敢闯敢干的精气神儿，喜欢根原那样起伏跌宕的生活，甚至包括根原受过的折磨和苦难。

自打抱过活生生的根原之后，小米子自己也发现，她已经离不开根原了。根原的身影不仅夜晚在眼前晃动，白天也晃动。只要根原犯难为，自己就会难受难掂地整宿整宿睡不安。根原的大带锯停了转，不仅

她干脆收起伞，
任凭纷乱的雨点儿敲打纷乱的心。

根原急，小米子也跟着急，整夜睡不安稳，那根电线好像接在她的发梢上，一扯心里疼疼的。根原的大带锯转动起来了，小米子心里甜甜的，睡觉安稳了。

陈酒鬼经常往根原那儿跑，把小米子跑得提心吊胆心里惶惶的。她

知道陈酒鬼是根原的舅舅，知道陈酒鬼忙活着给根原介绍对象。小米子整天提心吊胆，担心陈酒鬼给根原撮合成婚事。

三羊泼了根原一脸墨水，小米子心里偷着乐，接连几天小曲不离口，半夜三更突然醒来，也会喜滋滋哼哼几句：

郎君啊

你是不是闷得慌

你要是闷得慌对我十娘讲

十娘我为你解忧伤

啊……

小米子知道根原恋着二桂桂，寻死觅活的恋着。陈酒鬼给根原提亲，都被根原一个一个拒绝了，很坚决。小米子很想向根原倾吐心事，如果把心事说出口会不会也被拒绝呢？会的，一定会被拒绝的，根原不可能接受一个坏了名声的女人。小米子虽说泼泼辣辣心直口快，但是不敢把那句心里话轻易说出来，她害怕被拒绝。小米子多么盼望那一瓶墨水能把根原惦记二桂桂的烈火浇灭啊。

小米子瘦了，被一个一个难以入眠的长夜折磨瘦了。

小米子知道根原不可能喜欢自己，但是总想靠近他，总想和根原见个面说个话，甚至，亲个嘴。甚至，再抱一抱。

根原就住在造纸厂，造纸厂就在绣锦河岸边。小米子突然感觉绣锦河的水清了，岸边的树绿了，小花也特别美丽了，对造纸厂周围的河水树丛，小米子有一种说不清的亲切感。一有空闲，小米子总会有意无意朝着绣锦河边溜达，朝着靠近造纸厂的小路溜达，无论是刮风下雨或者电闪雷鸣，只要有空闲，她都会围着造纸厂的沿河小路转一圈。河两岸的树丛很茂密，小米子独自走在树丛中，生出一种莫名的孤独。丈夫没了，家没了，没了，什么也没了。孤独，小米子很孤独。每逢下雨天气，小米子特别喜欢撑把小伞在沿河小路溜一溜。沿河小路是鹅卵石和沙子铺成的，即令下雨天也不沾泥。鞋子踩在沙砾上，发出轻轻的沙拉沙拉的响声，舒心，真舒心。小路边生长着一簇一簇柳棵子，也有高高的白毛杨。一簇一簇柳棵子围成了大半个圆，圆心里的细沙干干净净，细沙留着不知谁个折磨过的印痕，一定是热恋情人逗留过。好地方，真是个谈情说爱的好地方。

每当小米子独自一人撑着雨伞走在僻静小路上的时候，就会盼望根原突然出现在自己的面前。一次次围着河岸溜达，却从未遇到过根原。能和根原同撑一把小伞并着肩膀一同在雨幕里走一走该有多好啊！当她从根原的门前慢慢走过时，酸楚的心立马就被泪水泡湿了，她无法忍受这样的自我折磨。她很想推开大门走进去，但是她不敢，她害怕被拒绝。雨点儿敲打雨伞的纷乱节奏使她的心更加纷乱，她干脆收起伞，任凭纷乱的雨点儿敲打纷乱的心。

有点儿凉意的细雨渐渐打湿了头，打湿了脚，打湿了脊背……秋雨，凉，她感觉。细密的雨幕里不时划过一道闪电，小米子仰天轻声呼喊着："老天爷啊，我爱根原，求求您成全我吧，从今以后我只爱根原一个人，我会好好做人，做好人，我给您磕头了！"

四

根原出门七八天，刚刚一步进了家，娘就喜滋滋地把儿子拉到身旁，直夸儿媳妇长得俊。

儿媳妇？哪来的儿媳妇？根原一愣，直杠杠竖在门框上。娘盼孙子好像得了神经病，整夜整夜睡不着安稳觉，时常半夜三更把根原喊醒问亲事。娘经常对儿子嘀咕，说是还不知哪天死，不知能不能抱上孙子，盼着根原快快成家，快快抱孙子。娘把这句话不知说过了多少遍，一说这句话就会泪水盈盈。娘每次上街看见小媳妇抱小孩，回来就会吃不下饭。根原知道，娘已经吃够了大馒头，吃够了鸡蛋蘸白糖，也吃够了黄鲚子鱼卷煎饼……总之，什么饭菜也不可口，就是馋着抱孙子。娘每次掉眼泪，根原就会向娘作一次保证，今年一定领个花媳妇到家来。保证了一年又一年，总不见媳妇领回家。

娘夸说儿媳妇真俊，难道是想儿媳妇想疯了？根原看看娘，乐得哟，鼻子眼睛挤成横七竖八的柴草垛，好像真的来了个儿媳妇。

根原正在傻愣神，舅舅陈酒鬼一步从屋里走出来。

“你愣怔啥？恁娘说儿媳妇真俊你还不相信吗？闺女，你出来，叫他看看是不是真俊。”

小米子笑眯眯从里间屋出来了，姐姐也嬉笑欢声地紧跟着走出来，根原一下子明白了。

趁着根原出门不在家，小米子把陈酒鬼请到大酒店灌了满满一肚子酒。小米子说看中了根原，求告陈酒鬼出面保媒。

这么漂亮的闺女自己送上门来，那真是，大年三十，肥猪拱门，福气啊。陈酒鬼一口答应了。

小米子故意将了陈酒鬼一军，她说根原是个犟劲头，就怕不听你这叔伯舅舅的劝说。陈酒鬼说，自己这个叔伯舅舅就和亲舅舅一个样，根原胆敢不听话，我就敢揍他，舅舅打外甥，揭不下来。小米子说，如果保媒成了功，一百瓶兰陵大曲谢媒人。

一百瓶兰陵大曲？陈酒鬼的眯眯眼立时瞪圆了。一百瓶，一百瓶啊。

这次保媒陈酒鬼忒起劲，当天就把小米子领到根原家里去了。根原娘一见小米子，那个喜哟，那个乐哟，满口哟哟哟。根原娘感激娘家弟弟哟，感激哟，感激得泪流满面的。囤子也是那个满意哟，一见弟弟就夸奖小米子好，一百个好，一千个好，头发稍也好，没有一点儿不好的地方。

陈酒鬼手指着根原高声叫着：“看看你，低头耷拉角的，害啥羞？”

根原娘也随声附和着：“是啊，都是公字寨的人，都是老邻老居的，羞啥？小米子是在我眼前长大的，好孩子，真是个好孩子，又懂事又勤快，真是我的好儿媳妇啊。”根原娘一边说着一边笑着，满意哟，高兴哟。若不是娘家舅舅帮忙，反革命儿子哪能讨到这么漂亮的媳妇？幸亏了娘家舅舅帮忙，幸亏了人家小米子不嫌弃，儿子有福啊，终于讨到媳妇了。

“外甥，我告诉你，老姐姐对小米子很满意，合满家人都满意，这门亲事恁娘已经替你应下了。自古婚事爹娘做主，你不听话就是不孝。外甥，不要惦记那个二桂桂了，那是人家大锅的媳妇，不是你的媳妇，你打算去当第三者插足啊？人家已经订了婚，出嫁的日子都定了，你就死了那个心吧，不要胡思乱想了，好好成个家过日子。人的命，天生定，胡思乱想不中用。谁和谁一对，老天爷都安排就了，你就认命吧。”

陈酒鬼高叫着，显然感觉自己的功劳太大了，说话的声音高亢高亢的，都高得变调了，不像是他的声音了。

姐姐一直攥着小米子的手，好像害怕被谁撕开。她对根原说：“弟弟，你有福啊，小米子真是个好闺女啊。”

娘不住点着头，两眼涌满了幸福的泪花。

“儿啊，这门亲事娘替你应下了，娘给你做主了。”娘的话好像不是从嘴里说出来的，而是从笑眼里滚出来的，一个一个字随着一声一声笑慢慢抖落下来，一个一个字一声一声笑好像都沾了喜糖。

姐姐看看弟弟，也是满脸的笑。姐姐一直攥着小米子的手，她对小米子说：“早就盼着弟弟成个家了，弟弟成了家，我就没有心事了。”

站在娘的面前，根原没法说不同意，他首先考虑的是不能伤了娘的心，不能伤了姐姐的心。但是，他的心里放不下二桂桂，放不下。

根原看看娘，看看姐姐，泪水在眼眶里打转转。

根原没说话，一个字也没说。

小米子也没说话，一个字也没说。

根原的泪水在眼眶里打转转，小米子的泪水也在眼眶里打转转。

第七章　子子孙孙永宝用

一

舜城木器厂要改制，这是赵安祥偷偷告诉根原的。根原首先感觉有戏看，值得研究研究。

木器厂现有土地二十多亩，厂房、办公室以及工人宿舍共计五十多间，固定资产评估为四十多万，这还包括难以追讨的几万元外欠账。银行里欠债就有四十万还挂点儿零。把呆账死账计算进去，资不抵债。原说木器厂还不错，其实全靠银行给撑着。过去说如何如何好，闹了半天都是蛤蟆食吹出来的。“一年一大步，一步俩台阶”只是个空洞无物的宣传口号，实际是，多年来一直扭秧歌，原地踏步走，没动。

按照镇政府的要求，木器厂彻底卖掉，谁承担银行贷款，谁就是木器厂的新主人。

本来，镇政府希望厂里现有的干部职工把负债承担下来，木器厂就可以成为股份制企业了。这么优惠的改制条件，竟然遭到全体干部工人的强烈对抗。

“我们都是正式的集体工人，咋就成了个体户？”

“什么鸡巴政策？这是背叛毛主席的无产阶级革命路线，复辟资本主义。”

“坚决不答应，一千个不答应，一万个不答应。”

……

总而言之，一万个不答应。

镇政府可不管你答应不答应，根据改制的计划日程表继续往前推进。半个月时间内部消化，木器厂原有的干部工人享有优先购买权。半个月之后，向社会公开转让，谁掏钱就卖给谁。

时间已经过去十四天零着多半天了，在这十四天零着多半天里，蛤蟆食吃不香睡不安，一天一天受煎熬，他好像药锅里的药渣滓，都快熬成焦末了。他在算着一本账，现在厂里就有四五十多口子人，工资以及其他费用，每年没有二三十万的剩头根本就玩不转。不过，往年的情况不好参考，那是大锅饭，谁当自己的日子过？改制后一定能赚钱，赚多少？不好计算。如果自己不是持大股的大股东，董事长的位置就没有了，丢了董事长的位置，厂长的位置也就拜拜了。根原惦记着木器厂，舜城镇的人们都知道，蛤蟆食也知道。如果自己失掉了这个位置败在根原手下，往后的日子怎么过？在前曾经和小米子打过赌，若是输了就喊小米子干娘，看情势，真是输赢难料。蛤蟆食十几天没睡个安稳觉，黄泥巴眼球都变成紫葡萄了。他不舍得放弃发财的机会，更不舍得放弃厂长这个位置。可万一经营不好赔了呢？

蛤蟆食拨拉着算盘子和胖老婆算账，胖老婆对男人的算盘子没有多少兴趣，她知道，男人算账也是白耽误时间。账，他是能够算透的，但是他比不得根原，缺少敢闯敢干的愣劲，一有点儿心事就失眠，就犯头疼，何必去找个犯头疼？胖老婆希望过个安稳日子，五十的人了，三个闺女也都成家了，也没个儿子，费那个力气干啥？

“听说有的万元户一夜之间又成了穷光蛋，有的跳了井，有的跳楼，家破人亡。凭着安稳日子不过找个愁帽子戴，啥事逼的？跳井跳楼你自己去，俺可不能跟着你一起遭罪。”

蛤蟆食一直感觉满肚子本事无处使，时常大发英雄无用武之地的感慨。虽然胖老婆反对，但是他并不歇气。明天就是最后的期限，没有多少思考时间了。干不干？蛤蟆食犹犹豫豫难以决断，骨碌了大半夜也没骨碌出个明白辙。他盼望见到一个人，盼望这个人帮他拿个主意，这个人就是他的知心朋友卜立言。

卜立言已经不教学了，去年秋上，卜立言参加舜城镇小学教师任职资格考核，结果是：语文不及格、算术不及格、音体美不及格、普通话也不及格，也就是说，全体统统不及格。舜城镇教委派了个小青年到公字寨当老师，把卜立言顶下去了。不及格归不及格，卜立言从心里肺里往外冒不服气。

“哼！什么及格不及格？叫你及格你就及格，不及格也及格；不叫你及格你就不及格，及格也不及格。咱上边没有人，多打点分儿少打点分儿，还不是嘴上的事儿？倒过来是 59 分，倒过去就是 95 分，咱明白啊！”

卜立言心中不服，整天要和这个青年教师比试比试写对联。

“我出个上联他对对，能对得上来吗？连个毛笔也不会拿，也能当老师？老子打小就受到老秀才的严格训练，童子功扎实着呐。春对夏，秋对冬，大路对长空，红花对绿柳，芭蕉对梧桐……这是学问。”

卜立言退出讲台曾经？候过村干部的宝座，他馋着当个村干部。岂料想，老簸箕又把决定着公字寨生死大权的大红印章传给了大锅，卜立言不但红了眼，也彻底凉了心。教师抹了担子，村干部也临不到自己头上，完了，这一辈子算是全完了。卜立言很伤心，他感觉对不起老秀才师傅，辜负了师傅的期望。

卜立言看不起大锅，深深感叹，世无英雄，随使竖子成名。无论怎么看不起大锅，但是人家是党员，没有本事却是当干部的命。自己不是党员，尽管胸藏治国宏略，也没有资格当那个小小的不上品级的村干部。他常常喟叹自己生不逢时，他说若是在过去，至起码也考个举人，至起码也弄个县令或者是县丞当当。如今可倒好，别说七品县令，就是村干部也轮不着。他没有别的办法，只能发发牢骚说说怪话骂几声他妈的出出窝囊气。

卜立言从讲台上退下来，不但拒绝大锅的领导，也拒绝老簸箕的领导，拒绝参加生产队的劳动。整天悠悠荡荡赶大集，赶了东关赶南关。赶大集其实也没有什么可买可卖，好像就为了散散离开讲台的满肚子郁闷。他留恋讲台，留恋那块小黑板，每次走到大瓦屋门前总要伸头看看那个讲台。离开了讲台，他感觉心里空落落的，好像丢失了什么东西。自己小时候曾经跟着老秀才习过字，上过几冬私塾，肚子里装的学问好像只有站在讲台上才能够得到发挥，才能找到神圣的传经布道的庄严感。也许是传经布道养成了习惯，也许是教训小孩子养成了习惯，乍一离开讲台没有了教训对象没有了演说机会，他的失落感非常强烈。卜立言赶大集，或许就是为了填补失落空档。他最喜欢给那些不识字的人们写个欠条或者收到条或者记个地址或者电话号码什么的。不待人家相求，他就会赶紧凑过去主动帮忙。写完条子之后，他就开始摘帽子，垫帽子纸上写的大福字也就成了展示自己怀才不遇的重要内容。他的知名度在那个文盲群体里越来越高。

“呵！不愧是秀才的徒弟，看看那福字写的，一笔是一笔一画是一画的，一包劲儿。”

“老私塾底子，现如今的学生哪能比得了？毛笔也不会拿。”

……

偶尔有哪家人家娶媳妇写对子或者谁家盖房搬家写个“上梁大吉”、“太公在此”、“乔迁之喜”什么的，卜立言就主动凑上去承揽着，徒步要走几十里路的深山小村他也不嫌远不嫌累，只要有邀一定会满口答应。他倒不是为了吃那顿喜饭和那一包喜果子，主要就是为了享受享受展示手艺的快感。大红的对子纸在大桌子上一铺，一圈人围着看热闹捎带着赞佩加夸奖，那种感觉，那才叫感觉呢。

“好，写得好！不愧是老秀才的徒弟。”

“名师出高徒，好！”

“哎哟哟，从来没见过这么有劲儿的字。你看看，一笔一笔，就像

我们家的扁担棍子，硬棒，真硬棒。”

……

请卜立言写喜联的越来越多，这家请，那家也请。卜立言写的楷不楷行不行隶不隶篆不篆的对联，谁知道到底好不好？至于好不好，看来并不重要，重要的是“老秀才的徒弟”亲自跑来写对联，“亲自”，名声多好听。人家请得起，难道咱就请不起？请！不就是一顿饭两包喜果子嘛。

这家请，那家请，把卜立言请得满肚子开鲜花。卜立言干脆在赵家庄园附近租了两间房子住下来，再也不回公字寨了。老婆偶尔来一趟送包煎饼，帮着洗洗涮涮拾掇拾掇乱摊子。卜立言对老婆说：“甭惦记，也不用送煎饼，这家请那家请，整天吃大馒头喝小酒，比老簸箕强多了。凭着我的学问我的本事，走遍天下，吃香喝辣。”

而后，卜立言干脆挂起牌子开起了书画店。北京有个荣宝斋，他也来了个“荣宝斋”。卜立言买了一张三合板，用大红漆涂了涂，自己题写了“荣宝斋”三个大字，楷不楷行不行篆不篆隶不隶，弄不清他是宗了哪家哪派。你可别说，卜立言牌子一挂，生意还就是很兴隆。在先，基本都是老农民求他写个喜对子或者上梁大吉。而今，他的战场不仅在农村，已经包围舜城镇了。舜城镇的个体户一个一个生出来，门头上一块一块大牌子几乎都是卜立言的手笔。

卜立言参加过一个什么“大圣豆酱杯”的国际书法大赛，还得了个优秀奖。他被批准加入了全球书法家协会，还入选了《世界文化名人录》。据卜立言说，张大千也在那个录里，他的名字还排在张大千的前面呢。那部厚厚的《世界文化名人录》，卜立言就像供奉金书铁券一般供奉在画店正面的书桌上。名人录是按笔画编排的，翻开名人录的第一页第一个名字就是卜立言，确实排在张大千的前面，许多人都看亲眼过。牛，真牛。

卜立言成了“世界文化名人”，地方小报还专门采访报道过。他的口袋里装着两件宝，一件是那张宣传他的报纸，第二件就是大红获奖证书。走到哪带到哪，走到哪吹到哪。凭着媒体宣传和那本《世界文化名人录》，他的门前经常停着小轿车，求字买字的那些人群哟，蚂蚁搬家不断溜。

“荣宝斋”挂牌开了张，许多老百姓腰里偷偷掖着古字画哀求卜立言留下换几个钱。开始，卜立言看看那些黑黢黢的破字画死活不要，要这么些破字干啥用？还不如老子写得好。后来不断有外地人到“荣宝斋”打听古字画，而且出价还很高，卜立言就开始收购古字画了。除了字画，瓷器玉器木器琉璃器，只要是老物件，送啥要啥。兆立言鼓捣古字画尝到了甜头，从中赚了不少的便宜。他把好的留下，认为不好的就卖给外地人。卜立言大发了，古字画存下三大箱，还有那么多的紫檀木花梨木的椅子和桌子，听说一对椅子有人出价好几万。此后，卜立言在赵家庄园斜对过买下一套民房，五间堂屋，三间厨房，独门独院，再也不用租房了。卜立言抖了，越来越抖了。

卜立言越抖，越咽不下教师被辞退的那口窝囊气。“世界文化名人”怎么会不及格？“世界文化名人”教不了几个小学生？不公，这是什么社会，不公，就是不公。

语文不及格、算术不及格、音体美不及格、普通话不及格……这么一堆不及格叫卜立言恨不朽，气不朽，就像含了一嘴鸡骨头，咽还咽不下去，吐也吐不出来。

自从蛤蟆食请卜立言为木器厂展览室题写大牌子，两个人好像磁铁碰铁锅，吧嗒粘到一起了。

木器厂有一个展览室，满墙贴着蛤蟆食与县长以及其他什么局长部长们合影的大照片。蛤蟆食说，这是历史，重要历史。企业要发展，必须要保存好历史，叫后人知道创业艰难百战多。

蛤蟆食最喜欢和领导人合影留念。当年到县里出席学习毛主席著作积极分子代表大会，他就极注意和领导照相。每次照大合影，他都留神抢占紧靠领导身后的中心位置。他把大合影照片拿到照相馆翻拍了，再制作成与领导人的单独合影。这是他的历史，光辉的历史。无论什么人到木器厂，无论熟悉不熟悉，哪怕是来买家具或者是加工木材的客户，他也请人家到展览室坐一坐，紧接着就会介绍照片中一个一个的大干

部：这是什么什么县长、这是什么什么局长、这是什么什么科长、这是什么什么书记……如果没有人来，他会一个人坐在照片前呆上大半天，欣赏着自己的英雄创举和光辉历程。使他惋惜的是，照片上的几个领导没有进步，有的越闯越下流。蛤蟆食巴不得他们当皇帝，自己也曾经和皇帝合过影呢。谁知道这些人这么不成器，其中一个贪官还被判了死缓。蛤蟆食不无惋惜的把那张照片撤下来，和一个贪官合影显然没有什么炫耀价值。

一见卜立言，蛤蟆食一下子找到了知音，两个人时常对坐聊到大半夜还是恨天短。当年蛤蟆食在公字寨蹲点早就认识卜立言。蛤蟆食说："想当年在公字寨蹲点我就看中了你卜立言，公字寨没有一个成器的人，唯独你有水平。看看漫山写的大标语，我敢说，合满舜城镇合满山海县没有人能比得了，不愧是老秀才的徒弟。长江后浪推前浪，一代更比一代强，你这秀才徒弟已经成了世界名人，远远超过师傅了。"

卜立言说："在公字寨蹲点的工作队，一个个土土瘪瘪，哪像个工作队？唯独你王兄像个工作队。听听你的讲话，嘎巴嘎巴琉璃脆。如今一进你的展览室，我是彻底服了。你是名垂青史，名垂青史。"

蛤蟆食两眼笑眯眯，高兴，真高兴。这才是英雄识英雄。他对卜立言说："卜兄过奖了，你这世界文化名人才是名垂青史啊。"

卜立言对蛤蟆食说："看过你老兄的展览室，给了我很大的启发。我也要建一个书法展览室，就建在公字寨，我要叫那些没有文化的文盲们懂的，什么人才叫文化人。我也要名垂青史。"

蛤蟆食有事没事最喜欢往那个"荣宝斋"跑，卜立言有事没事也喜欢到木器厂展览室里窜，一来一往一往一来来往不断，一天不见心里就痒痒。

在蛤蟆食最需要卜立言帮着出出主意的节骨眼上，卜立言在外地参加一个什么书法大奖赛的领奖活动。卜立言眼巴巴看着"荣宝斋"紧紧关闭的大门，急得头皮都要起火冒烟了。

别看蛤蟆食平日里张张罗罗很会玩场面，其实是个兔子胆，一辈子做事谨谨慎慎，无论大事小事都在黄泥巴眼球里滚动三百三十圈之后才敢伸手去做。出门开会或者走亲访友，穿件衣服他都会折腾好几天，临上车了还担心哪里不合适，更何况几十万的大事。过去木器厂是集体的，花钱不是自己掏腰包，无论亏了损了丢了废了他都没感觉哪里疼哪里痒痒。改制以后，一刀一刀都是割了自己身上的肉。他害怕，害怕哪一天被千刀万剐了。蛤蟆食一晚上没睡觉，眼看着天明了，限定时间已经到了，蛤蟆食终于向胖老婆投降了。

向镇政府提出购买要求的没有几个人，韩大胡子开始也惦记过，而后自动退缩了。几十万啊，不是小数目。再说，还不知政策怎么变，说不就今天买了明天就打你的地主恶霸。

第十六天的清晨，根原走进镇政府办公室，当他将一张支票放在秘书办公桌上的那一刻，合满公字寨合满舜城镇山山水水街头巷尾立马刮起了一阵风：

“国家财产就成他的了?”

“不是他的是你的?”

“那家伙打小就敢贩卖布票，胸前挂着大牌子，我亲眼看见的。”

“反革命，蹲过大牢的。现如今这社会，贫下中农还是贫下，就是爹煞了罪犯。资本，太资本了。”

“偷盐贼。听说那么多钱都是偷来的。”

“不偷哪来这么多钱?”

……

根原收购木器厂，在外人看来好像就是为了整治蛤蟆食除掉一个竞争对手，至于发财亏本这方面的账好像连算也没算，连他的徒弟也这么看。

其实不然，当蛤蟆食掰着指头和胖老婆算账的时候，根原面对着泥巴地主独自坐在嗞嗞响着的电棍儿底下已经把账算透了。他只是粗线条地算了几笔大账，粗线条地思考了一下经营管理方面的几个打算，一个晚上就把收购木器厂的计划确定下来了。只要拿下木器厂，在舜城地界的木器生产领域就是龙头老大，就可以形成独霸这一地界木器加工产业的格局。如果经营得当，以目前木器厂的经营规模看，三至五年就可以

收回成本，这一本大账他已经算明白了。

根原习惯默默在心中打算盘儿，只要有七八成把握，就会毫不犹豫扑上去。他不需要百分之百的把握，他以为世间的所有事理根本就不存在百分之百的把握。谋事在人，成事在天。你把算盘拨拉得哗啦哗啦响，还得看看老天爷能不能给你刮东风。事态如流水，一霎一个样，今天香饽饽，明天难说是个啥。自己被打成破坏共产主义的反革命坏分子，是死是活都难说，哪里会想到平反昭雪还能活着回来？哪里会想到还能在舜城创业？哪里会想到还能成为万元户？所以说，事态如流水，一霎一个样，没有百分百。谁感觉具有了百分之百的把握，谁就距离傻瓜集中营不远了。

根原做事有股子愣劲儿，是成是败他都不会过于在乎，他是个从来不知道后悔的人，无论是对了错了亏了赔了他都不算回头账，是死是活都会默默忍受着。后悔是没有作用的，后悔只能折磨自己的肠子，除此之外没有任何意义。

一把掏出几十万，根原还没有这个力量，根原求助舜城农行靳行长帮忙贷的款。

靳行长对根原很友好，也很信任，他知道根原是个知恩知情的人，是个嘴巴很严的人。小时候贩卖布票被张子传打得满嘴鲜血都没吐露一个字，有种。和这种人打交道，放心。

靳行长是金融系统的老模范老先进了，过去“斗私批修”就是“无私奉献”的模范，如今改革开放了，仍然是“无私奉献廉洁自律”的模范。他曾经出席过全国金融系统英模代表大会，受到国家领导人的接见。靳行长已经五十七八了，眨巴几下眼皮就到退休年龄了。他害怕退休，很害怕。谁控制了一个部门，这一片天地就是你的了，大笔经费，尽着花，合满家人都跟着抹油。不仅吃吃喝喝都能报销，还有那么多的好处，比下海经商强胜一百倍。只可惜这个位子不是铁帽子王，也不能传给后代，若不然真是好差事，好生意，好买卖。一旦离开那个位子，什么也没了。很多领导干部都改年龄，靳行长也通过大虎改了年龄，一下子删去了六七岁。年龄一改，心理上也感觉年轻了不少。年龄可以改

改制以后，一刀一刀都是割了自己身上的肉，
他害怕，
害怕哪一天被千刀万剐了。

一改，满头的白发是没法改的。单位的工作看来并没有叫他多操多少心，最操心的是对付满头白发。他对付白发很是用心的，每天都把头发对付得齐齐整整油光发亮乌黑乌黑的，看上去确实年轻了不少。

根原每次拿到贷款，靳行长都会向根原借几个钱。借钱的理由很扎

实，几乎不容置疑。不是老娘病了急用钱，就是老爹住了院。所借的数字一般都在贷款额的百分之五六，比潜规则的百分之七八或者百分之十几的回扣率总会便宜一点。

靳行长每次拿到根原给的借钱都会表现出坐立不安和无可奈何的神情。他对根原说：“自己是老模范，不能毁了一生荣誉。借就是借，一定还。”当把那些借款收藏严实之后，从此再也不说借钱的事了。

钱借出去，根原就没打算要回来。也没有个借条，向谁要？根原不吝啬那些钱，但是他瞧不起靳行长那副下作像。馋模范你就老老实实当模范，馋钱你就直截了当说馋钱，装模作样的，何必呢？每看到靳行长那副假惺惺的样子，根原就会想起大桂桂。根原虽说恨着大桂桂，但是也非常佩服大桂桂，人家那才真叫模范呢。

社办企业改制是一场刺刀见红的血战，良维伯在全县企改会议上当着县委书记和县长已经立下了军令状，舜城镇要做全县企改的试验田，待取得成功经验后向全县推广。

镇委会上，良维伯故意安排王文革负责这项工作。如果改革出了成绩，自然是良书记领导正确指挥得力，假若惹下麻烦出了乱子，良维伯就会挥泪斩马谡，把处理不当的责任推到王文革头上，让王文革背上不会处理问题的黑锅。这一本账，良维伯算透了，王文革也不糊涂。王文革不是傻瓜蛋，他明白企业改制的艰难性。

企业改制，说到底是体制变革中的财富再分配，关系到每一个人的切身利益。过去是公有制大锅饭平均主义，干多干少一个样，每月按人头发工资。工资级别以工龄为依据，一年一年往上熬。相对说，工龄是顶顶重要的，能干不能干并不是很重要的条件。而今一搞企改，铁饭碗被砸了，集体的变成个人的了，能力强的与能力弱的工资差距立马拉开了，而且差别很大。还有一部分面临下岗，这一部分人的工作更难做。几十年来，人们习惯了公有制那一套。习惯就像一条河，不改道平平静静相安无事，一改道就会波浪滔天墙倒屋塌。企业改制是一场大变革，是一场大革命，摒弃公有制，砸碎铁饭碗，建立多种经济形式并存的市场经济制度，这是多么艰难的一场大革命。企业改制就是改规矩改习惯，出点事儿就是砸锅揭瓦的大事儿，动了谁的饭碗谁急眼。挨几句骂事小，说不准还会闹出人命来。王文革到外地参观过，各级政府的大门前经常被上访人群堵得水泄不通，领导们不敢露面，躲到别的地方开会办公。有一个乡镇，办公室大院的大铁门被下岗工人拉来电焊机焊了个结结实实，好几个月没法上班办公，只得转移到下岗工人找不到的地方办公。镇长召集开会就像过去的地下党，偷偷摸摸躲躲藏藏的。如果舜城镇也闹到这种地步，良维伯就会把自己推出去当替罪羊斩了。党委会决定是非常压头皮的，偶尔找个理由推脱一次不执行还可以，经常性不执行那就是组织观念不强的表现。作为副手的王文革，承担不起组织观念不强的罪责。权大一级压死人，这个道理他太明白不过了。王文革被良维伯一把推到了刀刃上，他没有退路，必须顶着刀刃冒死向前。王文革不愿意当炮灰，但是，他必须当炮灰。如果企改成功了，毕竟也是自己露露半张脸的好机会。

大事小事，都是人折腾出来的，稳住了人，也就稳住了一切。当根原递上支票时，王文革向根原提出了一条要求：三年之内，现有人员除了临时工、合同工可以解聘外，正式工不能解聘，工资待遇可以采取打破铁饭碗按劳计酬的新办法执行。

根原明白，王文革是把压力推给自己扛一扛，三年以后还不知谁死谁活，管那么远干啥？

根原思索了三秒钟，答应了。

木器厂是全镇改革试点厂，王文革主持召开了改革试点大会，良维伯到会说了几句原则话就走了，从头到尾都是王文革唱独角戏。

舜城社办企业有三十多家，过去在全县五十一处乡镇中是发展最快最多的模范乡镇，这也是值得王文革荣过耀的老政绩。木器厂、砖瓦厂、地毯厂、面粉厂、粉条厂、机械厂、条编厂、建筑公司号称八大模范厂。这些模范厂各有各的模范招数，当时在全镇流传着一个顺口溜儿：

“砖瓦厂的喇叭机械厂的铁，木器厂的黑板粉条厂的歌，地毯、柳条出了国，面粉、瓦刀没的说。”

木器厂的黑板报办得最好，满院子挂满了大黑板小黑板，黑板上及时更换着毛主席的最新指示。粉条厂的歌儿唱得最精彩，那一群大姑娘，个个脸蛋儿像粉团，全镇大唱毛主席语录歌比赛，哪次也能拿第一。机械厂的毛主席巨幅铁画像，全部是用优质钢板焊接而成，足有三层楼房高，在全县全市全省都是新创举。总之，猪往前拱鸡往后刨，各有各的招数。八大模范厂都曾经轰轰烈烈热闹过一阵子。热闹归热闹，待秋后算账，只靠着银行贷款过日子。

而今，八大模范厂全部是资不抵债，都处在半死不活的瘫痪状态。来参加会议的各位厂长们见了面，还是那么嘻嘻哈哈有说有笑，没有一个面有愁色。愁啥？厂里没钱银行有，再穷少不了喝酒钱。反正厂是集体的，银行是国家的，集体、国家是一家，肉烂在锅里。

听了王文革在会上的讲话，各单位的头头们开始坐不住了。

王文革说："木器厂的改制试点是先行一步，其他的企业也要加快改制的步伐，年底以前全部完成改制。各单位回去抓紧清仓查库摸透家底，拿出企改方案上报镇委。别想再吃大锅饭了，别指望政府来救你，也别指望神仙皇帝来救你，能活你就活下去，不能活干脆别受活罪，能转的转，能卖的卖，一筐鳖磕在汪崖上，各人找路爬。"

王文革讲完话之后，用手一指根原，说："我给大家介绍一下，这位就是走在改革开放前列的青年企业家赵根原同志，下面让我们以热烈的掌声欢迎赵根原同志讲话。"

根原一愣，我是走在改革开放前列的企业家？这是王文革镇长说的，是当着全镇社办企业的各单位头头和木器厂五十多名工人说的，根原听得清清楚楚，大家都听得清清楚楚。根原只觉得狂蹦乱跳的心把双手震得打战战。

王文革挥挥手示意根原上台来，根原站起身毫不犹豫走上台，毫不犹豫站到大桌子前，毫不犹豫张了口讲了话。自己讲得啥？讲得怎么样？他不知道，他只晓得自己非常激动，一股血直朝头上冲。

站在台上，受到那么多眼睛的注视，根原经历过不止一次了。为贩卖布票，根原在台上站过；为偷盐，根原也在台上站过……根原的大脑

里迅速交错闪动着冰冷的土台子和那么多冰冷的眼睛。过去他站在批判台上，不敢看那一双双冰冷的眼，他害怕冷眼，那些眼睛里都充满着阶级仇民族恨，充满着怒火。成百上千人一齐喊口号，震得山谷打战战，也吓得根原浑身打战战。后来，他不害怕了。死猪不怕开水烫，啥也不在乎了。尊严没有了，人格没有了，只剩下不怕开水烫的死猪精神。死猪精神，是他和贫下中农们对抗的唯一武器。任凭贫下中农们呼喊，任凭贫下中农们抽打，他紧闭眼睛一动不动。

今天，根原大胆地扫视了台下那一双双盯住自己的眼睛，虽说没怕，可心里总有点儿发虚。在他扫视台下的时候，多么盼着看见二桂桂那双眼睛啊。那双眼睛曾经泪水盈盈地盯着他，曾经将梧桐叶子包住的一滴水送到他的唇边……眼前能出现那双眼睛该有多好啊，那双眼睛能够给自己增添勇气，能够给自己增添力量。二桂桂啊！此时此刻多么需要看见你的眼睛啊。

此时此刻虽然没有二桂桂的一双眼睛，却有小米子一双热泪盈盈的眼睛。她高兴，为根原高兴，她使劲拍着巴掌，一直把白白嫩嫩的双手拍成两朵桃花瓣。只可惜根原听不到小米子的掌声，也看不到那两朵鲜红的桃花瓣。

根原讲完话，清清楚楚看见王文革带头鼓了掌，而且还很热烈。

散会后，小梭猴和二瘦子对根原说，师傅讲话真带劲儿，嘎巴嘎巴响，嘎巴嘎巴脆，就像个大镇长，比王文革讲得还有劲，我们带头使劲拍巴掌。

小梭猴低声对根原说："我看见不少人揣着手不给拍巴掌，看上去还满脸的不服气。蛤蟆食的黄泥巴眼球一直眯奄着，显然很难过。"

无论服气不服气，反正大会开得很热闹，又放鞭又放二踢脚，中午还在日月圆大酒店开的桌。根原叫小梭猴订了十几桌，谁知一散会很多人撅撅嗒嗒走开了，出席宴会的还不到一半儿。显然，各厂的头头脑脑满肚子不服气。这样的结果，是在意料之中的。但是，出乎根原意料之外的是，蛤蟆食没有走，而且在庆祝宴会上还特意敬了根原一杯酒，还满嘴的祝颂好话。根原看着那双贱卖着笑意的黄泥巴眼球，心里生出一

阵恶心。

走上绝路的没有骨气的人才会贱卖那种廉价的笑。

卑躬屈膝的笑容无论多么优美灿烂，终归是卑躬屈膝。

根原看不起这种笑。

二

木器厂被根原收购，集体财产一夜之间成了个人的，舜城镇的天空好像支起一口大油锅，一锅热油咕嘟咕嘟翻滚着，冒着热气冒着岔气冒着不平气。

蛤蟆食并不是正式的国家干部，而是以工代干的基层企业干部，本来还惦记着再回政府当那个社办企业副主任，岂料想，木器厂失了厂长宝座，政府关了进入大门，社办企业办公室也撤销了，至此，他才感觉到改革的厉害。他把展览室的大照片悄悄摘下来抱回家，光辉历史只有在自家墙上放光芒了。窝囊，窝囊透了。

卜立言领奖回来，蛤蟆食立马跑去找他商量对策。卜立言对蛤蟆食放弃购买木器厂的态度给予了坚决的反对，他对蛤蟆食分析了全世界的形势，分析了全中国的形势，分析了合满舜城镇的形势，分析了蛤蟆食下一步该咋走的形势，把蛤蟆食分析得心里直噗通。

“夺回来，一定要夺回来。”

“怎么夺？”

“联合起来，游行示威，静坐绝食，抗议政府的资本主义政策。”

卜立言一打气，蛤蟆食的一肚子闷气顿时变成了勇气。以蛤蟆食为首的几个被解职的企业干部以及被炒了鱿鱼的临时工，就像铁粉碰上了磁铁，立马黏合到一起成了患难兄弟。即令以前抱着头啃的宿敌，而今也尽释前嫌成了抱着头亲的好弟兄。他们四处串连，八方点火，联合起同病相怜的难兄难弟，联合起公字寨的贫下中农们，将一锅热油烧得热气腾腾波浪滔天。蛤蟆食和几个难兄难弟窜窜了几个夜晚，立马纠集了几十口子人，有本单位的下岗工人，有面临着企改还没有确定下岗的外单位工人，还有公字寨来的贫下中农们，他们打着标语到镇政府门前绝

食。那几副“坚持毛主席的革命路线不动摇”以及“还我河山”的大标语就是卜立言亲自书写的。

蛤蟆食虽然被撤了木器厂的厂长，而今却成了好几个单位上访人员的头头。他感觉好像当上了三军司令，白天黑夜飘荡在兴奋里。他忙着组织人马，也不管白天黑夜，也不顾刮风下雨，从这家跑到那家，从那家跑到这家，就像准备着一场改天换地的大暴动。队伍越来越壮大，足有好几百人，而且继续有人加入到上访队伍里来，蛤蟆食真的成了总司令了。

蛤蟆食扯旗造反，卜立言也找到了吐一口恶气的机会，找到了英雄有用武之地的感觉。他盼着再来一次“文化大革命”，好好批斗批斗那些迫害世界文化名人的坏分子。他参加了上访队伍，成了辅佐蛤蟆食的得力军师。

蛤蟆食虽说满肚子小聪明，但是凡事不敢下决断，他对卜立言非常崇拜，卜立言说个啥，他就信个啥，卜立言成了绝食队伍的灵魂人物。

卜立言教给大家一个绝食方法，叫大家早上吃饱，准备一点吃食偷偷揣在内衣口袋里。准备什么吃食呢？最好把生地瓜切成条，饿了就装作昏倒在地，用衣袖蒙住头，偷偷吃几块生地瓜条，又解渴又解饿。千万不要揣煎饼，饱了肚子渴了嘴，更难受。他说在“文化大革命”期间参加过多次绝食活动，就是用的这个方法，说起来这也算是祖传秘方。大家齐声夸赞卜立言有见识，高人，真是高人，不愧是秀才的徒弟。卜立言精神抖擞豪情万丈，浑身就像一个大火盆，熊熊烈燃一直烧到头发梢。

头一天，参加绝食的队伍仅仅几十个人，第二天一下子来了几百人，镇政府门前立马热闹起来，围住看热闹的人群越来越多，黑压压一片，几条街筒子都塞满了。

蛤蟆食被参加绝食的人们称为总司令，卜立言被尊为军师。两个人高昂着头颅，肩膀并着肩膀，在黑压压的人群面前走过来走过去很是威风。

卜立言对蛤蟆食说：“王兄，若是在过去，你就是君，我就是臣。

有我辅佐着，保准你老王家江山永固，子子孙孙永宝用。”

蛤蟆食能够猜摸到卜立言说的大概意思，但是弄不懂“永宝用”到底如何用，由此更加赞佩卜立言的学问。他心中暗暗盘算，哪一天真的登基坐了殿，一定叫卜立言辅佐“永宝用”。

三

良维伯到省里开了三天会，回到舜城镇惊出了一头冷汗。他倒不是害怕那么几个人闹事绝食，而是因为出了这么大的事竟然没有人及时向他报告。说明啥？舜城还不是自己的根据地，王文革的势力还很大，很多人站在一旁看热闹。孙义宁出差还没有回来，大虎到市局开会刚刚回到舜城镇，除了这两个，看来还没有贴皮贴骨的底细人。大桂桂本来就是个配衬，除了用用她的拳头举举手凑凑数，也没指望她能帮点儿忙。

最近在舜城镇的干部队伍中悄悄咕咕着一条传闻，说刘德甫要调到外省工作。据说，这一条传闻还是远在外地的“三鼎足”中的圆丁传回来的，而且在白书记那里也得到了证实。刘德甫去不去外省，老百姓没有一点儿兴趣，但是在干部队伍中不啻于一声惊雷。

舜城镇的干部队伍基本上是王文革的老班底，这些人虽说也围在良维伯的屁股后头转悠生怕被甩出轨道，但是，每个人的心里都有本小九九。从小苗开始就是王文革亲手扦插的，挪到良维伯的花盆里未必会栽活。良维伯一定会栽种自己的苗，不见得上心培植别家花。王文革虽说临时受挤压，但毕竟是坐地虎，他在舜城镇的政治势力就像一片刺槐林丛，根连根，枝连枝，盘根错节粘连纠缠撕不开。稳风无火的平常日子好像也没有什么了不起的，一旦风吹树摇的时候就会显示出根连根的稳固性。所以，许多人也不敢轻易背叛王文革，谁也不会与盘根错节的刺槐林丛为敌。王文革虽说走低谷，但是良维伯还没有达到把王文革的头皮当作小皮鼓敲打的地步。人们都在徘徊，都在观望，都在等待，看看良维伯的袖筒里到底藏着什么样的小老虎。刘德甫要调到外省工作的传闻无论是不是真，王文革家里一夜间添了许多进进出出脚印，一个一个脚印踩在良维伯的心头上，很难受。有人闹绝食，他怀疑背后有文章。

他知道，有的人巴不得闹一个天翻地覆慨而慷才好呢。

良维伯是个经历了“文化大革命”十年动乱的人，见过打砸抢，听过枪炮响，闻过血腥味，看过血流淌。想当年，自己就曾经参加过冲击县政府的造反活动，他们打着破四旧旗号，将四百多年的老县衙大堂二堂和东厢房一把火烧了个光净光。给县委书记、县长以及其他县领导带上纸帽子，召开了批判大会。

良维伯敢于藐视王文革，但是不敢轻视绝食队伍，他害怕群众也给镇政府点了火。一个人作乱不可怕，但是，一个一个集聚在一起就可怕了。狼成群欺虎，民成群欺君，蚂蚁成群能把大树啃倒，人一成了群就像洪水暴发，什么事都会做出来。

当天晚上，良维伯召开了一个紧急会议，镇委、镇政府以及信访、公安等单位主要负责人和有关镇领导都参加了会议。

王文革没来参加会议，说是病了，撂下“企改”那一个烂摊子就病了，好多天没有上班了。

良维伯很恼火，怒斥信访办主任工作不到家，没有预见性，指示大虎配合信访办立即处理掉绝食队伍。

大虎又进步了，如今是舜城镇公安分局局长了。舜城镇升了格，舜城镇派出所也跟着升了格，派出所已经不叫派出所了，叫公安分局，所以，他这个派出所所长就成了局长。大虎非常感激良书记，没有良书记支持，原来的所长能调走？他这个副所长能去了那个副字？

大虎也有大虎的本事，很多大案要案难破的案，只要是大虎出马，保准画一个完美的句号。前几年舜城镇发生了一次抢劫杀人案，大虎带着一个民警追到东北深山老林，在雪坑里趴了两天两夜，终于把罪犯捉拿归案，立了大功。凭着这一大功，大虎被提拔为派出所所长。良维伯来到舜城，大虎立马贴上去，成了良维伯的大红人。

蛤蟆食和卜立言煽动闹绝食，大虎正在市里开会，没能够及时处理。大虎在会上表了态：“请良书记放心，三天内处理不掉绝食队伍，我是孙子。”

当天晚上散了会，大虎率领着全体干警立即出动，分头敲打绝食队

伍的骨干分子。第二天，绝食队伍立马减少了一大半。第三天，绝食队伍越来越少，只剩下三两个人了，连蛤蟆食这个总司令也不见人影了。蛤蟆食对外说感了冒，其实他被大虎打了七八个大嘴巴捎带一顿臭骂之后再也不敢绝食了。大虎气势汹汹地指着蛤蟆食的头皮说："你他妈奓煞什么？要造反啊？造反也选不着你这个熊样的二五货。你小心点儿，再胡乱戳戳立即把你抓起来！"

蛤蟆食怔怔看着气势汹汹的大虎，吓得大气不敢出一口。他再也不敢当那个总司令了，再也不敢指望卜立言辅佐"永宝用"了。

卜立言还真是条汉子，他也挨了大虎一顿巴掌，不但毫无畏惧，而且口吐鲜血大骂大虎是土匪。他手指着大虎的鼻子说："人民警察爱人民，不许打人。"

大虎哈哈大笑，又啪啪打了卜立言两个耳光，冷笑着说："警察不打好人。"

卜立言被关押了七八天，每天只给一个窝窝头和一小杯腥臊烂臭的刷锅水，饿得眼蛋子发了蓝，渴得头皮冒青烟，但是他依然不写悔过书，依然不说服软的话。卜立言饿昏了，已经没有力量站起来了。即令躺倒在地抬不起瘦头，口里依然念念有词：儒有可亲而不可劫也，可近而不可迫也，可杀而不可侮辱也……

大虎听不懂卜立言咕噜的啥，抓了一把土按在卜立言的嘴里，一边按一边骂："我叫你也也也！你也敢和老子较劲，好吧，咱就较量较量。"

卜立言用尽气力吐出满嘴土，破口大骂大虎是日本鬼子，不得好死，把大虎气得满眼冒火星。

在舜城这一亩三分地里，敢骂大虎的人还没有下生。自从大虎来到人世间，都是打人家骂人家，很少挨过别人打别人骂。可以这么说，大虎就是为着打人骂人而降生的。别说打外人，就是打起自己的亲娘来也毫无怜悯之心。

大虎从小就喜欢打人，打人是他最开心的事情。在村里，无论是大孩子小孩子半大孩子，没有一个不怕大虎的，一个个远远躲避着。碰上大虎打不过的孩子，大虎就会下口咬。有一个孩子叫板凳，个子比大虎高，力气也比大虎大，他不受大虎欺负，和大虎扭打在一起，结果，被大虎生生咬掉了一截手指头。

大虎如果吃了亏，三日不完二日不了，没白没黑纠缠不放。手里攥着个大石头，三天三夜不放手，黑夜睡觉也不放手。如果打不着人，就会残害人家的小狗小猫或者作害人家的瓜果梨枣或者朝人家院子里扔石头。一时找不到报复机会，他会牢记一辈子。早晚要报复，早早晚晚。

大虎就是个黑煞鬼，没人敢惹，人们远远躲避着。敢于直接骂到大虎脸上的，卜立言可算得古今中外第一人。大虎怎能受得了一个小小的卜立言的叫骂呢？他照准卜立言的肋巴骨狠狠踢了三皮鞋，三根肋巴骨咔嚓断成了十八节。卜立言疼痛难忍，一个一个黄豆粒大小的汗珠子立马从额头滚到眼窝里。他抬起手指了指大虎，一个“你”字还没说囫囵就昏过去了。大虎指着躺倒在地的卜立言高声吼叫着：“你是属啄木鸟的，软巴身子硬巴嘴。我就要看看是你的嘴巴子硬还是老子的皮鞋硬。装什么死？起来，起来！”

卜立言没有起来，在场的两个年轻警察立时吓黄了脸，比卜立言毫无血色的黄脸还黄。陈小陶刚刚穿上三个月的警服，活蹦乱跳的大活人死在自己眼皮子底下他是第一次得见，只吓得浑身打哆嗦。大虎摸了摸卜立言的鼻子嘴巴，悄声对两个年轻警察叽咕了几句，然后匆匆锁了门走了出去。

当天晚上半夜时分，大虎带着几个干警将警车停在公字寨的村头，悄没声进了村，悄没声拍响了卜立言家的门。

卜立言老婆慌忙起身开了门，大虎对卜立言老婆说：“大嫂啊，老卜到公安局受到特别优厚的款待，好吃好喝的，顿顿白面大馒头，一点儿也没受着委屈。老卜是个好人啊，他与干警们嘻嘻哈哈有说有笑，都成了好朋友好兄弟了。本来，打算叫他多住几天好好学习学习政策文件，不要跟着那些二百五瞎哄哄。不料想，他偷偷跳楼打算开溜，不幸摔死了。”大虎发着长长哀叹，表现得很伤心。几个泪珠子不像是水的成分，倒像是塑料珠，围着眼蛋子翻滚着却一直没有落下来。

当天晚上，大虎就把卜立言老婆和孩子接到舜城，好吃好喝好招待。卜立言老婆只知道哭，至于卜立言的安葬处理，一切听从大虎的安排。

死了死了，一了百了。一堆摔烂的烂肉送进火葬场一烧，然后往土里一埋，一切就了了。

卜立言死了，那个“荣宝斋”也被查抄了，三大箱古字画还有紫檀椅子花梨桌子也不知哪里去了。

卜立言死了，他从这个地球上永远消失了，再也听不到他那可笑但是也很可爱的豪迈誓言了。

卜立言跳了楼，根原感觉很蹊跷。他了解自己的老师，那是个把自信当做大馒头吃的人，一天三顿吃自信，天天吃，年年吃，满肚子自信。他能跳楼？不可能。公字寨所有的人都跳楼，卜立言也不会犯那个傻。大虎什么坏事都能干出来，卜立言是不是被大虎逼死的？根原怀疑其中有鬼。虽然没有证据，但是他觉得自己的怀疑没有错。他很想弄明白卜立言到底是怎么死的。

根原拎着几刀烧纸和香烛来到坟场，只见卜立言老婆在一堆新土前号啕大哭，一边哭一边咒骂着：“你个死鬼啊，人家对你也不孬，好吃好喝的，你为什么要跳楼啊！死鬼啊，你凭着好日子不过啊……”

根原耷拉着眼皮扫了多半圈，他瞄见大虎和几个民警守在坟前。陈小陶躲在大虎身后，好像很害怕看见根原。陈小陶是根原叔伯舅舅家表弟，前天借着表姐结婚送礼的机会，根原曾经偷偷向表弟探问过关于卜立言的死因，小陶虽然说是“自杀”，眼睛里却透出杀人逃犯一般的惊恐感。

大虎看见根原走过来，朝着根原笑眯眯点点头，很友好。根原留心看了看大虎的眼睛，那双眼睛里没有怜悯没有同情只有冷冷的高度警惕和一丝紧张。一定是大虎作的孽，如若不然，他能给卜立言送葬？他给谁送过葬？他是什么人？显然，他不是为送葬而来，而是为了监视送葬现场的情况来的。根原在心中默默念道着：卜立言死得冤枉，有朝一日，一定要为卜立言讨个公道。

根原默默走向坟前，对着那堆新土慢慢跪下磕了四个懒头。刚刚准备点燃香烛为卜立言祭奠祭奠，卜立言老婆哭哭咧咧走过来，指着根原的鼻子，一边哭一边叫骂起来。

“都是你这个害人精惹的祸啊，你就是个惹祸的祖宗啊，若不是你收购木器厂惹下乱子，俺男人怎么会跟着闹绝食？怎么会跳楼死了？都是你惹的祸，都是你惹的祸啊！”

卜立言老婆一哭喊，一大群人一拥而上，吵吵唧唧把根原包围起来了，一齐指责根原是惹事的祸根。他们不许根原磕头，不许根原烧纸，不许根原祭奠，叫根原立马滚出坟场。不待根原解释什么，劈头盖脸一顿耳光、一顿拳打脚踢。根原不躲不闪也不喊，任凭人们殴打叱骂。鲜血从嘴巴、鼻孔流下来，把胸前的衣衫染红了一大片。

大虎过来了，他低声对卜立言老婆说：“不要生气，人家能来送葬，也算反省态度不是？”

大虎拉开了卜立言老婆，然后对根原说：“还不快滚？”

几个青壮年拥过来，推推搡搡把根原赶出坟场。

第八章　大瓦屋

一

根原娘想家，想公字寨那几间破地屋子家，想得一把鼻涕一把泪。

娘一直不愿离开家，不愿离开那间地屋子，是根原软磨硬泡才把娘搬出公字寨的。根原对娘发了愿，只要走出公字寨，他叫娘天天吃大馒头吃猪肉吃黄鲚子鱼卷煎饼。

根原把娘接到舜城镇，没住了几个月，娘就开始想家。娘时常站在门口手扶着门框朝天张望，一望就是大半天。根原问娘望啥？娘说望望家。根原说："这儿不就是咱的家吗？"娘说："这儿哪是家？公字寨才是咱的家，那几间地屋子才是咱的家。"

娘要回家，一定要回公字寨那个家。娘对根原说："吃够了肉，吃够了鸡蛋蘸白糖，也吃够了黄鲚子鱼卷煎饼。谁也不想，就想家，想地屋子。那几间地屋子，是我和恁爹一锨土一锨土打起来的。地屋子的门框是松木的，溜溜滑，那是我的手磨出来的。"

自从根原走出大狱就默默发下誓愿，一定叫娘吃上黄鲚子鱼卷煎饼，一定叫娘过上好日子。根原忘不了，只因为娘闻着隔壁大地瓜家炸黄鲚子鱼的鲜味吃了两个煎饼就挨了爹的一顿暴打。若不是根原和爹对了命，娘可能早就没命了。十几年过去了，娘挨打的景象经常出现在面前，清清楚楚，一辈子也不会忘记。爹的充血的大红眼瞪得特别大特别圆也特别凶，爹的大巴掌打在娘的一堆朽烂骨头上发出沉闷的嘎巴嘎巴的声音。根原在梦里经常会看到爹的红红的凶狠的眼睛。只为两个煎饼，只为两个煎饼啊，娘差一点送了命。

娘挨着爹的打，也不喊也不叫，更不会哭。娘咬住牙根，闷不出声，无论多么疼。别看娘一把瘦骨头，却是个很能担当的人。这个家庭受了那么多磨难，娘一直一声不吭默默承受着。爹每次被民兵带走，娘都是手扶着门框眼望天空等待着，等着昏死的爹被民兵扔在门前。这好像成为一种生活习惯。只要爹被带走，娘就会手扶着门框等待着。娘的手一直在搓揉门框，一直把门框搓揉得溜滑溜滑的。但等昏死的爹出现在门口，娘就会赶紧把爹背到炕头上，赶紧用热毛巾给爹擦拭满脸的血污，赶紧给爹把早已备就的水以及吃食喂进嘴里。娘不哭，也不慌乱，她已经习惯了这种日子，习惯了。娘手扶着门框眼望天空好像就是等待着完成一项任务，好像就是等待着把昏死的爹救过来。

娘有屈心的事从来不搁在嘴上嚼，即令屈心的事就像一块火炭子扔进娘的心，娘也会紧闭双眼默默忍受着，娘习惯了忍受。话又说回来，不忍受又能怎么样？一个弱女人又能怎么样？扔个石头能打着天吗？所以，娘已经习惯了忍受，习惯了。没有抱怨，也不敢抱怨。忍受，好像是与生俱来的本能。

根原把娘从公字寨接出来，就没打算再踏进那片伤心的红土地。如今娘要回公字寨，根原实在想不出劝阻的好办法。娘过去受惊吓，曾经

犯过邪乎病，莫非又犯了邪乎病？根原决定找三老嬷嬷给掐算掐算。

三老嬷嬷如今成了香饽饽，勘阴宅，勘阳宅，查官运，算财运，祛病驱邪捉鬼拿妖……什么都能干，七乡八方到处有人来算命。县里市里还有省里的大干部他都认识，经常被小车接走给大干部们算算官运。舜城中学迁址也是请他勘的位。三老嬷嬷说，这座中学新址风水好，坎位有靠山，震方有镇守，坤巽有护卫，离方有水抱，是出人才的风水宝地。百年以内能出三百个高考状元、三百个省部级干部，七品八品的干部就像社员秋里刨地瓜，一镢头一嘟噜，下腰一划拉，一筐一筐的。三老嬷嬷是市里周易研究会的副会长，他自己到处吹呼，这个副会长能顶个副县长，要在过去，也是个从七品。

根原到了三老嬷嬷家，门前大车小车停了好几辆，根原在院子里等了一顿饭工夫好歹排上了号。

三老嬷嬷的记性真好，一见根原，他就说起根原的爹，哪一年哪一月哪一日，根原娘怎么来求他，他怎么给破解，一举一动纹丝不差。

三老嬷嬷六十大多的人了，看上去也就是五十岁的样子。一个大老爷们儿，白白胖胖一副女人态。走路水上飘，说话娘娘腔，神神乎乎一派神婆子相，难怪人们叫他三老嬷嬷。

根原说明了来意，三老嬷嬷半眯着眼睛算了算，说是根原娘犯了走马星，没有什么大不了的，但是少不了折腾折腾儿女，折腾一阵子立马就安心了。三老嬷嬷叫根原带着老人家出去走一走，也许出去走一走就会好的。

根原本来是个不信天老爷的人，他只信自己还活着。哪有什么老天爷？果真有个主持公道的老天爷，为什么不来惩罚邪恶的人？为什么不来拯救好人？

根原虽说并不相信老天爷的存在，但是也想在神神秘秘的老天爷那里找找答案，他求三老嬷嬷也给自己算算命。

三老嬷嬷问过根原的生辰八字，手指一掐，眼睛紧闭，嘴里念念叨叨："寅属木，木属仁。黑虎当道，吉凶难料。七杀当头，财帛难留。你啊，兄弟宫、交友宫遇到煞忌了，破财消灾，破财消灾啊。你虽有祥

云笼罩，运势旺盛，但是，一辈子烦恼不断，官司缠身，不得安生。从你的生辰八字算来，你还有九九七十八道坎儿未过。为啥说九九七十八道坎儿呢？本来是九九八十一，你已经过了三道坎儿，所以说还有九九七十八道。俗话说，大人不作不大，小人不作不死。自古以来，大作成大事，小作成小事。大作必生大麻烦，小作必生小麻烦，没有作为的人倒是清闲自在没有麻烦。从命相里来算，你是个作大业的人，因此麻烦不断，还有三年牢狱之灾啊。”

还有三年牢狱之灾？根原不觉心中一咯噔。站在神神乎乎的三老嬷嬷面前，根原只觉得头顶上悬着一把利剑，不敢不相信神明的存在。

“人人羡富贵，富贵刀头悬。脚踩阴阳线，步步鬼门关。天上不会掉馍馍，自古富贵命换来。白银，都是白骨炼成的，罪孽深重啊。我给你一个护身符，符不离身，遇难呈祥，也许会遇上贵人相助。”

“能遇上贵人相助？”

“你戴上我的护身符，只要符不离身，定当遇难呈祥，一定会遇上贵人相助，三年的牢狱之灾也许就能躲过了，八十一道坎也许还能少过几道。见好就收，慎之祥也。”

三老嬷嬷转身摸出一个桃木做的护身符，口里一边咕哝着咒语，一边给根原挂在脖子上。

南无·喝罗怛那·哆罗夜耶……

南无·那罗谨墀·醯利摩诃·皤哆沙咩……

……

根原掏出了一百块钱给了三老嬷嬷，三老嬷嬷只收了八十块钱，他一边找钱一边说：“算命每人只收三十块钱，无论是谁，只收三十块，市长也收三十块，多了一分也不要，当然，少了一分也不行。桃符二十块。二三得六，再加二十总共八十块，其余的你拿走。盛极则衰，否极泰来。君子欲而不贪，贪财太过，算命也就不准了。”

凭着每人每次只收三十块钱，三老嬷嬷盖起了一座小洋楼。屋里的摆设更是堂堂皇皇光光亮亮，大彩电、大立柜、小立柜、高低橱……应有尽有。

根原从三老嬷嬷家里出来，揣了一肚子窝囊气。三老嬷嬷说自己还有九九七十八道坎儿，一辈子烦恼不断，官司缠身，不得安生，命相里还有三年牢狱之灾。根原虽说不信老天爷，但是，听了这种话毕竟叫人丧气。

老子在监狱里蹲过，在劳改队里熬过，什么罪没受过？三老嬷嬷说有牢狱之灾就有牢狱之灾了？

买断木器厂的贷款期限马上要到了，眼前重要的事情是抓紧解决还贷问题，谁顾得还不知猴年马月的牢狱之灾？

根原是个不知道后悔的人，死就死了，活就活了，不愿多想折磨心的事。三老嬷嬷说，娘犯了走马星，出去走一走就好了。济南历城那边有笔账，一年多了也没有要上来，根原打算带着娘出去走一走，叫娘到济南观观光景散散心，顺便再去要要账。

根原和娘去看趵突泉，娘说不好看，还不如公字寨的黑水潭好看，拉着根原走也走不迭……

根原和娘去看大明湖，娘说不好看，还不如公字寨的大水库好看，拉着根原走也走不迭……

根原和娘去看千佛山，娘说不好看，还不如公字寨的大山好看，拉着根原走也走不迭……

总而言之，哪里也不好，就是公字寨那几间破屋子好。

到济南转了一大圈，也没解决了娘想地屋子的问题。根原打算把娘送到姐姐那里住些日子，待娘稳稳情绪就搬回来。说一千，道一万，决不能再回公字寨，决不能叫娘再住进那间又黑又潮的地屋子。

自从姐姐出了嫁，娘只走过一次闺女家。娘身体不好，走步路就气喘吁吁，五十年前嫁进公字寨就很少走出那道山沟沟。根原的姥姥家早就没有什么亲人了，几个近支贫下中农表兄妹都躲着反革命。是亲不带表，一表就了了。本就不是至亲，所以慢慢也就不走动了，也就是叔伯舅舅陈酒鬼为了混口吃的还经常来走走。

根原打算把娘送到姐姐家住几天，娘很高兴，满口答应了。答应归答应，娘只是答应到闺女那里看一看，然后再回自己的地屋子。

无论怎么样，先把娘送到姐姐家再说。根原买上米面，买上鱼肉，买上蔬菜瓜果，亲自开着双牌座的小大头车把娘送到了姐姐家。

二

陈愣子躺在炕上已经不能动了，囤子伺候陈愣子吃喝拉撒睡，还得耕种着五六亩庄稼地和菜园，天天没个闲手的时候。

赶个好天气，囤子在院子里放个蒲团，把陈愣子背下炕放到蒲团上坐一会儿。没一袋烟工夫陈愣子就坐累了，囤子又赶紧把他背到炕上躺起来。囤子到菜园子干一会儿活，就会赶紧往家跑。耽搁时间长了些，陈愣子就会破口大骂。

“你是去浇园？你是去偷野汉子。你是看差了秤，我不会叫你死在我的后头。哪一天老子不行了，先一枪结果了你和那个小杂种，然后我再开枪自杀，一家人一起去见阎王爷。”

囤子挨着骂，还得赶紧把老废物糊满土炕的屎尿擦干净。一边擦，一边默默流泪。

陈愣子一边骂，一边举起枪朝着囤子瞄一瞄。囤子很害怕，害怕极了。陈愣子胳膊哆嗦着，一不小心动了扳机就会要人的命。

陈愣子什么事都会干出来，说砸谁家的门，就敢砸谁家的门；说给谁家点上火，就敢给谁家点上火；他说一家人一起去见阎王爷，也绝不是一句虚妄的话，他干得出来。

陈愣子的枪就在炕头上，一伸手就可以摸起来。枪里有药，年头年尾不空膛。

囤子并不怕自己被打死，死就死了，反正已经活够了，她最挂念的是女儿，自己死了女儿怎么活？

囤子的心并不长在自己的胸腔里，而是挽在女儿摇摇摆摆的小辫子里。每天清晨给女儿梳小辫，囤子就会把心撕成缕，一缕一缕缠进女儿的小辫子。女儿摇摇摆摆的小辫子就是她的命。

陈愣子对任何人都没有感情，别说对囤子，就是对自己的亲生儿子也没有感情。当然，儿子们对他这个爹也照旧没感情。这哪像一户人

家，简直就是一窝狼，一窝狗，一窝没有人味的畜生。

大虎二虎兄弟俩虽说沾了革命爹的光吃上了大馒头，可没一个送个大馒头给爹尝尝的。大虎就在舜城镇，很少回家走一趟。有时到东山村办事，三轮摩托车轰隆从家门口飞过，也不会进门看看废物爹。领导大虎的人和被大虎领导的人还都直夸大虎大有大禹遗风，三过家门而不入，一心扑在工作上。

二虎在山海县水产公司工作，那可是个好单位，天天都有鲜鱼吃。找了个对象在食品加工厂工作，那也是个好单位，吃点肉方便。说是买骨头，刀尖一偏，瘦骨头就会立马生出一嘟噜一嘟噜肉。

二虎所在的水产公司已经改制了，新上任的老板炒了二虎的鱿鱼。

二虎原本就不是勤恳敬业的料，在单位纠集了几个烧不熟的泥坯子整天喝酒捞肉惹是生非，不是把哪个领导骂一通，就是给哪个职工来几拳。人们躲得远远的，生怕惹了雷公爷。公有制那阵子没人敢惹，铁饭碗端在手里，谁也夺不去。而今一改制，老板可就不管你国家人铁饭碗了，说炒鱿鱼就炒鱿鱼，谁用甩手二掌柜的当爹伺候着？二虎媳妇所在的食品加工厂也破产了，两口子在家里白眼对白眼，已经没有了自在日子过。

二虎脾性暴躁，一不顺心，只靠着打老婆出气。老婆忍受不了二虎的虐待，扔下儿子就跑了，跟着河北的一个服装推销员跑了。一跑多半年，活不见人死不见尸。

二虎拉巴个三岁孩子咋能活下去？他把儿子扔给囤子，说是要去河北找媳妇。二虎的怀里藏了把刀子，发誓要把媳妇和那个野汉子全部收拾了。

二虎撂下儿子走了，可把囤子愁毁了。兔兔打小娇惯，也学会了打人骂人，抓住花虎的小手指头就咬，花虎被这个凶恶的兔兔咬得望影害怕的。唉，这哪里是兔兔，简直就是一只恶狼。

兔兔不仅咬花虎，抓住陈愣子的手指照咬不误。陈愣子被咬疼了咬怒了，挥手就打过去，恶狠狠地打。兔兔一边哭一边跺着脚骂，骂得那个难听哟，谁听了谁的耳朵准会生毒疮。

囤子听不得难以入耳的叫骂，想方设法安顿孩子。谁知这孩子天生不是省油的灯，蛤蟆身上不长毛，种生。你不招惹他，他还得故意招惹你，抓住什么祸害什么，衣服被子玉米地瓜水瓢扁担扔一地，囤子好不容易拾掇拾掇，不一会儿又扔了一地。吃饭更难伺候，这个不吃，那个不吃，盘子饭碗抓起就扔。囤子愁得实在没办法。

陈愣子指着孙子朝天骂："畜生，畜生！"然后对着囤子大声嚷："你去找二虎，叫他赶紧把小畜生带走，若不然就扔出去，扔到沟里去。你就说老子的命令，命令。"

陈愣子嚷，囤子就答应着。陈愣子再嚷，囤子再答应着。二虎一走就没了消息，哪里找？

姐姐过的什么日子啊！姐姐愁，根原也愁，恨不得一棍子结果了老废物把姐姐拽出来。

根原经常给姐姐送些好吃的，但是姐姐从来不吃，都给那个废物吃。今天吃不了，留着明天吃。

老废物胡子邋遢的嘴巴狠劲撕啃肥羊腿，根原感觉就像撕啃自己身上的肉，就会从心里朝外疼。根原抓起肥羊腿，气狠狠往陈愣子嘴里塞。羊骨头把陈愣子的嘴巴戳破了，肥羊肉沾满了红红的血。姐姐扑上去夺下羊腿，泪花闪闪地对根原说："你把他戳毁了，还得姐姐伺候姐姐喂，何必啊。"陈愣子倒也慷慨，一边啃着羊腿，一边说："小舅子，嘴巴流点血无所谓，只要你给老子送肉吃就好。来，干一杯。"

根原也不答话，恶狠狠瞪一眼老废物扭头就走了。

姐姐善良，外甥女也懂事。学校里过"六一"，每个学生分了两块糖，花虎攥在小手里不舍得吃，拿回家给废物爹尝尝甜。废物爹含在嘴里吸溜一会儿，然后从嘴里吐出来再塞到花虎的小嘴里。花虎也不嫌爹的嘴巴脏，含着糖满院子欢蹦。一边蹦，嘴里还一边甜甜地唱："花公鸡，跳屋脊，姥姥穷得没的吃。大车推，吱嘎嘎，俺把姥姥接回家。杀个鸡，宰个羊，姥姥吃肉俺喝汤。"

那个老废物盯着花虎哈哈大笑，姐姐也跟着笑一笑。

花虎高兴的时候就是姐姐笑一笑的时候。姐姐最有兴趣的时候好像

是给花虎填登记表的时候。

父亲：老贫农、老残废军人、老英雄、老……囤子喜欢把陈愣子所有的荣誉都写到表上去，她抱怨表格太小，写不完全，努力把字写得像小蚂蚁，一咕嘟一咕嘟分都分不清。

根原每次给姐姐送吃的，心里就会难过好几天。那些好东西吃不到姐姐和花虎的嘴里去，根原心疼。揪心疼。

后来，根原不给姐姐送什么好吃的了。每逢星期天，根原把花虎抱到车上就走。他带着花虎进舜城最好的饭店，什么好吃要什么。好东西再也吃不到老废物的嘴里去了，根原很高兴。

根原给花虎要了一盘大对虾，花虎吃了一个就说吃饱了，她把另外几个攥在小手里，她对舅舅说，她要把这几个捎回家给爸爸吃给妈妈吃。仰着小脸问根原："舅舅，可以吗？"根原一把抱住花虎，泪水哗啦流下来。孩子哪里是吃饱了？她是不舍得吃。那个废物是自己的仇寇却是花虎的亲爹，是花虎又尊又敬又亲又爱的亲人，自己没有理由也没有力量把那个废物和花虎撕开。姐姐说得对，不能伤了花虎的心。更使根原难以忍受的是，而今花虎又多了个小侄子，根原每次接花虎出来吃饭，花虎总是把好吃的攥在小手里，然后还是仰起小脸问问舅舅，要把好吃的捎给爸爸捎给妈妈，还捎给小侄子。多么好的孩子，多么善良的孩子，这孩子随姐姐。随。

根原不敢想姐姐，一想就会彻夜难眠。姐姐活得，哪像个人啊。

自从老废物下不了炕，大虎偶尔也来看看爹，捎了些吃的好像都是吃剩下的或者是过期变质货。花花绿绿的食品袋里的面包糕点都变味了，有的还发了霉。

大虎来，把东西扔在门口转身就走，根本就不进屋和爹见一面。临走，还要指着囤子的鼻子训斥一顿，说的话不仅扎耳朵，更扎心。

"俺爹是老革命，老功臣。你敢虐待了俺爹，我就立马把你抓起来。"

大虎腰里别着手枪，肚子一挺，好像故意让囤子看看。

根原想把姐姐接到舜城来，叫花虎到舜城上学。他给姐姐盖了一套

新房子，可姐姐不去，姐姐说，那不是自己的家。

根原劝姐姐离婚，姐姐哭了，泪水涟涟。

“离了婚叫那个废物咋活？离了婚叫花虎到哪里找爹？”

根原恨不得那个废物快点儿死了，叫姐姐重新寻个生路。可姐姐并不那么想，姐姐对根原说：“有那个废物，还是个囫囵家，有那个废物，花虎还有个亲爹。自己这辈子就这样苦着吧，不能苦着花虎伤着花虎，不能叫花虎没有亲爹没有家。”

虽说苦，姐姐还有个苦难的家，根原没有办法把姐姐从那个家里掰出来。

根原把娘送到姐姐家，娘看了看闺女的家，满嘴的好。五间老掉牙的小瓦屋娘说好，一片毛渣渣的大竹园娘说好，一群小山羊满院子乱跑娘也说好……总之，样样都可娘的意。陈愣子瘫在炕上，拼命挣扎着要给丈母娘倒杯水，把娘高兴得合不上嘴，直夸这个满头满脸乱蓬蓬灰毛的老女婿有礼道。看着娘一脸的满意，根原心头一阵一阵酸。姐姐过的什么日子啊，娘还满嘴的好。娘这一辈子吃苦吃惯了，有一点儿好就满足，不挨批判能过个平安日子就满足，能吃饱饭不挨饿就满足。根原看看娘，看看姐姐，看看满院子欢蹦的外甥女和那个可恶的老废物，泪水不禁涌出了眼眶。根原赶紧背过脸，偷偷擦擦满脸泪。

中午饭是在姐姐家吃的，根原这是第一次在姐姐家吃饭。虽说经常来给姐姐送吃的，可他从来不在这里吃饭。每次来，撂下东西就走，连屋子也不进。姐姐从来也不挽留弟弟吃饭，虽说到饭时了也不留。姐姐知道，弟弟心里堵着，在这里咽不下饭。

别说根原在姐姐家咽不下饭，换个谁也是咽不下那口饭。满院子鸡和羊到处乱窜，一踏进院子，都没个干净地方插脚。还有那个老废物，满脸的胡子就像个乱草窝，鼻涕泄泄恣意流。一块小手绢用针线缝在前襟上，晃来荡去吊牵着，老废物却很少用手绢擦鼻涕，他习惯了用袖子。两只袖子结着厚厚的皮壳，闪着油乎乎的黑光。老废物两手打哆嗦，连筷子都拿不住，吃饭全靠姐姐喂，鼻涕泄泄擦不迭就会滴答到饭碗里。姐姐原先是个多么干净的人，根原不敢相信姐姐如何忍受这

一切。

姐姐刚刚四十冒头的年纪，已经成了灰头土脸的老太婆了，看上去并不比年近七十的老废物年轻多少。姐姐原来是舜城一带出了名的人样子，根原在姐姐身上怎么也寻不到人样子的印痕了。

姐姐的心死了，早死了。现在唯一使她活下来的希望，就是满院子欢蹦的女儿。姐姐指望着女儿还能沾老英雄的光，指望着女儿长大能吃上公家粮。每当姐姐和弟弟说起这个话，根原都是点头答应着。如今是啥年月了？哪里还有什么公家粮铁饭碗？根原不敢和姐姐说这些话，他怕姐姐破灭了那个希望。人是为希望活着的，只要心存希望，尽管苦着，总会有挣扎的力量。一旦希望破灭了，不但没有了挣扎的力量，恐怕连活下去的勇气也就没有了。所以，根原和姐姐从来不敢说打破铁饭碗的话题，他愿意姐姐把那个希望永远抱在怀里，温暖着姐姐冰冷的心。哪怕那个希望是一个肥皂泡，只要不破灭，姐姐就有活下去的勇气。

二虎两口子下了岗，姐姐好像突然明白了什么，心中的最后一点光亮一下子破灭了。人啊，一直在苦水里泡着，反而不会感觉到苦。从苦水挪到甜水里，才会感觉到苦的存在。姐姐一夜之间苍老了许多，白头发一片一片往外生，两只眼睛暗如死灰，多么壮实的腰板儿，一下子塌下来了。根原不敢抬头看姐姐，一看就会泪流满面。

吃过中午饭，娘起身就要走，要回自己的地屋子，任囤子和根原无论怎么劝说，娘就是一句话——想家。再劝，娘就不再言语，只顾默默抹眼泪。根原心里明白，娘要回家是一定的了，再劝也是无用的。

根原实在不愿再回公字寨，他担心贫下中农们难为白发老娘。娘执意要回公字寨，根原又无法拒绝。没奈何，根原求告娘在姐姐家多住几天，安排人回公字寨收拾收拾地屋子，娘好歹算是答应了。根原说："拾掇一回，干脆像样地拾掇拾掇。"娘说："快拾掇，啥也不想，就是想回家，想那间地屋子。无论转悠东转悠西，总是落叶归根的，总该回家的。"

刚搬到舜城来，娘看看根原的大瓦屋，抚摸着铮明瓦亮的玻璃门一连声说好，但是，娘把搬来舜城镇只当成转悠东转悠西，地屋子虽然又黑又窝憋，但是，那是娘的血泪活着黄土打成的，那是娘时时挂念的家。

人都说，打墙盖屋，邻邦相助。庄稼人打墙盖屋，左邻右舍或者亲房近支都会帮帮工，这是祖祖辈辈形成的规矩。从某种意义上说，也是生存需要自然形成的习惯。作为一家一户来说，打墙盖屋是生命中最为浩大的工程，单靠自家人是很难完成的，所以也就自然形成了“打墙盖屋，邻邦相助”的习惯。你帮帮我，我帮帮你，大家都有了住房有了家。

根原家盖屋没人帮忙，黑五类，谁敢帮忙？爹刨土，娘铲土，爹上门板娘紧绳……姐姐那时大一点儿了，也帮着爹娘搓草绳递木棍干些杂巴活。白天跟着生产队下地干活挣工分，只靠着月光底下忙活盖屋子。从早春一直忙到大老秋，好歹算是完了工。那几间地屋子，倾注了娘的心血和感情。娘在地屋子里苦熬了几十年，把泪水都熬成糖浆了，熬出甜味来了。

三

老簸箕真格死，眼看着不行了，愣怔愣怔总能挺过来。去年肠子淌一地，医生把肠子洗了洗塞回肚皮，然后把黢黑的肚皮就像缝破皮包一般缝了缝，没过多少日子，老簸箕就回家下地干活了。这一次吐了血，眼看又不行了，结果，他没死了，他爹老茶壶却死了。公字寨广大贫下中农们都说：“老簸箕是铁人，名不虚传的铁人。”

铁人归铁人，毕竟是破了一次肚皮，又吐了一次血，元气大伤，已经没有先前的精神头了。原来走路踩得地皮咚咚响，而今落脚乱噗嗒，一行一动上沟爬崖还得依靠着一根拐棍儿，老簸箕自己也感叹有心无力身体不行了。头冬里，他把那块决定着公字寨命运的大红印章传给了大锅，也算选定了接班人。

公字寨一共有四名党员，除了老簸箕，还有大桂桂、大碾台和大锅。本来，老簸箕很想培养大桂桂接班，岂料想，培养过来培养过去，竟然把大桂桂培养成国家大干部了，一个小小的公字寨已经盛不下大桂桂了。大桂桂的户口和党员关系已经转到国家里去了，吃上国家粮了，吃上大馒头了，她是属于国家的大桂桂，已经不是公字寨的大桂桂了。所以，公字寨实际还有三名党员。

别看只有百十口人的小小村干部，眼馋着当这个小小村官的人一坨一坨的。许多人眼馋归眼馋，只可惜不是党员，党支部书记只能在党员之中产生，一个非党员，纵然有诸葛孔明的智慧和魏玄成的治国伟才也没有资格竞选公字寨党支部书记。这样一来，老簸箕的大印只能传给大碾台和大锅之中的一个。

自从老簸箕透漏出要交权的口风，大碾台三天两头朝老簸箕家里跑。大碾台最馋这个位置，她很明白，只要把大锅踩下去，这个位置就是自己的。她找老簸箕没有其他的事，三句话离不开贬斥大锅。

“大锅算什么熊东西？他就是个瘪包闷尿壶，抬上碌碡压不出个屁来。看看那张糠饼子脸，一说话红得就像猴子腚，一上台吓得浑身打哆嗦，他能当干部吗？他能报个告吗？他那算个什么党员？就是个杂牌子党。大锅当了十五个月的兵，接着就被提前押送回来了。他那兵当的，罢罢罢，提不得。报销条子他竟敢卷烟吃，我看他是浑水摸鱼，趁此机会贪污盗窃。他要是当了支部书记，完了，彻底完了，亡党亡国，亡党亡国啊！大叔啊，你要提高革命警惕，千万不要叫大锅这样的杂牌子党员混进革命队伍，亡党亡国，亡党亡国啊！”

老簸箕也真有抻头，任大碾台怎么说，也没吭一声。

“大叔，我这个党员是你亲手培养的。看看咱这个党员，那真叫铜锣对铜鼓，一敲一个响当当。咱对毛主席那是真感情，永远紧跟毛主席，革命到底不回头。看看咱报的那个告，合满大礼堂成千上万人没有一个不夸的。听听那掌声，呱唧呱唧震得房顶打战战。大叔，你访访公字寨所有的广大贫下中农兄弟爷们儿，他们一致推荐我当村支书。大叔，你得说话啊！”

老簸箕手拄拐杖，呆呆注视着大碾台，狗屁猫屁没放个屁。大碾台在一层层皱褶的黑缝里没有打探出一点儿春消息。

其实，老簸箕早就心中有数了。大碾台虽然泼泼辣辣能说会道，但是私心太旺。当干部要一心一意为集体，一心一意为人民，自私自利怎么能当干部呢？大锅是个老实孩子，虽说闷嘟点儿，但是实在。当干部不能光会说，重要的在于能干，在于大公无私。所以，老簸箕就把那颗大印传给了大锅。

大碾台没有争到村支书，对老簸箕满肚子意见。意见只能搁在肚子里，不敢轻易说出嘴。她知道，别看老簸箕一走一哆嗦，但是，只要他的大嘴一吧嗒，照旧叫你全家半年不痛快。所以，大碾台对老簸箕的满肚子意见只能撒给大锅。对大锅她可以毫不客气，当面就可以顶上去，还可以破口大骂几句，但是对老簸箕不敢。别说大碾台不敢顶撞老簸箕，任何一个公字寨人都没有那个胆。

大锅虽说当着村头儿，大事小事完全彻底统统离不开老簸箕。娘生日、孩满月、狗吊秧子、猪慌圈子……哪件事也得等着老簸箕说句话。无论大事小事，无论公家事还是私家事，没有老簸箕发话，好像就缺乏了合法性。大锅说话算个屁？没有人信服，也没有合法性。有人闹分田到户，大锅束手无策，老簸箕一句“坚决了”，公字寨谁也分不了田。邻里打架，大锅劝也劝不住，老簸箕大喝一声：“打得好，使劲打，打死了一起埋。”结果，打架的双方立马就蔫了。

老簸箕虽然把那颗大红印章交给了大锅，无论发生什么事，人们还是习惯请示老簸箕。老簸箕虽说人老了背驼了肚子破了，可他像土地庙里的老树，越老越神奇，越老越可怕，人们尊着他抬着他怵着他。公字寨的人们都说老簸箕身上长着瘆人毛，他的小眼睛储在皱褶里，放着黑光，那束黑光就像钢针，生生往你的肉里扎，扎得你浑身打哆嗦。人们到底怵他啥？谁也说不清楚。要说怵吧，可怵里头更多的还有崇敬成份。老簸箕打从土改时期就当村干部，历经互助组、合作化、人民公社、“文化大革命”，一直到改革开放，几乎当了将近半个世纪的村干部，把一个深山沟的小山村治理成全国闻名的“天下第一共产主义村”，不简单，真是不简单。他大公无私，一心一意为集体，一心一意为人民，集体的一根草刺儿也不多占，公字寨家家户户老老少少男男女女没有一个不夸的，没有一个不佩服的。公字寨人不怕县长省长中央长，唯独就怕老簸箕这个村长。老簸箕说谁好谁就好，说谁坏谁就坏，说打断谁的狗腿就会打断谁的狗腿，说叫谁家没法过谁家就会没法过。在公字寨人眼里，老簸箕要比县长省长中央长厉害得多。老簸箕说个啥，公字寨人就信个啥。老簸箕说很必要，那就很必要。老簸箕说没有那个必和要，那就没有那个必和要。老簸箕说公字寨不搞分田到户，结果就没有人敢说分田到户。

大锅当了村支书，合家人高兴得哟，就像过大年。大锅爹对儿子说："快去看看，你爷爷的坟头上一定是冒青烟了。人家都说你爷爷的坟陵盖在了富贵地，后人能出大干部，看看看看，还真是出大干部了。"

大锅一溜烟跑上山，一溜烟又下了山，一路跑得气喘吁吁。一进家门，大锅就对爹说："爷爷的坟头还真是冒青烟了，一咕嘟一咕嘟满树林子都是烟。从青烟里还跑出来一只兔子，从我的腿裆里嗖的一声逃跑了，差一点被我按住。爹，你说那只兔子是不是我爷爷？如果被我按住，是不是就能逮住我爷爷了？如果逮住了我爷爷，我们该怎么办？是不是不敢杀肉吃？"

大锅爹磕巴磕巴眼，对儿子说："你爷爷是属兔的，那只兔子……嗯，可能是你爷爷，你爷爷显灵了。"

至于逮住了怎么办的问号，大锅爹闭口不吭声，不知是不吉利还是有什么计较。大锅对这个问题好像特别有兴趣，一遍一遍又一遍，总想问个究竟，岂料大锅爹把眼一瞪吼起来："逮着恁爹你也杀肉吃？"吓得大锅赶紧闭了嘴，再也没敢哼一哼。

大锅当了村官，不光大锅一家人喜滋滋，桂桂娘也跟着喜滋滋，她和二桂桂夸起："闺女，你有福啊，大锅当干部了，你嫁给他不屈啊。"

二桂桂是个急性子，又是个喜欢作主张的人，根本就瞧不起大锅这个没有主见的村头儿。二桂桂对娘说："大锅不当干部是个好群众，一旦当了干部，干部不是好干部，群众也就不是好群众了。不信等着看。"

二桂桂说的一点儿也不假，大锅又朴实又勤快又能干，不当干部是个人人喜欢的好群众。尤其是他干赤脚医生，全村人没有不夸的。谁个头疼脑热腿疼脚痒痒，也不管半夜三更刮风下雨，提起药箱就走。

如今，大锅已经不当赤脚医生了，卫生部门组织农村赤脚医生业务过关考试，大锅全部彻底不及格。考试过不了关，就被取消了行医资格。

上级不承认大锅的医生资格没关系，公字寨广大贫下中农们承认，谁个头疼脑热腿疼脚痒痒，还是去找大锅给看看。大锅依旧不管半夜三更刮风下雨，依旧提起药箱就走。无论去谁家，从来不喝人家一口水，不吃人家一口饭。不当干部他是个人人夸赞的活着的白求恩，打从当了村干部，他这个活着的白求恩就遭人嫌弃了，许多人把下地迟到扣工分、分派活儿不公平等结下的记恨一起算到了他的银针上。他一边给人家扎着针，还得挨着没头没脸的数落，不是嫌他长了一双狗熊手，就是嫌他扎针疼。

无论人家怎么嫌弃，大锅的糠饼子脸总是憨憨地笑，一点儿抱怨也没有。

四

根原虽然面临着还贷压力，还是打算盖一排漂亮的大瓦房。几十万贷款，凭着经营所赚的钱哪能还得起？根原找过靳行长，希望借贷还贷堵堵面前的困难。靳行长虽然对根原还是很热情很关心，并且主动给根原出谋划策指几条赚钱门路，但是一提借贷还贷就开始推诿。他说，如今上边查得紧，必须还上贷款才能再给你贷款，借贷还贷不行了，你最好找家单位挪借挪借，一个月之后，马上给你贷出来。

根原从靳行长办公室里走出来，无精打采，一点儿精气神也没有了。几十万贷款，还有半个月就到还款日期了，怎么办？找个单位挪借？舜城几大单位的头头脑脑都看不起根原，没有人愿意帮这个忙。此前，根原曾经跑过几家银行，县城也去了，但是没有一家同意给贷款。一非亲，二非故，三非感情到了数，谁贷给你款？谁敢要你的回扣好处？

半个月，还有半个月……

一个星期，还有一个星期……

根原无计可施，坐立不安。买断木器厂，很受罪。他又细细琢磨三老嬷嬷说的几句话："人人羡富贵，富贵刀头悬。脚踩阴阳线，步步鬼门关。"

鬼门关，真是鬼门关。

根原正打算再找靳行长求告求告借贷还贷，舜城党委办公室秘书孙明带着车突然找上门来，说是良书记要请他吃饭。

"良书记请我吃饭?"根原感到很吃惊。

根原没顾得洗把脸，没顾得换换衣服，就被孙秘书塞进小轿车拉走了。

根原走进酒店豪华大包间，不觉一愣，他万万没想到，天天想夜夜盼的师傅竟然坐在阔阔的大沙发里。

师傅怎么会在这里？真的是师傅吗？根原两眼直直呆呆看着师傅，没说话。

乔大鼻子也没说话，他慢慢站起身，一把将根原拉到自己的身边坐下，抓住根原的手越攥越紧越攥越紧。师傅还是那么有力气，根原感觉骨头节嘎巴嘎巴响。一肚子两肋巴话，都被嘎巴嘎巴的骨头说完了。

"乔总，我来给你介绍一下，这是我们舜城镇的优秀青年企业家赵根原，是第一个敢于吃螃蟹的人，是我们镇的骄傲。希望乔总好好带带徒弟，为舜城镇的发展贡献力量。"良维伯嘻嘻哈哈，有说有笑，显得轻松愉快。

良维伯正在介绍根原，大虎一步闯进来，他带来几瓶茅台酒，小小心心放在饭桌上。大虎对根原很客气，堆起满脸笑。根原看得分明，那满脸的笑意并不是装的，确实是从肉里生出来的。

"陈局，坐!"师傅半仰在大沙发里，伸手指了指对面的红木椅子，那气派，那口气，就像个高高在上的良维伯。大虎喜么滋滋地点点头，低眉哈腰坐在靠墙角的下位里，那副谦恭卑微模样，根原从来没见过。

还有几个政府官员围在一旁，一个个就像进了考场，谨谨慎慎规规矩矩，大气不敢出一口。

根原懵了，难道师傅当大官了？对！一定是当大官了，很大，比良维伯还大。大虎是什么人？舜城镇除了良维伯他瞧得起谁？师傅如果不是当了大官，大虎怎么会低眉哈腰当起孙子来了？良维伯怎么会请自己参加这么大的酒场？细一想，师傅没有当大官的可能性，从监狱里出来满打满算不到三年，怎么可能当了大官？大官那么好当的？良维伯称呼师傅乔总，“总”是啥官？根原猜也猜不透。

“乔总！咱们入席吧？”

良维伯完全没了趾高气昂的做派，在乔大鼻子面前变得温柔和顺。他给乔大鼻子敬酒时，总是忘不了也要敬根原一杯。他对根原特别热情，莫非他想起了根原的救命之恩？莫非他生了愧疚之心？

大虎坐在副陪的座上，按照规矩，主陪敬过酒之后就该轮到副陪敬酒了。

大虎站起身，把酒杯高高举到胸前。

“良书记敬了三杯，作为副陪，我不敢也敬三杯，按照咱们舜城规矩我敬两杯。我一口一杯，乔总和我舅舅随意。乔总你可能不知道，这是我舅舅。”大虎拍拍根原的胳膊，表现得非常亲近。

“第一杯先敬乔总，祝乔总一帆风顺、二龙腾飞、三阳开泰、四季平安、五福临门、六六大顺、七星高照、八方来财、九九归一、十全十美！”

大虎说完祝词，一仰头，把一大杯茅台酒咕咚咕咚一口气喝完了。一杯酒三两三，大虎一口喝光，然后把酒杯倒过来，一滴不剩。

“先喝为敬。剩一滴，罚一杯。乔总，您老随意。”

乔大鼻子点点头，然后举起杯，咕咚咕咚一饮而尽。

“哎哟！乔总给我好大的面子哟！常言道，握过十次手，不如喝顿酒。乔总，改日我设个大宴专门请我舅舅，希望您老人家百忙中到到场好吗？”

“我请你。”

“哪敢哪敢！您老人家的酒场大，个个都是呼风唤雨的大人物。如果有不碍事的酒场，能够叫我坐个桌子角也就知足了。乔总，往后还得

多多关照着小陈。”

“我来家乡创业，还需要良书记和陈局多多关照。”

良维伯点点头，说：“乔总支援家乡开发建设，我们非常欢迎，只要我们能做的，尽管吩咐。”

大虎赶忙随和着说：“对对对！乔总有什么吩咐，我来跑腿。我年轻。”

大虎端起酒杯，说：“第二杯敬我舅舅。”

大虎走到根原面前，恭恭敬敬将酒杯举到根原面前。

“舅舅，我敬你一杯。”

根原头没抬，眼没睁，也没伸手举酒杯。大虎一直举着酒杯干站着，很尴尬。乔大鼻子端过根原的酒杯，说：“我徒弟不能喝酒，我替他喝。”

“这怎么敢？”

“客气了不是？”

“我是小字辈，凡有做事不周之处，还请舅舅原谅。俗话说，舅舅打外甥，揭不下来。往后，舅舅打我骂我，我都不计较。”

“我代表徒弟谢谢陈局长。我干了！”

“不敢不敢，我先喝。”

……

这一顿饭吃的，甜言蜜语比山珍海味还有味道。

吃过晚饭，乔大鼻子叫根原上车，说是到绣锦河码头去走走。

一辆小轿车开过来，这是师傅的轿车，合满舜城镇合满山海县合满城阳市最最豪华的小轿车，没有第二辆。

舜城将要成为市辖开发区，是一块未被开垦的处女地，发展前景非常广阔。舜城镇政府出台了招商引资的优惠政策，沿着绣锦河老码头划出了几十平方公里无偿划拨土地，只要你在这一片土地上投资建设上项目，土地无偿划拨，政府还负责三通一平供电供水，还享受免税三年的优惠待遇。这么优惠的条件竟然没人愿意投资，一片烂草荒蛮地，谁看看谁摇头。半年多过去了，还是一片烂草荒蛮地。

师傅就是奔着这一条政策回来的，一家伙把舜城镇划出的几十平方公里无偿划拨土地全包了，从舜城镇，一直到绣锦河入海口。师傅要叫绣锦河老码头重现昔日的风光，计划沿河建造住宅楼群，还要建造江北最大的批发市场，投资总额几十个亿，县里市里省里的报纸和电视台都报道了消息。

在前，根原听说有个大老板要开发绣锦河的消息，但是，不知道这个大老板就是师傅。师傅是个不服输的人，是个能人，一回来就把合满舜城镇合满山海县合满城阳市都震懵了。他认识省里和北京的好多大干部，市委书记刘德甫的家他抬腿就能进，人们说他是个通天派。

师傅怎么会有那么多钱？到底是哪里来的那么多钱呢？和师傅分手满打满算不到三年，不到三年啊。根原怎么也想象不出师傅怎么会有那么多钱，敲碎了脑壳也想不出。

下了车，乔大鼻子拉着根原的手朝着绣锦河老码头走去。

月亮真圆，真亮，照得大地亮堂堂。

绣锦河虽然没断流，但是好像得了肠梗阻，形成了一个一个小水坑，每一个水坑藏着一个小月亮。站在码头上放眼望去，绣锦河好像是月亮的老巢，一窝一窝月亮娃儿，忽闪忽闪跑进跑出。

“来，码头上坐坐吧。”

老码头脏兮兮湿乎乎的，乔大鼻子正在寻着可坐的干净石头，小轿车里迅速跑过来一个小伙子，将两个软垫子递给师傅，转身又钻进小轿车。小伙子个头不高，长得很干瘦，低眉耷拉角的也没有精神头，论说起来，就是个三等或者四等五等残废男人。抓住他的瘦胳膊，准能扔出去十步远。瘦小伙是师傅的保镖，据说是个武功超群的散打高手，十个八个男子大汉也到不了他的手。只是据说，谁也没见过瘦小伙伸伸胳膊踢踢腿。根原猜想，说不定只是个小跟班伺候伺候师傅，那一身功夫是故意编造了糊弄人的。不过，从瘦小伙干净利落的行动看，确实有那么两下子。小轿车距离老码头足有百步远，瘦小伙几步就窜过来了。放下软垫子，一眨眼又不见人了。

“你看看这一片烂草水洼地，过去是个什么景象？你听说过吗？”

根原点点头。

“日出千杆旗，日落万盏灯，多么美丽的景象啊，可惜，这样的景象已经消失半个世纪了。我乔大鼻子要叫绣锦河重现昔日的风光，三年，只需要三年。绣锦河日出千杆旗，恁师傅就会日进万斗金。你信不信？”

根原点点头表示相信。

“等着看吧。三年。只需要三年。三年过后，这里将会变成永载史册的另一番天地。历史是英雄书写的，英雄是功业铸成的。没有英雄，历史就是一碗平淡无味的白开水。我们要当英雄。一定要当英雄。”

师傅高昂着头，大口大口吸着烟，吞云吐雾，好气派。

“中国的经济建设刚刚起步，舜城镇也是刚刚起步，一定要抓住机遇，争取大的发展。自古至今，要想赚大钱就离不开权，赵家庄园就是官商造就的最好例证。恁师傅半辈子吃了倔犟的亏，吃了要脸的亏，如今算是活明白了，什么真理？什么原则？狗屁！人都说有理走遍天下，无理寸步难行，屁话！理在哪里？理在拳头大的大爷手里攥着，谁的拳头大谁来制定游戏规则，谁的拳头大谁就是理。甭听那些甜么索索的堂皇话，屁话，都是骗人的屁话。世上就没有一心一意为别人服务的人。一心一意？你见过吗？打着一心一意的旗子糊弄人，号召别人学雷锋做好人，而自己根本就不打算学雷锋做好人，说不准背后还嗤笑别人是大傻瓜呢。开发十几平方公里需要多少钱？需要汽车拉。一个乔大鼻子哪里会有这么多钱？但是，我背后的大爷们有。人家一点头就是钱，大红印章一盖就是钱。靠一把斧头砍木头，累你一生也不抵吧嗒盖一个章。权力，一定要利用权力。当然，人家那个权力也不是那么好利用的，把脑袋夹在腿裆里，辛辛苦苦几十年好不容易谋了个差事抓住了印把子，哪能轻易给你用用？我曾经去给一位领导送礼，被人家赶出门外，二次去，还是被赶出门外。我打听过，那位领导的手黑着呢。那时候师傅还没有财力，送不起厚礼，几瓶酒几条烟人家根本不搭理。第三天我又去了，守在门口五个小时，零下十几度，北风啾啾响，浑身的骨头都冻酥了，好歹等到领导散了晚宴回了家。领导叫我滚，骂我是狗皮膏药，我

低着头一声不吭。但等领导一开门，我抢先一步吱溜钻进屋里去了。领导骂我不要脸，我承认不要脸，我说我如果要脸啥事也办不成。再后来，我和这个领导就成了最最亲密的好朋友，成了一个战壕的好战友，成了一条绳上的蚂蚱。人啊，哪有不馋钱财的？不过，我也真碰到不少清官，他们确实不馋钱财，而且很坚决。”

乔大鼻子深深吸了一口烟，又鼓鼓嘴狠劲吐出去，一个大烟圈慢慢滚动着朝着月亮飘去。乔大鼻子的心情好像很沉重，慷慨激昂立马变得语调低沉。

“有一个分管土地批文的柯处长，他的爹娘在贫穷落后的山区老家生活，我亲自去看望过他的父母。老人七八十岁了还下地干农活，五六亩地全靠自己耕种自己收割，硬硬朗朗乐呵呵，活得很快活，真叫人羡慕。柯处长的老婆常年有病，孩子上大学都掏不起学杂费。家里没有冰箱，没有空调，没有现代化的电器，只有一台黑白电视机。一支 15 度的小电灯泡只有孩子做作业的时候才舍得打开，生活很艰苦。他家里我去过好几次，每一次去都会感动得泪水盈盈。我办征地手续，他没有难为我，没有利用手中的权力敲诈我，而是顺顺利利办完了一切手续，我很感激，再三表示感谢。他说我的征地手续符合政策，该办，不用谢。自古以来，衙门口都不是容易进的。走进衙门口，许多人故意难为你，该办的就是不给你办，说到底就是为了要点好处。可是这个柯处长没有难为我，我从心里佩服他。我给他送去 10 万元，他宁死不要。我说，我不是行贿，也不是为了感谢你，而是佩服你，尊敬你，真想帮你孝敬孝敬老爹娘。他和我说的几句话，差一点儿叫我落了泪。他说，老乔啊，你们从商赚钱也不容易，起早摸黑，不容易。你感觉我困难，其实我自己并不感觉困难，我感觉很幸福，不用你惦记我可怜我。爹娘身体棒棒的，我很幸福。孩子很懂事很争气，考上了清华大学，我很幸福。爱人虽说身体不好，但是我们有疼有爱，小屋子很温暖，我很幸福。我过我的平常日子。平常日子，好过，晚上睡觉安稳。亏心日子，才是难过的日子，一辈子睡不安稳。安稳日子，才是好过的日子。”

乔大鼻子又深深吸了一口烟，又鼓鼓嘴狠劲吐出去。不过，这一口

烟并没有形成烟圈，而是一条烟柱，朝着河对岸狠狠地射过去。

“这几句话，我铭记在心。这样的好人很让我感动，我会记住他们。可恨的是，外人还说柯处长故意装穷。他掌握着那么大的权力能穷成这个样子吗？没有人相信。有人说他装穷，我心里很难过，但是还没法为他说句公道话。我是个奸商，一个奸商出面为一个掌握着土地审批大权的官员说好话不会有人相信，我只能默默为柯处长伤心。谁是好人谁是坏人，朋友最清楚；谁是清官谁是赃官，奸商最清楚。我曾经暗暗发过誓，决定拿出一笔巨资，设立清官奖，但是，谁敢要我的奖金呢？再说了，我指认了谁是清官，岂不是伤了给我大开后门的赃官吗？往后谁敢给我开后门儿？清官可敬，但不是我们的靠山。”

根原对师傅的所作所为所言好像不是很赞同，但是，他的不同意见没有说出口，这倒不是因为不敢说，好像还没有琢磨清楚不知道该咋说。

根原的一丝犹疑立马被乔大鼻子注意到了。乔大鼻子是啥人？精怪得绣花针眼里钻火车。

“对！但是你要记住，一定要像防范强盗一般防范我们的同盟军。”

乔大鼻子非常干脆地回答了根原的犹疑，但是，针对根原的犹疑又作了一点儿补充，或者说作了一些解释：

“恁师傅吃不过一日三餐，睡不过一张凉床，我的目的非常清楚，就是要赚到足够多的钱来证明我的能力。这些财富我不会带到棺材去，都是社会的。我知道有人背后骂我勾结赃官欺压百姓，骂我手太黑。骂吧，谁爱骂谁骂。不是恁师傅不愿意讲道理，是人家不愿意和你讲道理，是你没生在讲道理的地儿。我只是没在意说了一句对伟大领袖不恭的话就坐了八年大牢，细皮嫩肉的妻子进了人家的被窝，儿子直到现在还不姓乔，你和谁讲道理去？你以为我心甘情愿给人家送钱吗？你不送他就不给你盖印，不盖印你就征不了地开不了工。工期耽误不起啊！人家抓住了你的软肋和你拖，你拖得起吗？每一天都得往里填钱，人家不急，你能不急吗？你能坐得住吗？送钱不到位，脸难看事难办。钱送足了，迎面都是笑脸子。就是这么块肮脏地儿，你不想犯罪都不行。你以为师傅喜欢赃官吗？你以为师傅堕落了吗？不，恁师傅还是那个师傅，只不过比过去活得更通透了。积累财富不可能放弃不择手段。我的手段虽然黑了点儿，但是目的是光堂的。我没有妻子，没有儿女，只有一个儿子还不姓乔，我创造的一切财富都是社会的，带不到棺材里去。我创造财富就是要证明我的能力我的存在，我相信上帝会理解我的。你读过圣经吗？”

根原摇摇头。

“圣经讲过一个故事，一个国王远行前交给三个仆人每人一锭银子，吩咐他们去做生意。国王回来后询问三个人的情况，第一个仆人对国王说，利用一锭银子已经赚了10锭银子，于是国王又奖励了他10座城邑。第二个仆人说，利用一锭银子赚了5锭，于是国王又奖励了他5座城邑。第三个仆人说，你给我的一锭银子，我一直包在手巾里存着，我怕丢失了，一直没敢拿出来。于是，国王命令将第三个仆人的那锭银子赏给第一个仆人，并且说，凡是少的，就连他所有的也要夺过来；凡是多的，还要给他，叫他多多益善。自古以来，金钱和权力是制造罪孽的最为深重的根源。但是，我们赞美的所有的英雄，都是获得金钱或者获得权力的得胜者，没有人赞美失败者，连上帝都会支持得胜者，奖励得胜者。凡是多的，还要叫他多多益善。我就是那个用一锭银子赚取了十锭银子的仆人，上帝给我这么多，就是叫我创造更更多的财富。我创造更更多的财富，有利于社会的发展。你说，师傅有罪吗？”

根原好像明白了师傅说的道理，他点点头，坚定地说：“师傅没有罪。”

“恁师傅不是坏人，你相信。不是坏人。”

“师傅不是坏人。”

“师傅是个要头要脸的人，你也是个要头要脸的人，一股子犟劲，不愧是我的徒弟。人啊，要有英雄气。什么是英雄气？过去师傅认为志气、豪气加正气才是英雄气。而今师傅明白了，志气、豪气、正气都该有，但是还不足，还要有猴儿气。一头撞南墙不是英雄好汉，识时务者为俊杰，识时务者才是英雄好汉。该当爷爷的时候当爷爷，该当孙子的

时候当孙子，做人的全部诀窍就在于你要明白啥时该当爷爷啥时该当孙子。该当爷爷的时候你当孙子就是糊涂蛋，该当孙子的时候你当爷爷就是傻瓜蛋，爷爷孙子摆不明白位置就是浑蛋。一个人不可能一辈子光当爷爷不当孙子，该当爷爷的时候就要挺起胸脯当爷爷，该当孙子的时候就要规规矩矩当孙子。韩信都能从人家裤裆钻过去，要脸不？所以，该不要脸的时候就坚决不要脸，大丈夫能屈能伸，这就叫英雄好汉。我给大学生作报告，讲起我吃了什么样的苦，讲我怎么不要脸。他们对我的苦难好像没有多少兴趣，因为，任何一个成功人士都好像特别喜欢奢谈苦难，那好像是成功人士的资本。苦难对于成功者来说是骄傲的资本，一个失败者奢谈苦难只能是自取羞辱。虽然说任何一个成功者都是不可复制的个案，但是总有可以吸收借鉴的具有共性的经验教训。譬如说，吃苦耐劳、勤奋好学、知难而进，坚忍不拔，这些都是成功者共同的品性。大学生们对我讲的苦难史没有多少兴趣，而对我怎么不要脸的创业经历特别感兴趣。不要脸并不是容易做到的，我从要头要脸发展到不要脸，这个过程是很熬心的。”

乔大鼻子滔滔不绝讲着他的人生哲学，突然，他扭转了头，两眼紧紧盯着根原。

“你这犟头脾气到了好好改一改的时候了，你已经吃过多次犟头的亏了，是该好好反思反思改改脾气了。一定要和大虎搞好关系，这么好的关系不利用就是大傻瓜。不要和这种人对抗，人家吃饱了专门找你的碴，那是工作。人家专门找你的碴国家还得发工资，你抗得动吗？调动一切可以利用的力量是一个人能否取得成功的根本所在。靠什么调动？大嘴一吧嗒人家就能听你摆布了？钱财不是一个人赚下来的，谁的孩子谁上心，谁有份子谁上急。不图三分利，谁起早五更？那个破木器厂你干脆扔了，到我这里来吧，舜城这一摊子由你掌管，这十几平方公里就交给你了，怎么样？”

根原没有回答师傅的问话，显然，他没打算和大虎搞好关系，起码现在还没有做好这个思想准备。

“师傅知道，你是在仇恨里下的生，一下生就是一张仇恨脸，不会嘻，不会笑，满脸仇恨。你那张仇恨脸不会开出红花来，不可能和大虎搞好关系。师傅知道，你对抗的并不在于大虎一个人，而是一个人群。你不打算向那个人群屈服，你要向那个人群证明你的存在和你的力量，你要征服那个人群。师傅和你把话说明白了，你不会演戏师傅不逼你，也许，你学会演戏了也就不再讨人喜欢了。你的犟劲头实心眼儿师傅不要求你改，这种脾性下生带来的，想改也改不了，以后注意活泛一点儿就行了。我经常想，人为什么要活着？人活着到底有什么意义呢？有人说，生命的意义在于奉献，你问问他奉献了啥？有人说，生命的意义在于全心全意为人民服务，你看看他服的什么务？还有人说，生命的意义在于爱，你问问他爱了谁？他爱老百姓吗？他爱权，他爱钱，他爱二奶三奶和四奶。因此，我们感觉又香又甜，我们喜欢听，也相信。敢于在大庭广众之前抖索出去的话，基本都是经过挤压过滤之后的鬼话。越是实话，藏得越深，谁也不会抖索出去，谁抖索出去谁倒霉。人活着到底为个啥？人活着的全部意义和目的就是向别人证明你的存在和力量。向历史证明的是伟人，向豪杰证明的是英雄，向小草证明的是小草，向猪下水证明的就是猪下水。不要相信主义，主义是政治家玩儿的政治游戏，不是我们玩儿的游戏。我知道，你在努力向公字寨的人证明你的存在和你的力量，我并不反对，你需要出一口窝囊气，这口窝囊气不出，一辈子撂不下。还记得咱们在监狱里说过的话吗？来到这个世界上，整天喘的是窝囊气，活着是个窝囊人，死了也是个窝囊鬼，到阎王爷那里去报道，连把门的小鬼都瞧不起你。这辈子若不喘口顺畅气，死不瞑目。生当作人杰，死亦为鬼雄。活着不做窝囊人，死了也决不做窝囊鬼。你还记得吗？记得吗？”

根原点点头，没言语，泪花在眼眶里打转转。

“师傅知道，你那口窝囊气还没出，师傅帮着你出。但是我要告诉你，和英雄争江山的是豪杰，和狗争骨头的是狗，计较小事的人不会有大出息。向一群猪下水证明你的存在证明你的力量，你本身就是猪下水。你不是要争回那口气吗？只有做出一番大业才会争回那口气。计较小事不是争气，叫置气。不要埋怨人家戳你的脊梁骨，人家能够戳着你

的脊梁骨是因为你和他距离很近，说明你和喜好戳你脊梁骨的猪下水行走在同一个群体里。如果你攀上十八盘，那些停留在山下的人怎么可能戳到你的脊梁骨呢？给他一根竹竿也休想戳得到。不要计较小事，不要和小人置气。努力吧，努力攀上十八盘吧。当你攀上十八盘，回头看，山下的那些大事都变成不值一提的小事了。”

根原一直愣愣地看着师傅，呆了，看呆了。

根原知道，师傅聪明绝顶，是奇才，一学就会一戳就透，就怕没看到，一看就明白，好像世上没有能够难住师傅的难题。师傅是老三届的高中生，从小学到高中，师傅一直是班里的尖子生，但是从来没有得到过五好学生大奖状，原因在于他的课堂纪律极差。听不了半截子课就请假上厕所，蹲在厕所看小说。上午三节课，他三次报告上厕所，下午三节课，他又三次报告上厕所。后来老师不许他上厕所，他又报告肚子痛，要回家。总而言之，三天两头请假，隔三差五旷课，时常半月十天不到校。旷课归旷课，一考试没人能够夺走他那个第一名。无论老师还是乡邻，都说师傅和人不一样，是各一路货。

师傅不但好学，还好琢磨事理。在黄泥岗劳改队，根原和师傅睡在一床破席上。晚上睡不着，师徒两个经常坐在黑影里想心事。根原想的基本都是经历过的仇和恨，不是恨这个，就是恨那个。师傅却不怎么回想经历过的仇和恨，他总是透过破瓦缝望着星星想那些半天空里没边没沿儿的事，一想想到大半夜。根原劝说师傅睡吧，师傅说不困。根原有时会问问师傅在想啥，师傅回答说，说不清楚。根原说，说不清楚想它干啥？师傅说，越是说不清楚越要想想，想想有滋味。

师傅爱想那些有滋味还说不清的半天空里的空气事。

过去，根原感觉师傅虽然精明强干毕竟还是个人，而今却感觉师傅已经不是人了，成了神了，成了精怪了，他已经测不透师傅几丈几尺深了。

“我的公司不缺有本事的能人，而是缺少和乔大鼻子一心一意奋力打拼的实在人。恁师傅一边忙着开疆扩土，还得防偷防盗防后院起火，累，很累。向历史证明存在确实很难，很苦，很累，向小草证明存在倒是轻松愉快的活法，所以，大多数人选择了轻松愉快。师傅希望你向历史证明存在，不要选择轻松愉快的活法。根原，跟着师傅干吧，师傅需要你这样的犟头，太需要了。给你充足的考虑时间，好好想想。”

“师傅，你让我想想。”

“好，你想想。师傅知道，你还没有做好思想准备，你还停留在那个小小的木器厂里没有走不出来，停留在公字寨里没有走不出来。人们都说社会是由一个个人组成的，我倒是觉得，社会是由一个个小圈子组成的。每个人都有个生活的小圈子。小圈子对于每一个人来说，很重要。人是喜欢群居的家伙，是喜欢围在一起撕咬的家伙，这就是社会。任何人都不可能离开社会，都不可能离开小圈子，离开小圈子你会很孤独，很失落。圈子有大小高低之别，有的圈子是一群猪，有的圈子是一群虎，市委那个圈子和你们公字寨的圈子怎么比？要想跳出一群猪的圈子攀进一群虎的圈子也很难，不仅需要勇气，还需要智慧和力量。不怕虎一样的圈子，就怕猪一样的圈子。在猪一样的小圈子里，哪怕你是最强壮的仍然是一头猪。有人说，宁当鸡头不当凤尾，我不赞同这一观念。鸡就是鸡，凤就是凤，有着质的区别。即令当了鸡头还是鸡，不是雄鹰。还有人说，宁肯给英雄牵马坠镫，绝不给下三滥当祖宗。我赞成这样的观念。给英雄牵马坠镫，你就会沾染英雄气。你可能一直在猜想师傅为什么会有这么多钱，那么我告诉你，就是因为师傅攀进了老虎的圈子给英雄牵马坠镫自己慢慢也成了英雄。师傅凭着木匠手艺专门为高层次的大人物做家具，因此结交了上流社会的大人物，因此攀进了老虎的圈子，因此一夜之间暴富。你认为暴富很难吗？告诉你，要比摆地摊容易得多。吧嗒盖一个印，保准你一夜之间成为亿万富翁。”

乔大鼻子把一盒烟抽完了，但是好像意犹未尽。他转身朝着小轿车挥挥手，那个瘦小伙儿噌地窜过来，把一盒烟放在乔大鼻子的手上转身窜进小轿车。身轻如燕，行走如飞。真是有两下子，看来不是瞎编蒙人的。

“在国外，经过几代人的努力才可能成为亿万富翁。在改革开放的大潮中，你可能一夜之间就会成为亿万富翁。师傅希望你能走出那个小

小的木器厂，走出公字寨。一定要抬起头来，抬起头来才能看得远，低着头只能看见脚趾头。登高天下小，展翅五岳低。战乱年代有枪就是草头王，市场经济年代有钱就是大爷。体制变革是啥？是财产再分配。咋分配？等着人家把饭盛到你的碗里吗？那是猪，没有能力的猪才会等着人家喂你。咱们不能等，等不起，决不能失掉了大干一场的好时机。有人把社会划分为大时代和小时代，放屁。社会从来就没有什么大时代和小时代，只有大志气与小志气，只有大人物和小人物。对于有志气的大人物来说，什么时代都是大时代。对于自甘落伍的小人物来说，什么时代都是小时代。眼下咱们师徒研究的题目就是赚钱，当官那条路不属于咱们，但是，咱们可以利用当官的。过去流传着这样一个故事，一位哲人问一位资本家，你赚这么多钱为了啥？资本家回答说，为了赚更多的钱。哲人又问，赚更多的钱又为了啥？资本家又回答，为了赚更更多的钱……这个故事当年是无产阶级嘲笑资产阶级的一个范例，我也曾经这样嘲笑过资本家，现在想起来非常可笑。资本家赚钱有什么错？资本家追求金钱就如同政治家追求权位，都是向别人证明自己的存在和力量，都是热爱生活的表现，没有错。几十年来，我们一贯倡导树立大公无私的奉献精神，对私心杂念、名利思想大加鞑伐。我们应该还给私心杂念、名利思想一个公道，给予正面意义的肯定。我乔大鼻子就是满脑子私心杂念，就是满脑子名利思想，有罪吗？这辈子绝了仕途路，我就拼命赚钱，只有赚钱才有可能证明我的存在和力量，有罪吗？我知道，钱财这个东西生不带来死不带走，除了证明我的存在我的力量没有什么用处。等我两腿一蹬，这些财富都不属于我自己。我的财富，都是社会财富。而我乔大鼻子，仅仅是证明我的存在和我的力量。这，有罪吗？资本家吃苦耐劳，兢兢业业创造财富，要比那些蹲墙根的穷人强得多。过去我们羡慕穷，谁穷谁是好人，越穷越光荣，越穷越革命，真是混蛋逻辑。只有懒惰的人才会穷，懒人反而成了好人，成了最最革命的人，浑蛋逻辑，真是浑蛋逻辑。惰性是人的天性，谁也不愿意费力气，因此，社会上总是穷人多而富人少，多数人就会挤兑少数人，合起火来抢你的财富，还得说你是剥削。一切向钱看总比蹲墙根的懒人强得多。你爹你爷爷你们一家人都吃了富的亏，师傅知道你的心很痛。现如今不是那些年了，谁穷不是光荣的事了。除了那些因为遭受天灾或者病灾致贫的穷人值得同情之外，其他的穷人不值得同情。懒惰，值得同情吗？我们赶上了好时机，蹬起你的二饼来，准备着大干一场吧。咱们还算有福的人啊，虽说受了不少罪，但是赶上了群雄争钱的大好时机。这么美丽的绣锦河竟然不要钱，竟然白送没人要。你等着看，当重现日出千杆旗日落万盏灯的时候，这里将是寸土寸金的宝地。现在土地白送不要钱，到那时候拿钱买也买不着。这几天我正在和政府谈着另一个项目，开发公字寨旅游景区，十里大峡谷以及周边风景区全部划到我的圈里来，十几万亩山场，几乎等于白送。公字寨很美，是个好地方。其秀不减雁荡，名副其实。我和良维伯谈了设想，我说老簸箕坚持不分田，很有远见卓识。公字寨最好不要分田到户，保持公有制制度不变，这本身就是一道风景线。再过几年几十年，也许人们再也看不到这种挺好玩儿的公有制制度了。再过百年，也许会成为世界非物质文化遗产，你信不信？公字寨很有玩头，你先考虑考虑，做一个调查，抽时间咱们好好合计合计。你那点儿贷款，我已经安排人还了。临时花钱别犯愁，师傅有钱，先借你，待你有钱了再还我。车上还有钱，你先拿着花。我明天去新加坡，从新加坡再去香港，正在谈一个大项目，大约六七天就回来，回来再见面。”

“师傅，你明天还要出远门，咱们早些休息吧。”

“好，早些休息。”

根原送走师傅，在月光下久久站着，一直站到大天明。

一连好几天，根原好像还没有缓过神来，不禁琢磨起三老嬷嬷来。一颗桃符戴了没几天，果然就来了贵人帮忙。

琢磨了三老嬷嬷，又开始琢磨师傅。根原认为，三老嬷嬷难琢磨，师傅更难琢磨。

师傅是个干大事的人，满脑子大事。如今，师傅虽说年过半百，但是依然是孤身一人四处奔波。根原突然感觉到，师傅和孟瞎子有许多相似之处，都和一般人不一样，都是奇奇怪怪的神人。师傅只是个高中

生，而今却成了好几所大学的客座教授。一边忙生意，抽空还到大学讲讲课。在监狱的时候，根原就感觉到师傅是个干大事的人。师傅看不起那些不是迷恋女色就是迷恋麻将桌的人，师傅说，男人不能不爱女人，但是，整天活在女人裙子下的男人基本都是猪下水，不会成大事。有钱也是肥胖猪下水。

师傅厉害了，很厉害。据说，他在北京天津山东山西等地都有房地产公司，大楼一片一片的，听说还有一处铜矿两处煤矿三处石灰矿，他的钱已经远远超过了大财主赵慧仁。赵家大林投资两个亿，师傅却说那是小咸菜一碟，不算啥。赵慧仁经过几十代人几百年的努力才成了大富翁，师傅一夜之间就成了大富翁。神了。真神了。如今，师傅举步生风，无论走到哪里，一踩地皮一忽闪。他想办的事谁也挡不住，山挡了搬山，水挡了截水，基层的小干部碍事，他能给小干部们挪挪窝，良维伯见了师傅还都屁颠屁颠的，更不用说那些虾毛蟹糠的二皮子干部了，更更不用说灰眉土脸的小小老百姓了。

一村赵老三的养猪场距离师傅开发的区域还有半里路，师傅嫌乎养猪场在绣锦河上游，绣锦河水有股子猪屎味，批发大市场建起来，山南海北的客商怎么受得了？师傅一句话，村干部镇干部就像当年接了毛主席的最高指示，立马出面劝说赵老三搬走养猪场。赵老三一是嫌乎赔偿数额与要求还有距离，赖着不搬；二是因为两头老母猪快要下崽了，要求拖些日子再研究。赵老三打着自己的小算盘，两窝老母猪一下崽，又能多赚些赔偿收入。赵老三也没死数，竟敢说拖些日子再研究，和谁研究？老鼠枕着猫蛋子睡，好大胆。

大虎很想贴乎贴乎师傅，主动提出要出面严肃严肃，师傅说甭用，这么点小事叫施工队严肃严肃就行了，无需惊动陈局长。

半夜里，养猪场被扔进去好几挂大鞭炮，噼里啪啦一阵响，六十多头猪没剩几头，能跑的全部跳栏逃跑了，剩下几头跳不动的瘫在粪坑里乱哼哼，两头快要下崽的老母猪在鞭炮声中急急忙忙下了崽，不过，一个也没有活着甩出来。逃跑的几十头大猪一头也没找回来，听说都被施工队逮住吃了。赵老三靠贷款上的养猪场，欠下一屁股债，实指望大猪一卖发大财，结果是，竹篮打水一场空。找猪找不着，告状没人理，大虎还气势汹汹地教训赵老三，责骂赵老三不懂事，烧煳了也看不出火候来。大虎点着赵老三的鼻子呵斥着："你也不睁开狗眼看看，你赵老三能挡住历史车轮前进吗？轧死你！"

赵老三哭都没地方哭，老老实实接受了赔偿条件，老老实实搬出了师傅划的那个圈。

师傅厉害，太厉害了。呼风唤雨。大官小官心甘情愿为师傅牵马坠镫，心甘情愿为师傅抬轿。师傅厉害，太厉害了。呼风唤雨。

根原对师傅突然有了一种陌生感，他感觉，师傅好像不是原来的师傅了。

五

听说根原要回公字寨盖房子，二桂桂风干的心又开始流血了。

在前，每当吃过晚饭爬上土炕躺下身子，她的思念，就在黑洞洞里开始了。思念，就像放电影，一幕又一幕，天天看也看不完，也看不够。思念恨古怪，一阵一阵苦，一阵一阵甜，一阵一阵甜里裹着苦，苦里裹着甜。

打从二桂桂逃跑被娘抓回来，就不愿想那些又苦又甜的事了，一想就是一堆泪，心里再也没有甜味了。她害怕想。虽然极力拒绝想，但是，有个影子总是在面前晃动，只晃得眼睛发花头脑子疼。根原不是说再也不回公字寨了吗？咋又回来了？都说老虎不吃回头食，根原啊，你不该回来，不该回来……

根原回家盖房子，最不安的是大锅。根原把娘搬到舜城去，大锅心里真高兴，他感觉就像肉里拔出一根刺，肉不疼了，心也不疼了。而今，根原又要回公字寨盖房子，听说还要盖合满公字寨最最漂亮的大房子，大锅心里惶惶的。他本来是个不会用心或者说无心可用或者说没有心因此也就不知道心会疼的人，这几天，突然有心了，突然感觉心会难受心会疼痛了，一车一车砖头就像倒进他的心，他感觉自己的心被压在砖头之下，疼，压得生疼。

运砖的大车刚刚进了公字寨，大锅急忙向老簸箕报了告。遵照着老簸箕的指示，大锅召开了骨干民兵紧急会，他号召民兵提高革命警惕，严防阶级敌人破坏捣乱。大锅平时说话没人听，此时的话却引起强烈共鸣，所有的基干民兵将矛头一齐指向共同的敌人——根原。吹吹表现得尤为积极尤为激烈，不待大锅讲完话，突然站起来表了个恶狠狠的态。

"根原这个阶级敌人的贼心不死。伟大领袖毛主席教导我们说……说……"

吹吹一激动，竟然想不起毛主席教导我们说啥了，连咳了几声也没想起毛主席教导我们说个啥，只好接着骂根原。

"……根原就是个反动派，你不打，他就不倒。能的他，还跑到舜城镇开木工铺，搞资本主义，还要回来盖新房。阶级报复，绝对绝对的。根原是个贼，见啥偷啥。为什么白天不来黑天来？为什么趁夜里拉水泥拉砖头？嘿他娘，说不定都是偷来的，绝对绝对的。"

大锅把民兵排了班，白天晚上不放松。

公字寨大队办公室就是根原家的大瓦屋，那是经过爷爷和爹娘两代人努力才盖起来的大瓦屋。还没睡热乎炕，就被贫下中农没收归了公，如今成了村里的办公室。根原每次走过大瓦屋，两眼就会冒火光。根原憋着一口气，既然回家盖房子，一定要盖合满公字寨最大最漂亮的大瓦屋，出一口窝憋气。

回家盖房子，而且还要盖最大最漂亮的房子，根原料定公字寨的贫下中农们一定会找麻烦。如果老簸箕不让盖怎么办？如果贫下中农们不让盖怎么办？根原采取了一个省心省事的好办法，他把盖房的事托付给韩大胡子，实行大包干。根原了解韩大胡子，那是个不怕惹事的主，你动细的他有细的对付，你动粗的他有粗的对付，若是要起王八蛋来，他就是王八蛋中的顶尖王八蛋。韩大胡子对根原拍了胸脯子，他说公字寨的人都是窝囊废，好对付，一切麻烦都由他出面处理，叫根原只等着住房子就行了。

韩大胡子把脚手架一支砖瓦一放阵势一摆，大锅立马安排民兵在工地周围布了暗哨，悄悄监视着根原和建筑队的一举一动。大锅顾不得吃晚饭，亲自坐镇指挥，亲自围着工地转圈圈。

地屋子南面停着一辆小货车，周围全都堆满了砖头和水泥。大锅听见车里有人在说话，蹑手蹑脚靠近了小货车。突然，车门子咣当推开了，吓得大锅浑身一哆嗦，赶紧缩了头，躲进砖垛背阴的黑影里。

韩大胡子从车里跳下来，一边解着裤子，一边朝着砖垛背阴走过去。身子刚刚依着砖头垛，一泡骚尿哗哗啦啦浇在大锅头皮上。不知韩大胡子真的没发现有人还是故意作践人。看看韩大胡子一边撒尿一边哼着小曲的开心劲，基本上可以断定是故意的。

大锅紧紧闭住嘴巴，不仅怕骚尿流进嘴，更怕一出声被韩大胡子发现了。大锅认识韩大胡子，到镇里开会两个人经常坐在一条板凳上。他对韩大胡子没有什么好印象，身为村干部，光思谋自己发财，忒资本了，家里大汽车小汽车好几辆，不和广大贫下中农共同富裕，光考虑自己富裕。

好歹挨过了韩大胡子那泡骚尿沘，大锅躬躬着腰就朝民兵连部跑去。

今晚值班的是吹吹，一见大锅跑进来，吹吹立马捏住了鼻子。

“怎么搞的？骚，骚煞了。”

大锅示意吹吹小点声，然后就说了说骚的原因。

“你就这么闷头挨着？”

大锅悄声对吹吹说：“暗哨就是暗，要么还叫暗哨？我若是喊一声，那不就暴露目标了？邱少云被活活烧死一动都不动，一泡骚尿算什么？我们革命的战士，就是喝一罐尿也不能暴露了目标。”

大锅把话说得很硬棒，表现出大义凛然威武不屈的英雄气概。他又低声嘱咐吹吹，一定要密切注意阶级斗争新动向，坚决不能暴露了革命队伍的目标。暗哨，就是要暗。

吹吹说：“你放心，我不会暴露目标，如果韩大胡子沘我一头骚尿，我也一定会像邱少云那样决不会动一动。”

自从韩大胡子接了根原盖屋的活儿，早就做好了充分的思想准备，他知道公字寨的人会找碴，打算和公字寨人较量较量。事前，他就找了

老簸箕，没料到老簸箕答应得很痛快。老簸箕说："拆了破屋盖新屋，这是合理合法的事，只要是合理合法符合毛主席的革命路线，咱支持。"

老簸箕还真是个老簸箕，只要他认为合乎毛主席革命路线的事，就不会难为你。他认为不合乎毛主席革命路线，也不管你什么政策不政策法律不法律统统的是反动路线。总而言之，他认为合乎那就是个合乎，他认为不合乎那就没有个合乎。

老簸箕没找麻烦，前后左右的邻居们却一齐涌出来找麻烦。

大锅和吹吹都住在根原家的房前屋后，因此他们找麻烦最起劲。吹吹对韩大胡子说："盖新房子我们不反对，可就是不能比我们的地屋子高了，压了阴不行，高一砖也不行。"

公字寨广大贫下中农家家住着地屋子，地屋子就像半地下室，地面以上部分一般只有两米来高。

吹吹手里握着一把木匠尺子丈量着，大锅、大碾台以及看热闹的村民们围了一大圈。窑匠垒上一块砖，吹吹就给扒掉一块砖，窑匠垒上一块砖，吹吹就给扒掉一块砖……建筑队大半天工夫白耽误，一块砖也没垒上去。

大碾台围着工地叫骂着，不但骂根原，也捎带着旁风斜雨地咒骂韩大胡子。

"毛主席教导我们说，共产党员要毫不利己，专门利人，家里有好吃的，首先让给贫下中农们吃，站在家门口，放眼全世界，首先解放全人类，然后解放自己。帮助贫下中农富起来，而后自己再富起来。如今可倒好，光顾自己发财，睁开眼只认钱，亲爹娘也不认。什么臭党员？就是个杂牌子党员，国民党也不如。好好跟着我们丰年大叔学学。有钱怎么了？有钱就欺负人了？有钱也是剥削了人民的，剥削的钱是花不出个好结果的，盖屋屋塌，买肉肉臭，老婆病了孩子病，一场病就花个光净光。别看坐着小轿车怪风光，说不准啥时候咕噜滚进大沟里，两腿一蹬，挣了那么多钱只能买花圈。"

韩大胡子忍受不了大碾台旁风斜雨的咒骂，指着大碾台的鼻子问："你骂谁？谁不顾爹娘了？上级也没说不让党员致富。有理讲理有事儿

说事儿，你不干不净骂谁?”

“我骂你了?骂你了?一没提名，二没提姓，你心什么惊?不做亏心事，不怕鬼叫门。心惊就说明心中有鬼。”

大碾台毫不示弱，尖着嗓子对着韩大胡子嚎叫。

韩大胡子气得满脸通红，他的沉闷沙哑的声音被大碾台尖尖的嚎叫压制着，显得那么软弱那么被动。

农村邻里吵架有一种很滑稽的现象，谁的声音大，谁的嗓门高，好像谁就显得有道理。韩大胡子闷嗤嗤的声音不能传达给围观的大众，因而就显得理屈词穷败下阵来一般。韩大胡子两眼直直地盯着那张能够发出尖叫声的大嘴，显出一脸的愤怒和无奈。

突然，韩大胡子扬起巴掌朝着那张能够压倒自己声音的嘴巴打过去，尖叫声嘎巴断了，大碾台咣当倒了，直挺挺躺在大街上，嘴巴里立马涌出一摊血。

“打死人了！打死人了！”

“出人命了！”

不知谁在喊叫，人群立马炸了营。

吹吹、大锅、二锅、梭猴子等顺手抓起砖头石头镢头挠钩，一齐朝韩大胡子逼过来。十几个窑匠也立马抄起锤子瓦刀撬撬棍，挺起胸脯子把韩大胡子护在了中央。

一个五大三粗的黑脸窑匠大声叫嚷着：“要打架吗?叫你们全村人都来吧！不怕死的上来，怕死的躲开，小心溅了一身血。来吧，都来吧！”

公字寨人并没被黑脸窑匠吓唬住，公字寨人是什么人?是最最坚决的人，是最最不怕死的人。全村人呼啦涌出来，男男女女老老少少倾巢出动。人们手握着铁锨镢头，老娘们儿还提着烧火棍，几十口子人一齐向窑匠们围过来。两堆冒火的眼睛互相逼视着，没有了言语，没有了咒骂，只剩下两堆点燃仇恨大火的眼睛咕嘟咕嘟冒热气，公字寨的空气立时凝固了，一场大战一触即发。

“住手！干什么?你们要干什么?”

二桂桂突然从屋里窜出来，一声吼叫把在场的人忽嗵镇住了。

“都把镢头放下，放下！人躺在大街上你们还顾得打架？都活够了？都不想活了？你们不想活，俺还想活。打了盘子说盘，打了碗说碗，你们这是干什么？都把家伙放下，赶快救人。建筑队！赶快把汽车开过来，拉人去医院，快！”

韩大胡子两眼直直地盯着那张能够发出尖叫声的大嘴，显出一脸的愤怒和无奈。

两堆冒火的眼睛像是淬了火，齐刷刷暗下去了。二桂桂哭咧咧的一席话，仿佛把梦中的人们唤醒了，紧紧握住镢头的手放松了，满脸杀气消失了，一个个老老实实规规矩矩听从着二桂桂的支派。

韩大胡子吩咐司机把车开了过来，众人七手八脚把大碾台抬上了车，然后迅速朝舜城医院驶去。

大碾台在医院做了全面检查，从头发梢检查到脚趾丫，除了嘴唇被打破之外什么毛病也没有。

医生给了大锅一包土霉素，说："一天吃四次，一次吃两片，回家去吧。"

吹吹问医生："别没啥？"

"没啥。"

"没啥就好。"

吹吹转身对紧紧闭着眼睛的大碾台说："医生说没啥。走吧，咱回家。"

大碾台一直紧紧闭着眼，任你如何检查也不睁眼。医生和吹吹的对话她听得一清二楚，她暗暗气恨吹吹，你怎的这么好说话？挨了人家一顿打，说回去就回去了？事到如今自己该咋办？继续装死呢？还是和可恶的医生论论理？大碾台暗暗下定决心，既然装死，那就坚决了，革命到底不回头。你韩大胡子又有权又有钱，惹不起，俺装死还不行？鸡蛋碰石头，碰不过也抹你一身鸡蛋黄恶心你。

从被打装死到现在，大碾台憋了一大泡尿，小肚子胀得不戳就疼一戳更难受。实在憋不下去了，到了该处理处理的时候了。

吹吹刚走到病床前准备抬走大碾台，一泡热尿把他臊得后退了好几步。那一大泡热气腾腾的臊尿从病床上哗啦哗啦淌下来，一眨眼漫过了大半间病房。

吹吹大声喊叫着："医生，你说没啥事的，为什么我老婆连撒尿都不知道了？回去瘫在床上谁伺候？不能走，不能走！"

痛快，痛快极了！大碾台心中偷偷地乐。憋住了热尿，差一点儿没憋住笑，险些笑出声来。

韩大胡子打了人，老簸箕叫吹吹立马到舜城镇公安局报了案。大虎听了吹吹的报案，点点头，把手一挥说："知道了，你回去吧。"

韩大胡子和大虎是一个村的，关系非同一般。大虎给韩大胡子承揽了不少的建筑活儿，韩大胡子也给了他不少的回扣。

大虎接到报案，并没去卫生院，而是来到根原的办公室。

"舅舅，很忙啊？"大虎进了门，很客气。

根原正在打电话，一见大虎闯进来，翻了下眼皮看看大虎，嘴里"嗯嗯"着，不知是回应通话对方还是回应大虎。其实，通话已经结束了，对方已经扣断了电话，根原不愿和大虎说话，故意拿着话筒粘着嘴。

大虎摸出一支香烟塞进嘴，大大咧咧地在根原办公桌对面坐下。一支烟吸完了，根原还是对着话筒瞎嗯嗯，大虎又摸出一支塞进嘴。一连吸了三支烟也不见根原有半点儿放下话筒的意思。大虎好像也明白根原的瞎嗯嗯，他朝根原微微一笑，不紧不慢地说："舅舅，韩大胡子打了人，人家是为你盖房子。咱们是亲戚，我跑了好几趟公字寨，我和老簸箕说了，不要难为你，叫他们把民兵岗哨都撤了。对大锅我也敲打了一顿，他敢再找你的麻烦你就告诉我。舅舅，你就放心盖屋吧，保证不会有人难为你了。亲顾亲顾，无亲不顾。"

大虎无论说什么，根原始终没放下话筒，也没和大虎说一句话。

"舅舅，你不是打算把户口迁到舜城来吗？只要你同意，我立马就办。只要你同意。你忙吧，我说的话你心中有数就行了。我去医院，立马打发大碾台滚回去。另外说一声，你的大瓦屋不让超过地屋子怎么行？我和老簸箕说了，也和周围几个住户说了，只要不压阴就可以。这样，你的大瓦屋可以盖到四米高。谁再找麻烦，我就立马把他抓起来。舅舅，你就放心盖屋吧。"

大虎说完，又朝着根原笑么嘻嘻地点点头，转身出了门。那副谦卑像，就像站在良维伯面前一模一样。

大虎一出门，根原也将话筒吧嗒放下了。

根原和大虎虽说是亲戚，骨头上却刻着一层一层仇恨。根原来到舜

城镇，大虎从来都是横眉竖眼的。去年赵慧仁来舜城，根原很想凑前看看，大虎拦住根原气势汹汹呵斥着，“闪开！你是谁？你是镇领导啊？不识数。”根原忘不了那句话，也忘不了那双恶狠狠的眼睛。

在前，根原很想把户口迁到舜城来，舜城镇一村的书记赵加封答应把户口落到他的村，可偏偏户籍迁移需要大虎签字。根原讨厌大虎，不愿低头求这个打过姐姐的仇人。赵加封曾经出面找过大虎，大虎对赵加封说：“这个事好办，叫我舅舅自己打自己三个耳光，立马就把户口迁过来。如果我舅舅怕疼下不得手，叫他自己骂自己三声偷盐贼也可以。”大虎嘱咐赵加封，一定要把这个话原封不动转告根原。

根原听了赵加封转告的那些狗屁话，好像非常平静，牙缝里挤出三个字：“不迁了。”

根原宁肯忍受老簸箕的呵斥和公字寨贫下中农们的冷眼，绝不会忍受大虎的羞辱。

大虎对根原从来没有客气过，而今突然客气起来。根原心中明白，师傅回来投资，把个舜城镇震得晃晃悠悠的，大虎知道根原和师傅的关系，大虎眼不瞎。还有一个原因，陈小陶可能把自己探问卜立言死因的事情报告大虎了，大虎套近乎恰恰是心虚的表现。根原默默念叨着，善有善报恶有恶报，早晚有你好看的。

也叫根原猜对了，陈小陶的确是和大虎报告了根原打听卜立言死因的事情。大虎很警觉。他警告陈小陶，殴打卜立言大家都动过手，如若泄露了秘密，谁也不会有好果子吃。陈小陶向大虎发了毒誓，绝不会泄露秘密。

陈小陶虽然毒誓很毒，心里却在乱打鼓。大虎是自己的顶头上司，是个心狠手毒的人，陈小陶很害怕，成天提心吊胆的。

大虎倒不担心陈小陶怎么样，他早就做好了应对策略，随时都可以叫陈小陶成为替罪羊。唯有叫他头疼的是根原。根原从大狱里走出来，就像从铁笼里放出来的野狼，尝过铁笼子的滋味，训练出了高度自觉的警惕性。看看那双眼睛你就会明白，没有温度，只有冷冷的深藏不露的高度警惕。在前，大虎根本就不搭理根原这个舅舅。而今，他有意接近，这倒不是纯粹为了套近乎，而是有意靠近根原触摸底细。只有近距离接触才会摸到脉搏，才会制定出应对措施。知己知彼，百战不殆。

大碾台在医院里住了三天，死活赖着不走。大虎站在大碾台病床前，眼睛直勾勾地逼视着大碾台，瞳仁里冒着燎烤人的暗火。大碾台心虚，很害怕。大虎对大碾台说："赶紧回家吧，叫韩大胡子负责全部医药费，外带赔偿三十块钱了事。往后你嘎嘣死了，也和人家没关系了。"

大碾台和大虎都是东山村的，大碾台知道大虎的厉害，看见大虎就怵头，她连忙点点头，应下了，并在大虎早已写好的协议书上老老实实地签了字，一声也没敢哼哼。

大碾台出了院，满肚子怨气泼向了二桂桂。二桂桂消解了一场械斗避免了一场灾祸，按说是有大功德的，但是大碾台却说二桂桂有外心，胳膊肘子朝外扭，满村里臭哄二桂桂。

"她充的什么熊能？一不是党员，二不是村干部，吆三呵六支派这个支派那个，就像个大干部，还临着她充能了？若不是她来傻掺和，非把韩大胡子打断腿不可。"

东邻说一顿，西邻再来一通。

"你们知道二桂桂为什么急了？她是看见那些驴日的要吃亏了。她是身在曹营心在汉，是怕人家吃了亏呢！说到底，还不是挂挂着根原？都说一日夫妻百日恩，百日夫妻似海深，一点儿也不假。"

大碾台走东家串西家，到处呔呔，当着大锅的面一样说话不留渣。

"我告诉你吧，二桂桂为什么急了？她是挂挂着根原。根原回来盖大瓦屋，你可得小心着，一不留神，二桂桂吱溜钻进大瓦屋就和根原闹革了命，你可得小心着，可不能叫他们闹革了命。"

自打根原回来盖新屋，大锅就惦记心事，听了大碾台一呔呔，那点小心事就成了大心事。每天晚上，他都要围着二桂桂的家门乱转悠，生怕二桂桂吱溜钻进大瓦屋闹革了命。大锅偷偷躲在背影里，倚在墙角一待就是大半夜。屋里静悄悄，四周黑洞洞，大锅抬头望着天上的瘦月亮，也不知望了多长时间，望着望着就睡着了。经常冻得浑身打哆嗦就醒了。

六

根原的房子盖起来了，原计划起脊的大瓦房改成了不起脊的扣楼板平房。高度不能超过四米，这也是老簸箕说了话的，老簸箕说了话就是话，谁也得听着。不能超过四米，所以就改了图纸，改成了不起脊的大平房。

公字寨人习惯了住地屋子，也看惯了地屋子，看不惯平房，全村的广大贫下中农没有一个不耻笑根原那个大平房的。

“啧啧！看看根原家的房子，没有瓦没有脊，就像个棺材，这也叫屋？花了那么多钱，盖了个棺材。啧啧！”大碾台指指划划，把根原家的平房说得一文不值。

吹吹更是看不上那个没有脊的屋。

“没有屋脊叫啥屋？屋没有脊，就像人没有鼻子，难看，真难看。”

……

新房子虽然盖起来了，根原心里默默犯愁。娘年纪大了，没有人陪伴着也不行。根原很忙，哪有时间陪伴娘？

根原把娘领进崭新的大平房，娘抬头看看新房，又转身看看儿子，悄没声地对儿子说：“孩子，你走错了，这不是咱们家的房子。”根原对娘说：“怎么不是咱家的房子？是我来家盖的。”娘说：“咱家那地屋子，门框是松木的，溜溜滑，用手一摸溜溜滑。”根原说：“那个破地屋子叫我拆了，盖了这座新房子。”

根原看见娘泪花闪闪，很痛惜。

“你啊，就是个破家的巫鬼啊，那么好的地屋子你就拆了？那土墙打得多结实？多结实啊！门框是松木杆子做的，溜溜滑，用手一摸溜溜滑。多么好的地屋子啊，唉！好好的家，你拆了，破家的巫鬼啊！”

根原看得出，娘很伤心，娘摸着崭新的铝合金门框很伤心，泪水一咕嘟一咕嘟涌出来。

娘留恋松木杆子做的门框，溜溜滑的门框是娘用双手磨出来的，是娘用心磨出来的。每当爹被民兵抓走，娘就倚在门旁摩挲门框。每当儿女出门，娘就倚在门旁摩挲门框。那溜溜滑的松木杆子门框上，有娘打下的手印，那些手印是娘蘸着自己心头的鲜血打下的，一层摞一层。根原后悔把地屋子拆掉了，这不仅仅是拆掉了地屋子，同时拆掉了娘几十年构筑起的记忆和情感。根原此时才真正明白了娘想家的心情，他感觉对不起娘，自己没有尊重娘用手摩挲出来的溜溜滑的门框。

娘想地屋子，自己又何尝不想呢？自己恨着这片土地，可心里还放不下这片土地。晚上一做梦，不是元宝石，就是地屋子，不是大桂桂，就是二桂桂，还经常梦见老簸箕、大锅、吹吹和梭猴子。

公字寨啊，元宝石啊，二桂桂啊，老簸箕啊！根原无法与这块土地决绝，虽然这片土地的蒺藜曾经扎过自己的脚，但是自己生命的重要一部分就是踩着蒺藜走过来的，没有办法忘掉这片土地。娘想那间破地屋子，想滑溜溜的松木门框，而且泪水涟涟，根原完全能够理解娘的心情了。公字寨虽然把娘折磨得死去活来少皮没毛，公字寨虽然把根原一家折磨得死去活来少皮没毛，但是，对公字寨的所有感情都是苦水泪水浸泡出来的。虽说苦着，但是，苦味也是味，苦味也比无滋无味有滋味。

根原娘刚刚搬进新屋的当天，囤子就来了，她来看看娘，也来看看新屋。囤子知道弟弟白天忙，顾不得陪娘，她和那个老废物说要来陪陪娘，老废物满口答应，还嘱咐囤子，杀只鸡给娘捎去。

娘很想到村外看看，囤子陪着娘看了大水库，看了元宝石，还看了想当年爹和爷爷两代人努力盖的大瓦屋。囤子和娘走在街上，人们都拿白眼看她们，有的人还直接把话扔到她们的脸上：

“哼！黑五类抖了，有俩臭钱就抖了。”

“等着看，还得打土豪分田地，早晚还有那么一天。”

……

这些话，娘不愿听，听了心里难过。囤子为了安慰娘，直夸根原能，比老一辈能。直夸新屋好，说比爹盖的大瓦屋还强。但是，娘说根原是个破家的巫鬼，新屋不如地屋子好。娘毛病了儿子又毛病新屋，也开始毛病公字寨了。娘说公字寨不好，不如舜城镇好。

在舜城木器厂家属院居住，无论谁来找根原，都会跑过来问问老人

家好，老人家看到的是一圈笑模样。特别是二瘦子，还有娘家弟弟陈酒鬼，三天两头过来坐坐，过来说说话，亲着呢。公字寨哪儿都好，就是人不好，走到哪里哪里翻白眼，这让娘心里很难过。

天傍黑了，囤子要回家了，她惦记宝贝女儿，宝贝女儿早该放学回家了。孙子兔兔又不知作成个什么样子。还有躺在炕上不能动的老废物，回家晚了又要挨骂了。

一见囤子走了，根原娘突然说在公字寨住够了，说是想舜城镇那个家了。公字寨没有了地屋子，也没有了溜溜滑的门框，有的是满街白眼，娘在公字寨一天也待不住。

娘是吃晚上饭的时候说想舜城镇那个家的，根原赶紧问："娘，咱回去?"娘毫不犹豫，说"中!"

娘说中，根原就赶紧准备搬家，他怕娘睡一晚上再反悔。反正说搬也简单，跳上车就走人。根原把娘扶上小轿车，房门一锁，急急忙忙出了门。

公字寨没有块平展地，各家各户的地屋子都是将就山坡劈巴出来的，因此，村里的小路曲溜拐弯别别拉拉非常难走。幸亏当年合满全国合满全世界都来参观天下第一共产主义村的时候修修路，若不然，公字寨八辈子也进不来小轿车。

根原刚一拐弯上了出村的路口，小轿车一下子就栽到路边的坑里去了，幸亏没把娘伤着。根原下车看了看，小路拐弯处本来就很窄巴，不知哪位"好心人"又把路沿刨了刨，刨过的鲜土还特意撒了几把乱麦秧。根原立时冒了一头火，不知是哪个混账王八蛋故意挖下的陷坑。

根原把娘扶出车，加大油门做了几次努力，小轿车哼哧哼哧直叫唤，只见车轮转，不见车身动。小轿车筋疲力竭了，根原也开始冒汗了。公字寨的夜晚很静，小轿车拼命挣扎的吼叫声满山满坡都能听得见。

初七初八，月牙一掐。夜，黑沉沉的。眨巴着眼睛的满天星斗好像全都落到地面上来了，一只一只贼亮的星星躲在草垛后，躲在屋角旁，躲在草丛里……根原感觉到，一掐月牙在窃笑，满地星星在窃笑。根原

气恨满天的星斗，也气恨这辆无用的小轿车。小轿车啊小轿车，你为何就不能从这个坑里飞起来呢？陷坑不是很深，小轿车的前轮进了坑，路沿就把车肚皮垫起来了。只要有把镢头把坑一填，再把坑沿刨一刨，小轿车就会立马飞出去。但是，根原没有镢头，两只手挖不动小路坚硬的皮壳。

根原下了车，蹲在路边无计可施。娘问："咋了？车坏了？"根原答应着。娘说："车坏了就不走吧。"根原赶紧说："车没坏，走。"

要是有把镢头就好了，根原叹息着。他看看周围的地屋子，他知道，哪一个地屋子都有镢头，可是他没有走向任何一个地屋子的勇气。事到如今，使他真正感觉到自己与公字寨存在多么深的鸿沟。他不知道是他抛弃了公字寨还是公字寨抛弃了他。从他降临到这个小山村，不记得得罪过谁，不记得坑害过谁，不记得招惹过谁，可谁都与他结下了仇。阶级仇。他努力向这个小村靠近，但是，这个小村如同一团呼呼喷射的烈火，不允许他靠近半步。根原越来越感觉到，这里不适宜自己生存。远远离开吧，离开这个不适宜自己生长的小山村吧。

有时候，根原又会生出另一种念想，不向这个小村妥协，坚决不妥协。他要征服这个小村，他要在自己降生的土地上站起来，他要叫那一群红红的眼睛看一看，根原是好样的。

无论怎么好样的，陷到坑里的小轿车是没有力量抱出来的。根原蹲在车前，拿着香烟出气，一支烟接一支烟。

二桂桂正在拾掇碗筷，三羊喜滋滋跑进来告诉姐姐，根原的小轿车掉到坑里去了，满村子人都躲在黑影里看热闹。三羊的话语里透着一股难以掩饰的窃喜。二桂桂急急地问："什么？根原的小轿车掉到坑里去了？""嗯！"三羊答应着。

二桂桂撂下碗筷，转身摸起一把铁锨对三羊说："走！看看去。"

三羊不愿去，他曾经泼了根原一脸墨水，不愿和根原见面。

二桂桂扛起铁锨，拉住三羊的衣袖，连拖带拽把三羊拽上了大街。

根原正蹲在地上抽烟，二桂桂拉着三羊就过来了，根原心头一热。

二桂桂没说话，也没和根原打招呼。她围着小轿车一转，对着黑沉沉的夜幕大声喊叫起来："都给我出来！我们公字寨就是这种共产主义精神吗？就这样学雷锋的吗？天下哪有见死不救的道理？你们还算人吗？还有点儿人味吗？都给我滚出来，滚出来！"二桂桂转身对躲在墙角的大锅说："你出来！你是支部书记，是退伍军人，还是党员，学习雷锋党支部书记要带头，快回家拿镢头。"

二桂桂的话几近命令，容不得大锅半点儿犹豫。不一会儿，大锅扛着镢头就来了。草垛后的黑影里陆陆续续走出几个人，大家围着车，商量着办法。坑里一垫土，路沿一刨平，小轿车顺顺当当爬出了坑。

二桂桂把根原娘扶上车，大声对根原说："走吧！"

根原看看二桂桂，一阵酸楚涌进心头。

小轿车慢慢出了公字寨，根原手把着方向盘，洒下了一路泪水。

这个可恨的小山村啊，这个可爱的小山村啊，它那么远，又那么近。那么可恨，又那么可爱。

七

根原把娘接回舜城镇，一排铮明瓦亮的新房子就撂在公字寨了。

根原头天晚上刚刚离开公字寨，第二天门窗玻璃就被打碎了一多半，崭新的新房子立马变成二婚头了。风卷着尘土冲进屋，角角落落到处都是树叶草屑。白白的粉墙上用屎写着打倒破坏共产主义的坏分子的大标语，两扇大铁门一边贴了一张草纸。贴草纸是最为狠毒的咒人方式，只有家里死了人才会在大门上贴草纸。大门上的锁簧里也被掖上了草梗，抠也抠不出来，根原气得浑身打哆嗦。他发誓，一定要查明到底是哪个贴的草纸，一定要报复，坚决不吃哑巴亏。

根原不愿进公字寨，不愿看到那排新房子，一看难过好几天。那些屎好像不是抹在粉墙上，而是抹在自己的脸上，很窝心。

这几天，根原失眠了，满床骨碌着回想师傅说的话，一句一句想，一字一字想，越想越睡不着，越睡不着越想。突然，他明白师傅在监狱里透过破瓦缝望着星星在想什么了，也明白师傅说"想想有滋味"的滋味了。

天，渐渐明亮了，心，也好像越来越明亮了。师傅说得对，和狗争骨头的是狗，和英雄争江山的是豪杰，计较小事的人不会有大出息，向猪下水证明存在证明力量本身就是猪下水。难道自己就是猪下水？根原苦苦思索着。即令查明了是谁贴的草纸又能怎么样？师傅说得对，计较小事的人不会有大出息。

师傅说得道理根原明白，但是他感觉自己就像捆在一团乱绳里，一个个疙瘩还没有解开，一口窝囊气没有排出来，憋得心肺都发麻。师傅打算开发公字寨的设想根原很兴奋，过去根原也想过，但是没有力量只能空想想。而今师傅提出这一设想，一个空想想的美梦就要变成现实了。根原虽然没有和师傅明确表示接手的意思，但是心里已经发热了，已经开锅了。根原是个扎实人，是个很较真的人，要接手就会抓牢实，若不然决不会伸手接那个绳头。他要把公字寨的每一块石头看明白，他要把公字寨的每一棵小草看明白。根原往公字寨跑得更勤了，他走遍了每一个山头，走遍了每一道山沟，还时常晚上不回舜城镇，宿在八下里透风的破屋里听着风声想心事，粉墙上用屎写的大标语以及角角落落的树叶草屑好像都不存在了。不知为什么，过去他感觉对公字寨的沟沟壑壑非常熟悉，而今突然有了一种陌生感，时常对着一块一块大石头发上半天神经，好像每一块石头都成了刚刚结识的新朋友。

对公字寨的人，根原也感觉陌生了。尤其是老簸箕，好像也不是原来的老簸箕了。过去，根原和这里的大山对抗着，和这里的石头对抗着，和这里的贫下中农们对抗着，他理不清到底是公字寨抗拒自己还是自己抗拒公字寨。如今，师傅打算把一副沉重的担子搁在他的肩上，根原开始冷静了，开始思考更为复杂的问题了，开始失眠了。如果接了师傅的活儿，他需要和公字寨的山山水水重新建立一种关系，他需要和公字寨的贫下中农们重新建立一种关系。建立什么样的关系？如何建立起这种关系？老簸箕可不是陈老三，显然不能用对付陈老三的办法对付老簸箕。

根原虽然仇恨老簸箕，但是，有时候又觉得老簸箕也不是坏人。有一次，根原正碰上一群孩子从新屋的窗子爬进爬出乱窜乱嚎，老簸箕恰巧从墙角拐过来，呜嗷一声把孩子们吓跑了。老簸箕不但大骂孩子没受老的教训，还追到孩子的家门口再把大人骂一通，非常严肃地警告他们要好好管管孩子，不许打玻璃，都是国家财产，打碎了多可惜。

有了，叫老簸箕看房子。

老茶壶过世后，那座透风漏雨的破屋里只剩下老簸箕一个人了。平时吃的用的，都是大桂桂帮着备下。地瓜干子面，大桂桂早早给磨磨，老簸箕每顿饭只需挖上一勺子头地瓜面磕到锅里，舀上一瓢水，锅底下再点把火，就可以喝上糊嘟汤了。冬棉夏单的衣服，也都是大桂桂过来帮着拆拆洗洗缝缝补补。

大桂桂那边伺候着瘫巴花，这边伺候老簸箕，还得跟着贫下中农们下地干活，还得去开干部会，好忙活。大碾台说得好，不忙活还能当模范？

大桂桂虽说当着大干部，好像也没有多少干部的事可干。舜城镇人大的大事小事都是孙义宁管着，用不着大桂桂操心。她的任务就是“蹲点”，蹲公字寨这个点。

大桂桂蹲点好像就是为了专门伺候瘫巴花的，只有伺候瘫巴花，好像才能体现出大桂桂是个模范的样子来。

大桂桂大多数时间都在公字寨待着，偶尔来一辆小轿车把大桂桂接走，开完会举完拳头，往往当天傍黑又被送回来。

根原把老簸箕接出漏雨透风的地屋子，住进了铮明瓦亮的大平房。根原每月给老簸箕发七八十块钱工资，吃的米面也都是根原供给着。全村人的眼蛋子立马瞪大了，啊呀！每月七八十块钱，顶个国家大干部，比大桂桂还厉害。

难怪说人是衣裳马是鞍，老簸箕头戴崭新的鸭舌帽，脚穿铮亮的大皮鞋，从头到脚一换巴，一下子变成个进口老簸箕了。

老簸箕看房子，再也没人打玻璃了。

老簸箕睡醒了，吃饱了，就开始擦玻璃、扫院子、扫大街……这是老簸箕的职责。

根原恨着老簸箕，使唤使唤这个公字寨的土皇帝就是为了吐一口窝

憋气。明里是关心老簸箕，内心里就是为了使唤使唤这个土皇帝。

根原每次给老簸箕发钱，心里就会生出一阵一阵欢喜。他从裤袋里一张一张朝外摸，一张一张递到老簸箕的手上。看着老簸箕伸手接钱和那双也喜欢钱的眼睛，根原那个高兴哟。老簸箕啊老簸箕，想不到你也有听我使唤的时候啊。

一张、两张、三张……七八张大团结很快就递完了，根原真想给老簸箕多发几张，把递到老簸箕手上的时间拉长。后来，每次给老簸箕发工钱，根原把十元的钱都换成五元的，一五、一十、十五、二十……根原认真地数着，老簸箕的嘴里也跟着小声咕哝着，一层层肉缝里现出一朵一朵小红花。

根原喜欢老簸箕看到他的钱，或者说，更喜欢老簸箕眼馋他的钱。只有往老簸箕手上递钱的时候，根原好像才找到拥有金钱的快感，才有了“平反昭雪”的幸福感，才有了出一口窝囊气的舒心感。每次往老簸箕手上递钱的时候，根原心里就会默默祷告：

爹啊，你看看吧，老簸箕听我使唤呐……

娘啊，你看看吧，老簸箕听我使唤呐……

姐姐啊，你看看吧，老簸箕听我使唤呐……

老天爷啊，你看看吧，老簸箕听我使唤呐……

……

自从老簸箕住进新房，根原很愿意来公字寨，虽说很忙，一有空闲就喜欢朝公字寨跑。小轿车一到大门口，根原就会故意使劲按喇叭，嘟嘟响。老簸箕一听见喇叭声，就急急地扛着扫帚跑过来开门。两扇红漆大铁门有点外罩，推开以后若不顶住又会自动关闭。因此，老簸箕推开一扇门先用扫帚顶住，然后再去开另外一扇门。根原手把着方向盘，眼看着老簸箕跑左跑右扑拉大铁门，嘴角紧抿着一堆笑。老簸箕就像个顶门杠，直挺挺顶住大铁门，根原按按喇叭，油门儿一踩，小轿车缓缓进了院子。

根原打开小轿车后盖，从车里拿出猪肉、羊肉、鲜鱼什么的，伸手递给老簸箕。老簸箕的大嘴微微一咧，根原的嘴角也微微一翘。

难怪说人是衣裳马是鞍，
老簸箕头戴崭新的鸭舌帽，
脚穿铮亮的大皮鞋，
从头到脚一换巴，
一下子变成个进口老簸箕了。

根原下车后，习惯到每个房间转转，然后站在大门口看看。门前的街道上留有扫帚扫过的划痕，划痕呈月牙般的弧形，一道压着一道，整整齐齐纹丝不乱，那是以老簸箕为中心划出的弧线。每当看着老簸箕弓腰扫街，根原就会想起爹。这条路爹扫过，在老簸箕的呵斥下扫过，无

论刮风下雨春夏秋冬。而今，老簸箕也在扫，当然也是无论刮风下雨春夏秋冬，虽然没有呵斥，但是有着暗暗的恶意报复。根原静静地看着老簸箕扫街，满眼得意。

老簸箕整天吃大米白面鸡肉鱼蛋，再也不喝糊嘟汤了，脸上比以前有肉了。根原还把他扶上小轿车到舜城医院检查了一下身体，又吃了几瓶子药，身子骨比以前壮实多了。老簸箕一辈子哪享过这个福？全村人直夸根原真是个好心人。

根原盼望老簸箕身子骨硬朗些，盼望老簸箕能够看着自己一节节长高，盼望老簸箕最终承认输了。

大碾台经常过来坐坐，她对老簸箕说："大叔啊，你是个有福的人啊。看看，看看，鸭舌帽一戴，西服一穿，就像个国家大干部。你看看根原，比个儿子强多了。有儿的吃啥了？过去地主吃啥了？"

老簸箕抿嘴笑笑，说："过去地主也没享这个福。"

大碾台对根原说："过去你爷爷赶驴冻死在南沟，可怜他一辈子吃糠咽菜，临死，连一碗热面都不舍得吃。如今这个福啊，比过去老地主强多了。"

大碾台是嘻嘻哈哈说着的，可根原的心，冰凉。

老簸箕每月领到八十块工钱，一分不花全部交给生产队。生产队按规定留下他三十块钱，给他记三十个工，其余退还给老簸箕。老簸箕说自己是国家的干部，决不多吃多占，他把退还的钱给生产队买了一辆新推车，好几盏保险灯，又给在校的小学生每人买了一大摞本子，一大把铅笔。原先直夸根原是个大好人的人们好像突然明白了什么，他们开始嚼巴根原了。

"难怪说为富不仁，那么多钱，也不给学生买个本子。"

"看看人家丰年大叔，真是大公无私，一心一意为人民，一心一意为集体，一点儿私心杂念也没有。"

"根原就是个资本主义，挣了那么多钱也不和我们分分，太自私了。要是丰年大叔，保证和我们分分，自己一分也不会留。"

"资本主义，太资本了。"

……

根原使唤老簸箕暗自得意，没想到老簸箕大公无私到这般地步，只觉得背受一枪手足无措，使唤老簸箕的快感就像雪花吧嗒掉到土堆里消失了。当他再看老簸箕勤勤恳恳躬身扫地的脊背时，仿佛看见老爹躬身扫街的身影，心里不禁生出一丝怜悯。不知是怜悯老簸箕，还是怜悯老爹。

第九章 嗵！她听见了

一

囤子在爹的坟前扑通跪下，眼泪哗啦流下来。

爹虽说已经死了多年，囤子总觉得爹好像还活着，好像就住在大山的那一边。

囤子经常梦见爹，每次梦见爹都是凶凶的样子。在囤子的记忆中，爹就是凶神，动不动就打人，不是打娘就是打闺女，从来不打儿子。弟弟小的时候，爹疼爱儿子不舍得打。后来弟弟长大了，爹想打也打不得了。有一次爹打娘，弟弟红着眼从锅台上摸起一把菜刀递给爹，恶狠狠地对爹说："你有能耐就杀了我吧，如果不杀就是没能耐，往后少在家里逞强。"爹看看儿子手里的菜刀，两眼流下混浊的泪，哭哭咧咧说了一句话："爹没能耐啊！"爹哭了，爹哭的样子很可怜，很痛心，浑身抽搐着，眼睛嘴巴挤成堆，就像一颗皱皱巴巴的酸枣核。囤子不敢看爹

哭，心里酸酸的，比酸枣还酸。囤子明白，爹憋了一肚子窝囊气无处爆发，他不敢朝着贫下中农们发泄，更不敢朝着老簸箕发泄，只能在家里拿着老婆孩子出气。囤子曾经哀告爹不要打娘，她说娘经不得打。她对爹说："爹啊，你愿意打就打我吧，只要你心里痛快就打吧。"囤子每次挨爹打，都会咬紧牙根，不哭不喊也不躲，无论多么疼。囤子知道爹苦着，不仅忍受断胳膊的疼痛苦，心里比断胳膊的疼痛更苦。爹摇晃着一只断胳膊还得下大田干活，爹苦啊。

再早，爹是个很和祥的人，从来不会打人骂人。后来，爹的两眼开始冒凶光，很凶，就像不认主人的疯狗一般凶。娘说爹是疯了，娘说爹很可能是被疯狗咬了也成疯狗了。

唉！爹哪里是被疯狗咬疯了？分明被人咬疯了。

爹啊，你活得，哪像个人啊。

爹死了。死了好，死了就不用发疯了，死了就不再受苦了，死了就没有心事了。

囤子给爹捎来几刀纸，还给爹带了些吃的。囤子炒了四盘菜，都是按老一辈人的老规矩做的。四盘菜中不能少了豆腐，也不能少了鱼。都富都富，后人能发家致富。鱼鱼鱼，连年有余，吉祥。煎鱼要全毛全翅，不能剖腹破肚，不能剪掉了鱼翅鱼鳞，老人说，这叫全余。除了鱼和豆腐不能少了之外，其他的几样菜可以随便凑个数，炒肉、炒鸡蛋都行。

爹死之后，被贫下中农随便撅了几锨土埋了埋，连一个像样的坟桌子也没有，囤子只好把菜盘摆在草地上。弟弟老想给爹立个碑，给爹修一座大坟，陈酒鬼舅舅说："女老祖在世是不能单独立碑的，先叫恁爹委屈委屈，待恁娘百年之后，一定要修一个风风光光的大坟，就和赵家大林老地主的大坟一般大。"

照老规矩说，上坟的食物要留一些带回家，不能全部祭奠完了。完了完了，不中听，也不吉祥。剩余剩余，吉祥。剩余的祭奠食物，后人吃了一辈子有饭吃，不挨饿。小孩子吃了好养活，长大了有福。

囤子把几盘菜和白面大饽饽全部奠在了草地上，一点儿也没留。完

了就完了吧，不必剩余了，儿女自有儿女福。可怜的爹，一辈子没吃口人粮食，一辈子没敢撑开肚子吃一顿饱饭，哪能不让爹吃顿饱饭呢？

囤子一边奠着，一边对爹说："爹，你吃一顿饱饭吧，不用惦记后人，后人有福着呢，恁闺女苦了心可没苦了肚子，有吃有喝，还经常吃猪肉。根原更不用恁惦记，他有钱了，也有女人疼了，小米子是个懂事理的人，她会疼爱根原的。我弟弟是个有福的人啊，他的师傅回来了，没有人敢欺负他了，大虎都给他点头哈腰了。苦日子熬到头了，终于熬到头了，终于熬出来了，终于放下心来了。俺娘搬到镇上去了，住上了大瓦屋，顿顿大米白面，黄鲫子鱼随便着吃，鸡蛋随便着吃，吃鸡蛋还得蘸白糖，想吃啥就吃啥。俺娘是个有福的人啊，越活越硬棒，享福着呢。花虎已经上小学二年级了，根原要把她搬到舜城镇去上学，我已经想开了，抽个空我就把她送到姥姥家。爹，你一辈子苦熬苦挣，没过一天人的日子。可怜的爹，你没有福啊。哪怕过一天人的日子也好，哪怕过一天人的日子就死也好。爹啊，你活得多么窝囊啊。恁闺女虽说苦着，终归也能熬出头来了，死了也放心了，死了也没有心事了。爹啊，咱们大瓦屋家顶数你老人家苦啊。看看你孤零零躺在这个山沟里，女儿难受。活着我没能孝敬恁，恁等着我，我到那边孝敬恁。爹，恁不用惦记这个惦记那个，一代人比一代人享福，啥也不用惦记。我也想开了，也不惦记花虎了，不惦记了，谁也不惦记了。如今打破铁饭碗了，不再惦记花虎接班吃大馒头了，有根原照顾着，我放心。如今的大瓦屋家又有希望了，我也没有什么心事了。爹，你吃吧，吃吧，吃一顿饱饭吧！"

囤子不再流泪，她平平静静和爹说着话。祭奠完毕，她又把几刀纸点燃。

"都说女儿不能上坟烧纸，女儿烧纸不顶用，你在那边收不到钱。爹，无论收到收不到都不打紧，根原会给恁送钱的。他有钱。很多钱。"

爹苦了一辈子，囤子想想爹就心酸。爹很小就撑家过日子，一辈子没睡过囫囵觉，一辈子筐头子不离身。经过两代人的努力盖起了五间大瓦屋，炕头还没睡热乎就被打了土豪分了田地，还戴了顶坏分子帽子。囤子看看坟上低垂着穗头的狗尾巴草，脑海里就会显出爹的影像。囤子

曾经劝爹不要下地干活了，可爹舍不得丢了工分，一个工日才合一毛钱，爹宁肯忍受着断胳膊的疼痛，也舍不得丢了工分。

老簸箕经常说，爹就是头驴，真抗折腾。瘸不了狗腿瞎不了牛眼也断不了爹的胳膊。爹断了胳膊，从来不吃药，也不打针。家里没有钱，吃不起药，也打不起针。娘烧把稻草，叫弟弟撒泡尿和成浆，糊在爹的断胳膊上，再用破布缠缠，不用多少日子就长上了。娘说，童子尿就是一付好药，百病都能治。爹非常疼爱儿子，好像感激着那一泡一泡救命的童子尿。

爹断了胳膊也不叫喊。但是，爹的额头上直冒汗。囤子亲眼看见爹的额头上滚下大颗大颗的汗珠。爹的骨架子很大，胆子其实很小，没有男子汉的硬骨头气。囤子看见，爹在一阵一阵的口号声中吓得浑身发抖。囤子起初很害怕看见爹的大颗汗珠，很害怕看见爹发抖。口号真是个怪东西，一跟着贫下中农们喊口号就会血管暴涨，一喊“打倒俺爹”就不怕爹的大颗汗珠了。爹一辈子受了那么多苦，亲生女儿还要打倒爹。囤子不敢回想批判大会，一想就流泪，就心痛，就难以忍受。她欠了爹的债，今生今世还不清，只有到那边偿还了。

爹是在搬运柞蚕的时候悄没声死在山里的，一没喊，二没叫，悄没声的就死了。

哪里死了哪里埋，黑五类分子，权当埋了条死狗。贫下中农们就势铲了几锹土，就势埋在了山坡上。

当囤子知道爹死的消息时，当囤子一溜烟跑到山上时，爹已经被埋进土里去了。囤子默默站在土堆旁，她没有哭，她不敢哭，她害怕贫下中农们说她没有和爹划清界限。死了死了，一了百了。死了还静默，死了就不用挨批斗了，就不用“别烧鸡”了，就不用受罪了。死了好，死了享福啊。

其实，筐头子吐血已经多年了，自从被民兵捣了几枪托子，他就觉得肋叉疼，时不时吐出几口血。每次吐血，他都赶紧用脚驱驱土，将那连自己都厌恶的污物赶紧掩埋掉。他不愿让人看见，连自己家里人也不让看见，囤子也从来没见过。筐头子是个能吃苦的人，打小吃苦，一辈

子吃苦，习惯了。身上的血多着呢，吐出十口八口算啥的？

人啊，说能扛真是能扛，鲜血淌了三大盆也死不了；说不格死还真是不格死，几口血就吐死了。筐头子就是死在几口血上，连他自己都没想到几口血就会送了命。

娘经常对囤子说，恁爹就是属猫的，猫有九条命，恁爹也有九条命，恁爹是命大的人。

爹曾经死过七八次，囤子能够清楚记得的也有好几次。1960年闹饥荒，爹饿得患了水肿病，浑身肿得鼓鼓囊囊，就像陈酒鬼吹涨的大花猪。尤其两条腿，一层薄皮包住了一兜水，透亮透亮的，眼看着就要涨爆了。爹已经好几天没有吃口粮食了，躺在炕上一动不动，不睁眼，也不说话，静静地等着死。

家里还有一瓢瓜干子面，这瓢瓜干子面是合家人救命的希望。在前吃树皮树叶子，娘偶尔抓一小把瓜干子面洒在树叶子上。后来，爹就不许抓了，爹下令：这一瓢瓜干子面谁也不许动，不到万不得已的时候不能动。

眼看着爹要死了，一口一口朝外倒气，娘说到了万不得已的时候了，赶紧挖出一勺瓜干子面做了一碗稠稠的面糊糊。娘把面糊糊喂到爹的嘴里，爹突然睁大了眼睛对娘吼起来。爹说："我死了不打紧，你们娘儿俩死了也不打紧，儿子不能死了，一定要留住根，不能断了根脉。那几口能吃的谁也不准动，都留给根原。只要留住了根，大瓦屋家就有希望。"爹宁死不吃那碗面糊糊，他把面糊糊留给根原。

爹七八天没吃一口饭，只等着截断那口气，结果，那口气不但没截断，呼嗒呼嗒又喘过来了。

后来的"文化大革命"，爹死了几个死，经常倒在批判台上。根原把死爹背回家，娘拍打拍打爹的脊背，给爹饮上几口水，爹总能愣怔愣怔又活过来。

爹格死，爹有九条命。

在前，囤子就惦记娘。娘这一辈子是踩着阴阳界的分界线走过来的，那一包瘦骨头搭起的朽朽烂烂的骨架子，一走动就哗啦哗啦响，今天走着，明天你就不敢保证会不会还晃动。没想到，娘的瘦骨头架子没倒下爹却倒下了。

“爹，咱已经不是黑五类了，我弟弟平反昭雪了，不是破坏共产主义的坏分子了。弟弟如今出息了，镇里表彰他万元户，还发了大奖状，大奖状上写着八个大字：劳动光荣、致富模范。根原为大瓦屋家争气了，爹啊，你都听见了吗？根原说，要给你重新修大坟。他请了三老嬷嬷勘了地。三老嬷嬷说，这个地方就是好风水。三老嬷嬷说你真会死，临死占了个好风水，后辈人能发大财，结果我弟弟就发大财了。爹，这都是托你的福啊。爹，你看看，坟的背后就是你一辈子辛辛苦苦置下的高顶子地，还有元宝石。你临死还占了个好风水，给后人带来了福啊。爹，以后咱们就交好运了，大瓦屋家又兴旺了，根原盖了一排一排的大瓦屋，一排一排的……爹，你睁眼看看，你看看啊！”

囤子跪在爹的坟前，那么多的话要说。自己憋闷了大半辈子，连一个说话的人也没有，那么多要说的话一直在心里憋着，今天痛痛快快地和爹说说，只觉得那个痛快哟，一辈子没有这么痛快过。自己说的话爹能听得见吗？囤子相信爹能听得见，爹就在大山那边，默默地听着。爹喜欢静默，一辈子喜欢静默，一个人默默刨地，一个人默默拣粪，一个人默默想钱……可是，爹一辈子也没静默过，直到死了才静默静默。爹咽下最后一口气时谁也没看见，他趴在河沟沿上静静默默就死了。死，也死得静默。

囤子烧完纸，又给爹磕了几个头，爬起身来拍打拍打裤脚上的土，一脸的轻松。她走下山，又回头看看爹的坟骨堆，自言自语地说：“死了好，死了静默，谁死谁静默。”

二

囤子本来是个不愿见人的人，别说外人，就是自己的亲娘亲弟弟也不愿见。自从嫁给陈愣子，她就把自己关在屋子里，很少走出那道门。

如今，囤子好像一下子变了一个人，忒愿见人，无论是熟人还是生人。那几间屋子再也关不住囤子了。

囤子特别喜欢凑人事场，人越多的地方越愿意凑。邻里吵架朝前凑，孩子嬉嬉朝前凑，党员干部大会她也朝前凑。囤子高昂着头，有意把自己亮在党员干部面前，再也不怕人们指指戳戳说三道四了，再也不是原来的囤子了。

舜城镇党委召开党员干部大会，传达改革开放的新政策，党员干部大会是在舜城大礼堂召开的，囤子不是党员干部，没有资格参加那个会，没有资格进那个大礼堂。囤子羡慕那些党员干部，很想看看党员干部们到底怎么样开会的。

小时候，囤子来赶舜城集经常从大礼堂门前走，但是，从来没有进去过。她不敢进，那是贫下中农的大礼堂。打从弟弟把娘搬到舜城来，囤子来看娘也经常从大礼堂门前走过，但是也没有进去过。囤子一辈子没有出过远门，没见过比大礼堂更大的建筑物，能进大礼堂看一看，也许是她一生中最大的心愿了。她在努力实现着这一心愿。她选在召开党员干部大会的时候来看大礼堂好像还有一层心愿：自己也来参加大会了，也在享受着党员干部的荣耀呢。

囤子羡慕党员干部，看看人家活的，那才叫人呢。囤子虽说不是党员干部，但是她感觉毕竟也来参加大会了，自己活得也像个人了。

看大门的花毛老头不许闲人以及小孩子围在门前看热闹，手里挥动着树条子，咧着嘶哑的破锣嗓子高声吼叫着，就像驱赶鸡狗一般朝外轰。花毛老头一轰，围观的小孩子就会四散奔逃。唯有囤子死皮赖脸粘着不走，还朝着花毛老头龇牙笑笑。囤子龇牙一笑，竟然把花毛老头吓得一愣怔，手中的树条子突然间举在半空中摇晃不动了。

囤子不会笑，一辈子没笑过。小时候不懂事的时候笑过没笑过已经记不得了，打从记事起就没记得笑过。爹不会笑，娘不会笑，弟弟也不会笑。笑，是贫下中农拥有的好东西，是红五类拥有的好东西，不是什么人都可以拥有的。囤子很想笑，她羡慕笑，但是她不敢笑，很怕一笑招来什么灾祸。舜城一村有一位姓刘的黑五类，他对造反派强加给自己的罪名感到很委屈却不许辩白，表露出无奈的一丝苦笑，结果就被指责为嗤笑贫下中农们，向无产阶级发动疯狂进攻。囤子明白，笑是好东

西，但是那些好东西不属于自己，黑五类只能生一副哭丧脸。今天囤子好像大了胆，她不怕了，什么也不怕了，她想笑，她要笑，但是，她的笑好像不是从心里生出来的，而是从牙齿里咬出来的。她送给花毛老头的那个笑也忒吓人了，咀嚼肌拼命往后拉紧着，两排黑巴巴的牙齿连同血糊糊的牙床拼命朝花毛老头推过去，就像驴卖笑。不仅很难看，还很恐怖。

花毛老头认定囤子是疯子，他没有伸手推囤子，好像生怕脏了手，抬起沾满泥水的破皮鞋朝着囤子的屁股狠狠踹了两脚，手中的树条子朝着囤子没头没脸抽打起来。囤子把住门垛子不松手，依然朝着花毛老头龇牙笑，好像很得意。

参加大会的人们陆陆续续走进大礼堂，人们有说有笑嘻嘻哈哈，好像不是来开什么会的，而是来看戏的。

这座大礼堂有些年头了，1958 年全民大炼钢铁时建造的。建造大礼堂的大树都是从公字寨的大山沟里杀来的，大多是楸树和松树，也有古槐古柏和银杏树，都是上等好木料。公字寨的大树太大了，个头大的大松树足有三四搂粗，有人说是唐朝的，有人说是宋朝的，卜立言嗤笑人们胡说八道，他说至起码也是他秀才老师那个年头的。

本来，那些大树是为大炼钢铁炼焦炭用的，那时候郝县长还在舜城公社当书记，他说这么好的大树烧了多可惜，还不如盖一个大礼堂，结果，一跃进就跃出一个大礼堂来。

山海县乡镇一级唯独舜城有个大礼堂，和县里的大礼堂一模一样。原先，设计师把舜城大礼堂的图纸改了一下，建筑规模比县大礼堂矮了一砖，设计师说："不能欺了祖。"郝县长不许设计师改图纸，就是要欺祖。郝县长说："不就是个小县长吗？你去问问瘦羊头敢当我的祖？"

战争年代，杨县长曾经跟着郝县长当过通讯员，杨县长年龄小个子矮人又消瘦，郝县长叫他瘦羊头。瘦羊头虽说成了郝县长的顶头上司，打死也不敢当这个舜城人民公社书记的祖。

郝县长是个粗人，做事由着性子来，处理问题靠着本能的情感判断，只要看不惯，张口就会骂成串。什么文件不文件，从来不看一眼。

“狗”和“人”都分不清，他能看文件？郝县长把握上级意图的能力非常差，或者说根本就不知道上级还会有意图，还或者说，根本就不管什么上级不上级，还或者说，他就没感觉到头顶上还有上级，若不然，早该弄个师长旅长的干干了。全县全省全国都在大炼钢铁，毛主席都说钢铁元帅要升帐，谁敢把大炼钢铁的木材盖了大礼堂？唯独郝县长敢。

舜城大礼堂其实就是一排加宽加高的大瓦屋。门头部分是二层木板楼，楼上楼下一共能坐一千零那么几个人。会台很大，平日里开大会当主席台，如果有演出就可以当戏台。

坐凳是用长条木板做成的，虽说很简单，但是很规整，站在二层的木板楼上朝下看，稍微有些呈八字形斜度的一排排长条木凳，就像老簸箕黑黢黢的肋巴骨。

门头上“大礼堂”三个行书大字是徐白老师题写的，字写得很大，用水泥直接做到了墙体上，足足用了几十袋子水泥。

过去会议多，整天召开大批判会，大礼堂就成了最为火爆的热闹场。不仅舜城公社革命委员会的斗争会在这里开，周围许多村的斗争会也拉到这里开，大门两旁的墙壁上天天都有“打倒XXX”的大批判标语。人们懒得清洗墙壁，干脆就把新标语覆盖在原来的标语上，墙壁上糊了一层又一层，结成厚厚的一层硬纸壳。硬纸壳越结越厚，边边角角就像牛耳朵一片一片翘起来。

大礼堂是贫下中农的大礼堂，因此，只有贫下中农们才可以进入，地富反坏牛鬼蛇神是没有资格进去的。除非受批判。

除了开大会，有时候搞个农村业余文艺汇演或者县吕剧团下乡也在大礼堂演出。每逢县吕剧团来演出，大礼堂就成了鼓鼓涨涨的大麻袋，一千零那么几个人的大礼堂一下子能够塞进去两三千号人。

改革开放之后，人们忙着挣钱发财，大礼堂就没有那么热闹了，满院子拉拉秧、狗尾巴草、驴尾巴草，从铺路砖缝里钻出来的大灰菜都长成一人多高的小树了。

舜城镇文化站就在大礼堂办公，说是文化站，其实只有站长张文一个人。张文是张真元的大公子，虽说担任着文化站长一职，其实干的大多不是文化工作，成了镇政府的打杂工。不是到计生委帮着抓女人，就是到司法办帮着抓男人，只有上级有关部门要检查农村文化工作的时候才会急急忙忙填填表造造计划说道说道文化工作。为了召开党员干部大会，镇政府指示突击打扫大礼堂，总算把大礼堂拾掇地露出了鼻子睁开了眼。

大碾台一看见囤子摽在门垛子上就嚷嚷起来："哟！囤子妹妹也来参加大会啊？你也是党员干部了？进步很快啊！现如今地富反坏牛鬼蛇神都成好人了，一个个都奓煞起来了，一个个都成香饽饽了。囤子妹妹也厉害了，也成党员干部了，也来参加党员干部大会了。"

对于大碾台的挖苦，囤子好像一点儿也不反感，好像还很高兴。她笑么嘻嘻地看着大碾台，很开心。

大碾台在本地区也算是名人，想当年狠斗私字一闪念成为先进典型，到处作报告，各村各疃男女老少都认识她。

一见大碾台在大礼堂门口嚷嚷，立马围过来一群人，好几张嘴一齐凑到大碾台脸上。

"想当年就在这座大礼堂听过你的报告，你报的好告，好极了。"

"是吗?"大碾台最喜欢斗嘴，一见凑上来那么多张嘴，立马兴奋起来。

"想当年你和大桂桂来作报告，大桂桂比你差远了。"

"大桂桂就是个大傻瓜，她报的那是个什么告？没人愿意听。听听老娘报的那个告，合满大礼堂那个掌声哟，快把大礼堂震塌了。你们没鼓掌吗?"

一堆人哈哈一阵笑。

大碾台说得正兴奋，猛一抬头，看见两道黑光从老簸箕满脸的肉缝里射过来。大碾台最怕那两道黑光，她的大嘴巴就像高音喇叭断了电，虽说大张着，但是一点声音也没播出来。她把脑袋一缩，吱溜钻进大礼堂去了。

囤子好像还没听够大碾台胡咧咧，虽说受了一顿数落，但是囤子一点儿也不恼。能被人数落，她倒感觉很幸福。她望着大碾台钻进大礼堂

的背影，很留恋，好像遗憾着没被数落够。

根原听说姐姐摽在大礼堂门垛子上就急急赶来了，姐姐从来不凑人事场，为什么在这里凑热闹？兔兔又把花虎咬了，差点咬掉一节手指头，把姐姐疼得哭了好几天，饿了好几天，莫非姐姐疼疯了？

兔兔经常打花虎，抓住头发就撕，逮住手指头就咬，花虎的头发经常被兔兔一绺一绺撕下来，疼得花虎哇哇大哭。花虎哭，姐姐也哭。姐姐哭从来不说话，只会默默流眼泪，只会吃不下饭，只会睡不着觉。姐姐啊姐姐，你啥时能够跳出苦海啊。

前些日子，根原又劝姐姐扔下那个老废物扔下那个可恶的兔兔搬到舜城来，姐姐没说话，姐姐哭了，哭得很伤心。根原知道，姐姐不是为自己哭，而是为了花虎差一点断掉的小手指头哭的。花虎就是姐姐的肉，花虎被咬了，姐姐很心疼，根原真担心姐姐疼疯了。

根原远远看见姐姐了，姐姐笑么嘻嘻的很开心。姐姐朝着大碾台龇牙笑，无论大碾台如何戏弄，姐姐一直平平静静的，很开心。

根原不忍看姐姐被别人戏弄，本想过去拉走姐姐，刚刚走了两步又停下了。打从记事起就没见过姐姐笑，今天看见姐姐笑了。虽说姐姐笑得很难看，但是很开心，根原从来没有看见姐姐这么开心过。让姐姐笑吧，笑吧……

根原心头一阵一阵酸，一咕嘟一咕嘟泪水默默流下来。

散会了，人们从大礼堂里涌出来。人群往外涌，囤子却往里挤。她没有资格参加会议，也从来没有进过大礼堂，但是她很想看看人们怎么开党员干部大会，很想看看大礼堂是个什么样子。

囤子刚刚走进大礼堂的二道门就被看大门的花毛老头挡住了。花毛老头很凶，他挡住了囤子的去路，对着囤子高声吼着：“出去！出去！”囤子不能再前进一步，只好恋恋不舍退出大礼堂，她在转身回头的当儿，狠狠地伸长脖颈朝大礼堂看了一眼。狠狠的。她看到一排一排条凳了，那一排一排条凳就像一道一道地瓜沟，真好看。虽说其他东西啥也没看清楚，但是她很知足，自己也不是党员，也不是干部，也不是贫下中农，能看到一排排条凳也就知足了。

三

根原几次劝说姐姐搬到舜城来，几次遭到姐姐坚决拒绝。打从姐姐参加了党员干部大会之后，突然间变了一个人，她主动找到根原，答应搬到舜城来。一大清早，姐姐就来了，把花虎也送到舜城来了。

根原娘一见花虎，那个亲哟，抱在怀里就不肯撒手。

“花虎不走了，和姥姥做伴好不好?”

“好!”花虎偎在姥姥怀里，要多乖有多乖。

囤子一进门，开口就问小米子来没来，囤子说，她想小米子。

娘立马喊过根原，叫他赶紧去找小米子。赶紧。快跑。

根原不愿小米子到家里来，但是，娘的支派他又不敢违抗，生怕伤了娘的心。根原到大街随便溜达了一大圈，回头告诉娘，谎说小米子不在家。

根原话音刚落，谁知小米子一步跨进门，弄得根原弯不过舌头。

小米子经常到根原家里来，一有闲空就来。只要听说囤子来了，小米子就会立马跑过来。一进家门就忙活，拾掇了厨房拾掇院，刷锅洗碗择菜切肉不停闲，就像这里的主家婆。

对小米子的套近乎，根原心里很不是滋味，拒绝不是，不拒绝也不是。他对小米子说：“你最好少来，我不会答应这门亲事的。”

“我知道。”

“你……知道?”

“我知道你放不下二桂桂。”

“那……你为啥还来?”

“我是为了大娘高兴，为了囤子姐高兴，为了花虎高兴。至于咱俩的事，听天由命。”

“你……你是个好心人，是个热心人。我……感谢你。”

“谢谢你说出这句话。有你这句话，我就知足了。”

“我相信二桂桂不会嫁给大锅的，她不喜欢大锅，她一定会逃出来，我要等着她。”

“我也等着你。”

“我难说等到哪年哪月。也许，一直等到老。”

“我也等着你，一直等到老。”

“你还是……”

“不！我愿意。”

……

在前，根原鄙视小米子，从来不拿正眼看看她。而今，根原没有那么多鄙视了，也拿正眼看看小米子了。说心里话，根原喜欢小米子的热心肠，喜欢小米子的直心肠。小米子聪明伶俐大大方方快言快语嘻嘻哈哈手脚勤快，人，也漂亮。小米子就像春天的风，走到哪里哪里就会春暖花开莺歌燕舞。小米子一步迈进根原的家，合满屋一下子就会敞亮起来，合满屋一下子就有了欢笑声。囤子喜欢小米子，一见面，抓住手就不舍得放开。小米子的一双小手软软的，暖暖的，只要抓住那双手，囤子就感觉浑身暖乎乎，一直暖到心窝子。囤子盼着弟弟早早成个家，只要弟弟成了家，也就没有心事了。

根原对小米子好像也有几分怜悯几分同情。可怜的小米子，丢了家，也丢了亲人，孤孤零零，无依无靠。那些猪下水男人给她一点儿爱，足以使她感动。小米子，可怜的小米子。虽然根原怜悯小米子，但是他放不下二桂桂，一辈子放不下。他要等着二桂桂，一定要等着。

根原娘非常喜欢小米子，一见面，摸了小手摸脸蛋儿。只要是小米子伸手做的饭菜，吃啥都香。小米子三天不来，娘就会手扶着门框眼巴巴望青天。

“大娘哎，你扶着门框望啥吆？”

“望望你来没来。”

“哈哈……哈哈哈……我就知道你又想我了，所以一溜小跑跑来了。你看看我这一头汗，腿也跑酸了。大娘，你得抱抱我。”

“俺那亲闺女，快来快来，大娘抱抱你。哈哈哈……”

……

花虎也喜欢小米子，那个亲哟，啾啾啾，俺那天，比亲娘还亲。

花虎已经长大了，许多事都能明白个二三五六了，学个话原原本本滴水不漏，她经常趴在小米子耳朵上说一说心中的秘密话。那些秘密话她对妈妈都不说，唯独对小米子说说。

花虎已经明白这个家的秘密了，已经明白爸爸妈妈的秘密了，已经明白妈妈默默哭泣的秘密了。那几年花虎小，囤子哭泣时女儿就会劝妈妈："妈妈不哭，妈妈是个好孩子"。而今，每当囤子挨了打或者挨了骂或者受了委屈或者莫名其妙哭泣时，女儿再也不去劝慰妈妈了，而是躲到一旁默默哭泣。女儿知道，任何劝说都是毫无意义的，也是不起什么作用的。女儿陪着妈妈一起哭，哭得很伤心，比妈妈还伤心。

花虎打小就是陪伴着妈妈在酸楚的泪水中泡大的。从记事起，她就知道爸爸经常打妈妈，经常端起枪朝着妈妈瞄一瞄，经常说要一枪打死妈妈。花虎很害怕，害怕爸爸开枪打死妈妈，也害怕打死自己。

花虎经常做噩梦，经常半夜惊叫着爬进妈妈的被窝。花虎害怕极了，她害怕爸爸把妈妈掐死，一双小手拉住妈妈拼命呼喊。陈愣子非常恼火，一脚将花虎踹下炕，花虎的哭喊声嘎巴停止了。囤子哭喊着，她想爬起来看看孩子，陈愣子一巴掌将囤子打翻，他告诉囤子，孩子死不了，死了再做一个。简单。

花虎从炕上一头栽下来，头上起了一个大包，她哇哇哭叫着，拼命挣扎着爬上炕，拼命挣扎着往妈妈怀里钻。陈愣子一把摸过枪，举起枪托子劈头朝花虎砸过去，囤子急忙把女儿抱在怀里。囤子替女儿挨过一枪托子，鲜血立时流下来。陈愣子对花虎厉声喊叫着："滚下去！立马滚下去，若不然一枪打死你！恁娘俩是看差了秤，老子哪一天不能动了，首先一枪结果了恁娘俩，咱们一家人一起去见阎王爷。滚下去！立马滚下去！"

陈愣子说开枪是真敢开枪的，囤子很害怕，她不敢违抗老废物的命令，赶紧把女儿放到炕下。花虎缩在炕角里，不敢哭，也不敢动，大气不敢喘一口，生怕爸爸摸起枪把自己打死。

沿海初夏的夜晚很凉，光光溜溜的花虎冻得浑身打哆嗦，但是她不敢再往妈妈的怀里钻，她害怕被爸爸掐死，也害怕妈妈被爸爸掐死。她

屏住气，听听妈妈是不是还在呼吸。她没有听到妈妈呼吸，也没听到妈妈哭泣，只听到爸爸发疯般的嚎叫和恶心人的咒骂。

陈愣子终于停止了嚎叫，像一条死狗般窝在炕沿睡去了。

囤子赤裸着身子一骨碌滚下炕，将冰凉的花虎紧紧抱在怀里。

花虎紧紧抱住妈妈，她不敢哭，妈妈也不敢哭，生怕惊醒了爸爸。枪就在炕头上挂着，爸爸一翻身就可以摸到它。枪里装着火药，随时都可以开枪射击。

爸爸经常说一家人一起去见阎王老爷，经常说。

小时候，花虎不知道阎王老爷是谁，听爸爸说一起去见阎王老爷还挺高兴，还以为要到哪家走亲戚，时常拉着爸爸的手要去见阎王老爷。

如今，她已经知道阎王老爷是谁了。她很害怕，害怕和爸爸一起去见阎王老爷。甚至然，她盼着爸爸一个人去见阎王老爷。快去。越快越好。

但是，她又害怕爸爸去见阎王老爷，因为，爸爸说过，临死的时候要把妈妈一枪打死，也要把自己一枪打死，一家人一起去见阎王老爷。每当爸爸咳嗽厉害喘不过气来的时候，花虎就害怕，赶紧给爸爸捶捶背，一边捶一边偷偷看看挂在墙上的枪，她害怕爸爸死，因为，爸爸临死前就会一枪把妈妈打死，也会把自己打死。

花虎害怕爸爸的土枪，每次放学回家，她都不敢抬头看枪。越是不敢看，眼球却偏偏不由自主朝着炕头偏斜。她要看看土枪是否还在。花虎真想把那杆土枪藏起来，藏到让爸爸找不到的地方去。但是她不敢，她害怕爸爸发火，更害怕爸爸摸起那杆土枪把自己打死。

前几年，花虎爱着爸爸，她钻进爸爸怀里和爸爸嬉闹，她不嫌爸爸脏。

而今，花虎幼小的心灵开始生长仇恨。她对爸爸的仇恨是从妈妈挨打开始的。

爸爸打人真狠，眼睛一瞪，好像满眼都是牙齿，真可怕。妈妈浑身紫青烂点的，从春到冬，好像永远也没有痊愈的时候。

花虎是趴在妈妈的紫血斑里长大的，她的小手抚摸着妈妈的紫血

囤子赤裸着身子一骨碌滚下炕，
将冰凉的花虎紧紧抱在怀里。

斑，泪水咕噜咕噜默默滚，但是从来不敢哭出声来。

妈妈在姥姥面前总是嬉笑欢声的，用衣服把紫血斑盖严实，从来不说挨打的事。花虎很懂事，也从来不和姥姥说妈妈挨打的事，从来不说爸爸的土枪。

花虎每次来姥姥家都不愿意走，苦苦哀求姥姥把自己留下来，也把妈妈留下来，但是，从来不说为什么要求留下来。

今天，囤子同意花虎留下来了。囤子好像是自言自语，一遍一遍重复着一句话："不走了，再也不走了……再也不走了……"

囤子把花虎的书包和衣服都带来了。花虎喜欢玩耍的沙布袋，囤子格外揣在口袋里，生怕忘记了，这是囤子亲手给女儿缝制的沙布袋。女儿没有什么玩具，只有一个沙布袋。每当看着女儿踢着沙布袋满院子欢蹦欢跳的时候，囤子心里就会涌出一股槐花蜜，真甜。

囤子曾经偷偷去舜城镇小学看过多次，这里的学校真漂亮，比东山村的小土屋强多了。不仅房子好，玻璃门窗也光亮，还有很大的操场。学校的院墙是水泥花墙，涂着嫩绿的颜色，真好看。囤子趴在花墙上看小学生做操，一看就是大半天。女儿能在这样的学校读书，真有福。囤子问花虎："姥姥叫你在这里上学，你愿意吗？"花虎回答很干脆："愿意！"囤子说："那就好。叫舅舅送你上学好吗？"花虎回答得还是那么干脆："好！"根原将花虎抱起来，说："好！舅舅送你上学。"

囤子从怀里掏出一个红花包袱，根原娘认得出，这还是囤子出嫁时的红花包袱，两朵红红的大牡丹花团在包袱的中央，已经过去十多年了，至今还是那么新鲜，显然没有用过，甚至然一水也没有浆洗过。

囤子把红花包袱递给根原，她对根原说："当年出嫁，是二桂桂主动给俺当了送客。谁敢给黑五类当送客？二桂桂敢。二桂桂有情有义敢作敢当，别说你放不下，我也放不下。这么多年过去了，也没啥答谢的，一直欠着情，一直搁在心里，一辈子放不下，死也放不下，就把这个红花包袱留给二桂桂作个念想吧。"

根原接过红花包袱不觉一愣，他看看姐姐，又看看红花包袱，没摸透姐姐是怎么想的。

突然，根原心头倏地掠过一丝不祥的预感。根原明白姐姐的心，姐姐的心已经死了。姐姐的心不再流血，而是流淌着苦水。姐姐平日里很少流泪，她的泪水都渗到肉里去了，她的心她的肉都在泪水里泡透了。世上纵有千般苦，再苦莫过于血苦。姐姐的血是苦的，比黄连还苦。根原多么想把姐姐拉出苦海啊，但是，他没有办法还给姐姐一个人样子青春，没有办法祛除姐姐的满腔苦水。他想和姐姐说几句话，但是没有找到可以说出口的一句话。

囤子心很细，她发现了根原心头掠过的那一丝不祥预感，赶紧朝根原淡淡一笑，说："二桂桂是个好人啊，心肠好。你会见到二桂桂的，见到了一定替我问个好。"

根原点点头。

"二桂桂再好也是人家的人了。小米子也是个好人，姐姐希望你早日成个家。你成了家，姐姐也就没有心事了。"

姐姐这是怎么了？虽说姐姐是嬉笑欢声说着的，但是，根原感觉姐姐的嬉笑欢声非常恐怖。姐姐从来就没有嬉笑欢声过，没有，从来没有。那一丝不祥预感本来在心头倏地掠过，而今却又飞回来盘桓在心头。根原感觉不妙，姐姐好像是交代后事。在前根原叫花虎到舜城来读书，姐姐不同意。而今，姐姐竟然主动把花虎送来了。花虎是姐姐的心，姐姐的肉，姐姐主动把花虎送了来，显然是有意把心肝肉藏进保险柜。

"姐姐……"根原突然抓住姐姐的手，很想对姐姐说句宽慰话，但是他叫了一声姐姐竟然一句话也没说出来，泪水在眼眶里打着转转，千言万语噎在喉管里，有一种呼吸困难几乎被憋死的感觉。

"弟弟，你是大瓦屋家的希望啊，你为大瓦屋家争气了。60 年闹灾荒，爹得了水肿病，浑身肿得鼓鼓囊囊，一层薄皮包住一兜水，透亮透亮的，我都不敢看。咱们家还有一瓢瓜干子面，咱爹眼看着就要死了，娘想给爹做碗饭吃，死了不能当饿鬼，可咱爹横眉竖眼说了绝话，那瓢瓜干子面不许动，谁也不许动。爹指着我和娘说，我死了不打紧，你们娘儿俩死了也不打紧，儿子不能死，一定要留住根，不能断了根脉。那几口能吃的谁也不许动，都留给根原。只要留住了根，大瓦屋家就有希望。弟弟，咱爹最在乎你。娘没了咱爹不在乎，姐姐没了咱爹也不在乎，你不能没了，你是大瓦屋家的希望。咱爹的身子骨多棒，娘经常说，爹是属猫的，爹有九条命。本来，咱爹有力量活下去的。只因为你

被打成破坏共产主义的反革命分子关进大狱，随时都会……打那，爹就垮了。咱爹再也看不到希望了，大瓦屋家彻底完蛋了。彻底了。所以，爹就死了。咱爹没想到会有今天，没想到你又站起来了。没想到，如果能想到，咱爹一定会撑下去，咱爹有九条命，他一定能活下来。”

“姐姐……”

“弟弟，咱爹没有白疼你啊，你为大瓦屋家争气了。可惜爹死了，看不到了，如果活到今天该有多好啊，如果看着你又站起来了该有多么高兴啊。可怜爹，没过一天人的日子就死了，真窝囊。大瓦屋家靠你了，姐姐靠你了。有你这样的好弟弟撑着这个家，姐姐放心了。”

根原紧紧攥住姐姐的手，泪水一嘟噜一嘟噜滚下来。本来，他想劝慰姐姐几句的，结果一句话也没说出来，倒是姐姐开了话匣子，嬉笑欢声地说也说不完。姐姐从前不爱说话，很少说话，今天好像有说不完的话，好像要把大半辈子的话一下子说完。根原静静听着，很害怕打断了姐姐的话，很害怕姐姐不再说话。

“弟弟，咱们一家人活得真窝囊，没过一天人的日子。咱们也是爹娘生的，不是猪狗生的，咱们也是人，也是人啊。可是，咱们没过一天人的日子，猪狗不如。不甘心，死也不甘心。哪怕过一天人的日子就死，也甘心。你一定要把身子站直了，一定要活个人的样子，咱也堂堂正正当一回人。”

根原点点头，很坚定。

囤子把花虎和红花包袱留下，转身就出了门。花虎和妈妈喊着再见，囤子连头也没回一下。

根原追出门，他要开车送姐姐回家，却被囤子一口拒绝了。很坚决。姐姐说，她还要到镇上转转，不用送。

囤子和娘家的亲人们见了个面，把女儿托付给根原，感觉一身轻松。没有心事了，再也没有心事了。

四

听说大米子和锢漏子彭在舜城街头摆摊儿，囤子在街上有意拐了几

个弯儿，留心瞅瞅。锢漏子彭啊锢漏子彭，囤子在心里经常默默念叨这个名字。

想当年，陈酒鬼舅舅给自己介绍过他，只因为那个人也是老中农，自己没有答应。虽说自己没和锢漏子彭走到一起，但是，每次挨了陈愣子打或者挨了骂，当囤子的心在半夜闲下来的时候，就会默默念叨这个名字，一念叨一把泪。假若是……唉，世上没有假若是，老天爷不给任何人假若是。人这一辈子就像小河的水，只要流过去，再也不能回头了。

自从打水库认识锢漏子彭，此后再也没见过这个时时挂在心头的人。囤子很想见见锢漏子彭。

囤子转过两个街口，远远看见了锢漏子彭。她毫不犹豫，直奔着锢漏子彭走过去。走到近前，囤子首先朝着大米子开了口："哟！你们在这儿摆摊儿啊？"

锢漏子彭看了囤子一眼，赶紧低头做活儿。

大米子看看囤子满脸的笑，也嬉笑欢声地和囤子答了腔。

"囤子姐，好多年没见你啦，你这是上哪？"

"我去看娘了，准备回家。"囤子从包里摸出几个油炸大对虾和几个大苹果放在大米子手上，她看看锢漏子彭，说："这是我娘炸的大对虾，你们尝尝，新鲜着呢。"

囤子撂下油炸大对虾和几个大苹果就走了。

大米子望着囤子的背影问锢漏子彭："她说回家，怎么拐到这条路上来了？"

锢漏子彭抬头看看大米子，笑笑。

"你没看见她老是瞅我？我明白着，她心里念着我，故意拐到这条路上看看我，给我送好吃的。"

"去你的！你娶了我后悔啊？"

"谁说后悔了？"

"唉！囤子姐苦命。想当年跟着你该有多好，我宁肯一辈子不嫁当姑子。"

大米子一直怜着囤子，一说起囤子就会泪水盈盈。

“如果不搞‘文化大革命’，囤子也不至于这个样子。”

“搞不搞‘文化大革命’咱能管得着？咱们小老百姓好好干活挣饭吃，咱们解放不了全世界。”

大米子没言语，抬起手背擦擦眼，看来还为囤子难过着。

囤子见到了锢漏子彭，一转身就回了家。她摸出一个大苹果把二虎的那个淘气孩子哄到大街上玩耍，然后咣啷关上了门。

囤子从手提袋里一样样拿出好吃的摆到老废物面前，面包、火腿、香蕉、橘子、炸鸡块、炸大虾……

囤子说：“吃吧，吃饱。”

囤子和陈愣子对面坐在土炕上，她给陈愣子倒满一杯酒，把好吃的一样一样递到陈愣子手上。囤子自己不吃，她看着陈愣子吃。囤子那么平静，平静得就像没有风儿没有星儿没有空气没有生命伸手不见五指的黑幽幽的夜。

陈愣子一边吃，一边骂：“谁叫你把花虎扔下的？老子想闺女，你去给老子领回来，立马领回来，立马。若不然，老子一枪打死你。”

任陈愣子怎么样恶骂，囤子一声不吭。她静静地看着陈愣子的脸，好像要在满脸皱褶的缝隙里寻找一点光亮，但是，她没有看到光亮，没有。

陈愣子吃饱了喝足了骂够了，抹抹嘴，把酒杯放下了。囤子问：“不喝了？”陈愣子说：“喝足了。”囤子说：“再吃一个大对虾吧，吃饱。”陈愣子说：“吃饱了。”囤子说：“这是俺娘炸的大对虾，新鲜着呢，你再吃一个吧。”陈愣子拍拍肚子，说：“撑坏了，再吃就鼓破内袋了。”

陈愣子刚刚把嘴巴抹干净，囤子突然跳起来，一把从墙上摸过枪，将冷冰冰的枪口对准了陈愣子的脸。这张脸上有一道道疤痕，一道疤痕就是一朵光荣花。十多年前，囤子就是奔着那一朵朵光荣花来的。而今，她恨透了那一朵朵光荣花，恨透了。还不待陈愣子说句什么，只听嗵的一声响，光荣花啪啦炸碎了，一点一点红，就像一朵朵花瓣儿朝着墙壁四散抛去。

囤子不紧不慢又装好了枪药，然后扛着枪走进竹林。她脱下鞋，赤了脚，把枪口顶在自己的喉管上，然后用右脚拇指勾动了扳机。她听见嗵的一声响，嗵！她听见了。

五

姐姐走后，根原一直放心不下，他感觉姐姐的举动很反常。根原急急忙忙将花虎送到学校，急急忙忙掉转车头就朝东山村赶去。

大竹园围了好多人，没听到黑狗叫，也没听到陈愣子嚎，只听到人们的纷纷议论：

“黑五类真黑，活够了你就自己死，临死还得拉着个垫背的。”

“要不说阶级敌人心不死嘛，生生打死个老革命。”

“报复，阶级报复，绝对绝对的。”

“难怪毛主席教导我们说，千万不要忘记阶级斗争。”

……

根原知道不妙，推开人群冲了进去。

姐姐躺在血泊里，根原扑过去，一把将姐姐抱在怀。

根原容不得人们对姐姐说三道四，容不得人们对姐姐的蔑视，他就像一只被激怒的流浪狗，一边高声叫骂着，一边顺手抓起满地的血浆，朝着人群奋力抛洒过去。围观的人们害怕粘了污血粘了晦气，尖叫着四散奔逃。

竹林真安静，根原把姐姐抱在怀里，静静听着风吹竹叶的飒飒声。姐姐脖颈的鲜血顺着根原的手臂不慌不忙静静默默流下来，根原感觉好像流进了自己的血管，流进了自己的心。

不！这不是血，而是流不尽的苦水。而今，这满腔的苦水就要流尽了，流尽了也就不再苦着了。

根原给姐姐理了理被鲜血黏结在面颊上的头发，仔细端详着姐姐的脸。姐姐很安详，嘴角好像还衔着一丝满足的笑意。姐姐经常说，一辈子活得不像人，哪怕过一天人的日子也好。只要过一天人的日子就死，

也甘心。

死，是需要天老爷批准的。姐姐很早很早就选择了死，但是老天爷不批准，老天爷叫姐姐再等等，再等等……等着过一天人的日子。

姐姐死了，可怜的姐姐，哪过过一天人的日子啊。

不！姐姐过了一天人的日子。这一天人的日子就是今天——姐姐死的日子。

根原突然感觉姐姐真是了不起。刚烈的死，对于受尽屈辱的弱者来说，是最为奢侈的选择。

根原没有哭，没有泪，没有说话，好像也没有惊讶，还好像很平静。

姐姐手里攥着一张沾满鲜血的纸，根原小心抠出来，纸上依稀可见几个歪歪斜斜的字，大意是：死后决不和陈愣子同葬一穴。

第十章　都是经他娘个济惹的祸

一

孟瞎子要来了，听说是来舜城参观考察。

刘德甫直接给良维伯打电话，他向良维伯透露："舜城镇计划升格为市级开发区，成为正处级单位，直属市政府领导。孟瞎子这次来舜城考察，对舜城镇的升格具有非常重要的意义。而今的孟瞎子可不得了，他是经济学界的领军人物，受到各级领导的高度重视，中央的大干部还都听他作的报告。过春节，中央领导还都登门给他拜年呢。孟瞎子的意见，是可以直呈中央领导的，很多高官都是他的学生。你可不能大意失荆州，不要轻看了一个布衣书生的作用。孟瞎子可不是凡人，无论是中

国还是外国的国家级大人物他都能攀得着。舜城镇升格，他说一句话能顶一堆大红印章。”

良维伯不敢怠慢，他指示孙义宁具体负责卫生大扫除工作，叫办公室赶紧通知各部门各单位，三天时间集中人力物力打扫卫生。要求各单位不仅门前清，还要保证到边界，大街上不许飘飞一片碎纸头。良维伯告诉孙义宁：“这一次并不是来一个孟瞎子，省市县三级领导都陪着孟瞎子来舜城考察，一定要把舜城镇的全新面貌展现在各级领导面前。哪一个单位出了问题，就由哪一个单位的一把手负全责。哪一个人出了问题，就由哪一个人负全责。该批评就批评，该处分就处分，该撤职就撤职，决不客气。”

舜城镇虽说是副处级单位，毕竟还是个乡镇。除了赵家庄园抢抢眼，还没有几幢像样的建筑物。几栋灰眉土脸的办公小楼与破破烂烂的民房插巴在一起，就像公字寨山头参差不齐错错落落的乱石堆。说一千，道一万，舜城镇无论怎么古老怎么悠久毕竟是个大农村。上级每次来检查，老百姓只顾庄稼地，大街干净不干净与庄稼没有什么关系。镇政府只好把打扫卫生的任务分配给各单位，分配给各村的村干部。

自从舜城镇升了半格，上级领导来的特别多也特别勤，三天两头打扫卫生。有的单位与单位之间相隔几十米，有的几百米，打扫卫生成了很大的压力，人们私下里暗暗叫骂：“天天扫大街，天天贴标语，天天欢迎王八蛋。”

舜城物资供应站孤孤零零靠在绣锦河边上，与其他单位相隔半里地，单位里只有小米子一个女人守护着，镇政府要求扫大街贴标语，小米子只好拿钱雇人帮忙。如今的物资供应站已经今非昔比了，市场越来越自由，大集上已经允许个人卖木头了，木材供应站已经没有了过去的自在日子。两个站长很少来舜城，他们各自忙活着倒卖木材捞外快，供应站是死是活没人关心。原先供应站的日子还好过，现如今已经靠贷款发工资了。小米子雇人扫大街贴标语，一年下来也要三千两千的，这些钱全部靠贷款。小米子一边扫大街，一边骂大街。

“不就是个孟瞎子嘛，老右派，在我们村劳动改造，老娘打小就认

识他。老娘呵一声，吓得他一哆嗦。如今不得了，还惊官动府的，震得地皮乱忽闪。孟瞎子能耐大了，把当官的吓得像孙子，还得麻烦老娘掏钱扫大街。最好半路上翻车死了干净，省得老娘花钱赚忙活。”

站长说：“花钱也花不了你的，单位没钱银行有，反正都是国家的，肉烂在锅里。再说着，物资供应站马上就要垮台了，还不知是谁的，你生哪门子气?”

“老娘生啥气?在前成天贴大字报，如今成天贴大标语。今天欢迎这个领导指导工作，明天欢迎那个领导指导工作，指导个熊，都指到酒瓶里去了。”

“看看，看看，指到肉瓶里去与你有啥关系?生气尿尿发黄。扫地扫地。”

“扫恁娘个头。”

……

各单位忙忙活活好歹忙出个一二三，不料想，一夜之间突然冒出来三十多个破衣烂衫的疯子傻子叫花子，瘸胳膊断腿，一个个满大街乱滚乱爬，鬼哭狼嚎惨不忍睹。

良维伯立马把大虎叫到办公室，恶狠狠地训斥了一顿，显然有些气急败坏急了眼。

“各单位忙忙活活大干了三天三夜，你们干啥去了?怎么保驾护航的?一群废物，赶快把他们处理干净。我估计准是小南蛮办的好事，哪里来的再给送到哪里去。所有干警全部出动，把住四面路口，千万不能叫人家再给扔回来。如果在领导视察期间出了问题，大虎啊大虎，我立马处分你。”

大虎连连点头，他向良维伯保了证：“请书记放心，如果再被送回来，我一个一个都拉到家里当亲爹养活着。”

各地为迎接大检查都会进行大扫除，这种大扫除不仅是扫大街，还包括扫除流浪狗和流浪街头的疯子傻子叫花子。

对于流浪狗，往往采取彻底斩杀的清除措施。但是，对于疯子傻子叫花子却没法彻底斩杀。不知从什么时间什么地点首先创造出这么一个

好办法，划拉划拉塞到车上，哗啦倒在人家的地盘上。现如今，这样的活儿各地操作得都很熟练，人们称呼这些疯子傻子叫花子为“人渣”，拉出去处理掉称为“倒人渣”。今天我倒给你，明天你又倒给我，为了应付大检查相互乱倒腾。

大虎从镇党委出来就立即行动，全体干警一齐出动满大街划拉“人渣”。他们把“人渣”集中到一间闲置的仓库里，只等着天黑以后就开始“倒人渣”。三十多个“人渣”挤在一起闹闹哄哄乱成一团，大虎一顿皮带抽打得“人渣”规规矩矩鸦雀无声。大虎教导青年警察：“和这些人渣滓是没有办法说理的，一顿皮带，保准规矩，这是多年积攒的经验。”

看来，无论是疯子傻子还是叫花子都知道疼的滋味，都是害怕挨打的。“人渣”们挨了一顿皮带，每人领到一个大馒头，龟缩在墙角里偷偷吃着，要多听话有多听话。大虎说：“人，就得这么整治，谁不怕疼？谁不怕死？饿上三天，一个个英雄都成了狗熊。”

太阳一落山，大虎亲自指挥，将“人渣”装进一辆小客车，迅速驶过绣锦河大桥。舜城镇是两省接点，过了绣锦河大桥就是外省的地盘。小客车倒掉“人渣”，不一会儿就回来交差了。大虎生怕人家再给倒回来，在绣锦河大桥布了三道岗，严查“倒人渣”的车辆驶入舜城地界。

二

根据孟瞎子的考察行程，公字寨是重点之中的重点。良维伯指示孙义宁抓紧到公字寨落实三项任务：一是安排好接待工作；二是叫公字寨人少说话，千万不能惹下麻烦；三是叫公字寨全民出动大扫除。

孙义宁领了良维伯的指令，急三火四跑到公字寨。

良维伯大嘴一吧嗒，可把孙义宁愁坏了。别看只有这么简单的三条，条条都是白刃战。关于第一条接待室的落实，就把孙义宁急得淌了转把子汗。

孟瞎子到公字寨之后在哪里坐坐歇歇？在哪里喝杯茶？在哪里开座谈会？公字寨像点样的建筑只有根原他爹建造的五间大瓦屋，土改时被

没收，属于集体所有，成了大队办公场所。目前，无人管理门市部占用了一间，小学占用了两间，民兵连占用了一间，大队办公室占用了一间。大队办公室由于常年不用，已经成了大仓库。仓库也没有什么好东西放，除了生产队的推车粪篓使牛鞭，就是镢头犁耙扬场锨，就像个大垃圾箱。

按说，拾掇拾掇民兵连办公室作为临时接待室也不是不可以，但是，看似这么简单的问题在公字寨就成了非常严重的阶级立场问题。尽管市里县里镇里的领导们都小小心心捧着孟瞎子，但是，公字寨广大贫下中农们根本没把孟瞎子当个人物待，没感觉头上有惊雷。不就是个孟瞎子嘛，一个老右派，连个地屋子都不会搭，老茶壶写个字他都不认识，什么了不起的？公字寨人始终认为坚决认为永远认为：孟瞎子是个什么也不会做什么也做不了的废人，要不然那么大年纪至今也没讨上个媳妇？这种傻瓜到哪里讨媳妇？谁跟？大碾台就曾经说过，宁肯嫁给吹吹天天挨打，也不跟孟瞎子这种大傻瓜。

听说孟瞎子要回来，听说还要大扫除大迎大接，公字寨的广大贫下中农们都感觉挺好笑，这么一个大傻瓜，镇领导就像接天神，真是奇了怪。

孙义宁在公字寨忙活了两整天，接连召开了党员会、团员会、全体社员大会。说是接连召开了三个大会，其实一个会也没开囫囵，只赚了个便于向良维伯汇报工作或者良维伯再向上一级领导汇报工作方便而已。

公字寨总共三个党员，老簸箕不听孙义宁那一套，坚决不出席接待右派分子工作的党员会。

自从大锅接任村干部，大碾台满肚子不服气，怪话牢骚不断。这一次通知开党员会，她谎说害腚锤子疼，坐不住。此后半推半就总算到了会，而且还说自己是带病参加会议。她摽在门框上，一脚门里一脚门外，好像随时准备逃跑似的。只有大锅一个人规规矩矩坐在板凳上一动没动。所以说，出席党员会议的只有一个半。

为了凑数，孙义宁叫大桂桂也参加了会。会议看起来很庄重，大桂

桂主持了会议，孙义宁传达了良维伯的指示，接下来大锅讲了话。

大锅背地里对着老黄犍还能板板正正讲几句，面对着人群，尤其面对着镇里的大干部，那张嘴就像得了掉船风，哆哆嗦嗦乱哆嗦，一句话也没说囫囵。

“我们……坚决……我们……”

大锅的嘴巴还正哆嗦着“我们”，大碾台猛刺里攮了一枪。

“我们我们……我们啥？我们都到你家吃饭啊？你光我们我们不行，你得说明白我们干啥，当干部不能光我们，光我们还能当干部吗？”

大碾台一直和大锅作着对，而今可逮着报复机会了，当着镇领导羞辱羞辱大锅别提心里多痛快。看看吧，看看你们培养重用的好干部，这等水平也能当干部？哼！

党员会难开，团员会和社员大会更难开。幸亏孙义宁有办法，联系县里的电影队来放电影。借着放电影之前的那点儿机会，孙义宁对着话筒说了一阵子，社员大会就算开完了。

尽管开完了三个会，尽管良维伯对三个会很满意，但是，老簸箕一个会也不参加，放电影也不看。在公字寨，没有老簸箕点头，没有老簸箕参加，无论什么人召开什么会也好像缺失了合法性。老簸箕不出面算什么开会？你个孙义宁算个什么狗尾巴官？你比大桂桂的官还大吗？大桂桂那么大的干部都得听从老簸箕领导，你跑进公字寨充什么大头驴？

为了顺顺利利完成接待孟瞎子的任务，孙义宁在会后都要颠颠地跑到老簸箕那里汇报汇报。

“老领导啊，你是我们的老前辈，是老革命老模范，需要您大力支持我们的工作啊。”

老簸箕两道黑光冷冷看着孙义宁，半天地里冒出一句话：“孟瞎子来就来吧，忙活啥？”

老簸箕一句话，党员会、团员会、全体社员大会全都白开了。你还想打扫卫生迎接孟瞎子？不但没有门，连窗子也没有。

孙义宁是个见过大世面的人，什么酒没喝过？什么菜没尝过？什么干部没见过？在天安门前还曾经见过毛主席呢。不过，站在老簸箕面前，他直觉得脊背骨冷飕飕的。老簸箕满脸的皱褶就像重重叠叠的沟谷，一双黑幽幽的小眼睛不知躲在哪条石缝里，孙义宁感觉两道冷冷的黑光就像两条黑蝮蛇，说不就什么时候蹿出来咬你一口。老簸箕，真是个老簸箕，难怪公字寨广大贫下中农们都说老簸箕身上长着瘆人毛。

看来，若想在公字寨落实良书记三项任务是非常艰难的。孙义宁的脑门子里突然蹦出一句诗：难于上青天。对！就是难于上青天。孙义宁不敢耽搁，赶紧向良维伯作了全面汇报。他建议调整思路，不在公字寨安排接待，陪伴孟瞎子到公字寨转一转看一看站一站抓紧走人，回舜城镇喝茶休息。在公字寨待得时间越长，越会出乱子。良维伯觉得有道理。

三

虽然老簸箕依然坚持“集体主义思想放光芒”，但是，公字寨已经不是往日的公字寨了。在人们的生活中，一心一意为集体的“公”意识渐渐变质，发家致富的“私”意识渐渐膨胀。人们越来越注意“私”的意义了，越来越在乎自己怎么样发家致富了，“集体主义思想”好像是一块燃烧透的焦炭，慢慢耗尽了火力劲儿，再也放不动光芒了。而今的无人管理门市部早就不像个门市部了，别说无人管理，就是有人管理也经常丢东西。

公字寨虽说还没有分田到户，虽说还有生产队，虽说广大贫下中农们还在生产队里集体劳动挣工分，但是，贫下中农们也越来越不贫下了，越来越要奸磨滑了。人人惦记着自己那一亩三分地，生产队里的庄稼被草埋了也不在乎。看看周围的村子都富起来了，公字寨的人们怎么能坐得住呢？怎么能甘心挣那点儿工分呢？十分工才合两毛钱，也就是说，劳动一天才挣两毛钱。论说起来，要比当年一个工日才合一毛钱的时候是翻番了。但是，人家出外打工一天能挣三四块，一天等于你多半月，谁甘心推一天大车才挣两毛钱？

老簸箕说：“公字寨的钱结实着哩。”

你老簸箕说结实就结实了？你还成美元了？到门市部买东西，谁管

你是不是公字寨的钱？一毛照旧是一毛，一分一厘一毫也没多出来。外村来的亲戚们，一个个骑着摩托车耀武扬威闯进公字寨，哪管你公字寨的钱结实不结实？看看人家那个威风劲儿，不眼馋那才叫不长眼呢。

公字寨的人们坐不住了，连吹吹也坐不住了。根原已经成了大富翁，吹吹既眼馋还相当不服气。

“老子也是手艺人，木匠活干了二十多年，我学木匠时，根原还尿炕呢！咱这把斧头，也不是切菜的。万元户有什么了不起的？我要不是一心为国家一心为集体……早就成万元户了。”

自从梭猴子被整治成“老实人”之后，没有人愿意惹乎这个愣家伙，更没有人愿意惹乎这个愣家伙背后的大喇叭老婆。唯有二吹吹不怕惹事，逮着时机就给这个不识好歹的亲哥哥攮上几句。

“吹啥？先说说你卖韭菜要秤杆儿的能耐吧，发财了吗？你那把斧头，砍木头跑线，切菜卷刃，有本事再去舜城大街要要秤杆试试？”

二吹吹已经不是当年只能抱后腰的二吹吹了，身大力魁，齐头齐脑，就像个大黑熊。兄弟俩打架，总是弟弟占上风。面对着黑熊弟弟，吹吹心生三分怯。

一提要秤杆，吹吹立马就哑巴了，狗屁猫屁挤不出一个屁。

吹吹有力气，也不怕费力气，因此，他种的青菜比谁家的都好。他栽种的韭菜，叶子又宽又长，就像玉米的大叶子，攥在手里一抖，绿得晃眼睛。往年，因为割资本主义的尾巴不许自由买卖，吹吹家的韭菜吃不了，大碾台就送到娘家去。现如今，娘家富足了，娘家弟弟都是万元户了，已经不缺三把韭菜两把葱了，吹吹决定拿到舜城集上去卖卖。

吹吹花了五块三毛钱买了一杆小秤，这杆小秤就和公字寨无人管理门市部的那杆秤一模一样。大碾台再三嘱咐，一定要看好秤，别把二斤当一斤卖了。吹吹对女人吹呼：“我还不识个秤？无人管理门市部的时候咱就认识秤。要秤杆儿，老子是老嬷嬷奶孩子，扔下的老手艺。”

吹吹割了满满两大篮子韭菜，在舜城集上一摆，不一会儿就卖光了，吹吹嘿嘿地偷着乐。他朝着人们显摆：“嘿！舜城大街有什么了不起？那些街滑子有什么了不起？都叫老子要了。老子把秤砣底下偷偷沾了一块黄泥蛋子，嘿！一会儿就卖光了。嘿嘿！”

吹吹要秤杆儿，立马就在公字寨传开了，立马成了全村人的笑料。

嘿！吹吹要秤杆儿——

嘿嘿！秤砣底下偷偷粘上黄泥蛋子——

嘿，嘿嘿！韭菜被一抢而空，差点儿把自己也卖了——

公字寨的人们都在耻笑吹吹，小梭猴却与全村人唱反调，他说吹吹就是不简单，敢上舜城街头蹲蹲就不简单。公字寨人谁上舜城街头要要秤杆了？有本事也蹲到舜城街头要要秤杆儿试试？

梭猴子被打成残废，小梭猴一直心怀愤恨，看看爹的傻笑心里就会冒血浆。他的胸中憋着一股子气，时不时就会冒冒泡。

小梭猴一句“不简单”，传进别人的耳朵好像也没有什么大不了的，传到老簸箕耳朵里可就成了大是大非的路线问题了。如果别人说“不简单”倒也没有什么大不了的，小梭猴说“不简单”那可就是不简单。公字寨有人闹分田，小梭猴也是最起劲的一个。小梭猴不跟着生产队下地干活却跟着根原走资本主义道路，老簸箕很生气。

吹吹经常对老簸箕吹风，他对老簸箕说：“大叔啊，根原就是个反革命集团，不只是小梭猴加入到根原那个集团了，二吹吹那个不识数的也要跟着根原学木匠，也要加入反革命集团，大叔，你可要警惕啊。”

小梭猴已经长大成人了，爹被打断腿的仇恨随着年龄的增长也在加倍增长。爹的腿就是老簸箕指示人打断的，仇恨搅拌在血浆里，一直在心中奔流。

小梭猴一家人没有在党在团的，在公字寨政治舞台上没有他们的位置，任小梭猴的仇恨之火怎么样旺盛也难点燃公字寨的黄土。当年，许多人都动手打过梭猴子，而今，参与打断梭猴子双腿的人们没有一个承认是错了的，而且都说打得对，都说打得好，都说该打，满嘴淌胡话还不该打？

别看小梭猴年龄不大还是有些鬼心眼的，他心里明白，自己没有力量和老簸箕对抗，更没有力量和公字寨的“人民”们对抗，他不明着说爹被屈打的冤枉事，也不明着反对老簸箕，而是借着说周围村子都富起

来的话题诋毁老簸箕。他知道，许多人都盼着实行责任承包分田到户，鼓动分田到户就是对老簸箕威望的撼动。他知道，公字寨许多人都对老簸箕坚持不分田心怀不满，要求“分田到户”的力量逐渐在蔓延，在扩大，搅得人心浮动坐卧不宁。街头地头热炕头，分田到户的话题越来越活跃，对老簸箕“坚决不修正”的不满情绪飘荡在公字寨的角角落落。小梭猴借着“分田到户”的引子发面，发泄对老簸箕的不满情绪。

对来自小梭猴等人的对抗，老簸箕心中有数，一根拐杖支撑起的老骨头架子使他感觉失去了压制的手段和力量。如果在过去，谁敢哼哼？老簸箕怀念过去，做梦都怀念。

老簸箕虽说已经失了昔日的威风，虽然受到一部分人时隐时现时断时续的暗暗对抗，但是，在公字寨这片地皮上依旧具有绝对的权威。无论大事小事，没有老簸箕发话就没有合法性。所以说，老簸箕虽说没有了昔日的威风，但是，他的权威还是那么坚不可摧。人们只能背地里说说老簸箕的不是，一站到老簸箕面前，没人敢哼哼。

老簸箕虽说威风犹存，毕竟破过肚子吐过血，再也没有原来的精神头了。老簸箕没有了精神头，不只是小梭猴开始奓煞，小草们也奓煞起来了，一片一片疯长，一块一块庄稼地，只见青草不见苗。大碾台说：“没有丰年大叔，别说人，连小草也压不住。”

老簸箕不能跟着社员一同下地干活了，只能找一些适合自己做的事情干干。一支粪叉子不离手，一来当个拐棍支撑支撑瘦骨头，二来碰到地里有个小石头或者淌水沟子堵塞顺便铲巴铲巴。人们看到，每天傍晚时分，老簸箕都会手拄着粪叉子出现在村头高地的老槐树下。傍晚时分的公字寨仅剩下一个轮廓，老簸箕喜欢看公字寨的轮廓。老簸箕倚在大树上，一身瘦骨头弯成个篼子把，远远望去就像老槐树生出的一骨碌黑糊糊的枯树棚子。

太阳陷进峡谷去了，一点余晖是通过天空中的彩云转送给公字寨的。彩云真好看，中间部分灰乎乎的，边角部分却金光灿灿。山坡上一层层大寨田的地堰子都是老簸箕带领社员们用千千万万个小石头垒起来的，彩云给了小石头们一点光亮，一层层地堰就变成了一条条金线。长长短短曲曲弯弯层层叠叠的金线，就像一串一串奖章挂在大山的胸脯子上，真好看。老簸箕喜欢站在一亩七地头看庄稼，喜欢看一层层大寨田地堰，那不仅是挂在大山胸脯子上的奖章，也是挂在自己胸脯子上的奖章，他容不得别人藐视那些奖章，容不得。

老簸箕眼望着一层层大寨田的地堰哀声长叹，多么好看的地堰啊，只可惜金光闪闪的地堰里杂草疯长，把庄稼欺下了。想当年庄稼长的多好啊，唉！都是资本惹的祸，都是经他娘个济惹的祸。屈了庄稼了。

当年外国人要来参观公字寨，电业局急急忙忙栽了一排电线杆子。那排电线杆子都是上过油的红松木杆儿，一般粗，一般长，从舜城镇齐刷刷摆到公字寨，就像一排列兵，真威武。而今，那排电线杆子七歪八斜，就像杂牌子队伍，向右看齐总也齐不了。

往日里，全县各行各业都来公字寨参观学习，公字寨广大贫下中农多么神气啊。可如今，没有人再理会公字寨这个天下第一共产主义村。周围的村子欺负公字寨穷，有点什么不顺耳的社会丑闻都编排给公字寨，许多脏兮兮的舌后语大多也和公字寨发生着联系。

……

总之，只要能和公字寨沾边儿贴角儿的无论什么混账话，都塞到公字寨里来了。公字寨的掌故，一筐一筐的。

想当年啊……

公字寨啊……

老簸箕留恋想当年的公字寨，多么火红的公字寨啊。看看而今的公字寨，多么叫人痛心啊。看到满地青草欺了庄稼，老簸箕就会泪流满面，跪在田埂上给庄稼磕头。他抚摸着地瓜秧子对地瓜们说："地瓜啊地瓜，屈着你们了。现如今市场经济了，贫下中农都不贫下了，都不肯下力锄草了，这都是经他娘个济惹的祸啊！凭着集体主义思想放光芒的光明大道不走，走了经他娘的资本路，修正了，修正了。"他仰天呼号："毛主席啊，贫下中农私心杂念啊，你显显灵吧！"

老簸箕恶狠狠撕下一把草，恶狠狠塞进嘴里，恶狠狠嘴嚼着，恶狠狠吞进破肚子。他恨青草欺了庄稼，更恨贫下中农们都不贫下了都不用心锄草了。老簸箕怎么也不理解，贫下中农怎么能私心杂念呢？一个一个都私心杂念怎么能实现共产主义呢？

眼看着有人在背后闹着要分田，眼看着人们越来越自私越来越资本越来越不安分守己，老簸箕痛心疾首痛不欲生，他明白，公字寨的广大

贫下中农已经不是原来的贫下中农了，一个一个都资本了，一个一个都修正了。

老簸箕最恨私心杂念的人，他把公字寨的印把子交给大锅，就是看中了大锅的一心一意为集体。

老簸箕隔三差五就把大锅传唤去教训一顿，好像生怕大锅也跟着修正了。大锅一进门，老簸箕就伸手指指正面墙上的毛主席像，大锅顺着老簸箕手指的方向走到毛主席像前，老簸箕喊一声“鞠躬”，大锅就规规矩矩来一个三鞠躬，接下来，老簸箕就开始教导大锅。

“山上寨为啥叫了公字寨？”

“因为我们是天下第一共产主义村。”

“报纸上怎么说的？”

“报纸上说，公字寨所坚持的政治挂帅思想领先的原则，自力更生艰苦奋斗的精神，爱国家爱集体的共产主义风格，是值得大大提倡的。”

“伟大领袖救了我们，决不能忘了本，吃水不忘打井人。谁忘本，我们就和他坚决了。”

大锅点点头答应着：“是！是！坚决了。”

……

而今，老簸箕的号召力好像只有在大锅身上发挥着作用。老簸箕隔三差五把大锅传唤过来教导一顿，好像是他守护公字寨守护集体主义守护毛主席无产阶级革命路线所能采取的唯一方式。他怀念过去，很怀念。

大锅虽说没有太多的私心杂念，但是太老实太愚钝，他那个村干部就是个穷摆设。说是公字寨的当家人，其实成了公字寨全体贫下中农的出气筒，无论出了什么错，一股脑儿堆到他头上。大碾台挨了男人的打，这与大锅啥关系？但是，大碾台一哭一骂就把大锅扯进去了。

“大锅啊，我天天挨打你怎么也不管啊，你是党员老娘也是党员啊，想当年老娘还是模范人物啊，党员模范挨了群众的欺负你为什么不管啊，你是啥用也不中啊！”

大锅挨着骂，狗声猫声不回个声。大锅娘气不过，时常跳出来和大

碾台对骂一阵子。

“平白无故你骂谁？你不就是馋着当干部吗？就你这个熊样的也能当干部？”

大碾台怎么能受这份窝囊气？尖着嗓子和大锅娘对骂着。大锅娘也曾偷过菜，因为偷菜还在斗私批修的大会上挨了批斗。两个人相互揭着短处，哪个地方流血就朝着哪个地方狠命揭，怎么痛快就怎么揭。两个女人的争吵，给死寂的小山村增添了不少的热闹气。

大锅挨着骂不但不生气，反而劝说娘不要和大碾台胡吵吵，拼命把娘拉回家。大锅对娘说：“丰年大叔说，当干部一定要有个猪食缸肚子，腥臊烂臭都能盛。人家为啥不骂别人？为什么单骂我？还不是因为我当干部嘛。大碾台没当上，骂几句解解气也是可以理解的。谁爱骂谁骂，咱们埋头当咱的干部。”

大锅娘觉得儿子说得有道理，是啊，儿子若不是当干部能挨这份骂嘛，还是儿子有肚量。后来，大锅无论挨了谁的骂，大锅娘再也不会披挂上阵拼命厮杀了。

大锅这个村干部只靠老簸箕撑着，没有老簸箕撑着，大锅一天也干不下去。大锅算个啥？狗屁一个。

大锅分派活儿，吹吹就敢明目张胆不听分派，撂下推车躺在树荫底下不起来。睡上大半天，还不能少了工分。每次评大寨工的时候，吹吹张口就要满分。大锅一句“你……躺在大树底下睡大觉”还没说完，吹吹立马蹦起来，就像训儿子一般把大锅训了个三七二十八。

“你朝我逞什么能？你看看谁把集体当自己的日子过了？就我一个躺在树荫底下不起来？就我一个人磨洋工？地里都荒成个什么样了？一咕嘟一堆都坐在地头下放牛棋，一下下到大天晌。要想富，赶紧分田到户。你打听打听，合满舜城镇，合满山海县，哪还有不分田到户的？常言说得好，甭管铜耙子金耙子，还是自己的竹耙子上草。你看看外村的地，庄稼长得多好。看看咱们村，庄稼没有庄稼样，人没有人样。”

“丰年大叔不说分，你敢分？”

“丰年大叔怎么了？他是毛主席？他是最高指示？他不愿意分就不

谁爱骂谁骂，咱们埋头当咱的干部。

分了？他打光棍子，全村人还都跟着打光棍子？”

只因为老婆没能当上村干部，吹吹对老簸箕极为不满。

吹吹闹分田，而且还敢说老簸箕的坏话，大锅回头就和老簸箕报了告。老簸箕不待听完报告，气得浑身打哆嗦不光黑五类一个个爹煞起来

了，贫下中农也一个个爹煞起来了。修正了，彻底修了正了，这是什么社会啊。

老簸箕一想过去就会泪流满面，一咕嘟一咕嘟泪，漫过一条一条黑黢黢的肉缝咕噜咕噜滚到破肚皮上。

四

孟瞎子风光极了，窦副省长和刘德甫代市长亲自陪着参观了赵家庄园，后头跟着一群大干部小干部和大报小报的男记者女记者，众星捧月，前呼后拥，难怪小米子说舜城镇的地皮一忽闪一忽闪。

孟瞎子这次来考察，听说是主要调查研究农村深化改革和可持续发展的课题，其他还有什么任务谁也不知道。陪同孟瞎子一起来到舜城的，还有两名瘦小伙儿，孟瞎子说，这是他的两名学生。两位瘦小伙儿都像孟瞎子，傻乎乎的不灵怪，瞧那傻样和那瘦干柴身架，横看竖看也看不出像个有学问的人。

孙义宁给两名瘦博士递烟，两名瘦博士接过烟还说了声谢谢。当孙义宁掏出打火机要给他们点烟时，他们又说不会吸烟，而且又说了声谢谢。捏住香烟就像捏住有爆炸危险的雷管，不知怎么处理合适。孙义宁背后对人说："既然不会吸烟你何必伸手接？还说谢谢呢。什么博士，简直是傻瓜。我要是不从政，早就是博导了。这样的学生，磕头叫亲爹也不带。"

对于这一次接待任务，良维伯作了周密的思考。他知道，刘德甫与窦浩副省长不仅是同乡，还是一个学校的校友，关系非常密非常切。如今，在各级政治舞台上最有活力最为鲜亮的就是他们这一年龄层的。既年轻又有文化，前程远大，不可估量。刘德甫如今是市委副书记兼代市长，只等着换届选举走走程序就把代字去掉了。在全省，也是最为年轻的正厅级干部。像他这么既年轻又有文化的干部，有可能为人民服个更大的务，成为省部级干部不在话下。如果走运，说不就还能进中央。

说起刘德甫，也真是个人物。他是个非常要强的人，不仅头脑灵活精明强干，而且有一种坚忍不拔永不服输的奋进精神。高中一年级的课程还没学完，因为家境穷困被迫辍学，在家乡一所中学担任代课教师。代了六年课，漫过高中漫过大学直接考取了一所名牌大学哲学研究生，在马克思主义与中国实际相结合的研究中获得了不俗的成果。从小学到中学，每次考试他都是名列榜首。偶尔败在他人手上屈居第二或第三，表面上看，从来都是平平静静毫不在乎，但是，他会偷偷走进高粱地，捶胸顿足翻身打骨碌大哭一场，把周围的高粱压倒一大片。哭过之后，他把泪水擦干净，从衣兜里掏出一张纸片，恭恭敬敬地写上“毁了庄稼，对不起了”几个字，用小石头压在那片被压倒的高粱地里。后来刘德甫工作了，如若同事间谁个提拔了，表面上他会嬉笑欢声热烈祝贺，但是，背地里依旧会偷偷走进高粱地，捶胸顿足翻身打骨碌大哭一场。哭过之后，他把泪水擦干净，从衣兜里掏出几块钱，用小石头压在那片被压倒的高粱地里作赔偿。再后来他当了干部，从副科到正科到副处到正处，虽说也有磕绊时候，总而言之还算顺当。每当丧失提拔机会，他都会偷偷躲进高粱地大哭一场。他与高粱地结了缘，结了宣泄情感的因缘。每次换了工作岗位，他就围着郊区周边转一转，提前选好远离人群的高粱地。后来当了大干部，他装作爱好钓鱼，叫司机把他放在某个偏僻小河沟，然后吩咐司机不许透漏他爱好钓鱼的机密，三个小时之后再来接他。刘德甫躲进高粱地号啕大哭的癖好，除了天知道地知道他自己知道之外谁也不知道，就是他的爹娘以及老婆孩子也不知道。

刘德甫虽说年龄比良维伯小了一大截，却是良维伯的老领导，良维伯上任舜城镇，就是刘德甫背后撑着。良维伯年龄大，文化层次又低，没有刘德甫撑着还想把持舜城镇衙门？老寡妇死了孩子，一点儿盼头也没有。只因为有了刘德甫这个靠山，良维伯腰杆子很硬，说起话来嘎巴嘎巴响。

刘德甫是个精明强干的能人，头脑灵活，作风干练，在哪里当官都会制造出一堆辉煌政绩。听人私下传说，刘德甫要调走，但是至今也没走，不知到底走不走。良维伯问过，刘德甫的回答是：自己也不知道，一切听从党召唤。

为了迎接省市领导陪同孟瞎子来舜城考察，王文革建议启动舜城旅游宣传周的大活动，赵家庄园以及附近的大街小巷到处贴满了大标语：

敞开舜城大门，笑迎八方来客！

打造新舜城，创建名牌镇！

尧风舜雨，魅力舜城！

开拓进取，乘胜前进！

……

旅游宣传周仓促启动，除了满大街的大红标语，没有什么实际内容。王文革又提出一个设想，邀请良明亮来舜城搞一个画展。

良明亮的画展开幕式搞得很隆重，山海县分管文教的宫副县长率领着人大、政协等一大帮子领导干部来了，文化馆呼延馆长和良明亮的师傅元老画家来了，市里县里的电视台以及报社的记者也来了……呼呼隆隆，好不热闹。

良明亮被领导、记者们簇拥着，整个身子好像一下子被举到半空，在云彩影里飘荡着。这样的阵势，良明亮头一次经过，禁不住腿哆嗦心哆嗦嘴唇也哆嗦。记者采访叫他说几句话，他对着摄像机筛了半天糠，好歹半边囫囵对付了几句。

呼延馆长平日里把良明亮当成低门槛，抬脚迈过来，抬脚迈过去，今天突然感觉良明亮是个城楼子，自己需要仰头观看了。呼延馆长拍拍良明亮的肩膀，说："吆，你这家伙厉害了，厉害了，名人了。"

良明亮还没有具备搞画展的实力，即令常有作品入选省里市里不是什么重要分量的画展活动，也是他的师傅元老画家在起着努力推介的作用。良明亮喜欢绘画，喜欢归喜欢，可他本身缺少对绘画艺术的感觉和禀赋。看看小竹竿儿画得也很直，可咋看咋是个擀面杖，不通透。几片兰花叶子也像焚香一般插在一个一个的驴屎蛋子上。元老画家平时对良明亮多有褒奖少有批评，老先生说，十年八年哪能成手？慢慢来，铁杵磨成针，功到自然成。

元老画家是地方的著名画家，花鸟鱼虫山水人物无一不能样样精妙。其大作数次入选全国美展并获奖，在全省美术界，是有一定影响和一定地位的老画家。人民大会堂里还有他的画作。他的家门不断晃动着各级领导的身影，元老画家也特盼望领导的到来，他的身价，好像体现在领导的看望之中。“学得文武艺，货于帝王家。”老先生经常如此教导良明亮。

元老画家生得很消瘦，但是精神很饱满。胳膊腿虽说就像插在笔架上的几根毛笔杆儿，可那瘦胳膊一动就呼呼生风，报纸上介绍说，“泼墨成风雨，落笔天地惊”。天地惊不惊谁也不知道，反正围观元老画家作画的看客无一不惊。在良明亮的画展大厅，老先生作了现场表演。他是个见过大世面的人，围观的人越多，他的精神头好像也就越大。不待看客们缓过屏住的一口气，一只傲据山崖的老虎跃然纸上。老先生看上去很谦恭，对任何一个向自己问候的无论熟识还是不熟识的人，都是不厌其烦地抱拳躬身深施大礼。抱拳躬身深施大礼成了元老画家的习惯，这个习惯给他带来了受用不尽的好处。从领导的关怀以及人们对他的尊重态度可以感觉到这种好处。

良明亮搞个展是大姑娘出门子，头一回。因此，他显得异常激动异常兴奋，红扑扑的脸蛋就像他画的大柿子，一直退不下颜色来。良明亮对自己的画作非常满意非常珍重，他对王文革说：“黄金有价艺无价，丢了一幅不得了。”为此，大虎专门安排公安干警轮流值班看护这些“国宝”。

来看展览的观众真不少，一帮又一帮一群又一群。各部门各单位的领导亲自带队，整整齐齐的队伍接连不断涌进展厅，大干部小干部争相与良明亮握手，争相邀请良明亮到他们单位指导工作。良明亮突然感觉自己的身价倍增，心里那个乐哟，就像库房里储存的甘蔗糖，一麻袋摞着一麻袋。

五

窦副省长和刘德甫代市长工作忙，他们陪着孟瞎子吃过午饭就走了。刘德甫临走时对孟瞎子说：“失陪了失陪了，全程活动由良维伯代表我和窦省长陪同吧。”

第二天的议程安排，由良维伯和孙义宁陪同去公字寨。一路上，良

维伯从车窗里指点着大峡谷的景点向孟瞎子汇报舜城旅游大开发的整体规划思考，孙义宁时不时插着话，两人一唱一和嘻嘻呵呵，尽力在磕磕绊绊跌跌撞撞的小路上制造些活跃气氛。

孟瞎子半只耳朵听着一唱一和，一双眼睛紧紧贴在车窗玻璃上观看大峡谷的风景。大峡谷的石壁上，用石灰水书写的大标语依稀可见。

无产阶级文化大革命胜利万岁！

伟大的领袖、伟大的导师、伟大的统帅、伟大的舵手毛主席万岁万岁万万岁！

……

突然，孟瞎子看到了沟谷石板上有一条“打倒孟瞎子”的标语，他指着标语对良维伯说：“看看，那是打倒我的。用石灰水写标语便宜，老簸箕很会过日子。老簸箕很朴实，他把集体的日子当成自己的日子过，我了解他。”

刚刚进了公字寨沟南大寨田，孟瞎子就叫停停车，他说要到地瓜地里去看看。

前几天刚刚下过雨，地瓜地湿淋淋的。满地的小草昂首挺胸直挺挺朝天窜，把地瓜欺得低头耷拉角无可奈何朝着凹沟爬。孟瞎子慢慢走进地瓜地，也不顾泥水呱嗒浆，双膝扑通跪在地头上，泪水就像草叶上的水珠子，咕噜咕噜往下滚。

与孟瞎子一起来到公字寨劳动改造的右派总共三个人，一个年长的马姓地质学家赞叹公字寨的大峡谷和大石臼，反对学大寨改天换地破坏了这么美好的自然环境，戴着右派帽子也改不了指手画脚乱提干巴意见的德性，嘴巴子叮叮当当乱叮当。后来被公社革委会派民兵押走，再也没回来。还有一个姓范的青年右派，来到公字寨不到半年就死了。他患有阑尾炎，捂着肚子在地里拔草。他向老簸箕请假看病，老簸箕不但没有批准还大骂这个小右派装病偷懒。清晨上工还活蹦乱跳的，没到午时就活活疼死在地瓜沟里。他把脑袋极力弯向腚沟，身子和四肢蜷成了一个球，一米八十多的大小伙子蜷得就像一只小黑猫。他才三十几岁年纪，是个很年轻很有出息的化学博士，他研究的项目在化学界具有世界领先地位的重要意义，可惜啊可惜，就这样稀里糊涂死掉了。

孟瞎子磕了几个头，爬起身走出地瓜地。一边走一边哀声长叹："可惜，可惜啊！政治运动害了多少英才。我们的国家很贫穷很落后，比西方发达国家整整落后了一个世纪，一个世纪啊！阶级斗争具有巨大的摧毁社会秩序的破坏力。这么一个十几亿人口的泱泱大国天天搞阶级斗争，九百六十万平方公里的土地上只允许生长无产阶级的草，不允许生长资本主义的苗，工厂宁肯机器不转也不生产资本主义的产品，这种搞法哪能不穷？中国打了五十五万两千八百七十七名右派，可以说，他们都是知识界精英，都是各行各业的业务骨干，都是有理想有抱负的热血汉子，扣上一顶右派帽子就被废掉了。假如打了那么多右派能够换来民族的兴旺，我会心甘情愿当这个右派。可是，我没有看到国家的富强民族的兴旺，没有看到。政治运动不仅毁了大批人才，也毁了一个民族。不堪回首，不堪回首啊！"

对于孟瞎子的感慨，良维伯轻轻点点头。那个头点得很疲软，显然不是赞成，而是有碍于情面不得不点点头表示一点儿同情。

刚刚走到公字寨村头，就听到一阵激烈的吵闹叫骂声。

"现如今是什么社会了？市场经济社会，不是大锅饭了，养老也不能大锅饭。新社会，新国家，各人挣钱各人花。亲兄弟，明算账，不能稀里糊涂一锅粥，市场经济社会就得按市场经济养老。你在我家里吃的是啥？在老二哪里吃的是啥？你在老二那里天天吃素当和尚，临到我家就开斋吃荤腥。萝卜菜多少钱一斤？猪肉多少钱一斤？在我这里吃一顿，能顶老二家吃三天。为了给你那个宝贝儿子省钱，老二割斤肉你都不叫割。一临到我家，你就撑开肚子拼命楦，插上尾巴顶头驴，你就不怕撑死？小儿子是你亲生的，难道大儿子就不是你亲生的？从今天开始，咱们也按市场经济养老，一顿饭一顿饭的算账，一天一清，不赊不欠，不算明白就别到我家里来。"

孙义宁听得出，这是大碾台的声音。听听那个响亮那个坚定，好像是站在理上似的。

良维伯用有点责怪的神情扫了孙义宁一半眼，孙义宁心里很不安。

在公字寨忙活了好几天，担心出事担心出事结果还是出了事。

大碾台是和公公吵吵起来的。婆婆娘早走了，吹吹兄弟俩轮换着养一个公共爹。吹吹爹偏向着二吹吹，难怪大碾台满肚子牢骚。

吹吹爹听不得大碾台吵吵，气得满脸通红，憋嘟着哭丧脸想走开，大碾台觉得自己很有理，抓住吹吹爹的衣领子不撒把，满大街显摆自己的理。

孙义宁大老远就跳下车，急急跑过去和大碾台说了一顿悄悄话。大碾台松了手，吹吹爹气哼哼撅嗒撅嗒走开了。

孟瞎子下了车，大碾台嘻嘻哈哈迎了过去。刚才还气势汹汹的，一转脸就变得满面春风红花开。

“哟，原来是你啊！你这个孟瞎子，还坐上小轿车了，抖起来了。现如今，无产阶级也不路线了，黑五类一个一个抖起来了。嘿！没想到你这个熊样的大傻瓜也抖起来了。”

大碾台走到孟瞎子身旁，拍拍孟瞎子的肩膀，很认真地问：“现在是党员了吧？咹？”

孟瞎子笑笑，说：“惭愧，惭愧，我还不够条件。”

大碾台哈哈大笑，说：“好好努努力，争争取。我已经早——就争取上了。”她把“早”的尾音拖得很长很重，极力强调着“早”的含义。

大碾台还想说些什么，孙义宁在大碾台的后背上偷偷戳了一把。大碾台一激灵，突然想起领导再三嘱咐“少说话”的禁令，捂住嘴哈哈大笑起来。

“孟瞎子不是外人，开几句玩笑。孟瞎子，不介意吧？”

“不介意，不介意。”

“你个大瞎子，不介意就好。”

……

听说孟瞎子来了，公字寨的人们呼啦涌出来，都想看看孟瞎子如今是个什么样子了。梭猴子一瘸一蹦跑过来，朝着孟瞎子龇了一顿牙，一个急转身又一瘸一蹦逃跑了。梭猴子的可笑举动引起人们一阵哄笑。

孟瞎子在公字寨劳动改造整整八年，他是广大贫下中农们取笑的对象，无论大人小孩，都耻笑他是大傻瓜。一个最有知识的人掉到最无知识的人群中，他就成为最没有知识的人。在公字寨广大贫下中农的眼里，孟瞎子就是废人一个，谁也不会感觉到智慧的存在。

虽说公字寨的人们把孟瞎子当作取笑对象，但是并没有怎么难为他，孟瞎子很感激。

人在苦难时，最容易感动。一句安慰话，或是一个浅浅的笑，或者是一顿恨铁不成钢的斥骂，足可让人泪水盈盈牢记一辈子。在那寒气逼人的岁月里，孟瞎子抬头望望天，不见春天的一点儿消息。低头看看地，不见一点儿光明的出路。孟瞎子绝望了，经常看着黑水潭发呆。黑水潭就像大屏幕，一幕一幕闪晃着他在国外风风光光的日子，他几次想跳下潭水抓住那个日子。

人性灭尽的兽性横行，使孟瞎子丧失了活下去的勇气。老簸箕的一顿斥骂，使孟瞎子看见了春的希望。中华民族善良的根性还在，人们心底善良的本性还在，这就是希望。孟瞎子在老簸箕的一顿斥骂中看到了一线希望，老簸箕的一顿斥骂救了孟瞎子一命。

孟瞎子看望了老簸箕，还给老簸箕特意买了些点心、水果等礼物。他抓住老簸箕的手，问："我砍伤了手，你把我斥骂了一顿，还在我的伤口上洒下了一泡热尿，你还记得吧？"

老簸箕直愣愣地看着孟瞎子，什么话也没说，好像不认识。不知真不认识还是对这个右派的风光心生厌恶。

孟瞎子还对老簸箕说："咱们公字寨沟谷的一个一个大石臼，是非常罕见的自然奇观。黑水潭是天下少见的能够喷涌泉水的大石臼，如今被大水库淹没了，可惜，真可惜。大水库要炸掉，要把黑水潭救出来。公字寨的自然景观非常美，十里大峡谷的风景非常美，可以搞旅游开发的。"

本来，孟瞎子要来公字寨转转看看老簸箕也没表示特别反对，几年不见，他倒是很想看看孟瞎子如今是个什么样子。但是，一听孟瞎子说出炸掉大水库的混账话，老簸箕立马一头火，两道冷冷的黑光恶狠狠射向孟瞎子。阶级敌人心不死，还要炸掉大水库，这不是明目张胆反攻倒

算吗？孟瞎子走出门之后，老簸箕依然怒气未消，他转身抓起孟瞎子捎来的点心和水果，咣当扔进大粪坑。他恨孟瞎子，非常恨。若是在过去，他会把孟瞎子咣当扔进大粪坑，坚决坚决的。大水库是老簸箕最感到荣耀的革命成果，容不得任何人诋毁，更容不得孟瞎子胡说八道要炸掉。

从老簸箕家里出来，孟瞎子走过早已关门大吉的无人管理门市部。他在无人管理门市部门前呆呆站了一会儿，然后看望了大桂桂和瘫巴花。孟瞎子也不嫌瘫巴花的地屋子骚臭，一低头进了地屋子。他左手抓住大桂桂，右手抓住瘫巴花，一句话也没说。

过了许久，孟瞎子才从黑黢黢的地屋子走出来，眼眶好像红红的。他对等在门外的大干部小干部们说："大桂桂是个好孩子，憨憨厚厚朴朴实实，具有中国农民最为优秀的善良品质。如果不当模范不当干部，一辈子老老实实当农民，她会度过平常的幸福一生。只可惜当模范当干部，大桂桂就成了悲剧人物。这不是大桂桂一个人的悲剧，而是时代的悲剧，是民族的悲剧。更为可悲的是，我们不觉得有悲剧存在，而且幸福的不得了。"

听说孟瞎子来了，公字寨广大贫下中农们都来看热闹。孟瞎子很高兴，见到了多年的老邻居老朋友，开心极了。过去的一切苦难，猛然间都成了甜甜的蜜糖。

良维伯担心公字寨的人们话多有失惹下麻烦，示意警卫人员阻止那些多嘴多舌的庄户女人靠近孟瞎子，岂料孟瞎子却示意警卫人员闪开，他和公字寨的人们越聊越热乎，越聊越有兴致，问问这个问问那个，那么大年纪站在街头上也不嫌累，看那热乎的样子，都不想离开公字寨了。

公字寨没有分田到户，孟瞎子并不感到惊奇，好像在他的意料之中。

孟瞎子对良维伯说："这是多么残酷的人类悲剧啊。不仅可笑，更可悲。"

孟瞎子向良维伯建议，公字寨一定不要分田到户，最好是保住公有

制制度的形态不变。如果公字寨留住公有制制度之下的人的生活状态，使其定格在“割资本主义尾巴”的特殊年代里，也许更有教育意义，更有文化价值，若干年之后也许会成为被保护的文化遗产，成为一种非物质文化遗存，成为旅游资源。

良维伯不敢听这些反动言论，在听到这些反动言论的时候甚至不知如何回答，点头不好，不点头也不礼貌。他不能冷慢了孟瞎子，所以也只能装作认真聆听表示赞同。听说，孟瞎子在给中央领导作报告时也敢大讲意大利法西斯运动以及墨索里尼的野驴政治，大讲极权主义的人道危机。

孟瞎子对良维伯说：“人在达到德性的完备时是一切动物中最出色的动物，但是，如果偏离了正义的康庄大道，冲破了法律的界线，为所欲为一意孤行，就会成为一切动物中最可怕最野蛮最残忍的动物。一个长时间生活在这个系统中的人，就会不知不觉融入这个系统而成为其中的一部分。所以，无论你害了人家或者是被人家所害，都会感觉是正常的现象。建立科学民主的理性社会是多么重要，多么迫切。你看看梭猴子，多好的人啊，多好的活宝啊。平白无故被致残，人们没有同情，没有怜悯，反而把他当成取笑对象。放弃思考权力的盲目崇拜盲目服从是很可怕的，它很容易使人麻木，很容易将恐怖当作正常生活而成为一种习惯。改变一种习惯，很难。‘文化大革命’刚刚结束没有多少年，许多遭受过苦难的人们就把它抛到脑后去了，年轻的一代更是不知所以然，有的人甚至认为‘文化大革命’运动是一场大民主运动，很好玩儿，甚至盼望再来一次这样的运动好好串串连，好好旅旅游，好好整一整仇人。如果不引起足够的重视，如果对‘文化大革命’认识不彻底，很可能还会出现第二次第三次。回忆，并不是仅仅为了抚痛，也不是仅仅为了诅咒什么，而是为了汲取教训。我们的民族是一个太容易遗忘伤痛的民族，一个太容易遗忘伤痛的民族是没有思想的民族，是一个失却反思能力失却主体意识的奴性民族。刚刚被折磨得死去活来，翻身爬起就会谢主隆恩。这种奴性民族不改造，自由民主就不会生长。民主与法制，对于我们来说，还是非常遥远的口号。你说是吧？”

孟瞎子越说越离谱了，良维伯实在不敢点头表示赞同了。他在想，难怪孟瞎子被打成右派，胡说八道一派反动言论，这样的人不被打成右派那才叫天理难容呢。

孟瞎子如今虽说成了众人瞩目的人物，但是，两片嘴皮子缺少过滤嘴，满嘴喷射尼古丁。听说，中央领导听了孟瞎子的反动言论不但不制止，还与孟瞎子认真交流意见。有个领导还握着孟瞎子的手说："说真话不容易，不仅需要见识，更需要勇气。敢于说真话最值得尊重，即令使领导一时下不来台，我们也要尊重说真话的人。"

良维伯不敢再听孟瞎子的反动言论了，他推说不要累了孟老师，急切切搀扶着孟瞎子上了车。

孟瞎子要走了，大碾台突然跑过去，把小轿车玻璃拍得咚咚响，对着车玻璃大声喊叫着："孟瞎子！欢迎你到公字寨来。我们……"后边的"欢迎你"还没说完，小轿车已经走远了。

往回走的路上，孟瞎子对良维伯说："这儿的人们都很可爱。不成熟的幼稚也是一种美，不过这种美往往具有悲剧意味。"

借着小轿车的颠簸之势，良维伯的头轻轻晃动了一下，不知是点头还是摇头。

"人的头脑就像土地，种植果蔬就会生长出香甜的瓜果。种植罂粟就会生长出冰毒。长时间受盐碱侵润必然形成盐碱地。要把盐碱地改造为良田，需要经历一个艰难的过程。这么一群好人，唉！物质生活极度贫困，精神上却极度亢奋，自认为是世界上最先进、最幸福的一群，自己都难以生存下去，还时时刻刻要拯救世界。唉!"孟瞎子长叹一声，轻轻摇摇头。

沉默了一阵之后，孟瞎子又问起五哑巴的情况，良维伯告诉他，当年五哑巴家里穷，娘把她卖了。五哑巴是南方人，说话咱们听不懂。她不是哑巴，是形势逼得不敢说话。时间一长，几近失语了。苦命人，真是个苦命人。斗了人家几十年，却原来是个苦大仇深的贫下中农。

"可怜的五哑巴，她活的，哪像个人啊。"孟瞎子叹口气，好长时间没再说话。小车摇摇晃晃出了公字寨十里大峡谷，孟瞎子突然问："五哑巴如今在哪里?”

“咱们镇政府费了好大的气力，派专人三下江南，行程数千里，好歹给五哑巴找到了亲人，已经把她送回南方老家与家人团聚了。”良维伯的言语里显然透着功德无限的骄傲。

“听说，根原又把五哑巴接回来了。”随同服务的镇党委办公室秘书孙明半空里插了一嘴。

“听说?听谁说?”良维伯不知道这个信息，显得有点儿惊讶。更惊讶的是，孙明不知深浅胡乱插嘴给领导制造难堪，这等水平怎能在政府工作呢?

孟瞎子说：“哦?咱们去看看她好吗?”

良维伯看了一眼孙明，然后又看看表，说：“已经到吃饭的时间了，咱们先吃饭吧。”

“吃饭事小，先去看看五哑巴。”

既然孟瞎子执意要看看五哑巴，而且态度很坚决，良维伯只能陪伴着。良维伯望着窗外的白云，不咸不淡地扔给孙明一句话：“小孙，你来带路。”

小孙已经感觉到自己的多嘴，也已经感觉到良维伯的冷风嗖嗖。在良书记大谈镇政府为五哑巴寻找亲人功德的节骨眼上插嘴，岂不是制造讽刺意味吗?良维伯叫小孙带路，小孙大气不敢喘一口，从鼻孔里低低抖落出一个战战兢兢有气无力的字：“嗯”。

突然，孙明精神一抖又和孟瞎子非常热情地攀谈起来，虽然对着孟瞎子说的，但是有意说给良维伯听的。

“五哑巴与亲人失散几十年，寻找非常不容易。良书记对五哑巴非常关心，为给五哑巴寻找亲人专门开了好几次书记办公会。良书记对南下的人员下了死命令，你们不找到五哑巴的亲人就不要回来见我。听说，五哑巴已经不习惯南方的生活了，根原到南方出差顺便接回来了。根原接回五哑巴我今天早上刚刚听说，还没来得及和良书记汇报。”

良维伯绷紧的脸皮子松了些，孟瞎子的脸皮子却绷紧了，他惊叹小孙年纪轻的竟然这么成熟这么圆滑这么会说话这么会看眼色行事。

六

五哑巴确实是被根原接回来了。

根原对五哑巴有一种特殊的感情，他总是感觉，上一辈子，五哑巴可能就是自己的亲娘。睡梦中，根原经常梦见五哑巴。五哑巴喊根原儿子，喊亲儿子。五哑巴将根原抱在怀，亲也亲不够。根原半夜醒来，总会对着窗棂里透过来的月光发呆。自己受苦倒没觉得苦到哪里去，他倒是觉得，最苦最苦的是五哑巴。十三岁，还是不懂世事的孩子就被卖了，接着又被专了政，挨了那么多年批斗，苦了一辈子。五哑巴被送回南方老家，根原好几天睡不着安稳觉，五哑巴痴痴呆呆，不知怎么活下去。

根原和二瘦子到南方出差，偏偏腿顺便去看望五哑巴。本打算给五哑巴留下几个钱，接济接济这个上辈子的娘。一看才知道，五哑巴哪有什么亲人？除了一个白发苍苍反应迟钝没有几天活头的五保户娘，什么亲人也没有。五哑巴娘儿俩所住的破房子还不如公字寨的地屋子好，不仅潮湿黑暗，而且是严重的危房，说不好一场大雨一个惊雷就把两个老人埋进土里去了。

五哑巴见了根原好像认识，呜呜呀呀说了几句谁也听不懂的话。靠这么一个痴痴呆呆的哑巴怎么伺候年迈的痴痴呆呆的五保户娘？即令留下些钱，也不见得知道怎么花出去。一句话说到底，她们没有独立活下去的能力。

根原想找村主任谈谈怎么照顾五哑巴，谁知村主任到外地跑买卖去了，村主任老婆说，还不知啥时回来。

根原对五哑巴的生活状况很是不满，他问村主任老婆能不能改善一下五哑巴的生活条件？能不能对五哑巴照顾好一些？能不能派个专人伺候五哑巴？岂料村主任老婆噗嗤一笑，说："自己的亲娘都养不好，谁能养好五保户？"

村主任老婆问根原是五哑巴的什么人？根原说是她的干儿子。

"干儿子就和亲儿子差不多，你也该尽尽孝心，要不然干脆搬到你家里养着算了。”

村主任老婆一句话，把根原气得浑身打哆嗦。一气之下，根原就把五哑巴娘儿俩接到舜城来了。

本来，根原打算叫五哑巴娘儿俩和娘住在一起，三个老人做伴也不孤单，岂料遭到娘的坚决反对。娘把根原拉到背静处，悄悄对儿子说："五哑巴是地主婆，谁敢和地主婆住在一起？"

根原没法和娘解释什么，娘受的惊吓太多了，娘不可能听得懂自己的解释，根原只好把五哑巴娘儿俩送到别处住。根原在一村有一处住房，本来打算给姐姐的，姐姐不来，一直空闲着。八间堂屋，五间西屋，亮亮堂堂的大院子，青砖红瓦，石灰抹墙，很漂亮的一处四合院。

五哑巴身体还不错，洗衣做饭什么都能干，还能伺候年迈的娘。根原每天都要过来走一趟，买菜买米买肉买鱼……如果忙，他就指派二瘦子来看看。他对二瘦子说，他有两个娘，都是亲娘。五哑巴是上辈子娘，可不能慢待了。二瘦子说，请师傅放心，既然是你上辈子娘，我也一定当亲娘敬着。

在小孙提心吊胆的指引下，良维伯陪同孟瞎子来到五哑巴的住处。

孟瞎子见了五哑巴，泪水哗啦流下来。孟瞎子一下子攥住五哑巴的双手，用力摇晃着。

"你还认识我吗？孟瞎子，我是孟瞎子。"

五哑巴愣愣地看着孟瞎子，好像是认识。

孟瞎子攥住五哑巴的双手，久久不肯松开。久久。久久。

小院子悄没声息，孟瞎子默默滚落的泪珠好像也是固体的，一大颗一大颗咕噜咕噜滚下来砸在地上。

在车上，小孙只能看良书记的后脑勺以至于犯了错误，现在站在良维伯对面，他可以清清楚楚听到良维伯藏在肚子里想说但是不便说的话语，他看到良维伯等得有些不耐烦，立马凑近孟瞎子低声催促起来。

"孟教授，该吃饭了，咱们回去吧。"

孟瞎子好像没听见，攥住五哑巴依然不放手。

小孙以为孟瞎子没听见，他轻轻拉拉孟瞎子的衣袖，说："孟教授，

咱们该吃饭了。”

孟瞎子好像还是没听见，或者说根本就没感觉到小孙以及良维伯的存在。他突然高声呼唤根原，根原应着走近孟瞎子。

“我想和你商量商量。”孟瞎子终于松开了紧紧攥住五哑巴的双手，转身面对了根原。

“商量啥?”

“五哑巴……五……哑巴……”孟瞎子一句五哑巴还没说囫囵，竟然放声大哭起来。号啕大哭。一边哭一边说：“我上没有父母，下没有兄弟，孤身一人，四海漂泊，一辈子没有娶亲，我想和五哑巴成亲，还给五哑巴一个家，也还给我自己一个家。我没有家，我也盼望有个家。请您们相信，我不是一时冲动，在公字寨扫大街的时候我就曾经这么想过，想娶五哑巴为妻。那时候我是右派分子，不会允许我成家。如今，我的年龄也大了，也老了，不能到处奔波了。一辈子，奔波在路上，在路上……也该有个落脚的家了。”

所有在场的人全都懵了，孟瞎子的两个学生也懵了，谁也不敢相信孟瞎子会做出这样的决定。

根原扑通跪在孟瞎子面前，给孟瞎子磕了三个重重的响头，吭吭响，地皮一颤一颤打哆嗦。根原的额头现出一片红红的血印，就像打下的手印，几颗沙粒深深嵌进血印里。

根原对孟瞎子说：“五哑巴是我上辈子娘，你……就是我上辈子爹，我养活你们。”

七

就在根原抱着孟瞎子哭成一团的时候，办公室宋主任急匆匆闯进来，他将良维伯拉到一边，嘀嘀咕咕说了几句话，良维伯脸色立时变成个干葫芦，不但没有了血色，腮帮子两大嘟噜肉也好像立时风干成腊肉了。良维伯顾不得孟瞎子了，顾不得五哑巴了，顾不得了，什么也顾不得了。他嘱咐王文革留下，慌慌张张出了门。

刘德甫从舜城刚刚回到城阳市，还没进家门就被纪委带走了。在早听说刘德甫要调走，其实中纪委已经在秘密调查了。随着调查步步深入，发现问题很严重，惊动了中央的有关领导。刘德甫不仅以权谋私收受大笔贿赂，还有二奶三奶和四奶，儿子生下好几个。因为她们其中的一个被冷落并且受到生命威胁，结果就把刘德甫的老底揭出来了。本来，窦副省长打算尽力挽救刘德甫，谋划着给他调调单位挪挪窝保住位子，结果是，三保两保没保住，连自己也差一点弄个不利索。

市委市政府考虑到舜城镇马上就要设立市级开发区的重要性，当然也考虑到刘德甫和良维伯的关系，预计到工作会受到一定影响，决定派驻工作组，由张真元担任工作组组长立马进驻舜城镇。

刘德甫被隔离审查，良维伯一夜之间苍老了许多。良维伯病了，不是装病，是真的病了，瘫在病床上起不了身，只靠着打点滴供应能量。

良明亮在赵家庄园举办的画展刚刚剪了彩，稀里呼咙还在个热闹劲上，万万没想到，一麻袋摞着一麻袋的甘蔗糖立时变成了一麻袋摞着一麻袋的咸盐卤，飘荡在云彩影里的仙身子吧嗒摔在粪坑里，摔得良明亮晕头转向两眼冒金花，一直还没弄明白到底发生了什么事。来参加画展的领导们走了，记者们走了，观众也走了，展览大厅立马变得冷冷清清。一张一张“国宝”画作也没人看护了，立时被撕扯得七零八落满地飘飞。

良明亮顾不得那些“国宝”了，整天守护在爸爸的病床前抹眼泪。爸爸时不时睁睁眼看看天花板长叹一口气，但是不说话。从住进医院到现在已经三天了，爸爸一句话也不说。妈妈问不说，医生问不说，谁问也不说，只会时不时长长叹一口气。一睁眼就望天花板，好像天花板里有个大救星。

良明亮给爸爸捎来一封信，这是某大学寄来的一张在读博士登记表。良明亮把信展在爸爸面前，良维伯连看也不看。在前，良维伯一直盼望这张表，而今不盼了。没用了。

良维伯就是舜城镇，舜城镇就是良维伯。只要良维伯有精气神，舜城镇好像也有精气神，良维伯病倒了，舜城镇也好像大病一场。平日里和谐安定稳风无火，突然间狂风乍起地动山摇。张真元进驻舜城镇还没

把椅子坐热乎，还没来得及熟悉熟悉情况，接二连三出了事，出了大事。

卜立言老婆孩子举着“冤枉”牌子在镇政府门前跪着，要求查明卜立言被打死的真相，要求讨还三大箱古字画和那些红木古家具。

公安干警陈小陶突然服毒自杀，据说，是因为打死卜立言畏罪自杀的。卜立言的红木桌子、紫檀椅子等古家具都在他家里放着呢。只是，那些古字画不知藏到哪里去了。

陈小陶的家人也不罢休，尸体横在镇政府前面的草地上，合满家人也举着牌子在镇政府门前跪着，要求查明陈小陶自杀的真相。据陈小陶的父亲说，那些家具是有人暂时放在他家的，到底是什么人的？陈小陶没有说，好像不敢说。至于三大箱古字画，从来没见过。陈小陶没有罪，为何要畏罪自杀？一定要查明真相，挖出真凶，还给儿子一个清白身。

还据说，卜立言老婆孩子和陈小陶家人闹事，幕后支持者就是根原。

良维伯病了，舜城镇也就病了。

第十一章　哪像个人啊

一

二桂桂就要出嫁了，就要嫁给大锅了。二桂桂已经向娘发过毒誓了，答应嫁给大锅。毒誓，那是说句话就要算句话的，若不然就是不忠不孝不是人。

二桂桂虽然发了毒誓，桂桂娘还是不放心，两只眼钉在二桂桂身上不敢拔出来。每当二桂桂扛起锄头走出门，娘就趴在门上望望，并偷偷嘱咐大桂桂好好看着，千万别叫二桂桂偷跑了。

大桂桂做事最叫娘放心，娘说个啥，她就信个啥，一切听从娘安排。娘划个圈叫她别出来，就是饿上三天也不会走出来。说不清她是不敢违抗娘的命令还是听话，更说不清她是憨厚厚还是傻乎乎。

在大桂桂十岁冒头的时候，娘在河底的大石板上晒一晒快要发霉的玉米，叫大桂桂看着。大石板旁边不远处有个黑水潭，深不见底，一看

就让人毛骨悚然。传说黑水潭里有个老鳖精，老鳖精和黑水潭口一般大。据大碾台说，曾在一个傍黑天见过老鳖精现身。

“俺那娘，那个大哟！比元宝石还得大三圈。老鳖精从黑水潭里蹦出来，飘啊飘啊就飘到天上去了，变成了乌黑的一块白云彩，只听见老鳖精嘣噔放了一个屁，紧接着就下起了倾盆大雨。这是我亲眼看见的，一点儿不诌。”

谁晓得大碾台真见过还是假见过？谁晓得她到底诌不诌？老鳖精从黑水潭里飘到天上去怎么会变成了乌黑的一块白云彩？反正大碾台说得有鼻子有眼，公字寨广大贫下中农们还都愿意信，没有人怀疑是诌的。如果谁敢怀疑是诌的，甭用大碾台说话，一群相信不假的人立马就会围住你反驳。

“老鳖精什么都会变，一会儿变成乌黑云，一会儿又变成乌白云，这有什么奇怪的?”

“你敢不信？不信你跳进黑水潭里去看看。”

……

谁敢跳进黑水潭看看？谁敢不信？看看幽幽的一潭黑水，你就会脊背骨发凉，你就不敢不信。

娘要去队里干活，害怕大桂桂掉进黑水潭叫老鳖精吃了。娘捡起一块小石头，在青石板上画了一个圈，嘱咐大桂桂在圈里坐着，千万不要到处乱跑。大桂桂点头答应着。

大桂桂坐在圈里望天上的白云，一望就是大半天，也不知是看白云去还是看白云归，也不知她到底看到了啥。无论看啥，反正她看得很专注很用心很痴迷，整整看了大半个上午也没看够。

傍晌时分来了几只鸡，伸头?睋要吃玉米，大桂桂挥舞着拳头高声吼叫起来：

“打它……打它……”

大桂桂的吼声哭哭咧咧，又尖又破又急促，你根本不会认为是人的吼叫声，啪啦一声响，就像摔了个破铁锅，很吓人，别说鸡们，就是狼，也保准吓得一哆嗦。大桂桂一吼，鸡们一愣，大桂桂再一吼，鸡们再一愣，三吼两吼不但没把鸡们吓跑，反而把鸡们吼大了胆子。鸡们再也不害怕摔破铁锅了，呼啦冲了上来。眼看着玉米一片片消没，眼看着鸡们撑歪了嗉子还在拼命抢吃，大桂桂站在圈里急得直哭，到老也没有走出那个圈狠狠地打鸡们一拳头。娘没吵大桂桂，娘给大桂桂擦擦泪，夸她是个好孩子。娘说："让鸡吃几个玉米不打紧，只要你别出了这个圈，娘就放心了。万一掉进黑水潭叫老鳖精吃了怎么办？"

大桂桂办事可就是叫娘放心，娘叫她看紧二桂桂别叫二桂桂偷跑了，大桂桂就尽心尽职看着。队里起粪土，她和二桂桂一抬筐；队里锄地瓜，她和二桂桂一道沟；队里开大会，她和二桂桂一条板凳；晚上困觉，二桂桂睡里头，大桂桂睡外头……总之，二桂桂走到哪她就跟到哪。二桂桂上厕所，她也跟着上厕所，没有尿也跟着脱一次裤子。大桂桂就像一贴膏药，糊在二桂桂身上揭都揭不下来。二桂桂气恨这个傻乎乎的大姐姐，很气恨，恨得咬牙切齿。姐姐啊姐姐，你咋就那么认真呢？你闪一点门缝放我一条活路不好吗？

二桂桂曾经求告姐姐放自己一条生路，谁知大桂桂坚决不答应，她对妹妹说："妹妹，我去问问娘，娘说放了你我就放了你，好吗？"

问问娘哪会有成？

"甭问了，你好好看着吧，一直看到我死。"二桂桂一甩脸子，恶狠狠地骂姐姐："当着大干部，自己还感觉和个人似的，呸！你哪像个人？什么革命的傻子？你就是个傻子。"

大桂桂挨着妹妹骂，一点儿也不生气，她对妹妹说："无论是当干部还是当贫下中农，都是干革命，都是为人民服务，一样的。"

二桂桂没法和姐姐对话，她盼着姐姐去上班去开会远远离开公字寨。可是，大桂桂平日里不上班，也很少去镇里开会，镇领导对外的说法是：大桂桂在公字寨抓点。

大桂桂在公字寨抓点也没有什么可抓的，思想路线有老簸箕管着，生产队里具体的活儿安排有大锅管着，大桂桂什么也不管，什么也管不着，倒是受着合满公字寨的贫下中农们管着。她虽然是国家人，还当着那么大的干部，但是，在公字寨广大贫下中农的眼里，大桂桂还是个大

桂桂。在生产队里干活，和社员们一样点名。去镇里开会开多了，社员们还会说三道四的，很不满意。

“大桂桂越来越滑了，动不动就开会。”

“开会多滋润？”

“开啥会？偷懒。”

“还是活雷锋呢，雷锋还能成天开会不干活？狗屁！”

……

生产队虽然给大桂桂考着勤记着工分，但是秋里分粮分红并没有大桂桂的份。公字寨广大贫下中农们说，拿着国家发的钱，国家叫你在公字寨抓点，国家叫你同吃同住同劳动，不干活怎么行？

大桂桂在队里干活很卖力，她有力气，也不疼力气，锄地比谁也干净，抗旱挑水比谁也撙得满，但是仍然会受到人们的随便呵斥。大碾台的嘴更是长在大桂桂身上的，无论大桂桂坐着还是站着，大碾台都会给她挑出一堆毛病：

“你站在那里挡风啊？一边去！没眼色的人干啥也白搭，也不知你是怎么当的干部。”

“你坐在哪里不好？偏偏坐在这里，堵人家活路啊？”

“就这么一条小窄巴路，你这么一大垛傻肉，左不靠，右不靠，要干啥？好狗都知道不挡路，你还不如狗。”

……

大碾台虽然看不起大桂桂，在队里干活却喜欢和大桂桂搭档。锄地还没锄到地头，大碾台早早就直了身子，喝巴大桂桂收拾沟头子。两人一台筐，筐绳也总是推到大桂桂怀里去。不光大碾台愿意和大桂桂搭档，广大贫下中农们都喜欢和大桂桂搭档。

大桂桂在公字寨抓点没有什么硬性任务，如果说有什么硬性任务的话，那就是娘支派她看住二桂桂。大桂桂把娘交给自己的任务当成上级组织安排的任务一般看重，勤勤恳恳兢兢业业，一点儿也不耍滑头。尤其是晚上，她害怕二桂桂跑了，经常是大睁着两眼一动不动熬到半夜三更，听听二桂桂睡着了她才会放心困觉。大桂桂如果要去镇里开会，都

要把看管二桂桂的任务交代给娘，然后才会安心走开。二桂桂想偷跑？半点门缝儿也不闪。

二桂桂时时刻刻惦记着逃跑，她怎么会甘心嫁给大锅呢？

有一次，二桂桂和姐姐到狗嘴巴子锄地，二桂桂瞅准大桂桂没注意，半路上一拐弯，吱溜钻进山沟逃跑了。二桂桂知道，根原就在镇上开木器厂，她要直扑木器厂，她要直扑根原的怀抱。她后悔根原给做小椅子时没有扑进那个滚热的怀，更后悔不该支派三羊大声小叫喊姐夫暴露了目标。如果不是暴露了目标，一定会跟着根原逃出家门的。现如今，发过毒誓的二桂桂只剩下一条活泛路，逃跑。跑得越远越好，跑到天边去。

二桂桂一连钻了几条曲曲弯弯的小山沟，为了躲避娘的追赶，她故意朝着舜城的反方向跑，跑了好几里山路，然后才踅回来朝着舜城方向跑去。她相信已经跑出了大桂桂的视线，已经跑出了娘的警戒线，已经跑出了公字寨地界，已经没有人能够阻止她与根原见面了。一想到能够和根原见面，一想到扑进根原滚热的怀，她的心就狂跳不止。那是条硬汉子，她就是要嫁给那样的硬汉子。这一次跑出来就没打算独自一个人回来，不待抱着孩子决不回公字寨。只要生米做成熟饭，只要是抱了孩子，任娘怎么刮黑风脸也没有办法，早一天晚一天总有一天会认下外孙。这样的例子多得很，周边临村里都有，东山村一个村里就有好几个，二桂桂留心研究过。虽说一时被人耻笑，但是碍不着自己过日子。

二桂桂刚刚调整了直奔舜城的方向，迎头就被娘拦住了。娘调动了十几个民兵，早在半道设了埋伏。

二桂桂被一群人扭着胳膊连推带拽拖回家，大门呼嗵关上了。娘满头大汗气势汹汹立在当院，二桂桂扑通跪到娘的面前，她泪水盈盈的对娘说：“娘啊，你就放我走吧，你权当没养我这个闺女，权当你这个闺女死了。娘啊，你放我走吧，你不答应，我就跪在这里，一辈子不起来！”

娘没打二桂桂，二桂桂说了这样的绝话，打有什么用？娘抹一把泪，也给二桂桂扑通跪下了，娘给二桂桂磕头，磕响头，额头上渗出红

红的血印。娘说："闺女，当初根原私入民宅被逮住，是你亲口说，只要放了根原你就答应嫁给大锅，难道你忘了？你如果跑了，外人会怎么说？好好的人家，好好的闺女，怎么能私奔？你不要脸，娘可是不能不要老脸啊！"

二桂桂紧闭着嘴，任娘说得口干舌燥，一直是坚决对抗着。

娘苦苦劝说着二桂桂："二丫，事到如今，娘不能再说反悔的话了。你姐姐悔了亲，你再悔亲，叫娘难做人啊！大锅这孩子老实，能吃苦，也能干，合满村没有不夸的。人家是革命军人，还是党员，老簸箕又把大位传给了他，他是村里的主家人，哪一条配不上你？大锅对你好，经常夸你，你嫁给大锅不亏，有福享的。好孩子，听话，听娘一句话，你就嫁给大锅吧！娘是为你好，为你好啊！根原从小在我面前长大的，我知道，那是个惹祸的祖宗。三岁看大，七岁看老，那个惹祸祖宗从小就胆大雄心，一股子野性。小时候就敢贩卖布票，偷盐，他对贫下中农有仇恨。这孩子满肚子仇恨，满肚子仇恨的人早早晚晚会惹祸，不可交，咱不能跟个惹祸祖宗。"

二桂桂泪眼婆娑对娘说："根原不是满肚子仇恨，是满肚子冰霜。满肚子冰霜的人最珍惜温暖，只要给他一点点爱，他就会感激不尽。他一家都是好人，他爹是好人，他娘是好人，他姐姐也是好人。这些年天天搞阶级斗争，你看看把人家害的，多可怜。娘，根原不是坏人，是好人，是个有能耐的人。"

"有能耐？什么能耐？资本，满肚子资本能耐。别看现在怪爹煞，早晚还是蹲大狱的货。有钱怎么样？有钱难买安顿日子，跟着这样的惹祸祖宗没有安顿日子过。你嫁给大锅不会受屈，跟着那个惹祸祖宗难说受个什么罪。娘是为你好，为你好啊！"

"我喜欢根原，他有福我跟着享福，他有罪我跟着受罪，他要饭我跟着要饭。他就是再进大狱，我去给送饭。我愿意。"

"你不能说这样的话。你如果受了罪，当娘的心里能好受？天下的爹娘哪有不望儿女好的？娘是为你好，为你好啊！"

"亲娘啊，我的亲娘啊！你为我好也没有这么个好法。当初你答应把我姐姐许给大锅，俺姐姐和大锅的亲事定了多年，如今姐姐不要了又嚣送给我？我就这么没出息？找不着婆家了吗？你这算办的什么事啊！”

“你姐姐当着那么大的干部，怎么再嫁个庄户佬？姐姐不嫁妹妹嫁，这样的事不稀奇，东庄西庄都有这样的事例，不但没人笑话，人们还会夸奖咱们是信义人家。”

“娘，我把话搁在这儿，这辈子嫁给一头猪，也绝不会嫁给大锅，除非等我死了把尸首抬了去。”

“你不答应，娘也就跪死在这里了。要死，娘陪着，娘也不活了，咱娘俩一块儿奔黄泉路。”

娘和二桂桂对面跪着，而且都摆出一死的架势。

突然，二桂桂一头扑到娘的怀，放声大哭起来。

别看二桂桂很倔强，只要娘这个老霸王真的一头撞了南墙，二桂桂立时就蔫了。二桂桂虽说时常踩踩娘划的红线，但是她很懂事，很孝敬爹娘。平日里，只要娘板起黑风脸，她就会立刻赔笑脸，决不叫娘心里揎把草窝窝憋憋不痛快。二桂桂懂得，娘操持这个家不容易。在这个家庭里，爹啥事都不管，只知道扛起锄头锄地，捧起饭碗喝糊嘟汤。推车，爹顶不过娘；挑担，爹顶不过娘；操持家务，爹顶不过娘；出门办事，爹顶不过娘；老两口子打架，爹也顶不过娘。二桂桂见过一次娘打爹，娘用左胳膊把爹反身夹住，抡起右手挺直了大巴掌把爹的屁股拍得啪啪响，就像大人打小孩儿。爹挨了打，哭也哭不起来吵也吵不起来，只是憋个大红脸不说话。等娘把饭菜拾掇上桌，高喊一声“吃饭了”，爹就会乖乖地凑过来，伸手端起糊嘟汤，舌头搭在碗沿上，巴叽巴叽喝得真香甜。娘就像个顶梁柱支撑着这个家。碰上邻里纠纷受到外来入侵，都是娘披挂上阵。有娘在大门口挡着，儿女们都有一种安全感。姐妹几个大事小事都习惯请示娘，娘说行就行，说不行，任你咋哭咋闹也是白浪费眼泪。哭闹过了杠，就得小心挨巴掌。

要说挨娘的巴掌最多的还就是二桂桂。大桂桂从小听话，娘说个啥，大桂桂就听个啥，娘叫她站着，大桂桂站麻了腿也不会坐下。大桂桂整天受娘的夸奖，没挨过娘一指头。三桂桂是个活鬼，嘻嘻哈哈和娘

玩里格楞，娘的黑风脸总会在三桂桂嘻嘻哈哈的里格楞中现出笑模样。三羊是娘的心肝宝贝，漫说不淘气，就是淘气，娘还得好好顺着哄着讨好着，生怕恼了心肝宝贝。二桂桂总好试探着踩踩娘说的那个“不”的红线，但她不敢踩过了线，她知道，几次踩过了线几次挨了大巴掌。娘的巴掌真厉害，只有挨过巴掌的二桂桂才知道多么厉害。在这个家里，娘的话就是最高指示，一句顶一万句，谁也撼动不得。娘有时候很宽容，笑呵呵地像尊佛。有时候很严厉，黑风脸一刮，全家人立马鸦雀无声，连爹也不敢吭一声。二桂桂和根原好，惹得娘整天刮黑风脸。二桂桂明白，小胳膊是拧不过大腿的。娘俩个都这么跪着，还能真的一起跪到死？二桂桂擦把眼泪把娘扶起来，说：“娘，你起来吧！”娘说：“你先答应别跑，我再起来。”二桂桂迟疑了一霎，说：“我答应。”

对二桂桂的一霎迟疑，娘显然注意了，自己身上掉下的肉，娘能听得见女儿藏在弯弯肠子里的私密话。娘说：“你发誓，等你发了誓我再起来。”

娘是个非常倔强的人，是个敢作敢当的人，是个不会落泪的人，无论遇到什么风雨雷电，娘都会昂首挺胸勇敢面对。今天，娘落泪了，大颗大颗的泪珠落在了二桂桂的面颊上。娘哽咽着，连话都说不成句了，二桂桂从来没见娘难过成这个样子。二桂桂有点慌乱，她摇晃着娘的手，说：“娘，你不要这样，不要这样。我发誓，我发誓。”

二桂桂抱住娘的胳膊放声大哭。她对娘说：“我若是再跑，天打五雷轰，不得好死。”

“不！不是你遭天谴，是娘该遭天谴。养了这种要争闺女，是娘该死，是娘天打五雷轰，不得好死。你说。”

“亲娘啊……”

“说，你说。”

“我若是再跑，俺娘遭天谴，天打五雷轰，不得好死。”

二桂桂发过了誓，好像突然平静下来了。不，不是平静，好像是彻底屈从了。既然屈从了，也就好像平静了。她拉着娘的手，说：“娘，我发过誓了，你起来吧。”

娘从地上爬起来，二桂桂拉着娘的手就进了屋。娘俩个坐在炕沿上，说一阵哭一阵，哭一阵说一阵。

“丫来，娘都是为着你好，怕你跟着那么块野货受了屈。根原打小就敢贩卖布票，还偷盐，还敢反革命。阶级敌人心不死，早晚还得惹出大乱子。那是个惹祸的祖宗，不是省心的料。你看着，早晚还得进大狱。跟着这样的惹祸祖宗，叫娘怎么放心？全村里谁不骂那块货？有钱怎么了？铁算盘子有钱，家里的金钱用麻袋装，结果怎么样？还不是被贫下中农打得家破人亡？铁算盘子他爹怎么死的？被贫下中农乱棍打死的。咱不要钱，咱要名声，当个贫下中农就很好，不能跟着坏人坏了名声。看看你姐姐，城里有名乡里有号的，创个名誉容易吗？凭咱们这号光荣人家怎么能跟个蹲大狱的反革命分子呢？”

二桂桂说：“娘，你别说了。既然到了这个份上，我就死了那个心。我也发过誓了，从此不再叨叨这个事了，你也放下这个心吧。”

“这就对了，你算终于转过向来了。”

“往后，别叫姐姐监视我了，你也别再把我当贼看了。”

“中，只要你明白，就不监视你了。”

“唉！怎么还不是一辈子？太阳骨碌滚过来骨碌滚过去，一骨碌一天一骨碌一年，一辈子，赶忙也就活嗒活嗒了。快。”

……

娘嘴上说不监视，心里可是放不下。自己的闺女，什么秉性当娘的心里最明白。大桂桂就是坨泥，掇在哪里就会贴在哪里，叫娘一百个放心。二桂桂不行，心野着哪，最好的办法就是赶紧嫁人拴住她的心。娘懂得，女人一旦嫁了汉，再野的心性也就抹平了。二桂桂既然已经发了誓，桂桂娘赶紧找人查日子，赶紧张罗婚事。

二

二桂桂出嫁的日子定下来了，小梭猴知道师傅心里揣个啥，他对二瘦子说：“二桂桂就要出嫁了，师傅恐怕就要出事了。”

二瘦子和小梭猴分了班，不管白天黑夜轮流监视着师傅，以防师傅

出了事。

师傅就像一头正在发情期的野猪，逮着人就咬人，撞着树就啃树。根原发现徒弟躲躲闪闪围在身边转悠，就会恶狠狠地咆哮起来：“滚！滚远点！”二瘦子和小梭猴不敢靠近，只能用眼角远远扫着师傅的脚后跟。

今天就是二桂桂结婚的日子，大清早，二瘦子眼望着师傅出了大门，沿着绣锦河的树丛朝下游走去。二瘦子随即出了门，偷偷跟在师傅身后。

师傅沿着绣锦河滩走着，一步三晃荡，就像醉着。三天三夜没合眼，走路都踩不出个实落脚印来了。师傅要去那儿？二瘦子猜不透，只能远远盯着师傅的脚后跟。只要师傅不寻短，他愿意走到哪里就走到哪里。

今天是舜城大集，绣锦河的沙滩上到处都是人，熙来攘往密密麻麻。端午节就要临近了，赶集的人特别多，一片叫买叫卖声。根原脑袋嗡嗡响，耳朵也跟着嗡嗡响。他的眼睛胡乱张望着，花花绿绿的衣服在他的眼底匆匆闪过。他掏出一支烟，送给已经被熏得有些麻木的嘴。点燃，深深吸一口，然后又长长吐出一口烟雾。他感觉自己的灵魂随着那团烟雾慢慢飘散。深深地吸着，长长地吐着，灵魂四处飘荡着。

河滩小路旁，一个四十多岁的瘦娘们儿在摆摊儿算卦。瘦娘们儿两只呆呆的大眼直直地望着大集上匆匆走过的人群，根本没注意根原的到来。根原在算卦女人面前蹲下身，算卦女人的目光才从遥远的大洋彼岸缓缓收回来。

“你要抽挂？”算卦女人不冷不热地问。

根原好像无法忍受不冷不热，摇摇头站起身来。他打算离去，离去哪里去？回家？自己有家吗？回办公室？他不愿回办公室。办公室就是四堵墙，虽说有几个窗子，趴在窗上朝外张望更容易想起狼困铁笼烦躁不安的骚动。他转身对算命女人说：“抽卦。”

算命女人合合卦，将一把扇面形的文王八卦举到他的面前。根原看了一眼，却没有心思抽。他对算卦女人说：“你替我抽吧。”算命女人很认真，说："只能自己抽，不能别人代替的，别人替你抽就不灵了。"根原说："你随便抽几张就行。"根原的语调明显提高了不少，话语也很坚决，还有几分气。算卦女人显然不舍得客户走开，也不再说灵不灵的话了。她的左手从右手里很认真地抽出六张，然后一张张念给根原听。什么发财啦高升啦富贵啦荣华啦……算卦女人一边念，一边连连夸奖："大富大贵，好命好命。"当展开第六张时，算卦女人还没开始念就忙不迭地先解释："就这张差一点儿，但是也不算孬卦。"然后才开始读卦。

"一对鲤鱼困沙滩，半湿半干受熬煎，久后一日得了水，五湖四海任意窜。"

算卦女人不待读完，就急急合了卦，然后又是忙不迭解释："临时受一点熬煎，哪一日得水就交好运了，也算个好卦的。"算命女人不住嘴地解释着，生怕卦孬了不给那一块钱似的。

根原把算卦女人已经合上的最后一张卦接过来重新展开，仔细看了看卦面上的图画。只见卦面的上方画着一个红红的大太阳，下边一对鱼儿面朝太阳张大着干渴的嘴巴，一派忍受饥渴熬煎的痛苦模样，脑海里立马闪过自己被批斗时的痛苦记忆。

根原被逮捕批斗，三天三夜没吃一口饭没喝一口水。虽说被打得鲜血淋漓，但是没有疼痛感。渴，只感觉渴。舌头被胃火烤焦了，硬邦邦的，就像一片干树皮，舔一舔嘴唇的能力也没有了。二桂桂双手捧着一个大梧桐叶子突然跑上台来，那个梧桐叶子包着一包水，二桂桂将梧桐叶子送到根原的嘴上，合满会场的人都惊呆了……

根原忘不了二桂桂的滴水之恩，忘不了，一辈子忘不了。

根原掏出十块钱，算卦女人很为难，刚摆开摊子，找不开钱。根原看看算卦女人为难的脸，说："不用找了"。

根原转身走去，一边走一边心中默默犯唧咕：这是自己抽卦算命，应该是自己一个人的命一个人的事，卦面上应该是一条鱼才对，为什么有两条鱼同时受煎熬呢？那一条是谁？是二桂桂吗？既然二桂桂已经答应嫁给大锅，难道她还愿意陪着自己一同受熬煎吗？不！她已经答应嫁给大锅了，就要出嫁了，她不会陪着同自己一起受煎熬了。

根原走近一家小酒馆，突然感觉饿了。几天来，端起饭碗就饱了，不知道什么叫饿，今天看见小酒馆突然感觉饿了。小酒馆本不阔绰，凳子桌子把空间挤压得痛苦不堪。根原无法忍受挤压，刚刚推开小酒馆的大门又感觉不饿了，转身退了出来。

前面就是集市，他绕开集市绕开人群朝绣锦河边走去。一看见绣锦河水哗啦啦流淌，立马感觉口渴得厉害。他俯下身，双膝跪在河岸的沙滩上，咕嘟咕嘟喝了个饱。甜，绣锦河水真甜。

每当根原口渴时，就会想起当年二桂桂双手捧着一个大梧桐叶子为自己喂水的一刻。忘不了，一辈子忘不了。

“二桂桂啊!”根原放声大哭起来。

二瘦子偷偷跟着师傅，他从树丛中看见师傅一头扑在沙滩上，仰面朝天，一动不动，好像是睡着了。师傅好几天没吃点东西了，该饿了。不远处的大堤上有卖吃的，趁着师傅睡着了，二瘦子转身跑向大堤，一边跑，一边回头望望师傅，生怕师傅一骨碌爬起来消失了。等二瘦子抱着吃的回到沙滩，发现师傅不见了。二瘦子慌了，急得满地打转转，一边哭，一边拼命喊叫起来。

小梭猴跑来了，他埋怨二瘦子没看紧，关键时刻不该离身的。

二瘦子和小梭猴撒开脚丫子四处寻找，达天摸地也没见师傅的踪影。

三

根原坐在劳改队残断的围墙砖垛子上，从清晨一直坐到日偏西，不吃不喝也不动，就那么僵硬地呆坐着。拉砖瓦的拖拉机师傅每走到根原身边，总要看一眼这个披了一身红尘的怪人。拖拉机师傅们认定根原是个疯子，害怕这个疯子一发疯钻到拖拉机的车轮下，因此，每走到根原身边都要格外小心，故意绕个大弯远远躲避着。

黄泥岗劳动改造大学堂的围墙已经拆除了，一个一个大烟囱却依然朝天直竖着，依然一大口一大口吐着浓烟。“大学堂”原是临时占用了各村的土地，而今“大学堂”撤销了，窑场又归还给各村各疃，各村各疃又把窑场承包给个人了。黄泥岗的砖瓦依然成色不减远近闻名，人们依然习惯称此地出产的砖瓦为狱窑货，狱窑货依然那么受欢迎。一辆一辆拖拉机摇晃着沉重的孕身子，将砖瓦送往四面八方。砖头瓦片被车轮一遍遍碾压过，变成了红红的粉末。拖拉机扑通扑通跑过，掀起一股股棕红色蘑菇云团直朝根原扑去，根原不躲不闪，任凭粉尘扑向自己的身子扑向自己的脸。他仰起脸承接着粉尘，极力从粉尘里嗅着远逝的气息。这些棕红色的粉尘有一股烟炝味，还有一股汗臭味。这些汗臭味里有自己的臭汗，有师傅的臭汗，还有惠经理的臭汗。

今天是二桂桂新婚大喜的日子，根原没有力量阻止二桂桂走进大锅的怀抱，没有力量把二桂桂拉回来，没有力量阻止大锅娶媳妇。没有力量，没有。束手无策，只能仰天长叹。根原无法排解心中的苦痛，他在寻找曾经的苦痛，也许只有更加强烈的苦痛才能排解面前的苦痛。

今天是个好日子，今天是二桂桂和大锅新婚大喜的日子。根原努力排斥掉“今天”的概念，他用回忆不堪回首的过去来排斥，用红色的粉尘扑向自己的面颊来排斥……但是，好日子是今天，今天就是好日子，任他用何种办法也无法排斥掉二桂桂头顶红盖头晃来晃去的身影。

太阳就要落山了，新娘子就要开始过门了，根原在劳改队残断的围墙砖垛子上再也坐不住了。他跳下砖垛子，飞快跑到大路边，拦截了一辆三轮摩的，跳上车就朝着公字寨急急奔去。

根原披着满身的红尘迅速爬上元宝石，在这里，他能看见大锅的家，他能看见二桂桂的洞房。他的面前矗着两瓶高粱烧，一瓶子已经空了，另一瓶也喝下了一大半。没有菜，没有饭，只有两瓶高粱烧。他喝一阵子，哭一阵子，再拔出笛子吹一阵子……一直把自己吹成一个泪人。

二瘦子和小梭猴直奔着笛子声跑来了。师傅哭，徒弟也哭，师徒三个趴在元宝石上哭成一团。

二瘦子眼泪扑洒劝师傅：“师傅，别难过了。你已经好几天没有像样地合合眼了，好几天没有像样的吃点东西了，不能再这么折腾身子了。”

小梭猴说："师傅，天底下没有女人了？四条腿的没有，两条腿的遍地是，难过啥？"

任徒弟无论怎么劝，根原也不答话，还是那么喝一阵子，哭一阵子，吹一阵子，好像是疯了。

四

二桂桂出嫁，桂桂娘一直放心不下。娘知道女儿瞧不起大锅，知道女儿心里还揣着根原，害怕女儿和大锅过不上一堆儿，更害怕小两口同不了床。自己当初也是看不上桂桂爹那个死鳖，爹娘为了给穷哥哥换媳妇，硬是给桂桂娘三转两转转了这门亲。桂桂娘哭也哭了闹也闹了，最后爹娘都给跪下了她才哭哭啼啼蒙上了红盖头。新婚一个多月，桂桂爹就没敢靠近自己的身子。待以后靠着了身子有了孩子，一肚子怨气也就慢慢消磨掉了。女人啊女人，靠了身子有了孩子，什么梦也梦不出来了，什么梦也被孩子撕巴碎了。

桂桂娘知道自己那个烈性子闺女，除了当娘的逼她，换个谁也休想亏着她。桂桂娘早和大锅娘递了话，叫大锅顺着二桂桂的性子来，别把她逼疯了咬人。没想到二桂桂不但没疯了，也没咬人，而且顺顺当当入了洞房，娘的心里放下了一块大石头。

二桂桂一直木着个脸，也不嘻也不笑也不哭也不闹，就像一个木头人。大锅合满家人一个一个蹑手蹑脚小心伺候着这个随时都可能起火烧焦的木头人。

二桂桂从小就厌恶大锅呆头呆脑的糠饼子脸，厌恶大锅一家子人，包括大锅一家人的诨名子。当初姐姐和大锅定亲时自己就曾经拼命反对过，没想到娘把自己就像扔地瓜一般扔给了大锅。自己的身子是娘给的，娘愿扔到哪里就扔到哪里。二桂桂没法接受双膝跪地的娘给自己磕头，磕响头。更没有办法忍心看着娘寻死觅活。论说，娘也是为着自己好，当娘的哪有不疼自己儿女的？唉！心强强不过命，命啊！

二桂桂出嫁，是娘亲手给她梳的出嫁头，是娘亲手给她蒙上了红盖头，一边蒙一边不住嘴地说着宽慰的话。

“孩子，娘是为你好，娘是为你好啊！你听话，你是娘的好闺女，娘的好闺女。虽说出了嫁，可是没出村，房前屋后的，若是想家，一抬腿就回家了，多好啊。”

娘把这句话不知说了多少遍，二桂桂的耳朵嗡嗡响，脑袋也嗡嗡响，一句也没听到耳朵里去。二桂桂没有掉泪，一切听从着娘的摆布，听从着命运的摆布。娘的好闺女，哪能不听娘的话？

公字寨好热闹，全村的男女老少都涌出来看大锅娶媳妇。大锅也真舍得花钱，买了好几挂鞭炮。村头上放一挂，二桂桂家门前放一挂，二桂桂过门时又放了好几挂，噼里啪啦响了好大一阵子。二桂桂头上蒙着红盖头，在送客的服侍下一步步走进大锅的家门。

大锅一家好忙活，二锅忙着招待客人忙着分喜烟喜糖，大锅爹忙着抱柴烧火，大锅娘从伙房跑到客房，从客房跑到伙房，忙着置办酒菜招待新媳妇娘家来的送客们。

按本地风俗规矩，娘家人派出一个大客和两个女陪客伴送新娘出嫁。当大客的一般都是娘家哥哥或者弟弟。如果没有亲哥哥或者亲弟弟，一般就会在本家族中找一个叔伯哥哥当大客。两个女陪客在本村的亲朋好友中挑选，一般都是新娘的好朋友。二桂桂没有哥哥，只好叫三羊送姐姐出嫁。关于两个女陪客，娘叫二桂桂自己选。

二桂桂明白，娘叫自己选无非是为了答复个欢喜指望个安，能够陪伴自己一辈子的男人都没叫自己选，陪伴一时的陪客又有什么选头？二桂桂不选，她叫娘随便选，选谁都行，赶头驴来当陪客都行。桂桂娘听着这话没好气，也没敢再说啥，新婚大喜，尽力躲避着不愉快。能把女儿顺顺当当鬻送出去，顺顺当当过了门，当娘的也就了了心愿了。二桂桂心坎子高，在公字寨她就没有瞧起个人。公字寨也就是那么几户人家，没出阁的黄花大闺女还真是没有可选的，选过来，选过去，只好选了两个还在上小学的女孩儿当了陪客。二桂桂出嫁的大客和陪客，全部是清一色的儿童团。

两个小学生女孩儿按照大人们的嘱咐把二桂桂搀扶到新房里，接着就连蹦带跳嘻嘻哈哈跑到院子里玩耍去了。三羊这个大客也不顾姐姐

了，跑到大门外和小朋友抢夺没有爆炸的哑火鞭炮去了。

二桂桂上了炕，盘腿坐起来。新媳妇坐炕有讲究，坐炕坐的好，家里有财宝，坐炕稳如山，步步踩金砖。

新房的一爿大炕占据了半间屋，炕前安放着一张大红的三把尖桌子，桌子两边各放着一只方凳。桌子和凳子还是大锅娘三十多年前的陪嫁品，虽说老点儿，大红油漆一抹，还是非常新鲜非常光亮的。

桂桂娘多次朝着二桂桂夸起，“看看，你婆婆把这套好的桌凳陪送你，那都是好木头，一百年也不会拔缝。你婆婆疼你哪，满意吧?”

二桂桂点点麻木的头，说：“满意。”

桂桂娘问：“还有啥要求你就说。你婆婆发了话，答复你个满意。”

二桂桂摸摸腚下坐着的小椅子，抬抬麻木的脸看看娘，说：“我想从娘家带走一对小椅子，行吧?”

桂桂娘明白女儿的心，她经常看见女儿抱着小椅子哭，这是根原做的小椅子。只要女儿安安稳稳出嫁，别说要一对，把两对全部带走也行。

一对小椅子陪着二桂桂进了新房，静静地安放在大桌子两边。大桌子底下点燃着一根臭草绳，一阵阵青烟不紧不慢四散飘荡，把蚊子熏得四处躲藏不得安宁。大桌子上摆着两个粗磁黑釉大碗，大碗里盛满了谷子，红纸包裹了碗口，上面插着两支大红蜡烛。二桂桂的泪水咕噜咕噜滚，大红蜡烛的泪水也跟着咕噜咕噜滚。

炕上的一张炕席是新的，炕席上没铺褥子，也没铺床单子，崭新的炕席向二桂桂光光滑滑地亮着光身子。炕头上摞着两床被，虽说天热根本用不着被子，按着规矩，还是要摆到炕头上，这是脸面，好像就为了证明嫁妆的丰厚。闹喜房的女人们对嫁妆特别关心，谁家谁家几床被子，谁家谁家几床褥子，谁家谁家几身衣服，几身单几身棉……都会在女人们嘴上嘎巴半辈子。

二桂桂刚刚坐上炕，大锅娘就把闹喜房的人群赶紧赶出门不让再看热闹了。二桂桂没有好心情，大锅娘生怕惹恼新媳妇出麻烦。人们都知道，红盖头蒙住了满面泪，谁都怕，二桂桂掀掉盖头骂祖宗。

过去，都是梭猴子领头闹喜房，自从梭猴子被整治成老实人之后，好闹喜房好捣蛋的接班人还没生出来。

闹喜房的人群悄没声离去，小院子慢慢静下来。

——嗦嗦咪嗦啦哆唻——咪咪嗦唻啦哆——

是谁在吹笛子？

二桂桂一愣，莫非自己在做梦？她定定神，使劲拧了一下自己的耳朵，疼，好疼。不，不是梦，是他，一定是他。二桂桂用力捂了捂耳朵，她不愿听到这声音，她害怕听到这声音，害怕，她害怕自己疯了。笛子声越来越响亮，满公字寨人都能听得见。

二桂桂酸楚的泪水随着凄凄惨惨的笛子声咕噜咕噜滚下来，二桂桂不去擦拭，任凭冰凉的泪水浸漫着冰凉的面颊冰凉的心。

凄凄惨惨的声音在天上飞着，在心头荡着，多么凄惨的声音啊。

二桂桂曾经拼命追赶过那个声音，在心里，在梦里。那个声音美妙极了，就像山泉流，就像石头滚，就像花儿开，就像鸟儿鸣，嘀溜嘀溜真好听。可那个声音在天上飞着，抓不着，抱不住，只能眼巴巴地望着那个声音在半空里飘飞。

刚才明明白白听见了那个声音，为什么一会儿飘走了？莫非是自己的幻觉？不！自己掐过自己的肉，生疼。这不是幻觉，是真真切切地听到了那个声音。到底是从什么地方飘来的声音？从村前？从村后？二桂桂用心倾听着判断着，听着听着，那个声音又飘走了。整个公字寨一片死寂。二桂桂不敢想根原在哪里吹笛子，更不敢想根原吹笛子的样子。

吹吹从门外急三慌忙跑进大锅家院子，他一把拉住大锅，气哼哼地说："你没长耳朵？没听见？反革命反攻大陆，都打到门上来了，你就没听见？贫下中农娶媳妇，能让反革命这么捣乱吗？走！砸那个狗东西。"

大锅抄起一根磨棍跟着吹吹出了门，二锅也紧跟着出了门。

根原正在喝着哭着吹着，吹吹带着一群人呼啦冲上来，不管三七二十一，抡起棍子就打。二瘦子扑到师傅身上死死护着。

小梭猴求告吹吹手下留情，却被吹吹一脚踹下元宝石，摔得半天没

红盖头蒙住了满面泪，
谁都怕二桂桂掀掉盖头骂祖宗。

有爬起来，趴在大石缝里乱哼哼。

笛子不响了，根原也不哭了，他满脸是血，躺在元宝石上一动不动，偶尔张大嘴巴呼一口长长的气，好像是要死了。

二瘦子苦苦哀求着：“求求各位大哥行行好吧，俺师傅都要死了，今天是你们大喜的日子，出了人命也不吉祥啊！”

吹吹把棍子一横，大声吼叫着：“再到我们革命地盘儿上捣乱，贫下中农坚决不答应。滚，快滚！”

大锅带着战胜根原的得意洋洋一步闯进新房，反身将门关上。他背倚在门上，朝着二桂桂憨憨地笑笑。

二桂桂本来趴在一摞铺盖上默默流泪，大锅一进门就机警地坐起身来。二桂桂两眼冷冷地盯着这个自己厌恶的人，两手不自觉地摸着光光滑滑的炕席。突然，她发疯般撕开红腰带，把裤子一下子拽下来扔到大锅的脚下。二桂桂举起右手的两个指头，一下子插向那块最最隐秘的地界……鲜血沾满了手指，沾满了炕席。她把沾满鲜血的像鹰爪一般的手指高高举在半空，两眼紧紧盯着大锅，牙齿咬得咯咯响，从牙缝里恶狠狠地挤出两个横刀立马视死如归的字：

来吧！

大锅吓呆了，两腿直打哆嗦。他不敢看二桂桂赤裸的身子，不敢看满炕席的鲜血，更不敢“来吧”。他在墙角哆哆嗦嗦蹲着，一直蹲到大天明。

五

小梭猴和二瘦子抬着根原，一瘸一拐下了山。刚刚下到半山腰，小米子带着一辆小大头车赶来了。一见根原被打成这个样子，小米子扑到根原身上哇的一声就哭了。号啕大哭。

“忒狠心了，怎这么狠心啊！”

小梭猴和二瘦子见女人抱着师傅号哭，感觉有些太扎眼。制止不是，不制止也不是。

根原被抬上车，小米子又把根原上半个身子扶起来抱在自己的怀里，一路上紧紧地抱着，一路上不住声地哭喊着。看那悲伤样子，被打的好像是她的亲男人，小梭猴和二瘦子都呆了。

回到镇上，小米子支派司机直奔医院。

舜城镇医院的丁大夫是小米子的大表姐，丁大夫给根原作了检查，

她说肌肉组织伤得很重，好在没有伤着骨头，也没有伤着重要器官。目前说，最要紧的是赶紧醒酒，他喝得太多了，最容易伤了肝脏器官。丁大夫给开了个中药方，葛花 250 克、绿豆花 250 克、陈橘皮 500 克、人参 100 克、白仁 100 克、食盐 300 克。丁大夫说，赶紧熬好给病人喝下去。

小米子对表姐说，根原虽说没伤着骨头，但是伤了心。皮肉伤好治，心伤却难治。

丁大夫安排根原住进一处高级单间病房，里间是病床，外间是接待室，有沙发茶桌，就像酒店的大套间。这是专门为舜城镇主要领导人准备的，平日里整天锁着，一般人不可能享受这样的待遇，小米子向大表姐点名要了这间病房。

一切安排停当，小米子嘱咐小梭猴和二瘦子回去休息，她对二瘦子说："根原伤成这个样子，谁陪护我也不放心。你们回去千万不能叫大娘知道了，若是叫大娘知道怎么得了？你们和大娘说，根原到河北帮着姐姐找二虎送兔兔去了，过几天就回来，千万不要透露被打的消息。"

二瘦子看看小梭猴，小梭猴看看二瘦子，两个对着脸点点头，同时说出两个字："好吧。"

安排下根原，二瘦子感觉缓过了一口气，刚刚转身准备回去，突然跌坐在地怎么也爬不起来了。丁大夫跑过来，摸了摸二瘦子的脉搏吓了一大跳。丁大夫喊了几个人，将二瘦子赶紧抬上担架急急抬进抢救室。

根原没伤着骨头，二瘦子却断了一根肋巴骨，左腿的腓骨也被打折了。他趴在师傅身上死命护着，不知挨了多少棍。

丁大夫给二瘦子做了检查，她对小米子说，二瘦子伤得这么重，一般来说，完全没有行动的能力了。可他不但自己能够行动，而且还能抬师傅，不可思议，真是不可思议。她说二瘦子精神一放松，所以就瘫倒了，没有生命危险，叫小米子放心。

六

小米子爱着根原，真真切切爱着，实实在在爱着，爱得越来越深，

越来越强烈。

论说起来，小米子确实是个漂亮的女孩子，要样有样，要个有个，人也很热情很懂事，若不是放荡些，那真是抢手的货。小米子虽然帮助过根原，虽然爱着根原，但是，小米子明白，二桂桂占据着根原的心窝，自己很难走进他的心。

而今，二桂桂已经嫁给大锅了，小米子非常高兴，她感觉很庆幸，终于有了走近一步的机会了。

小米子留下陪床，小梭猴很不放心，他没有走，一闪身偷偷溜进抢救室去找二瘦子。

二瘦子伤了骨头，没有大碍，一边打着点滴，一边和小梭猴嘀嘀咕咕商量对策。

小梭猴悄悄对二瘦子说："小米子很骚，名声不好，叫她陪着师傅怎么伺候拉屎撒尿？外人说三道四怎么说话？"

二瘦子对小梭猴说："师傅老大不小了，也该找个女人了。根据观察，师傅对小米子还有那么一点儿意思。你没看见师傅给小米子还钱的眼神？没看见咱们捎回小米子问候的时候师傅的表情？小米子是个泼辣女人，其实也没有他们说的那么坏。"

小梭猴细细想想，点点头，说："二桂桂嫁人了，师傅是该找个女人了。小米子名声不好，师傅的名声也不怎么样，找个好女人也很难。丑配丑，赖配赖，弯刀对着瓢切菜。照理说，师傅找这么个女人也将就。只要以后成了亲，小米子也就老实了。"

两个人商量过来商量过去，最后得出一个结论，师傅有个女人陪伴着总比没有强。既然小米子愿意陪着，那就叫她陪着吧。

小米子把人们打发走，病房里立马安静下来。她擦巴干净根原呕吐的污物，又将病房里的脸盆擦洗了一遍。她倒了一点温水，伸手试了试水温，从裤袋里掏出珍爱的丝绸红花小手绢用温水浸湿，转身走到床前。她俯下身，轻轻擦拭根原脸上残留的一点点血渍。她深情地凝视着根原的脸，久久凝视着。这张脸上的眉毛那么浓密，就像绣锦河两岸茂密的林丛。绣锦河的林丛真安静，小米子经常独自在绣锦河的林丛散

步，经常独自在绣锦河的林丛偷偷想心事。小米子细细数着这张脸上的一根根眉毛，就像数着绣锦河林丛中一棵棵小树。这张脸那么冰冷，就是一块冰疙瘩。小米子伸出嫩嫩的手指细细抚摸着这张脸，多么希望十指成春融化这块冰疙瘩啊。

临近天亮的时候根原醒过来了，刚刚睁开眼睛就放声大哭起来。

“二桂桂！二桂桂啊！”

根原哭，小米子也哭。

“根原，别哭了，我会疼你，比二桂桂还疼你。”

根原一见小米子守在床前，立马警觉起来。他愣愣地看了看小米子，又环视了一下病房，迟疑了一会儿，问：“我……我怎么在这儿？二瘦子呢？他们在哪里？”

根原好像明白过来了，他要见二瘦子。

小米子哭了，很伤心。她告诉根原，二瘦子就在隔壁病房。

七

二桂桂刚刚新了婚，大桂桂突然就死了。

大桂桂的死，不仅惊了公字寨惊了舜城镇惊了山海县惊了城阳市，也惊了张真元。张真元听到秘书报告大桂桂死了的消息，脊梁杆子咕嘟冒出一阵冷汗，刚刚端起饭碗又吧嗒拽下了。

“大桂桂怎么死的？”

秘书摇摇头，说：“他们没有说清楚，只听说死在茅屎坑里，不知道怎么淹死的。”

大桂桂是张真元一手推出来的先进典型，由此被称为阳城一支笔。有了大桂桂这个先进典型，才有了他张真元的一身荣耀，才有了他这个宣传部副部长。他一直关心着大桂桂的进步，这是他骄傲的资本。大桂桂每前进一步，张真元就会感到莫大的宽慰，就像自己也进步了一般。他与大桂桂一同成长，一同进步，一同放光芒，一同享受着鲜花与掌声的赞美和荣耀。

大桂桂突然死亡，张真元震惊不小，心中忐忑不安。

人固有一死，但是死的意义有不同，有的重于泰山，有的轻于鸿毛。大桂桂早死晚死早晚会死，他关心的不在于大桂桂死不死，而是怎么死的，是不是重于泰山。他害怕大桂桂因为犯下什么丢脸的丑事而自杀，害怕大桂桂轻于鸿毛，害怕极了。

张真元马不停蹄跑到公字寨，调查了所有在现场打捞过大桂桂的人们。调查来调查去，也没调查出个所以然。人们的说法不一，谁也没弄明白大桂桂到底是怎么死在茅屎坑里的。

二桂桂新婚三天是三朝回门的日子，天刚蒙蒙亮，大锅就开始拾掇东西，准备带上礼物陪伴二桂桂一起回娘家。虽然一连三黑夜都是蹲候在墙角没敢靠近二桂桂，但是毕竟和二桂桂在一间屋里睡过三黑夜。大锅感觉很幸福。

大锅正在收拾东西，突然听见有人喊救命，好像是瘫巴花的声音。

公字寨的清晨很安静，静得就像沉睡千年的元宝石。瘫巴花一声喊，震得四面大山一激灵，也震得大锅一激灵。大锅毫不犹豫，撂下篮子就朝瘫巴花家跑去，大锅是最先赶到现场的第一人。

大锅对张真元说，他跑到瘫巴花家一看，瘫巴花和大桂桂在大粪坑里抱成一团，不知道怎么掉下去的。

张真元调查了一大圈也没搞明白到底怎么发生的事故。茅屎坑虽说水波荡荡，怎么说也就是齐腰深，怎么说也不会淹死人。陈小陶服毒自杀有人说是暗害，大桂桂会不会也遭暗害？也许是政治事件。瘫巴花一直昏迷不醒，正在医院里抢救，是死是活还没有个准头。看来，只有瘫巴花能够说明白。张真元跑了几趟医院，安排警卫人员专门保护瘫巴花，不经批准不许任何人靠近。并且再三叮嘱院长，一定要把瘫巴花抢救过来。

第三天的傍黑时分，瘫巴花醒过来了，大桂桂的死因也就明白了。

大桂桂一直和瘫巴花睡在一盘大炕上，一睡睡了七八年。自打娘把看管二桂桂的任务交给大桂桂，大桂桂才搬回家。直到二桂桂出了嫁，大桂桂才算完成了光荣使命。

二桂桂出嫁的当天晚上，大桂桂也立马回到瘫巴花家去了。大桂桂

对瘫巴花说，她想瘫巴花，很想。两个人拉呱拉到大半夜。大桂桂把怎么看管二桂桂，二桂桂怎么私奔，怎么出嫁，什么陪送什么衣裳等等等等，向瘫巴花作了全面的汇报。

东方刚刚放亮，大桂桂对瘫巴花说好像闹肚子，提着裤子急急忙忙朝茅屎坑跑去。

公字寨每家每户的茅屎坑都很大，每年挖肥每年挖肥，把个茅屎坑挖成了黑水潭。瘫巴花家的茅屎坑好像特别大，一场大雨过后，茅屎坑里积下了满当当一坑浑水，波光粼粼寒气侵人。水波之上飘着一层杂草叶子，几个不甘沉沦的屎头子也倔犟地飘荡在水面上。前天刚刚下过一场雨，茅屎坑的坑沿很滑，大桂桂小心把脚踩实落，急急忙忙褪下了裤子。

大桂桂有个蹲坑习惯，无论拉完没拉完，一蹲蹲上大半天。本来肚子乱咕噜，一蹲下却又太平无事了。天明还早，大桂桂漫不经心地就和那个不情愿滚出来的臭屎头子较上了劲。

“我就看看你出来不出来，你不出来我才不着急呢，我才不使劲呢，咱们看看谁靠过谁。”

大桂桂自言自语嘟哝着，蹲在大粪坑沿上眯眯瞪瞪打起了盹。眼皮一合缝，身子不由自主摇晃起来。三摇晃两摇晃，扑通一声跌到大粪坑里去了。

瘫巴花听见扑通一声响，接着又听见哗啦哗啦响了两三声，打那就没听见一点儿动静。瘫巴花一愣，急忙喊了几声大桂桂，结果没人应。瘫巴花感觉不妙，一边呼喊大桂桂一边朝茅屎坑拼命爬去。当她爬到茅屎坑时，不禁大惊失色，只见大桂桂的脑袋扎在浑水里，屁股和脊背露出水面。她的裤子没有提上，白白的屁股被杂草叶子、屎头子簇拥着，一起一浮轻轻飘荡。瘫巴花哭喊着扑向茅屎坑，扑向那一汪波光粼粼寒气侵人的浑水。那汪浑水淹没了瘫巴花的身子，淹没了瘫巴花的脖子。瘫巴花拼命伸长脖子，努力将嘴巴伸出水面。她扑到大桂桂身边，伸手抓住了大桂桂的衣裳，但是她没有力量把大桂桂推到岸上去，自己也没有力量爬起来。瘫巴花拼尽气力喊了几声救命，此后就与大桂桂紧紧抱作一团再也没有了动静。

大锅一见大桂桂和瘫巴花双双淹没在浑水里，扑通跳进茅屎坑，一把抓住了大桂桂的衣裳推到坑沿上。左邻右舍接二连三跑来一大群，七手八脚将大桂桂和瘫巴花拉出大粪坑。老簸箕叫人们把大桂桂和瘫巴花抬到斜坡上，头朝下脚朝上赶紧空水，只见瘫巴花的嘴里呼啦呼啦吐浑水，足足吐了一大摊。约莫空了一袋烟工夫，瘫巴花好像喘了一口气，嘴里呼嗒呼嗒冒气泡。

大桂桂的嘴里始终没有吐浑水，老簸箕使劲拍打大桂桂的脊背，拍了半天，半口浑水也没拍出来。老簸箕很难过，泪水从那一摞肉皮子里咕噜咕噜滚出来。老簸箕叹息着说："大桂桂是一口水呛死的，被水呛死的没有救。瘫巴花不是被水呛死的，她是被水灌死的，灌死的还有救。"

村里人听说大桂桂死了，呼啦啦拥过来，公字寨立时传出一片哭喊声。

二桂桂一直蹲在墙根下，大红的嫁衣把她裹成一个红绒球。她的两只手蒙住了脸，泪水从指缝里咕噜咕噜朝外冒，但是一直也没哭出声来。

桂桂娘一看大桂桂直挺挺躺在泥地上，一声大桂桂还没喊出嗓子眼，突然往后一仰吧嗒摔在地，当场就死过去了。老簸箕急了，吩咐人赶紧将瘫巴花和桂桂娘送舜城医院。

老簸箕对着二桂桂吼："你蹲在那里干啥？陪着恁娘赶紧去医院。"

一听瘫巴花说出了大桂桂的死因，张真元惊呆了，所有在场的人员和医生都惊呆了。

张真元赶紧打电话和市委有关领导作了汇报，市领导在电话中再三追问："到底是谁救了谁？瘫巴花是不是刚刚昏迷过来说颠倒了？或者是你们没听明白？你们一定要搞清楚，这是原则问题。大桂桂是多年来各级领导精心培养的先进典型，她已经不是一个人的问题，而是时代的光辉形象。"

张真元明白了领导的意图，当天晚上连夜召开了舜城镇党委会议，

专门研究大桂桂的问题。说是党委会，实际仅仅通知了王文革和工作队的几个人，为了保密起见，其他人员一概没通知。

张真元口头传达了市委领导的指示精神，研究了应对措施，最后决定，由王文革出面找瘫巴花谈谈，要统一口径，保护先进人物的英模形象。

会议开了不到半个小时，王文革一散会就急匆匆赶到医院。

大桂桂是多年来各级领导精心培养的先进典型，她已经不是一个人的问题，而是时代的光辉形象。

良维伯病倒了，王文革立马精神了，走路一蹦一蹦的，很有弹性。王文革一进医院，院长以及副院长和主治医生们立马围拢过来。上级领导来到医院，小单位的小领导立马就得伺候着，不敢冷慢了顶头上司。王文革不情愿他们靠近，他把手一挥，说：“你们都很忙，各自忙去吧。”

王文革来到瘫巴花的病床前，直奔主题追问瘫巴花：“你是不是糊涂了？是不是说倒了？怎么会是你救大桂桂呢？你成舍己救人的英雄了？是不是大桂桂救了你？大桂桂是老模范，她是不是为了救你牺牲的？大桂桂伺候你这么多年，对你是有大恩的，你要仔细想一想。”

瘫巴花一愣，立时明白了问题的严重性。瘫巴花瘫了身子没瘫了脑子，她赶忙改了口，一边哭，一边说：“我……头昏脑胀……话……说颠倒了，是我掉进茅屎坑，大桂桂是为了救我牺牲的。”

王文革嘱咐瘫巴花可不能再犯糊涂颠三倒四了，无论对谁，都要统一口径，要求瘫巴花对医生们重新说一遍消除影响。

王文革招呼院长以及医生护士们进了门，瘫巴花就把大桂桂救了自己的话重新说了一遍，然后拼命捶打着自己的脑袋哭喊起来：“桂桂妹妹啊，你不该死，是我该死，是我该死啊！”

瘫巴花大声吼叫着，吐了一口污水又昏过去了。

八

大桂桂舍己救人献出了宝贵生命，市委、市政府发了文件，号召全市人民向大桂桂学习，并且召开了隆重的表彰大会。张真元连夜赶写了一首歌词，歌颂大桂桂英勇救人的模范事迹。张真元指派市艺术馆的音乐老师连夜谱了曲，连夜印刷了成千上万份，又指派市委宣传部办公室下发到各区各县宣传部、文化局、艺术馆、文化馆等部门，号召在全市掀起歌唱大桂桂模范事迹的热潮。

表彰大会是在舜城大礼堂举行的，各部门各单位各村各寨的领导干部以及党团员参加了大会。大礼堂高墙上的大喇叭播着歌唱大桂桂的歌曲，一遍一遍又一遍，连续不断：

……

你是舍己救人的英雄

你是当代的活雷锋

你是人民的好女儿

你是公字寨山顶上的一棵松

你是我们学习的榜样

你永远活在我们心中

我们向你学习

我们向你致敬

致敬

致敬

向英雄致敬！

……

参加大会的人员在歌唱大桂桂的乐曲中陆陆续续进入了会场，一个个庄严肃穆，有的满面泪痕，不知真的受感动还是装出来给站在大门口的张真元看的。

大碾台也来了，她刚刚把腚拽在条凳上，前后左右立时围上一堆人，七嘴八舌向她打探大桂桂突然死去的消息。

“大桂桂到底是怎么死的？”

“不就是个茅屎坑嘛，大桂桂一米七十多的大个子，身大力魁，怎么会淹死呢？”

“如果说是为了救瘫巴花，凭着大桂桂那一身力气，一个指头都能把瘫巴花举起来，可为什么没把瘫巴花推出茅屎坑？为什么瘫巴花没死，大桂桂自己却死了？”

“大桂桂死得很蹊跷，是不是被阶级敌人害死了？”

“很难说，阶级敌人心不死。现如今，阶级敌人更加豸煞起来了。”

……

大碾台最喜欢赶热闹，一见凑上来那么多张嘴，立马瞪起了眼蛋子。

“谁说不是呢？蹊跷，很蹊跷。茅屎坑的水并不深，最多没到这儿。”大碾台用手在自己的大腿根部戳捣着。

“没到哪儿？”

男人们显然对大碾台戳捣的部位发生了兴趣，故意叫大碾台再戳戳。大碾台也不傻，指着男人的嘴说：“没到这里。”

一堆人哈哈一阵笑。

“别说大桂桂那一身牛力气，就是老娘跳进去，十个八个瘫巴花也能像扔手榴弹一般全部扔出去。该着井里死，河里淹不煞，大桂桂就该这么死，老天爷就安排她这么死。大桂桂傻乎乎的，她可能不是双脚跳进去的，而是跟着跳水运动员学的本事，一个猛子扎下去的。你想想，一头扎进屎堆里，黏糊糊的大粪还不把嘴巴鼻子糊住了？一口气上不来，那还不是一个死？救人没救着，倒把自己救死了，真是个大傻瓜。想当年大桂桂和老娘在这个大礼堂一起作报告，她报的那是个什么告？听听老娘报的那个告，那个掌声哟，那个雷动哟，快把大礼堂震塌了。塌了，我可是赔不起啊。”

大碾台说得正起劲，王文革在台上宣了个布：“要肃静，不许大声喧哗。”

这一个布宣的，把大碾台憋得哟，满肚子话憋成了满肚子屁。大碾台放屁不嘭嗵，而是细声细气吱溜吱溜叫，就像柳琴戏最后的那一声大甩腔。大碾台一吱溜，哗啦一阵笑，一吱溜，哗啦一阵笑，把王文革气得直翻白眼还毫无办法。管天管地，谁能管着拉屎放屁？男人们朝大碾台脸上凑凑，悄声说：“你放屁真好听，比那些流行歌好听多了。”

大桂桂的表彰会，王文革是会议安排总指挥。王文革如今工作积极了，血压也不高了，跑前跑后又呼风唤雨了。

想当年，张真元曾经是王文革的属下，关系非常密非常切，张文的文化站长就是王文革亲自安排的。而今，没想到张真元带着尚方宝剑又杀回来了，没想到良维伯一夜之间稀里哗啦就垮了，没想到舜城镇又成了王文革的天下了。没想到，谁也没想到。

孙义宁态度大转变，主动向王文革检讨了过去所犯的方向路线

错误。

孙义宁可不是糊涂蛋，混官场就是混关系网，别看葫芦架上的大葫芦小葫芦上搭下挂混杂一片，哪个葫芦的根在哪里藤在哪里都会清清楚楚明明白白。每根藤的肥壮枯朽决定于根系，根深叶茂，葫芦就会长得大。只要是根深叶茂，别说二奶三奶和四奶，就是七奶八奶也奶不着你。瘦藤上的小瘦葫芦们都盼着嫁接到肥藤上去，但是很难。你以为当个接穗那么容易？一刀从藤上切下来，人家肥藤接受你还好，如果不接受，你就死定了。肥藤接纳你这个瘦穗容易吗？自己身上还得划道口呢。

孙义宁的仕途之路已经走到头了，他不想枯朽，他想活，他想继续枝繁叶茂，所以不惜代价不顾脸面硬生生往王文革这条藤上贴。他知道，要想嫁接到这一条藤上去，只靠着检讨错误显然是不行的，他除了大骂自己政治不成熟瞎了狗眼看错了人之外，还揭发了良维伯以权谋私的肮脏勾当。说是揭发，也没有什么揭皮剔骨的大动静，无非就是合满家人吃喝拉撒全报销，送礼国家掏腰包……都是鸡毛蒜皮不上嘴说的小事一桩，各个单位各个部门的领导都这样，要不谁馋当干部？

王文革还就是王文革，他没有难为孙义宁，孙义宁在前负责哪些工作，而今照旧负责。开大会，王文革都会安排孙义宁紧挨着自己坐在一起，好像很亲热。

良维伯病了，大桂桂死了，张真元虽说带着尚方宝剑回来全盘负责舜城的工作，但是毕竟是派驻工作组，王文革成了实打实的一把手。

各级领导对表彰会非常重视，市领导县领导和舜城镇领导来了一大群，前后左右架起了好几台摄像机，大报小报的记者也来了不少。

老簸箕来了，是大锅背来的。他蜷曲在大锅的背上，就像一只半死不活的小黑猫，一颗毫无分量的瘦头也没有力量抬起来了，小眼睛灰暗灰暗的，再也放不出叫人生畏的黑光来了。

快要开会的时候，一辆面包车停在大礼堂门口。车门打开，三桂桂和三羊从车里走出来，他们的胸前戴着大红花，很好看。

紧接着，老闷儿和桂桂娘也下了车。桂桂娘好像抽了骨头只剩下一坨稀泥肉，那坨稀泥肉从车厢里骨碌淌出来，两个姑娘赶紧凑上去，一边一个架着胳膊将桂桂娘支起来。等在门前的一群人呼啦围过来，前呼后拥朝大礼堂走去。张真元一边小心搀扶着桂桂娘，一边劝说着："大娘，你是英雄的妈妈，你要坚强些。能有大桂桂这样的好女儿，我们都为你高兴。这不仅是你的光荣，也是我们舜城镇的光荣。"

人们围着一坨稀泥肉唱着动听的赞美诗，但是，那坨稀泥肉好像已经听不见动听的声音了。多么强势的一个人，如今竟然成了一坨稀泥肉。在这坨稀泥肉里，再也找不到一根骨头了，再也看不到一瞪眼阖家人不敢吭一声的杀气了。这坨稀泥肉不仅没了生气，好像也没了生命。

车厢空了，唯独不见二桂桂走出来。听说，二桂桂不见了。

瘫巴花在医院里死一阵活一阵，嘴里念叨着二桂桂。她对看守的保卫人员说，一定要见见二桂桂。一定。

二桂桂来了，瘫巴花示意二桂桂关好门。关紧。严严的。又示意二桂桂靠近些，再靠近些，然后悄默声说出了三羊的秘密。瘫巴花嘱咐二桂桂，这个秘密对谁也不要说，一辈子也不说，只有你一个人明明心就行了。

老天爷啊，怎么会这样？怎么会这样？二桂桂愣了，二桂桂晕了，二桂桂哭了，泪流满面。她哽咽着对瘫巴花说："我姐姐……可怜的姐姐，她活得……哪像个人啊……"

瘫巴花对二桂桂说："大桂桂是个好人，是个实实在在的好人。老天爷不该叫大桂桂死，该死的是自己这个无用的人。可是，老天爷叫大桂桂死了。老天爷真狠心，老天爷不通人性啊。"

瘫巴花见到二桂桂，放下了唯一的心事，不一会儿就昏了过去，再也没有醒过来。在这个世界上，大桂桂是她唯一的亲人。她毫不留恋没有大桂桂的世界。她扔下这个世界，急急忙忙追赶大桂桂去了。

瘫巴花死了，二桂桂当天傍黑也消失了，没人知道她到哪里去了，活不见人，死不见尸，一群人四下里打听八下里寻找，一点儿消息也没有。

有人说看见二桂桂好像朝着大海方向走去了，穿着大红的新嫁衣，

红红的。

有人猜测，二桂桂是不是跳了海？

也有人说，二桂桂不可能跳海，她那个脾性，能跳海？公字寨所有的人都跳海，她也不会犯那个傻。

还有人说，二桂桂和根原一起私奔了。可是，根原还躺在医院的病床上起不了身，怎么会一起私奔了？

总而言之，二桂桂的消失成了一个谜。在大桂桂表彰会的亲人坐席上，唯独少了二桂桂。

2004 年 10 月初稿于日照

2012 年 11 月改于北京

2013 年 9 月再改于日照